Тимур Расулов

В ПОГОНЕ ЗА ВЕТРОМ

Размышления над Книгой Екклесиаста

iνPub

2017

Расулов Т. Ю.
    В погоне за ветром : Размышления над Книгой Екклесиаста. – Vancouver, WA: ivPub, 2017. – 354 с.

ISBN 978-1546644378

Книга Екклесиаста на протяжении тысячелетий служит предметом богословских и философских споров. Некоторые мировоззренческие постулаты израильского царя вызывают недоумение и откровенно пугают. Данный труд – толкование книги Екклесиаста стих за стихом вперемешку с размышлениями автора. Это также попытка сформировать целостный взгляд на известное произведение Соломона, чтобы объяснить его сложности и кажущиеся противоречия.

ISBN 978-1546644378

*Посвящается моим драгоценным родителям
Юрию и Асе, чья мудрость, вера и любовь
служат мне примером, поддержкой
и утешением уже многие годы.*

Предисловие

Вы держите в руках своего рода комментарий. Однако я затрудняюсь предположить, к какому типу комментариев его причислить. Для экзегетического труда мне не хватает соответствующего знания древнееврейского языка. К тому же исследования такого рода уже есть, и весьма хорошие. Прекрасно выполняя лексический и синтаксический анализ, они, тем не менее, не всегда помогают понять смысл мудреных высказываний Екклесиаста. Для классической экспозиции есть некоторые препятствия. Дело в том, что течение мысли Соломона можно проследить на протяжении первых трех глав. Потом он, скажем так, «скатывается» в стиль книги Притч и рассуждает обо всем подряд, спонтанно меняя темы и периодически повторяясь. Экспозиционная стяжка этих тем осуществляется только на уровне главной идеи книги: показать суетность жизни без Бога.

Поэтому перед вами попытка толкования стих за стихом вперемешку с пространными размышлениями, вдохновленными текстом и все связующим лейтмотивом. Люблю пофилософствовать, да и жанр Екклесиаста к тому обязывает. Его рассуждения порой вызывали у меня растерянность и уныние, а в какие-то моменты он виделся мне чуть ли не еретиком. Недоумевая, я оценивал некоторые утверждения в свете классического богословия и изумлялся: как эта книга попала в канон?! Так что мне жизненно важно было найти рациональное объяснение его высказываниям, да и самой книге в целом. Я мог целый день биться над одним стихом и ни к чему не прийти. Бывали минуты, когда я вскакивал, нервно ходил взад и вперед и, признаюсь, роптал (в основном на Соломона касательно того, что, мол, можно было изъясняться проще). Трудности толкования заставляли молиться и уповать на Бога, ибо только Он открывает ум к уразумению Писаний (Лук. 24:45). В некоторых местах Синодальный перевод нуждался в доработках, и я взял на себя смелость внести соответствующие поправки[1].

И последнее, в зеркале Екклесиаста я с сожалением увидел серьезный крен в своем христианстве: повышенный интерес к определенным духовным знаниям, и далеко недостаточный к самому Христу. Такой дисбаланс ведет к религиозной суете. Соломон оставил нам урок, цена которому – жизнь великого человека, отданная погоне за ветром. А другого итога и быть не могло, когда «Я» – в центре. Молюсь о том, чтобы Бог помог нам сделать невозможное: научиться на чужих ошибках. Ведь мудрость, не приводящая к большей любви к Господу и ближнему – бесполезное умничанье. Каждая книга Библии должна побуждать любить Христа всем разумением, всем сердцем, всей крепостью. Это, в свою очередь, позволит любить окружающих и тем самым являть послушание Отцу. Милостивый Иисус, помоги нам!

Самара, 2014.

---

[1] В таких случаях Синодальный перевод цитируется в сносках.

ВВЕДЕНИЕ

ЕККЛЕСИАСТ 1:1

¹ *Слова Екклесиаста, сына Давидова,
царя в Иерусалиме. (1:1)*

АВТОРСТВО, НАЗВАНИЕ, ВРЕМЯ НАПИСАНИЯ

Несомненно, книга Екклесиаста принадлежит перу великого царя Соломона, хотя он не представляется прямо. К сожалению, многие консервативные богословы отказывают ему в авторстве. Вы знали об этом? Данному вопросу посвящена статья, которую можно прочитать в Приложении. Слово «Екклесиаст» греческого происхождения. Оно означает «проповедник» или «человек, выступающий публично». Еврейский эквивалент данного слова – *Кохелет* (1:1–2, 12, 7:27, 12:8–10).

О точном времени написания книги ничего неизвестно. По содержанию можно сделать вывод, что она написана в конце жизни царя, а жил он за 1000 лет до н. э. Упомянутая выше статья затрагивает и этот вопрос, так как считается, что лингвистические особенности книги Екклесиаста не соответствуют древнееврейскому языку периода царствования Соломона.

ПРОБЛЕМЫ ТОЛКОВАНИЯ

Книга Екклесиаста, пожалуй, самая депрессивная в Библии. Кто-то может заметить, что повествование об Иове тоже не блещет жизнерадостностью, но разве можно их сравнивать?! Как соотнести уныние Иова, *потерявшего все,* с унынием Соломона, у которого *все было?!* Агония страдальца, проходящего через сущий ад, понятна. А вот безнадежные рассуждения того, кто не знал, что такое неудовлетворенное желание, понимаются не сразу. Еще пугают писания Иеремии, но и там была уважительная причина: апокалиптическое бедствие народа и скорби самого пророка. Но откуда столько скептицизма в размеренной и безопасной жизни сына Давида? И разве может богодухновенная книга нагонять такую тоску?! Согласитесь, ведь некоторые его концепции буквально пугают, ибо на поверхности противоречат новозаветному мировоззрению, к которому мы привыкли. К примеру, ну как можно сказать такое:

Кто знает: дух сынов человеческих восходит ли вверх, и дух животных сходит ли вниз, в землю? (3:21)

Что за неопределенность из уст пророка?! Чтобы правильно толковать порой шокирующие высказывания царя, необходимо стоять на определенных предпосылках. Во-первых, важно признать, что духовная жизнь Соломона была отмечена характерными слабыми сторонами. По ходу повествования мы их рассмотрим. Во-вторых, как следствие, к старости пророк нравственно деградировал (3 Цар. 11:1–10). Почему эти факты нужны для толкования? Потому что книга Екклесиаста – это *исповедь!* В ней отражено его во многом материалистическое мировоззрение. Он не проповедует его, но демонстрирует его беспомощность и уязвимость. Поэтому надо выделять в тексте эту демонстрацию. Безысходность мирских ценностей раскрывается им в *автобиографическом контексте.* Без учета этой особенности можно прийти к таким выводам, что жить не захочется. В-третьих, структура Екклесиаста по большей части тематическая, что в целом свойственно книгам мудрости Библии. Экспозиционно можно выделить следующие элементы: 1) к чему он стремился (цель), 2) чего он в итоге достиг и что осознал (результат), 3) в каком состоянии из-за этого пребывал (духовно-эмоциональные последствия), 4) к чему надо стремиться, чтобы не повторить его ошибок (правильные выводы и призывы, разбросанные по всей книге). В-четвертых, толкование должно складываться в свете канонических книг, представляющих жизнь Соломона, а также в свете всей истины Писания.

К ЧЕМУ СТРЕМИЛСЯ СОЛОМОН?

Ответ на этот вопрос однозначен: он искал смысл жизни!

*Что пользы человеку от всех трудов его,
которыми трудится он под солнцем? (1:3)*

Поиски свои он отразил в книге Екклесиаста. Вышеупомянутый вопрос в различных вариациях повторяется несколько раз на протяжении следующих глав. Если суета сует – ключевая фраза, то третий стих – это ключевой вопрос всей книги, современный эквивалент которого звучит так: *«В чем смысл жизни?»* Деятельность в любой форме и интенсивности – это неотъемлемая часть земного бытия. Мы, как существа разумные и большей частью рациональные, хотим видеть смысл во всем том, что забирает наши силы. Это должно быть какое-то благо, награда, результат, окупающие старания. Рассуждая об этом, каждый подразумевает некое обоснование своего существования, нечто такое, что придает жизни важность, нужность. Оно есть у всех: и у тех, кто себе его ясно сформулировал и у тех, кто считает подобные искания бесполезной философией. Иными словами, каждый *знает,* зачем живет. Просто в этом вопросе есть практика, и есть теория. Наша интеллектуально-нравственная составляющая обязывает высокопарно философствовать, чтобы придать своему бытию достойное оправдание. Так и рождаются все эти глупые гипотезы типа: построить дом, посадить дерево, вырастить сына, создать крепкую семью, самосовершенствоваться, служить Родине, приносить какое-нибудь благо в масштабах человечества, творить, самореализовываться, работать, благотворить и т. д. И вроде бы список вариантов обширен, и можно выбирать, что душе угодно, но на самом деле – нет.

Вот что интересно: на строго теоретическом уровне у некоторых могут возникнуть искренние искания, в процессе которых понимание смысла жизни будет меняться. Но здесь есть две особенности. Во-первых, даже самые радикальные метания будут происходить в рамках одного и того же мировоззрения (человекоцентричного). Это все равно, что пересесть с места на место в автобусе, едущем по прямой. Во-вторых, все эти красивые и, на первый взгляд, благородные идеи – не больше, чем пустое сотрясание воздуха. Большинство из тех, кто их озвучивает и якобы придерживается, на самом деле далеко не последовательны в совмещении теории с практикой. Независимо от того, какое концептуальное понимание смысла жизни исповедуется, в реальности все живут ради осуществления своих *эгоистических* желаний (в чем бы те ни заключались). И если бы они могли *честно, без самообмана* ответить на вопрос: «В чем смысл жизни?» – то, не задумываясь, ответили бы так: «Смысл жизни в том, чтобы мне было хорошо!» И тут два ключевых слова: *мне* и *хорошо*.

Самая тяжелая доля – это бессмысленная деятельность. Знаете, *что* у нас попадает в такую категорию? Это деятельность, в которой нет никакой личной *выгоды или пользы*. Это очень важный момент, немножко философский, но не трудный для понимания. Когда мы размышляем о смысле жизни, мы даже не осознаем насколько к нему привязано такое понятие, как личная выгода или польза. Прочтите еще раз:

*Что пользы человеку от всех трудов его,
которыми трудится он под солнцем? (1:3)*

С таким же успехом можно было бы спросить: «Какой смысл во всех моих стараниях?» Представьте такую ситуацию: вы ищите работу, рассылаете резюме и получаете телефонный звонок. В процессе разговора становится ясно, что вас приглашают работать на угольной шахте и не скрывают, что за свой труд вы не будете получать ни копейки. Вы недоуменно уточняете, правильно ли поняли работодателя, и тот радостно подтверждает, что так и есть. Выражение, которое застынет на вашем лице в этот момент, любой безошибочно расшифрует. Всем своим видом и красноречивой мимикой, вы будете олицетворять единственный вопрос: «Ну и в чем *смысл* такого предложения?!» Но можно спросить и иначе: «Я не понял, как такое вообще можно предлагать, если мне нет никакой *выгоды* от этой работы?!» Эти два вопроса выражают одну и ту же суть. Как никто не хочет работать даром, так никто не хочет жить, не получая удовольствия. Жизнь не в радость – это как бесплатный труд. Сразу возникают проблемы со смыслом.

«Зачем я живу?» – то и дело вопрошает человек. Вы сталкивались с подобной ситуацией? Этот, на первый взгляд, глубокомысленный вопрос легко переводится на простой язык сердца, и звучит так: *«Куда делась моя радость?»* Вот и вся философская глубина! И не больше. Подобные вопросы задают только в засушливые (касательно источников радости) периоды жизни, когда старая игрушка уже надоела или потеряна, а новая еще не определена или не найдена.

Спасибо моему старшему сыну, который уже в три года честно признает свои жизненные устремления. *«Это меня не развеселит»,*– стандартно отвечает он на родительские требования собрать игрушки, поделиться чем-то с другими, выполнить любое поручение, которое ему *не нравится*. Он по-детски, но четко выразил общечеловеческое понимание посвященности: «Хочу делать только то, что приносит мне положительные эмоции». Если добавить ему интеллекта, но оставить детскую непосредственность, то в ответ на повеление собрать игрушки, он бы деловито вопрошал: «А в чем, собственно, смысл собирания игрушек?» Поймите, что этот вопрос он задавал бы *только в преддверии неприятных дел*. Сам процесс игры с превращением комнаты в царство хаоса не будет вызывать подобных «рациональных» сложностей до тех пор, пока это *естественным образом его радует*. Когда же имеющиеся игрушки и игры перестанут его удовлетворять, начнутся вопросы-недоумения: «В чем смысл?». Это точно такое же недоумение, как от вышеупомянутой перспективы работать на шахте бесплатно. Никакой разницы! Когда нам предлагают заняться какой-нибудь ерундой (в нашем понимании), мы пафосно вопрошаем: «А смысл?» – и выдвигаем разумное обоснование своего отказа. При этом в жизни каждого из нас есть такая ерунда, которой мы можем запросто, не задумываясь, отдать полдня. В чем разница? Она в том, что наша ерунда нас *радует*. И куда, спрашивается, девается жажда смысла?!

«Философия» *всегда* настигает в моменты кризиса. Это факт! Поиски смысла своего бытия начинаются *только тогда*, когда жизнь перестает приносить радость в силу объективных или субъективных причин. Это лучше всего доказывает истину: смысл жизни заключается в том, чтобы мне было хорошо. *Поэтому, когда хорошо, о смысле не вспоминают*. Итак, в контексте тематики книги Екклесиаста, вышеупомянутая польза или выгода – это такое удовлетворение от жизни, которое неуязвимо ко всем опасностям падшего мира (1:8). Что может дать его? Что среди всех смыслов принесет такую радость, которую невозможно забрать?

«ПОД СОЛНЦЕМ»

Обратите внимание на фразу «под солнцем». Она встречается часто (27 раз). Это указывает на то, что поиски смысла (удовлетворения) происходят в рамках *земной* жизни. Это поиск только в горизонтальной плоскости, в материальном мире. «Под солнцем» – квинтэссенция мировоззрения тех, для кого на небе есть только неодушевленное солнце (в числе остальных небесных тел), и нет другой причины, по которой бы они поднимали свою голову вверх.

Если учесть, что Соломон много надежд возлагал на жизнь под солнцем, нам станет понятнее уныние того, кто, будучи пророком, должен был быть образцом жизнерадостности и оптимистического взгляда в будущее. *На земле* он попытался утолить жажду смысла жизни. Как следствие, некоторые его выводы вызывают, по меньшей мере, недоумение. Например:

...потому что во многой мудрости много печали;
и кто умножает познания, умножает скорбь. (1:18)

Чего бы глаза мои ни пожелали, я не отказывал им,
не возбранял сердцу моему никакого веселья... (2:10)

И возненавидел я жизнь, потому что противны стали мне дела, которые делаются под солнцем; ибо все – суета и погоня за ветром! [1] *(2:17)*

[18] Сказал я в сердце своем о сынах человеческих: «Бог испытывает их, чтобы они видели, что они подобны животным» [2]; *[19] потому что участь сынов человеческих и*

---

[1] Синод. пер.: «...суета и томление духа!» (2:17).

[2] Синод. пер.: «...о сынах человеческих, чтобы испытал их Бог, и чтобы они видели, что они сами по себе животные...» (3:18).

участь животных – участь одна: как те умирают, так умирают и эти, и одно дыхание у всех, и нет у человека преимущества перед скотом, потому что все – суета! (3:18–19)

Довольно пессимистично, согласитесь? Нельзя правильно истолковать эти и многие другие стихи, не учитывая привязанности царя к временным ценностям. Обратившись от Бога к миру в поисках радости, он жил в состоянии непреходящего разочарования. *Мировоззренческий тупик безбожия – на каждой странице Екклесиаста!* Не погрешу, если скажу, что Соломон не так любил Бога, как его отец, хотя в самом начале своего царствования имел любовь к Нему (3 Цар. 3:3). В дальнейшем же потерял ее, как об этом повествуют исторические книги Ветхого Завета. Это не значит, что он потерял веру. Умом он прекрасно понимал, что Бог – это реальность, что после смерти будет Суд и некая дальнейшая форма существования. Но это знание не сильно влияло на его практическую жизнь. Подобным образом плотские христиане цепляются за некоторые мирские ценности, хотя уже знают истину.

Соломона нельзя назвать атеистом, но под определение «материалист» он вполне попадает. Ему было далеко небезразлично, что он ест, во что одевается, где живет, что о нем говорят другие. Условия жизни для него имели значение. Он любил роскошь и окружал ею себя; любил достижения и стремился к ним; любил удовольствия и ни в чем себе не отказывал. В том-то и проблема, что почти все, что он *любил*, находилось на земле. Сын Давида был специалистом в жизни «под солнцем».

В контексте данных размышлений мне хотелось бы кратко показать вам разницу между писаниями Давида и Соломона на примере книг Псалмов и Притч. Делаю я это *только* для того, чтобы яснее понимать книгу Екклесиаста и роль Соломона в Божьем замысле передачи откровения.

Псалмы (Давид)	Притчи (Соломон)
Бедный пастух (получил свой трон путем страданий и войн).	Принц (унаследовал трон).
Много богословия в контексте поклонения. Экспрессия, эмоции, страсть, жажда к Богу, любовь к Богу и к Его Слову.	Много богословия в контексте поучения. Рассудительность, наблюдения, расчет, констатация фактов, предупреждение.
О том, как поклоняться Богу, прославлять Его.	О том, как долго и успешно прожить на земле, используя закон сева и жатвы себе во благо.
Отрывают взор от земли, от проблем, от страхов, переживаний и обращают его к Богу. Учат многому, но особенно упованию и радости в Боге.	Учат разуму, мудрости, праведности, страху Божию.
Молитвы по характеру, но учение по содержанию.	Только учение.

У Соломона тоже есть, как минимум, один псалом (Пс. 127). Прочтите его. Он вам ничего не напоминает? Да, это опять-таки не молитва, а учение в духе Притч. Значит ли это что Писания Соломона менее богодухновенны, чем Писания Давида? *Конечно, нет!* И я хочу подчеркнуть этот момент с особой ясностью. Пожалуйста, не пропустите моих слов. Писания Соломона стопроцентно богодухновенны и заслуживают абсолютного доверия, как и вся Библия. Интересно, однако, видеть, как Бог использует индивидуальные особенности авторов для передачи Своего Слова. Откровение – это не всегда просто диктовка с машинальным записыванием (Иер. 36:1–2). Во время создания канонических книг Бог взаимодействовал с автором, используя его биографические данные, образование, характер, опыт (Иер. 20:9–13). Для написания Псалмов лучше всего подходил Давид – человек непрестанных молитв, глубоко влюбленный в Бога и Его Закон, муж по сердцу Его, порывистый, энергичный, импульсивный, умеющий *наслаждаться Богом, а не тем, что Он дает.* Поэтому Псалмы считаются инструкцией по поклонению. Для написания книги Притч и книги Екклесиаста нужен был Соломон со своей мудростью, аналитическим складом ума, определенными жизненными устремлениями и специфическим опытом.

Мы не видим у Соломона духовных черт Давида, при всем уважении к нему, как к Божьему пророку. Поэтому нельзя толковать книгу Екклесиаста в отрыве от жизни ее автора (что, впрочем, касается и некоторых Псалмов). И порой придется говорить о нем нелестное, ведь, что поделать, на фоне других авторов Библии он выглядит не очень благообразно. Не хотелось бы подсушивать репутацию Соломона только потому, что его перу принадлежат три канонические книги. Нужно мужественно встретить лицом к лицу простую истину: он тоже был грешник, да еще какой! Под конец жизни он строил идольские храмы и служил Астарте (3 Цар. 11:5–8). Велика милость Божья к нему! Книга Екклесиаста не становится менее богодухновенной от того, что ее земной автор в старости как будто с цепи сорвался. Для ищущих повода хочу повторить еще раз: Соломон – Божий пророк, написавший три книги Священного Писания. *Он был верующим человеком!*

В самом начале своего царствования Соломон попросил у Бога мудрости и получил ее. Она снабдила его необходимым «оборудованием» для постановки правильной цели и ее достижения. Но что-то пошло не так. На ум приходит следующая иллюстрация. Представьте себе кладоискателя на территории в десять квадратных километров, вооруженного только лопатой. Каковы его шансы на успех в сравнении с другим модернизированным кладоискателем, приехавшим на раскопки на экскаваторе, с металлодетектором в руках? Согласитесь, они ничтожны. Однако если добавить один нюанс, то все преимущества последнего сводятся на нет. Когда роешь там, где сокровища отродясь никто не закапывал, то никакая техника не поможет. В то же время, если на руках есть точная карта, то и одной лопаты достаточно. Соломон олицетворяет собой второго великолепно экипированного кладоискателя, доверившегося своей интуиции, и отвергшего указания карты. Истинное сокровище спрятано не на земле, но именно ее он перепахал вдоль и поперек. Он посвятил свою жизнь заведомо разочаровывающему делу: изучению того, что делается под солнцем, и жил лицом вниз, тогда как его отец жил лицом к небу. Не внял он словам Давида, пытавшегося наставить его перед смертью:

...и ты, Соломон, сын мой, знай Бога отца твоего и служи Ему от всего сердца и от всей души, ибо Господь испытует все сердца и знает все движения мыслей. Если будешь искать Его, то найдешь Его, а если оставишь Его, Он оставит тебя навсегда. (1 Пар. 28:9)

И ведь охранительная молитва была:

Соломону же, сыну моему, дай сердце правое, чтобы соблюдать заповеди Твои, откровения Твои и уставы Твои, и исполнить все это и построить здание, для которого я сделал приготовление. (1 Пар. 29:19)

Кроме того, Сам Бог являлся Соломону дважды, напоминая о повиновении. Второй раз это произошло сразу после постройки храма. На его торжественном открытии царь молился длинной, красивой, глубокой молитвой и просил Его вселиться в Свой дом (2 Пар. 6). Господь ответил ему (2 Пар. 7:12–22; 3 Цар. 9:1–9). Я бы хотел *очень вольно* перефразировать суть того, что было сказано царю. «Соломон, спасибо, конечно, что построил это величественное сооружение, но хочу тебя предупредить, что этим Мне не угодишь. Более всего Я хочу послушания и исполнения Моих повелений. Если ты и Израиль отступите от Меня, то я сотру с лица земли эти аккуратно сложенные кирпичи и вас вместе с ними. Без преданных Мне сердец это строение – ваш обвинитель!»

Это было очень важное предупреждение для израильтян, ибо люди более склонны к религии, нежели к чистой вере. Для формального верующего религиозные обязанности крепко связаны с культовым сооружением. Евреи гордились своим храмом, хвастались им перед другими и видели в нем свою уникальность и достоинство нации. «Вот, мол, посмотрите, какое великолепие мы отгрохали своему Богу. Это *наш* Бог! Ни с кем не поделимся!» Действительно, строительство храма было величайшим событием в истории народа со времен Исхода. Яхве должен был поселиться среди них. Многим казалось, что теперь они заживут, как в сказке, ведь Он, должно быть, жутко доволен, что Ему построили дом. История уже подтвердила факт: чем больше внимания уделяется религиозным постройкам, тем меньше внимания уделяется Богу и духовным нуждам. До человека всегда с трудом будет доходить, что значит поклоняться в Духе и истине.

Поэтому, как только храм «ввели в эксплуатацию», всем было необходимо уразуметь, что Богу нельзя угодить великолепным архитектурным сооружением в Его честь. Для самого Соломона это было важное предупреждение, потому что у него были свои искушения. Как не думать, что, вот мол, я поставил Богу храм. Не мой великий отец Давид, а Я! Под *моим* руководством была построена вся эта красотища. Теперь я, наверное, заслужил от Него особое расположение, и выполнил главное дело своей жизни.

Ему и нам полезно помнить, что строительство само по себе не требует никаких духовных усилий. Оно требует лишь навыков строителя и творческих способностей, что есть в изобилии и у неверующих. Бог знал: от того, что этот храм будет стоять и занимать место, ничья духовная жизнь никак не улучшится. Ходить туда и даже молиться – не равняется угождать Ему. Самое главное – искать Его лица, исполнять заповеди, предать Ему свое сердце. Почему же самый мудрый человек не послушал мудрого совета? Почему он не предал свое сердце Богу? Потому что предал его чему-то другому.

И предал я сердце мое тому, чтобы исследовать и испытать мудростью все, что делается под небом… (1:13)

Предать сердце – это сильное выражение, означающее полную посвященность. Поиск мудрости – доброе занятие, если только оно не перебегает дорогу поиску Бога. Не секрет, что эти два занятия не всегда преследуют одну цель. К сожалению, у Соломона так и получилось. Он посвятил себя изысканию знаний. Екклесиаст – иудейский философ, пытавшийся осмыслить человеческое бытие. Надо признать его огромное преимущество перед греческими коллегами, которые в попытках докопаться до истины могли рыться только в потемках собственного безбожного ума. Что можно найти внутри своего разума, если там истины нет и быть не может?! *Внутри* человека истины нет. Для того чтобы хотя бы соприкоснуться с ней, нужно соприкоснуться с Божьим откровением. Оно у Соломона было, как личное, так и письменное. Кроме того, Соломон получил от Бога особую мудрость. С истиной в одной руке и мудростью в другой, у него были все шансы найти подлинный смысл жизни.

ЧЕГО СОЛОМОН ДОСТИГ И ЧТО ОСОЗНАЛ НА ПУТИ ПОИСКА СМЫСЛА ЖИЗНИ

Соломон владел всеми царствами от реки Евфрата до земли Филистимской и до пределов Египта. Они приносили дары и служили Соломону во все дни жизни его. (3 Цар. 4:21)

И жили Иуда и Израиль спокойно, каждый под виноградником своим и под смоковницею своею, от Дана до Вирсавии, во все дни Соломона. (3 Цар. 4:25)

29 И дал Бог Соломону мудрость и весьма великий разум, и обширный ум, как песок на берегу моря. 30 И была мудрость Соломона выше мудрости всех сынов востока и всей мудрости Египтян. 31 Он был мудрее всех людей, мудрее и Ефана Езрахитянина, и Емана, и Халкола, и Дарды, сыновей Махола, и имя его было в славе у всех окрестных народов. 32 И изрек он три тысячи притчей, и песней его было тысяча и пять; 33 и говорил он о деревах, от кедра, что в Ливане, до иссопа, вырастающего из стены; говорил и о животных, и о птицах, и о пресмыкающихся, и о рыбах. 34 И приходили от всех народов послушать мудрости Соломона, от всех царей земных, которые слышали о мудрости его. (3 Цар. 4:29–34)

У Соломона богатый перечень достижений, некоторые из которых упомянуты в Екклесиасте. Его жизнь – это сплошной успех. Это слава, власть, неисчислимые богатства, мудрость. В истории Земли мало кто имел право судить о великих достижениях с точки зрения *опыта*. Одно дело – глубокомысленно рассуждать о том, что не в деньгах счастье, не имея возможности разбогатеть. Другое – такой же вывод разочарованного мультимиллиардера. Одно дело

– фантазировать, что я бы сделал, имея неограниченную власть. Другое – иметь ее и распоряжаться судьбами, как пешками на шахматной доске. Одно дело – напыщенно разглагольствовать об опасностях людской славы, будучи никем. Другое – быть известным на весь мир уже на протяжении трех тысяч лет. Поэтому слова *этого автора* имеют особый вес. Он знал, о чем говорил. После тщательного поиска и исследования, вот его вердикт:

Видел я все дела, какие делаются под солнцем, и вот, все – суета и погоня за ветром! [3] *(1:14)*

Все дела, занятия, проекты, развлечения, отношения, все, чем можно занять себя в рамках материалистического мировоззрения, подпадает под огромный, несмываемый штамп: *суета!* Давайте сразу дадим определение этому слову с точки зрения Екклесиаста. *Суета – это любая деятельность, которая ничего не инвестирует в жизнь после смерти, то есть в вечность.* Это дела исключительно временного характера, все плоды которых останутся на земле или исчезнут. В самом общем смысле суета – это образ мышления, порожденный плотскими ценностями, и как следствие – такой образ жизни.

Нельзя сказать, к примеру, что домашние дела автоматически – суета, а служение Богу – нет. Иная домохозяйка вкладывает в вечность больше чем, известный проповедник. Можно заниматься домом и делать это ради Бога. Можно заниматься служением и делать это ради собственных амбиций. Духовная практика со сбитой мотивацией не собирает сокровища на небесах, а значит, тоже является суетой (1 Кор. 3:12–14). Поэтому важно добавить: *суета – это любая деятельность ради себя, а не ради Бога!* А все, что ради себя, не может приносить непрекращающегося

---

[3] Синод. пер.: «…суета и томление духа!» (1:14).

удовлетворения. Даже самый сильный восторг, но эгоистичный по своей сути, рано или поздно угасает. То же случилось с Соломоном. Всем своим успехам он выносит приговор: суета. Похоже, что в конце жизни он находится у разбитого корыта. Достигнув всего, он не достиг желаемого — не смог стать счастливым.

РЕЗУЛЬТАТ ПОИСКА СМЫСЛА ЖИЗНИ

И возненавидел я жизнь, потому что противны стали мне дела, которые делаются под солнцем; ибо все — суета и погоня за ветром! [4] *(2:17)*

В итоге Соломон возненавидел жизнь в целом, само существование человека, ибо по всему выходило, что оно бессмысленно: суета и погоня за ветром. И это заявление одного из самых успешных представителей рода человеческого, пришедшего к такому заключению опытным путем. Он идеально подходил для эксперимента под названием «Можно ли быть счастливым без Бога?». «Ах, если б у меня было то или это, я был бы счастлив!» — вздыхают люди и из последних сил карабкаются по лестнице грез. Тянут дрожащие руки к своим звездам, манящим их свысока. Они мучаются, страдают, злятся, завидуют и изнывают от желания подняться хоть на ступеньку выше. Воображение рисует счастье, которое подарит им их мечта. Только бы сорвать свою звездочку с неба! Только бы долезть!

А вот *исповедь* того, кто всю жизнь карабкался по лестнице успеха, причем проворнее остальных. Столько сил, здоровья, умственной энергии, времени и денег было потрачено для того, чтобы подняться к звездам. Но добравшись до самого верха, он обнаружил… что небо мирских достижений — картонное, а звезды на нем — нарисованные.

---

[4] Синод. пер.: «…суета и томление духа!» (2:17).

И в каком состоянии или настроении он должен после этого пребывать?! Именно в таком, какое *сквозит* со страниц книги. Пусть это не смущает вас. Он не единственный пророк, находившийся в плачевном состоянии. Вспомните Иону, который в бессильной злобе просил себе смерти из-за того, что Бог пощадил ниневитян. Божий служитель желал смерти тем, кого Господь решил помиловать. Такое бывает. И Небесный Автор не скрыл от нас эту детскую истерику Ионы за стенами Ниневии (согласитесь, его дерзость шокирует).

Существует распространенное мнение о том, что содержание книги Екклесиаста – это плод покаяния Соломона в конце жизни. Саму книгу, конечно, покаянием назвать трудно, ибо там нет *ни единого переживания* о всепоглощающем материализме, а лишь его упоминание и анализ. Я прекрасно понимаю христиан, жаждущих духовной реабилитации Соломона. Я и сам ее жажду. Однако не хочу делать выводов на основании своих предпочтений. Я читаю в Библии, как Соломон пал (3 Цар. 11:1–10). При этом я не нашел в Писании ни строчки, хоть намекающей на то, что он остановился. Возможно, я был невнимателен. В содержании книги Екклесиаста я вижу развенчивание его собственных мировоззренческих заблуждений, множество правильных наблюдений о падшем мире и учение об истинном смысле жизни. Я бы не сказал, что данная книга – это его внезапное прозрение перед смертью. Подозреваю, что он всегда знал истину, даже когда строил идольские храмы своим женам. Делая это, он нарушал заповеди, о которых был прекрасно осведомлен. Подобным образом, вышеупомянутый пророк Иона *знал, что грешит,* улепетывая от Бога. Он просто поступал по желанию своего сердца. Мы все так умеем! Мы видим разницу между тем, что правильно, и тем, что *хотим,* выбирая при этом второе. Так вот, в Екклесиасте я нахожу интеллектуальное исповедание богоотступничества. Вылилось ли оно в глубокое поклонение и кардинальные изменения сердца, я просто не знаю. Прямых упоминаний об этом я в Писании не обнаружил и потому вслед за ним сохраняю молчание, надеясь при этом на лучшее.

Итак, перед нами философски и богословски оформленная автобиография великого человека. Я хочу еще раз подчеркнуть, что это не просто учение, а учение, отталкивающееся от опыта. И именно наличием когнитивного опыта усиливается вразумляющая ценность этого наставления. По своей природе книга Екклесиаста – это Слово Божье, преподнесенное в виде исповеди пророка, поучающего нас о смысле жизни.

Глава 1

Как уже было сказано, фраза «суета сует» – ключевая фраза всей книги. Соломон часто повторяет ее, как будто пытается многократным повторением пробить броню человеческого упрямства, неспособности понимать и принимать истину. Он хочет, чтобы читатель услышал его, внял мудрому предостережению, доносящемуся из глубины веков. Действительно, мы с трудом учимся даже на собственных ошибках, не говоря уже о чужих.

> 2 *Суета сует,– сказал Екклесиаст,–*
> *суета сует,– все суета! (1:2)*

Русское слово «суета», в принципе, неплохо передает смысл еврейского (*хевел*). Это нечто пустое, неважное, незначимое. В оригинальном языке это слово означает дыхание, дуновение, пар и пустоту, то есть отсутствие содержания. Но им же можно передать еще одно значение, а именно бессмысленность. Это будет скорее смысловой трактовкой, а не буквальной, и некоторые переводы преподносят эту фразу именно так: «все бессмысленно», или «ни в чем нет смысла».

Обратите внимание на один нюанс. Буквально фраза читается так: *суета сует*. Чтобы легче понять авторский замысел, вспомните похожие грамматические конструкции в еврейском языке, которые удачно переводятся и нам понятны. В таких сочетаниях первое слово стоит в единственном числе, а второе во множественном. Например, святое святых. Что это означает? Среди святого есть нечто еще более святое, самое святое! Другой пример: Господь господствующих. Идея понятна: господин над всеми господами. Царь царей. Царь над всеми, кто царствует. Песня Песней. Песня над всеми песнями.

Суета сует! Суета над всеми суетами. Самая суетная суета. Самая бессмысленная бессмысленность![1] Другими словами, внутри всего того, что уже само по себе бессмысленно, есть нечто еще более бессмысленное, и вот *об этом* я, Соломон, буду говорить в этой книге. Видите, какое сильное начало. И далее начинаются его размышления на эту тему.

³ *Что пользы человеку от всех трудов его,*
которыми трудится он под солнцем?
⁴ *Род проходит, и род приходит,*
а земля пребывает вовеки.
⁵ *Восходит солнце, и заходит солнце,*
и спешит к месту своему, где оно восходит.
⁶ *Идет ветер к югу,*
и переходит к северу,
кружится, кружится на ходу своем,
и возвращается ветер на круги свои.
⁷ *Все реки текут в море,*
но море не переполняется:
к тому месту, откуда реки текут,
они возвращаются, чтобы опять течь. (1:3–7)

О 3 стихе мы уже говорили во Введении. Напомню лишь, что это древняя форма вопроса «В чем смысл жизни?». Он сразу дает нам понять, о чем пойдет речь, какая тема будет раскрываться.

---

[1] Longman T. The Book of Ecclesiastes. Grand Rapids, MI: Eerdmans, 1998. P. 61.

⁴ Род проходит, и род приходит,
а земля пребывает вовеки. (1:4)

«Что суетнее той суеты,– говорит Иероним, один из отцов церкви,– что земля, созданная для людей, пребывает, а сам человек, господин земли, мгновенно распадается в прах?»[2] Когда я держу на руках своего сынишку, такого красивого, милого и драгоценного, я нахожу великим извращением жизни тот факт, что (если Бог позволит) ему предстоит вырасти, состариться и распасться в прах вслед за мной. Тяготы старения, болезни и смерть так не согласуются с этими розовыми щечками, алыми губками, синими глазками и звонким смехом. Это какая-то непостижимая, трагичная, злая ирония человеческого бытия. Поколение за поколением сменяют друг друга в нескончаемой гонке столетий. Миллиарды людей, топтавших эту землю, уже исчезли в водовороте времени. Мы исчезнем. Те, кто будет после нас,– тоже. Почему так происходит? Потому что после грехопадения время намотано на катушку *цикличности.*

Цикличность

Все течет и движется, но не вперед, а по кругу. Вслед за «Толковой Библией» А. П. Лопухина назовем это *беспрогрессивным круговращением*[3]. Все процессы на земле повторяются снова и снова на протяжении тысяч лет, а человек, как отдельная личность, не повторяется. Одно и то же солнце провожает старика и тут же встречает новорожденного. Одному говорит: «Прощай навеки»,– другому: «Здравствуй». Бездушное светило пребывает, а живые, чувствующие, думающие люди, созданные по образу вечного Бога, отправля-

---

[2] Цит. по: Толковая Библия: Ветхий Завет: в 5 т. / под ред. А. П. Лопухина. М.: Даръ, 2008. Т. 3. С. 663.

[3] Там же. С. 657.

ются в могилу. Поколение за поколением так называемые цари природы уходят на корм червям, а солнце, ветер, реки, горы и моря, которые были созданы как среда обитания этих царей, остаются и безразлично наблюдают за миллиардами маленьких и больших драм. Декорации остаются, а актеры сменяются (1:4). Это какой-то вселенский системный сбой. Однако у него есть объяснение, которого мы коснемся позже.

Благодаря тому, что наш мир – это замкнутая система, в которой в принципе не может появиться ничего нового, здесь действует закон цикличности. Он заложен в основание нынешнего миропорядка. Повторяемость всех процессов позволяет многое предсказывать. Главное – уметь наблюдать и правильно толковать политические, экономические, социальные и прочие явления. Кроме того, благодаря замкнутости системы, *бесконечное развитие невозможно.* Каждой части творения (одушевленной и неодушевленной) назначены пределы. Есть только определенный ограниченный набор возможностей, чувственных ощущений и занятий. Но мало кто размышляет о концепции эмпирического предела. Все просто стремятся к доступным благам, ставят перед собой цели, исходя из принципа, что есть только одна жизнь, от которой надо взять все, что можно. Человек входит в этот мир с твердой решимостью стать счастливым, а иначе, зачем жить?! И каковы его шансы на успех? Никаких, в том числе и из-за *трех следствий закона цикличности.*

Первое следствие закона цикличности: **все вещи утомляют,** надоедают.

> [8] *Все вещи утомляют[4]:*
> *не может человек пересказать всего;*
> *не насытится око зрением,*
> *не наполнится ухо слушанием. (1:8)*

---

[4] Синод. пер.: «Все вещи – в труде…» (1:8).

Обратите внимание на начало 8 стиха (в Синодальном переводе он звучит, по меньшей мере, странно). Мы все не раз испытали на себе этот предательский механизм, сопровождаемый парадоксом. Рано или поздно все наскучит и утомит. Нет ничего, что могло бы вечно удерживать на себе мое внимание и интерес. Начав какое-нибудь новое увлекательное занятие, однажды я смогу сказать об этом, образно выражаясь, «наелся». Но в то же самое время я *не* наелся. Пришло пресыщение от конкретного занятия, но общее чувство голода осталось. «*...Не может человек пересказать всего; не насытится око зрением, не наполнится ухо слушанием*» (1:8).

Через пять органов чувств наш дух взаимодействует с материальным миром. Они – каналы, по которым доставляется вся информация извне и наполняет нас. Зрение же и слух – самые важные из них. Поэтому, хотя здесь говорится о глазах и ушах, подразумевается душа, которая вечна по своей природе (о чем мы будем говорить позднее), и поэтому, в каком-то смысле, ненасытима. Чем бы образ Божий ни пытался себя занимать отдельно от Творца, духовно он остается голодным. «*Все труды человека – для рта его, а душа его не насыщается*» (6:7). Нескончаемые разговоры, видение и слушание не наполняют. Почему так? Все просто: *мы созданы для чего-то большего, чем тварный мир может нам предложить*. Даже во всем своем разнообразии и красоте он не в состоянии удовлетворить экзистенциальный аппетит потомков Адама. На какое-то время творение может завлечь своими яркими цветами, удивительными находками, сложностью своего устройства, но рано или поздно происходит пресыщение, но не насыщение (позволю себе этакий лексический нюансик). Сколько бы я ни повидал на своем веку, как много бы ни узнал и ни услышал, ничего из испытанного неспособно привести меня к такому состоянию, когда душа вместо утомления обретет успокоение.

Исповедь того, кто на себе *испытал* все то, о чем мы боимся даже мечтать, очень важна. Наше отличие от Соломона в том, что мы никогда не получим возможности все попробовать. Мы умрем, так никогда и не став такими богатыми, чтобы забыть, что значит «хочу, но не могу себе позволить». Никогда не будем обладать такой властью, чтобы никого не бояться. Никогда не будем так популярны и востребованы, что первые лица государств будут приезжать к нам за советом. Большинство это осознают и поэтому, не переставая мечтать, стараются при этом ставить достижимые цели. В сутолоке дней они меняют одни доступные увлечения на другие. Добившись чего-то и наигравшись, ставят новые ориентиры, загораются интересом к еще не испытанному. Все цели (без исключения) выбираются исходя из их потенциальной способности принести радость. Тут уж, кому что ближе. И так всю жизнь.

Например, на этой планете можно найти всевозможные чудесные красоты природы, от которых замирает сердце. Красота вообще обладает властью, потому что приносит эстетическое удовольствие. А все, что приносит удовольствие, имеет тенденцию порабощать. Почему мы сразу начинаем фотографировать то, что нравится? Потому что мы хотим унести красоту с собой, смотреть на нее и получать радость от созерцания. Так мы пытаемся продлить прекрасное мгновение. Разве вы никогда не сожалели, что нельзя поставить на паузу шикарный закат, золотую осень, весеннее цветение? Я лично только об этом и думаю, упиваясь ими. Но вы, наверное, уже заметили, что рано или поздно *привыкаете к любой красоте*. Кто из нас не мечтал о домике на берегу океана? Я мечтал и именно потому, что хотел, чтобы мои глаза вечно радовались, созерцая его. Точнее, я хотел, чтобы океан (через глаза) наполнил мою душу особыми переживаниями, отрывающими от обыденности жизни. Я верил, что поселившись в таком месте, смогу пребывать в постоянно восторженном состоянии духа, которое мне нравится само по себе. Я как бы просил: «Океан, дай мне возвышенных чувств. Наполни мою душу твоей красотой и величием. Наполни мою душу… собой!»

Прошло время, прежде чем я понял, что океан не сможет мне помочь. И те, кто живет на побережье, подтвердят вам, что я прав. Первое время вы будете частенько пялиться на волны, океанские рассветы или закаты, наслаждаясь всевозможными оттенками воды и неба. Но придет время, и вы привыкнете к этому зрелищу, будучи поглощены заботами века сего. Глаза насмотрятся на величественную игру волн. Уши наслушаются умиротворяющими звуками прибоя, но наполнения не произойдет. Океан просто перестанет давать вам то настроение, которое давал в начале (1:8а). Он вас подведет. То же самое касается красот гор, лесов, озер, водопадов и любой части творения, способного зачаровывать. При наличии времени и ресурсов теоретически возможно облазить всю землю от и до, и, о ужас… *ко всему привыкнуть!*

Второе следствие закона цикличности звучит так: **на земле не может возникнуть ничего нового,** что кардинально отличало бы жизнь одного поколения от другого.

> ⁹ *Что было, то и будет;*
> *и что делалось, то и будет делаться,*
> *и нет ничего нового под солнцем.*
> ¹⁰ *Бывает нечто, о чем говорят:*
> *«Смотри, вот это новое», —*
> *но это было уже в веках, бывших прежде нас. (1:9–10)*

Это прямой результат того, что мир цикличен и является замкнутой системой, как было уже упомянуто. Соломон опытным путем обнаружил, что всё рано или поздно надоедает. Это проблема, с которой можно было бы мириться при условии, что всегда можно занять себя чем-то новеньким. Но в том-то и беда, что *нет ничего нового под солнцем!* Однажды наступает предел, достигнуть которого не все могут себе позволить. Соломону же разрешили похватать все звезды с небес, чтобы показать, что количество их ограничено. Ни о какой бесконечности и речи не идет в мировоззрении «под солнцем». То есть, однажды хватать стало нечего! Не было уже ничего из того, что он еще не попробовал, не испытал, чего-то кардинально нового, чем можно себя занять. Он понял, что находится в клетке. Эта клетка – Земля! Она большая, красивая, наполненная всякими интересными штуками, но все равно – *клетка!* И на этой огромной планете, оказывается, нет ничего, что могло бы заполнить собой душевную пустоту. Душа глубже океана! Она бездонна!

Жизнь каждого поколения состоит из однообразных вещей, ограниченных формой земного бытия. Например, есть разные вкусовые ощущения от еды. Она входит в рот, переваривается в желудке, и какой бы она ни была разнообразной, чувство сытости при этом одинаковое. Развлечения бывают разные, но по сути, это всё развлечения. После даже самых «адреналинистых» из них, приходит та же самая скука. Работа бывает разная, но в принципе, это всё умственный и физический труд. После него устают, нуждаются в еде и сне. Жилища бывают разные, но по назначению они остаются жилищами. Хоть и в огромном доме, в каждый настоящий момент времени вы можете находиться только в одном месте и занимать минимум пространства. Предметы домашнего обихода варьируются по качеству, но функционально ничего не меняется. Деревья и растения делятся на обыкновенные и диковинные, красивые и не очень, большие и маленькие, пахучие и вонючие, но по своей сути, это деревья и растения, устроенные по одному принципу. Безродный пес вроде отличается от благородного снежного барса, но оба – животные. То же касается всех видов жизни на Земле.

Кто-то в безумии меняет супруга, но взамен берет другого грешного человека (никак не ангела). Человеческие отношения способны приносить ограниченное количество временной радости. Меняя их, вы не можете сделать радость *качественно* иной (только количественно). День жителей

Африки, Америки, Австралии, Азии и Европы наполнен приблизительно одинаковым содержанием. Они спят, едят, ходят на работу, создают семьи, рожают детей, по своему развлекаются, испытывают похожие трудности в работе, в отношениях, со здоровьем. Нет в принципе ничего нового под солнцем, что могло бы изменить жизнь отдельного человека так, чтобы она вдруг стала радикально отличаться. То же самое относится и к смене поколений.

Законы мироздания нерушимы. Мы не в состоянии их изменить, как бы этого ни желали. Как бы ни жаждали мы выйти за рамки своих возможностей, нам это не под силу. В сутках всегда будет двадцать четыре часа. Закон гравитации всегда будет тянуть вниз. Наши тела останутся слабыми и хрупкими, не позволяя вытворять с ними все, что мы вздумаем. У нас есть ограничения и лимиты.

Говорят, предела совершенству нет. Поверьте: *есть!* Именно благодаря тому, что этот мир замкнут и цикличен, совершенству есть предел. Мы живем хоть и на гигантском, но шаре, который не увеличивается в размерах. И все, на что вы направите свое внимание под солнцем, имеет *границы*. Вы можете исследовать любую часть творения: большую и маленькую,– но каждая из них имеет пределы, а значит рано или поздно вы соберете всю доступную информацию об изучаемом объекте. Например, теоретически вы можете собрать в свою коллекцию *всех* бабочек, обитающих на планете. То, что вы будете коллекционировать дальше, тоже не безгранично, включая само количество коллекций.

В какой-то момент заскучал и Соломон, ибо ничто уже не могло его взбудоражить и возбудить интерес. Мудрость подсказывала ему, что развлечься и заняться на этой планете больше нечем. А если и есть чем, то в конце будет точно такая же, сводящая с ума, пустота.

Третье следствие закона цикличности: **каждое поколение повторяет одни и те же ошибки и грехи.**

¹¹ Нет памяти о прежнем;
да и о том, что будет, не останется памяти у тех,
которые будут после. (1:11)

При том, что на земле из поколения в поколение происходят одни и те же вещи: браки, рождение детей, труд, отдых, смерть, те же самые проблемы, последующие поколения не имеют памяти о том, что было до них. Нравственное убожество человечества будет проявляться в каждом поколении. И выученное стариками за свою жизнь путем проб и роковых ошибок молодые отвергнут только для того, чтобы усвоить то же самое, но на *собственном* опыте. История ничему не учит! Поэтому в ходе истории не происходит морального совершенствования. Парадокс в том, что каждое поколение, интересуясь жизнью предков, упускает нечто важное из своего исследования, обнуляя этический счетчик ошибок. Никто не против расти технологически. Человечество умеет накапливать и передавать практический опыт и знания следующим поколениям. Технологии успешно развиваются на протяжении всей истории Земли. Они очень удобны для грешника, ведь с ними можно еще эффективнее ублажать свою плоть. Этически же остаются те же самые проблемы и те же самые неверные методы их решения, те же самые больные отношения, те же самые грехи. Как было у родителей, так будет и у детей, потому что они дети одного и того же проклятия.

И, казалось бы, разве трудно научиться на чужих промахах, которые совершаются у тебя перед глазами?! Многие говорят: «Вот у меня никогда не будет такой ужасной семьи, как у моих родителей. Мой дом будет местом отрады и утешения». Но однажды, очнувшись, они понимают, что живут той же самой жизнью, точно так же ругаются, испытывают те же самые трудности и так же обращаются со своими детьми. Самое пессимистичное в том, что так и будет делаться до скончания веков (1:9). У человечества нет ресурсов, чтобы прекратить этот порочный круг. Земля – это заевшая *пластинка!* Мелодия, доиграв до определенного места, соскальзывает и начинается сначала. Кому-то кажется, что нужно еще чуть больше технологического совершенствования, и мы навсегда вырвемся из водоворота войн, насилия, голода, болезней, преступности, коррупции и т. д. Ведь наша цивилизация обладает такими изобретениями, которые Соломону не приснились бы и в самом чудесном сне. Его современники и не думали, что подобный скачок возможен. Человек уже забрался на Луну! А на Земле точно такие же проблемы, как и три тысячи лет назад, и от них не избавится.

9   *Что было, то и будет;*
    и что делалось, то и будет делаться,
    и нет ничего нового под солнцем. (1:9)

Картину хода истории Земли дополняют следующие стихи:

Что было, то и теперь есть,
и что будет, то уже было, –
и Бог воззовет прошедшее. (3:15)

Не говори:«Отчего это прежние дни были лучше нынешних?» – потому что не от мудрости ты спрашиваешь об этом. (7:10)

Вот какие выводы можно сделать: 1) то, что мы имеем в стране (на земле) на данный момент – не уникальная ситуация. Это уже было в истории, просто, может быть, в чуть иных масштабах и формах. 2) Следующий этап в развитии нашей страны (земли) может быть *другим, но не новым.* 3) Прошлое не следует идеализировать. Раньше было не лучше, и не могло быть. И, самое важное, 4) Бог управляет ходом истории. Обратите внимание, *Кто* позаботится о том, чтобы каждое поколение знало жизнь такой, какой ее знали предыдущие (3:15). Кроме того, что мы сами создаем себе проблемы, есть Создатель, у Которого в руках все рычаги и кнопки. Если бы люди понимали эти неизменные величины в уравнении истории, они бы отрегулировали свои ожидании до того, как это сделает суровая реальность. Но наивность свойственна безумию. Она оптимистично и совершенно безосновательно смотрит в будущее, веря, что жизнь однажды исполнит для нее свою самую прекрасную сонату. А как иначе?

Но великий царь, Божий пророк, поставил крест на наших мечтах о земном рае. Посмотрите, чем была наполнена жизнь предыдущих поколений. Суетой! Этим же самым будет наполнена жизнь нынешнего поколения. Мало кто проанализирует этические промахи предков, потому что ими не интересуются. Интересуются их бытом: как одевались, что ели, в каких домах жили, каким оружием воевали. Интересуются их письменностью, языком, произведениями искусства и литературы, предметами обихода. Ими гордятся, их восхваляют, то и дело помещают ту или иную историческую личность на знамя идеологии. Снимают о них фильмы и пишут книги, делают раскопки и устраивают музеи, но остаются в точно такой же духовной темноте, как и все предыдущие поколения. Минорная, трагичная мелодия истории будет повторяться до скончания веков. Мир заело!

У Него премудрость и сила;
Его совет и разум.
Что Он разрушит, то не построится;
кого Он заключит, тот не высвободится.
(Иов. 12:13–14)

Глава 2

Екклесиаст 1:12–18

Как уже было сказано, понимание следствий закона беспрогрессивного круговращения делает вас почти пророком. Оно открывает глаза на общую схему развития и мира, и человеческой судьбы. Теперь мы знаем, например, что человек рано или поздно пресытится всем земным, но при этом останется голодным, и поэтому нет смысла испытывать это на практике. Писание не ошибается. Знаем также, что в развитии нашей страны или Земли в целом не возникнет никакого кардинально нового этапа, который не был пройден предыдущими поколениями. Это позволяет *избавиться от иллюзий* и направить время, отведенное Богом, на правильные цели. Цикличность невозможно нарушить, как невозможно нарушить закон гравитации. Брошенный предмет неизменно упадет вниз. Безумец – тот, кто не примет во внимание эту закономерность. Мы вынуждены учитывать законы мироздания. Они – как правила игры, к которым можно приспособиться, но нельзя изменить. Глубинное знакомство с устройством бытия дает нам преимущество, а именно: знание того, *что есть реальность!*

¹² *Я, Екклесиаст, был царем над Израилем в Иерусалиме;*

¹³ *и предал я сердце мое тому, чтобы исследовать и испытать мудростью все, что делается под небом. Это тяжкое бремя, которое дал Бог сынам человеческим, чтобы усмирять их[1].*

---

[1] Синод. пер.: «…тяжелое занятие… они упражнялись в нем» (1:13).

¹⁴ Видел я все дела, какие делаются под солнцем, и вот, все — суета и погоня за ветром! [2]

*¹⁵ Кривое не может сделаться прямым,
и чего нет, того нельзя считать. (1:12–15)*

После вторичного намека на свое авторство, Соломон предстает нам, как исследователь мира. Обратите внимание на то, что он представляет себя не столько богословом, сколько специалистом естествознания. Четко обозначенный фокус на творение вместо Творца, предопределил результат его исследований. Напоминаю, что фраза «предать сердце» – выражение, означающее полную посвященность. В случае с Соломоном, это отдача себя исследованию того, из чего состоит жизнь на Земле. Для чего он это делает? Эту посвященность нужно понимать в свете главной его цели: поиска смысла жизни, истинного удовлетворения, другими словами, поиска счастья.

Свою исповедь он начинает с рассказа о том, как надеялся утолить душевный голод через интеллектуальные упражнения, образование и просвещение. Я делаю акцент на слове *интеллект*. Бог дал Соломону острый ум, способность аналитически препарировать концепции, делать правильные выводы о наблюдаемых явлениях. Этот ум он и направил со всей его мощью, но только не туда. Помните пример с экскаватором?

²⁹ И дал Бог Соломону мудрость и весьма великий разум, и обширный ум, как песок на берегу моря. ³⁰ И была мудрость Соломона выше мудрости всех сынов востока и всей мудрости Египтян. ³¹ Он был мудрее всех людей... и имя его было в славе у всех окрестных народов. ³² И изрек он три тысячи притчей, и песней его было тысяча и пять; ³³ и говорил он о деревах, от кедра, что в Ливане, до иссопа, вырастающего из стены; говорил и о животных, и о птицах, и о пресмыкающихся, и о рыбах. ³⁴ И

---

[2] Синод. пер.: «...суета и томление духа!» (1:14).

приходили от всех народов послушать мудрости Соломона, от всех царей земных, которые слышали о мудрости его. (3 Цар. 4:29–34)

Мир со всем, что его наполняет, представлял для Соломона огромный интерес. Он, как губка, впитывал в себя разнообразнейшую информацию, являясь своеобразной ходячей энциклопедией. К нему стекались со всех сторон послушать что-нибудь новое, занимательное, ведь те, кто много знают, представляют интерес. Тогда не было телевизора, радио, интернета, книг. Если хотелось узнать что-нибудь интересненькое, надо было поговорить с интересным человеком. Это был единственный способ. И царь мог рассказать много любопытного о чем угодно. Его интересовала ботаника, зоология, социология, история, политика, экономика. Но при этом его основным призванием была философия. Я настаиваю на этом. Вы скажете: богословие. И это тоже, ведь он Божий пророк, за чьими писаниями признается богодухновенность. Однако объект его исследований – «под небом» (1:13). Вы у него не найдете чего-то наподобие: «К Богу стремится душа моя». Он занимался вопросами устройства мира, действующих в нем законов и познанием того, что есть реальность: одного из основных вопросов философии. Философ, в конце концов,– это, буквально, тот, кто любит мудрость. Соломон настолько ее любил, что попросил у Бога, когда выпала возможность, так сказать, заказать исполнение одного желания.

СОЛОМОН КАК ФИЛОСОФ

Философия не есть что-то негативное само по себе, как думают некоторые верующие. В Послании к Колоссянам божественная мудрость противопоставляется мудрости мирской, названной философией. Но строго с точки зрения терминологии, философия – это не какая-то идеология. Это изучение всего сущего во всей полноте и смысле, формирование целостной картины мира. В этом занятии, разумеется, нет ничего предосудительного. Все дело в исходных предпосылках. Есть христианские философы. Например, один из них наш современник Фрэнсис Шеффер – глубоко мыслящий и глубоко верующий человек.

Так вот, Соломону, как философу искренне нравилось докапываться до сути вещей при помощи своего мощного интеллекта, давать всему оценку, классифицировать, выяснять, каким принципам подчиняется то или иное явление.

¹³ *...И предал я сердце мое тому, чтобы исследовать и испытать мудростью все, что делается под небом... (1:13)*

Поставленную задачу он выполнил. Большинство людей видят мир с одного ракурса: с позиции своей жизни, текущего опыта и того, что они знают о реальности. Это как смотреть на мир в окно или изучать отдельный кусочек мозаики, пытаясь по нему понять, что представляет собой вся картина. Но кусочек мозаики – это часть чего-то целого. Так и отдельная человеческая жизнь – часть чего-то более масштабного. Поэтому, чтобы понять ее в целом, нужна божественная перспектива, доступная только через откровение.

Это ключевой момент. Собирать информацию о каком-либо феномене – не так сложно. Философы, социологи, политологи, экономисты, психологи обнаруживают и наблюдают всевозможные явления в общественной жизни, в религии, во взаимоотношениях, в семье и т. д. Они, надо признаться, преуспели в этом. Но следом за наблюдением неизбежно идет толкование. А вот тут начинаются сложности, ибо увиденному надо дать *правильное объяснение,* то есть ответить на вопрос: «Почему это происходит?» Почему родители бросают детей, почему люди способны на жестокость, почему супруги разводятся, почему столько коррупции во власти и т. д.? Без Слова Божьего невозможно знать истину, а значит, невозможно верно истолковать даже самый очевидный факт.

Оно у Соломона было. Это то, что отличает его от тех философов, кто уповал на свой разум при поиске ответов.

Божье откровение – это *зрение* и *слух,* которые, вдруг включаясь, позволяют заблудшему и безумному человеческому сердцу начать взаимодействовать с реальностью. Разве слепой от рождения видит мир? Разве глухой слышит? Точно так же и философ, чьи размышления не отталкиваются от определенных богословских концепций, ничего не знает о действительности. Ему остается только умозрительно гадать.

Реальность человеческого бытия складывается из трех основных компонентов. Это информация из области откровения, то есть то, до чего невозможно додуматься самостоятельно, какими бы гениальными вы ни были. Можно смутно догадываться о некоторых поверхностных аспектах этих важных истин (благодаря образу Божьему в нас), но чтобы иметь о них неискаженное и ясное представление, нужно, чтобы они были *открыты* Словом Божьим и *истолкованы* Духом Святым. Это своеобразная система координат для создания правильного мировоззрения, это «x, y, z» нашего бытия. Речь идет об учении (1) о сотворении, (2) грехопадении и (3) суде. Как невозможно определить свое местоположение на местности без какого-нибудь ориентира, так *невозможно* подойти к вопросу поиска смысла жизни без этих истин.

Пилоты рассказывают, что во время грозы нужно особенно сильно доверять приборам, потому что в «болтанке» есть опасность вестибулярной дисфункции. По ощущениям кажется, что самолет кренится, в то время как приборы этого не фиксируют. Доверяющий им пилот не будет ничего предпринимать. Тот же, кто доверится своему восприятию реальности более, чем приборам, начнет самолет «выравнивать», а, фактически, кренить.

Крушение ждет того, кто надеется докопаться до истины своим умом, не опираясь на божественное откровение, как на показатели никогда не ошибающихся приборов. Нам нужны абсолюты. У нас нет природной склонности к истине, к тому, чтобы поступать правильно. Мы склонны к обратному. Если бы разум был нейтрален (не подвержен греху), у нас было бы больше шансов делать правильные выводы о жизни. Но от рождения он – в плену заблуждений. Ему нужен свет истины.

⁹ Но, как написано: не видел того глаз, не слышало ухо, и не приходило то на сердце человеку, что приготовил Бог любящим Его. ¹⁰ А нам Бог открыл это Духом Своим; ибо Дух все проницает, и глубины Божии. (1 Кор. 2:9–10)

УЧЕНИЕ О СОТВОРЕНИИ

Как можно понять кто такой человек без истории сотворения?! А она начинается с *Бога!* «В начале сотворил Бог...» (Быт. 1:1). Он – отправная и конечная точка размышлений о том, чем наполнена наша жизнь. Если все от Него, Им и к Нему, то как можно сделать хоть один правильный вывод об устройстве мира, отрицая Того, Кто его устроил и направляет?! Если все течет от Бога к Богу и Им направляется, то Он должен быть внутри *всех* рассуждений, связанных с вопросами бытия. Таким образом, без истории сотворения, а значит, без Творца и Его замысла о нас невозможно определить, кто мы. *Человек, как человек в полном смысле этого слова, не идентифицируется отдельно от Бога.* А если мы неправильно определяем, *что есть человек,* тогда автоматически ошибаемся в определении смысла его жизни. Без Творца и Его предназначения для Своего творения остается что-то наподобие: посадить дерево, построить дом, продолжить род и прочие подобные предположения.

Другими словами, чтобы правильно ответить на вопрос *о смысле жизни,* нужно сначала правильно ответить на вопрос *о происхождении жизни.* Без истины об истоках и причине нашего бытия оно будет истолковываться неверно. Если философ, пытаясь познать реальность, не пользуется богословием Библии, то он ничего не познает. Тогда он просто не понимает, с чем имеет дело. Это переливание из пустого в порожнее. Итогом таких умозаключений будет абсолютный бред, безумие, бессмыслица. А именно такими эпитетами можно охарактеризовать большую часть того, что произвели на свет светские философы. Оно и понятно: слепые и глухие пытались описать мир. При выключенном свете и звуке в сознании дерзнули познать реальность. Соломон же стоял на правильных предпосылках:

Только это я нашел, что Бог сотворил человека правым (учение о сотворении), *а люди пустились во многие помыслы* (учение о грехе). *(7:29)*

УЧЕНИЕ О ГРЕХОПАДЕНИИ

Теперь поговорим о важности учения о грехе. Как возможно объяснить, почему столько зла под солнцем, без доктрины о грехопадении?! Разве получится правильно истолковать человеческие поступки без понимания сущности греха, его законов, масштаба и глубины?! Вот в чем слабость, например, психологов, которые, как бы, являются специалистами в вопросах души. Они внимательно наблюдают за поведением людей, классифицируют, собирают данные. На этом этапе у них есть чему поучиться. Но на этапе толкования начинается полный бред, ибо они понятия не имеют, какова действительная причина наблюдаемых явлений. Для того чтобы прозреть, надо верить истории грехопадения и понимать ее суть, а для них это миф, сказка, примитивная легенда.

Без учения о грехопадении может показаться, что этот мир всегда был так устроен, что это его естественное, но не заслуженное состояние, в котором хозяйничают болезни, природные катаклизмы, смерть. Это учение объясняет, почему нынешняя земля представляет собой нечто качественно иное, вынуждающее выживать (Быт. 3). Грехопадение открывает настоящее лицо жизни под солнцем. В свете этой истины обнажается безумие безбожного ума (1 Кор. 2:14). Она точно определяет происхождение зла, его местоположение, масштаб и эффект.

Нет человека праведного на земле, который делал бы добро и не грешил бы... (7:20)

Это-то и зло[3] во всем, что делается под солнцем, что одна участь всем, и сердце сынов человеческих исполнено зла, и безумие в сердце их, в жизни их; а после того они отходят к умершим. (9:3)

Причина кошмара, творящегося на земле,— человеческое сердце (Иер. 17:9). Не общество, не влияние внешней среды, не эволюционный порядок, требующий выживания сильнейших видов, а сердце, исполненное зла от рождения. В нем корни всех грехов, находящих свое выражение в творящихся вокруг безумствах. Грех – вот источник всех проблем человечества. Все болезни общества – не более чем следствие нравственной «болезни» сердца. И поэтому, когда общество борется с наркоманией, алкоголизмом, преступностью, насилием в семьях, бедностью и т. д., оно, фактически, борется с симптомами, нисколько не затрагивая первопричину заболевания. Проблема греха не решается социальными программами, инвестициями и повышением материального благосостояния.

Какой еще может быть жизнь под солнцем, если на земле нет ни одного праведника (7:20) и сердце сынов человеческих исполнено зла?! (9:3) Соломон знал о грехе, видел его в себе и в людях, а значит, реалистично смотрел на мир. Осознание своей и чужой греховности – очень важный компонент для понимания реальности. Именно моральная наивность в отношении себя и других вынуждает жить в мире иллюзий, по крайней мере, какое-то время.

---

[3] Синод. пер.: «...худо...» (9:3).

Те, для кого грех, как богословская концепция, не является частью осмысления бытия, мучаются, не имея возможности понять, что происходит. Внутри: обиды, раздражение, страхи, беспокойства, недовольство, ненависть, порабощающие страсти. Снаружи: всевозможные трудности и беды, от которых никак не получается избавиться. Это похоже на ситуацию, когда тебя бьют в темноте, но ты не знаешь, кто и откуда. Поэтому, ты просто беспорядочно машешь руками и ногами во все стороны, надеясь защититься. Главная проблема в том, что ты не видишь противника. Он бьет тебя то сзади, то спереди, коварно, неожиданно, больно. И однажды (как правило, поздно) выясняется, что твой неотступный враг – ты сам, твое порочное сердце.

Так большинство своими руками калечат себе жизнь. А как иначе, если безумие в сердце их?! Они остервенело сеют и скорбно жнут, борясь с последствиями собственных грехов и обвиняя всех вокруг. Страдая от других и крайне этим возмущаясь, они не видят, как сами являются причиной чьих-то слез. А если видят, прощают себя мгновенно, не понимая, что мир лежит во зле и из-за них тоже. И плачут, но не о своем моральном ничтожестве, а о недосягаемом счастье.

Проблему нравственного уродства решает только Иисус Христос. Только Евангелие способно отключить в сердце механизм уничтожения себя и других. Правильный взгляд на суть проблемы (грех), ведет к ее верному решению: *покаянию* со всеми вытекающими отсюда смежными доктринами. Итак, реальность включает в себя множество греха в самых разнообразных его проявлениях. Значит, *чем лучше мы видим грех в себе и в других, тем лучше взаимодействуем с реальностью.*

Учение о Суде

Рассуждения о смысле жизни – это, по сути, предположения о том, чему ее *посвятить*. Отсюда возникает вопрос: *как можно знать, чему посвятить жизнь, если не знать, чем она закончится?!* Как можно правильно рассуждать о смысле какой-то деятельности без учета ее итога?! Так и смысл земной жизни *не определяется* без своей финишной прямой: Страшного Суда. Если иметь ложное представление о конце жизненного пути, то рассуждения о том, как его пройти, будут ложными. Учение о Суде – это важная составная часть реальности. Знание будущего помогает понять, чем наполнить *настоящее*. По этому поводу Христос сказал: «...какая польза человеку, если он приобретет весь мир, а душе своей повредит?» (Матф. 16:26). Другими словами, зачем отдавать себя тому, что не только не спасает от Суда, но и гарантирует суровый приговор? В чем смысл временных и сомнительных земных достижений, если в итоге тебя ждет вечное проклятие? Для того и пришел Христос, чтобы взять наши грехи на Себя, чтобы Страшный Суд перестал быть страшным для нас, верующих в Него.

> *...Ибо всякое дело Бог приведет на суд,*
> *и все тайное, хорошо ли оно, или худо. (12:14)*

Итак, философ, который в своих размышлениях о жизни не опирается на библейское учение о сотворении (как жизнь началась), грехопадении (как жизнь извратилась), и суде (как жизнь закончится), понятия не имеет, что такое реальность, а потому не может правильно ответить на исследуемый вопрос (в чем смысл жизни?). Но Соломон не был таким. Его рассуждениям мы можем и *должны* верить, потому что в них четко прослеживаются все три оси координат. У него целостная картина происходящего. Он отталкивается от Божьего откровения, а не от своих измышлений. Он отлично справляется с задачей богословской подготовки к приходу Мессии. Учение о сотворении, грехе и суде – идеальный предтеча для учения о спасении.

Итак, к какому же выводу он приходит касательно своих исследований? К неутешительному.

[13] И предал я сердце мое тому, чтобы исследовать и испытать мудростью все, что делается под небом. Это тяжкое бремя, которое дал Бог сынам человеческим, чтобы усмирять их[4]. (1:13)

Действительность сильно отличается от философско-бытовых фантазий. Мир в своем падшем состоянии устроен таким образом, чтобы причинять страдания. Поэтому, в самом общем смысле, *жизнь под солнцем равняется разочарованию!* Загляните в свое сердце и признайтесь, что ощущаете постоянное противоречие между тем, чего хотите, и тем, чего можете достигнуть. На пути к вашим мечтам *всегда* что-то или кто-то стоит. Интересно, что внутри себя мы обнаруживаем желания, которые на земле неосуществимы. Во многом это объясняется тем, что наша система ценностей изувечена грехом. Отсюда и неправильные желания. Но отчасти это можно объяснить и тем, что мы были созданы для другого мира, в котором нет опасностей, нужды, страданий и зла. Возможно, в нас живет некая память о потерянном рае: о той жизни, которой нас лишило грехопадение. Мы ведь постоянно стремимся улучшить условия существования, не довольствуясь имеющимся. Мы пытаемся *приспособить под себя окружающую среду.* Почему? По той простой причине, что она для нас *не приспособлена.* Бог проклял землю после грехопадения, и теперь тяжкое бремя возложено на человека (1:13б). Он все сделал, чтобы мы не могли обрести здесь покоя. Земля – это место томления души, место страдания и разочарований. Такая концепция, как абсолютное счастье, неприменима к жизни под солнцем. И, если даже *внешне* у человека все хорошо, то *внутренне* он постоянно испытывает чувство неудовлетворенности. Не верите? Посмотрите на Соломона.

____

[4] Синод. пер.: «…тяжелое занятие… они упражнялись в нем» (1:13).

[14] Видел я все дела, какие делаются под солнцем, и вот, все – суета и погоня за ветром! [5] (1:14)

Итак, жизнь под солнцем – суета и погоня за ветром. Не просто суета, а еще и погоня за ветром. Много ли смысла в попытках поймать ветер? Увидев человека с сачком, носящегося по городу и пытающегося схватить ветер, вы сразу поймете, откуда он сбежал? Вот уж подлинное помешательство! Дело даже не в том, что ветер нельзя поймать (а вдруг можно?). Вопрос глубже: *а зачем* его ловить? Зачем он вам, даже если вы его поймаете? Однако все, чему подавляющее большинство посвящает свои мимолетные дни, по сути – погоня за ветром. Семь миллиардов людей, растопырив руки, носятся по улицам. Сумасшествие ведь в том и заключается, что теряется связь с настоящей реальностью и выстраивается своя собственная, наполненная, как кажется, чем-то важным, нужным, достойным. Но в сущности это – пар, дуновение, пустота, бессмысленность. Суета!

Далее Соломон объясняет первопричину такого миропорядка и всех его скорбных законов.

[15] Кривое не может сделаться прямым,
и чего нет, того нельзя считать. (1:15)

Контекст размышлений первой главы Екклесиаста – мир, его устройство и состояние. Очевидно, что он подобен сломанному механизму, подобен заевшей пластинке, на которой Сам Бог наставил царапин. Когда Создатель выслал людей из рая, то, конечно же, позаботился о том, чтобы жизнь за пределами Эдема как можно меньше радовала взбунтовавшееся человечество. Изгнание из него было наказанием, а наказание теряет свой смысл, если оно не причиняет боли. Господь согнул этот мир (1:15а). В дальнейшем Соломон прямо заяв-

---

5 Синод. пер.: «…суета и томление духа!» (1:14).

ляет, что круто закрученные петли «американской горки» бытия смоделированы Богом (а не сатаной).

Смотри на действование Божие: ибо кто может выпрямить то, что Он сделал кривым? (7:13)

Это риторический вопрос, как вы догадались. Кто может выпрямить ухабы житейской трассы, если именно такой ее проложил Бог?! Вы сами? Правительство? Технологии? Деньги? Никто! Никто, кроме Автора наказания. Мы можем лишь приспособиться к среде, в которую Он нас поместил. Ни этот кривой мир, ни наше кривое сердце не могут быть выпрямлены собственными усилиями.

¹⁵ *...И чего нет, того нельзя считать. (1:15)*

В устройстве жизни под солнцем нет того, что мы хотели бы видеть. Здесь отсутствуют важные компоненты для полноценного существования. Это как смотреть телевизор с неработающим звуком. Досадно, но что поделать! Чего нет, того нельзя считать. Другими словами, чего нет, того нет. Перефразирую весь пятнадцатый стих: «Что Бог испортил, ты не сможешь починить, что Бог спрятал, ты не сможешь найти». Он так сильно изменил, согнул, повредил наш земной дом, что о нем теперь нельзя сказать: «Хорошо, хорошо весьма»,— как при сотворении. Теперь здесь царствует смерть, которая рано или поздно сведет в могилу даже самое здоровое тело. Теперь надо зарабатывать тяжким трудом. Теперь есть болезни, причем разнообразнейшие, тяжелые, неизлечимые. Теперь природа ведет себя так, чтобы человек чувствовал, что никакой он больше не царь. Ураганы, землетрясения, цунами, град, паводки, наводнения, сели, засуха, дикий холод, жара, пожары, и т. д. Теперь животные стали опасны, а некоторые из них рассматривают своего «царя», исключительно с кулинарной точки зрения. Можно продолжить перечислять недостатки нашей нынешней среды обитания, но, думаю, вы уже уловили суть: *она нуждается в капитальном ремонте*. Здесь не осуществятся наши мечты.

> *¹⁹ Ибо тварь с надеждою ожидает откровения сынов Божиих, ²⁰ потому что тварь покорилась суете не добровольно, но по воле покорившего ее, в надежде, ²¹ что и сама тварь освобождена будет от рабства тлению в свободу славы детей Божиих. (Рим. 8:19–21)*

Итак, Соломон увидел жизнь под солнцем «во всей красе». Контекст всей книги показывает нам, что он формировал свое мировоззрение на откровении Божьем. Хотя жизнь под солнцем принесла все свои дары к его ногам, а именно: власть, деньги, славу и всяческие удовольствия, она не обманула сына Давида. Мудрец сорвал маску с ее лица, обнажив злобный оскал. Даже находясь в царских хоромах, в золоте и шелке, Соломон страдал от осознания изувеченности мира людей. И осыпанный благословениями с ног до головы, был глубоко несчастен.

> *¹⁶ Говорил я с сердцем моим так: «Вот, я возвеличился и приобрел мудрости больше всех, которые были прежде меня над Иерусалимом, и сердце мое видело много мудрости и знания».*
> *¹⁷ И предал я сердце мое тому, чтобы познать мудрость и познать безумие и глупость: узнал, что и это – погоня за ветром⁶;*
> *¹⁸ потому что во многой мудрости много печали;*
> *и кто умножает познания, умножает скорбь. (1:16–18)*

Настал момент, когда Соломон осознал свое превосходство над предыдущими иерусалимскими царями (включая языческих) в мудрости и знании (1:16). Умный и проница-

---

⁶ Синод. пер.: «…и это – томление духа» (1:17).

тельный, он судил обо всем, и судил правильно, видел истинную природу вещей, знал ответы на сложные вопросы. Если бы вы попросили его помочь решить какую-нибудь проблему, он дал бы ясные, четкие, самые лучшие советы, ведущие к решению ее кратчайшим путем. Он был осведомлен о законах, действующих в мире людей, понимал, как устроено естество человека, и как действует грех.

ЧТО ТАКОЕ МУДРОСТЬ И ЧТО ТАКОЕ ГЛУПОСТЬ?

«*...Сердце мое видело* много *мудрости и знания*» (1:16). Это изобилие познаний он отразил в Притчах (в том числе), которые были собраны в одну книгу после его смерти. Какая там глубина, практичность, и в то же время простота! Сколько полезных принципов, помогающих, например, правильно строить отношения, что, как и когда говорить. Притчи показывают, куда ведет путь неповиновения, и куда – путь послушания. Они учат, как обличать и как принимать обличения, как вести себя с противоположным полом, как выбирать супруга, как избегать искушений, как воспитывать детей и почитать родителей, как относится к материальным благам, как работать, как отдыхать, как учиться, как вести бизнес, и т. д. и т. п. Они учат тому, *как* жить мудро.

И что очень важно, Притчи – это *практическая* мудрость, объясняющая не только *как* жить, но и *почему*. Они ставят Бога в центр жизни и показывают, что мудрость, вообще-то, неотделима от Создателя. Человек не может быть мудрым сам по себе. «Ибо Господь дает мудрость; из уст Его – знание и разум» (Прит. 2:6).

> [17] *И предал я сердце мое тому, чтобы познать мудрость и познать безумие и глупость: узнал, что и это – погоня за ветром[7].*

---

[7] Синод. пер.: «*...и это – томление духа*» (1:17).

*¹⁸ потому что во многой мудрости много печали;
и кто умножает познания, умножает скорбь. (1:17–18)*

Книга Притчей так чудесно говорит о преимуществах мудрости над глупостью. Откуда же такой вывод (1:18)? Что, и это погоня за ветром?! Нет, в этом стихе речь не о нравственной мудрости книги Притч, ибо она блаженна:

*¹³ Блажен человек, который снискал мудрость,
и человек, который приобрел разум,
¹⁴ потому что приобретение ее лучше приобретения серебра,
и прибыли от нее больше, нежели от золота:
¹⁵ она дороже драгоценных камней;
и ничто из желаемого тобою не сравнится с нею.
¹⁶ Долгоденствие – в правой руке ее,
а в левой у нее – богатство и слава;
¹⁷ пути ее – пути приятные,
и все стези ее – мирные.
¹⁸ Она – древо жизни для тех, которые приобретают ее;
и блаженны, которые сохраняют ее! (Прит. 3:13–18)*

Но мудрость, сходящая свыше, во-первых, чиста, потом мирна, скромна, послушлива, полна милосердия и добрых плодов, беспристрастна и нелицемерна. (Иак. 3:17)

В чем же дело? А в том, что не такой мудрости просил себе Соломон, когда Бог предложил: «Проси, чего хочешь».

...Даруй же рабу Твоему сердце разумное, чтобы судить народ Твой и различать, что добро и что зло; ибо кто может управлять этим многочисленным народом Твоим? (3 Цар. 3:9)

Он просил разума, чтобы эффективно править своим народом, просил способности выносить суждения, просил проницательности (3 Цар. 3:11). Он хотел ясно видеть различие между добром и злом. Фактически, он имел в виду умение быть первоклассным руководителем. Обратите внимание, что Бог ему ответил:

...¹² вот, Я сделаю по слову твоему: вот, Я даю тебе сердце мудрое и разумное, так что подобного тебе не было прежде тебя, и после тебя не восстанет подобный тебе; ¹³ и то, чего ты не просил, Я даю тебе, и богатство и славу, так что не будет подобного тебе между царями во все дни твои; ¹⁴ и если будешь ходить путем Моим, сохраняя уставы Мои и заповеди Мои, как ходил отец твой Давид, Я продолжу и дни твои. (3 Цар. 3:12–14)

Перефразирую: «Я помогу тебе стать успешным правителем, а ты старайся быть Моим успешным поклонником». К сожалению, Соломон не внял. *Его жажда мудрости превзошла жажду богопознания.* Но поиск знания отдельно от поиска Бога, отдельно от отношений с Ним и поклонения — это суета и погоня за ветром. Как уже было сказано, он предал сердце, чтобы исследовать мудростью все, что делается под небом, чтобы познать мудрость и глупость. А вот чему предал свое сердце его отец:

> ² *Боже! Ты Бог мой,*
> *Тебя от ранней зари ищу я;*
> *Тебя жаждет душа моя,*
> *по Тебе томится плоть моя*
> *в земле пустой, иссохшей*
> *и безводной,*
> ³ *чтобы видеть силу Твою и славу Твою,*
> *как я видел Тебя во святилище:*
> ⁴ *ибо милость Твоя лучше, нежели жизнь.*
> *Уста мои восхвалят Тебя.*
> ⁵ *Так благословлю Тебя в жизни моей;*

во имя Твое вознесу руки мои.
6 *Как туком и елеем насыщается душа моя,*
и радостным гласом восхваляют Тебя уста мои,
7 *когда я вспоминаю о Тебе на постели моей,*
размышляю о Тебе в ночные стражи,
8 *ибо Ты помощь моя,*
и в тени крыл Твоих я возрадуюсь;
9 *к Тебе прилепилась душа моя;*
десница Твоя поддерживает меня. (Пс. 62:2–9)

Нет смысла в мудрости, если она не ведет к послушанию и радостному поклонению. Интеллектуальное превосходство и накопление знаний, хоть даже самых правильных, не удовлетворяет. Объектом исследований и познаний Соломона, главным образом, были *мир и жизнь.* И закончилось все тем, что он получил четкое представление об объекте своего исследования. Он, как философ, хотел познать реальность и познал. Он познал, что она – *уродлива!* Екклесиаст увидел ее такой, какая она на самом деле, без рекламы, без показухи, без прикрас, без макияжа, без Голливуда. И на протяжении следующих глав он делится своими многочисленными наблюдениями и открытиями. Они все уродливы. Вот некоторые из них:

…потому что мудрого не будут помнить вечно,
как и глупого;
в грядущие дни все будет забыто,
и увы! мудрый умирает
наравне с глупым. (2:16)

22 *Ибо что будет иметь человек от всего труда своего и заботы сердца своего, что трудится он под солнцем?* 23 *Потому что все дни его – скорби, и его труды – беспокойство; даже и ночью сердце его не знает покоя. И это – суета! (2:22–23)*

И обратился я и увидел всякие угнетения,
   какие делаются под солнцем:
и вот слезы угнетенных,
а утешителя у них нет;
и в руке угнетающих их – сила,
а утешителя у них нет. (4:1)

Все труды человека – для рта его,
а душа его не насыщается. (6:7)

Всего насмотрелся я в суетные дни мои:
праведник гибнет в праведности своей;
нечестивый живет долго в нечестии своем. (7:15)

*Поскольку не совершается суд над делом злого быстро,
потому наполняется сердце сынов человеческих в них к
деланию зла[8]. (8:11)*

*...Сердце сынов человеческих исполнено зла, и безумие в
сердце их, в жизни их; а после того они отходят к
умершим. (9:3)*

И обратился я, и видел под солнцем,
что не проворным достается успешный бег,
не храбрым – победа,
не мудрым – хлеб,
и не у разумных – богатство,
и не искусным – благорасположение,
но время и случай для всех их. (9:11)

Видел я рабов на конях,
а князей ходящих, подобно рабам, пешком. (10:7)

---

[8] Синод. пер.: «Не скоро совершается суд над худыми делами; от этого и не страшится сердце сынов человеческих делать зло» (8:11).

Познанию вот такой неприглядной жизни под солнцем было отдано его сердце. Но если вы изучаете нечто разлагающееся, то какой радости от взаимодействия с этим ожидаете?! Исследуя отвратительное, вы, фактически, возрастаете в познании отвратительности. *Поэтому «во многой мудрости много печали; и кто умножает познания, умножает скорбь»* (1:18).

А его отец Давид отдал сердце свое познанию Бога. Один возрастал в познании уродливости, другой в познании красоты. Один возрастал в познании глубины грехопадения, обширности зла, несправедливости и всех нечистот мира людей. Другой – в познании величия, милости, любви, верности, святости и всего, чем является Господь. И Давид знал не меньше о нравственном состоянии мира, но его любовь к Богу и богопознание вымывали из сердца печаль и скорбь, неизбежно возникающие от осознания истинного положения вещей. Он знал, Кому отдать все свои страхи, разочарования и печали, а взамен принять покой и радость.

Теперь вам понятна унылая печаль одного и восторженная радость другого? Как в итоге Соломону помогло его интеллектуальное превосходство над отцом (1:18)? Никак. Итог миропознания – печаль и скорбь, потому что объект исследования – нечто печальное и скорбное. Такое ощущение, что Екклесиаст и к Богу подходил как исследователь, систематизатор, аналитик. У него всегда правильные выводы о Боге, но, кажется, нет общения с Ним. И пусть нас не удивляет конец его жизни. Пусть это будет предупреждением. Чего ищете вы? Чему предаете сердце? Поиску мужа? Жены? Хорошей работы? Образования? Другого мужа? Другой жены? Развлечений? Мудрости? Вы можете закончить пять библейских школ и семинарий, набив разум отборной библейской истиной. Ваше *богословие* может быть безупречно, а *богопознание* – ужасно. Ваши библейские *знания* могут быть обширны, а ваше *поклонение* – куцым. Копить истину, знать истину, говорить истину – это не то же самое, что *жить по истине!*

Если вы помните, Соломон в Писании никогда не упоминается в числе не то чтобы выдающихся праведников, а праведников вообще. Вспоминают его славу, богатство, мудрость, храм, который он построил, его роскошный образ жизни, одеяния, но не благочестие. Оно и не удивительно, ведь занять свой ум интеллектуальными упражнениями – это одно, а занять свой ум Богом – это совсем другое. Слово Божье повелевает любить Господа *всем разумом*. Это значит, что ум должен быть брошен в первую очередь на богопознание. Нет ничего плохого в том, чтобы много знать. Но если вам это нужно для эгоистических целей, вас ждет разочарование. Все, чему вы посвятите себя, кроме Бога, разочарует и сделает жизнь жалкой и бессмысленной.

Мудрость открывает глаза на реальность и таким образом приносит печаль. Не зря же говорят «меньше знаешь, лучше спишь». Здесь примерно такая же идея. Может, лучше жить в счастливом неведении, не задаваясь лишними вопросами? Чем ответить на такое положение вещей, если вера слаба или ее нет? Разве что цинизмом и унынием. Осведомленность, не сопровождающаяся искренним поклонением и сильной верой, не принесет ничего, кроме печали и скорби. *Такой* мудрец ясно читает послание жестокого мира: «Жалкий смертный, я ничего тебе не дам из того, что ты жаждешь. Забудь! А все, что тебе удастся вырвать у меня непосильным трудом, кровью, по́том или обманом, я все равно заберу обратно со смертью».

И как же совладать с таким знанием, если нет крепкой башни, в которой можно спрятаться и находиться в безопасности (Прит. 18:11)?! Что делать с мрачной действительностью, если нет веры и надежды на Господа? Благодарение Христу, научающему нас видеть иную реальность, ту, которую невозможно увидеть физическими глазами, но которая грядет. Чтобы войти в нее, нужна вера и надежда.

[16] Посему мы не унываем; но если внешний наш человек и тлеет, то внутренний со дня на день обновляется.

¹⁷ Ибо кратковременное легкое страдание наше производит в безмерном преизбытке вечную славу, ¹⁸ когда мы смотрим не на видимое, но на невидимое: ибо видимое временно, а невидимое вечно. (2 Кор. 4:16–18)

Не Соломон ли учит нас прятаться в имени Господа? Однако вопрос не в знании, а в практике. Почему-то каждый раз, говоря о духовном благе, о Боге, о праведности, он говорил в третьем лице. Все высказывания от первого лица касаются либо его непохвальных поступков, либо наблюдений. Поиск лица Божьего не стал главным делом его жизни. Были более «интересные» вещи, чему он себя посвятил. Дальше мы рассмотрим их подробно.

Итак, мудрость открыла глаза царю на истинную сущность падшего мира. Он осознал неизбежность зла, его масштабы: боль, слезы, несправедливость, скорби, болезни, ненависть, убийства, обман. Его мудрость помогла ему понять, что у Земли нет шансов самостоятельно стать Эдемом.

От Него и вы во Христе Иисусе,
Который сделался для нас премудростью от Бога,
праведностью и освящением и искуплением...
(1 Кор. 1:30)

ГЛАВА 3

Тяжко было на душе у Соломона. Пришло сильнейшее разочарование. Оказалось, он поставил не на ту лошадку. Да, мир очень сложно устроен и предоставляет огромное поле деятельности для интеллекта. Да, на земле много интересного, доступного для изучения. Но пока разум набивается разного рода информацией, душа остается голодной. Ощущение опустошенности и бессмысленности жизни никуда не делось. Ко всему прочему добавились еще скорби и печали от большого ума. А что делают с печалью и как избавляются от тяжких мыслей? Развлекаются!

1 *Сказал я в сердце моем: «Дай, испытаю я тебя весельем, и насладись добром»; но и это – суета!*
2 *О смехе сказал я: «Глупость!»,– а о веселье: «Что оно дает?»[1] (2:1–2)*

Что такое развлечения и удовольствия по своей сути? *Это уход от реальности.* Зачем люди напиваются, объедаются, колются, курят, путешествуют, ищут всевозможных удовольствий, рисуют, поют, сочиняют, пишут и читают книги, смотрят фильмы и т. д. Зачастую просто для того, чтобы уменьшить давление неприятной или пугающей действительности. Нам хочется только положительных эмоций, но жизнь под солнцем им не способствует. При-

---

[1] Синод. пер.: «…что оно делает?» (2:2).

ходится их искусственно вызывать. *«Сказал я в сердце моем: „Дай, испытаю я тебя весельем, и насладись добром“...»* (2:1).

Фраза «дай испытаю» не значит, что он подходит к развлечениям, как исследователь и естествоиспытатель. В вольной интерпретации имеется в виду следующее: «Дай-ка подниму себе настроение развлечениями и веселухой. Больно тяжко на душе. Набрал знаний на свою голову! Только что с ними теперь делать? Плохо от них. Надо гульнуть». И гульнул. Мудрость, которую Екклесиаст так ценил, не насытила душу. Тогда он меняет стратегию и переходит к плотским удовольствиям.

СУЕТА СМЕХА И РАЗВЛЕЧЕНИЙ

[2] *О смехе сказал я: «Глупость!»,– а о веселье: «Что оно дает?»*[2] *(2:2)*

Кому нужны скорби и плохое настроение? Уход от них естественен, так же как отдергивание руки от огня. Другой вопрос: *как* мы нажили себе скорби, но сами по себе они никому не понравятся. В изначальном дизайне нас не создавали для печалей. Здесь также не сказано, что смеяться и веселиться – грешно. Главное держать в голове общий контекст книги – бессмысленность жизни без Бога.

Посмотрите внимательно на 2 стих. Это же фактически вопрос: «В чем смысл смеха и веселья?» Помните, когда у нас возникают проблемы со смыслом? Когда что-то перестает радовать естественным образом. А теперь представьте, как всецело надо было отдаться чувственным удовольствиям и веселью, чтобы в итоге дойти до бесчувствия. Другими словами, Соломон отрывался на полную катушку до тех пор, пока не потерял к этому всякий интерес. И тогда

---

[2] Синод. пер.: «...что оно делает?» (2:2).

возник резонный вывод и вопрос: *«О смехе сказал я: „Глу-пость!“,– а о веселье: „Что оно дает?“»*[3] (2:2)

Да, развлечения умеют отвлечь, на то они и однокоренные слова. Веселье не является чем-то предосудительным, если им не злоупотреблять, а именно: не использовать его для бегства от мыслей, переживаний, поступков и их последствий, вызванных безбожием. Реальность задумана так, чтобы смирять бунтующие сердца (1:13). Она – благо, а не зло. Временная боль и печаль – хороший контекст для обретения вечной радости примирения с Создателем. Убегать от реальности – бесполезно и опасно. Хоть на смертном одре, но она все равно настигнет.

Вы заметили, что дети и молодые люди много смеются и часто мелют чепуху? Когда видишь, например, подростков, они в основном гогочут, причем абсолютно без повода. Это следствие глупости. Одна из очевидных характеристик глупости – *наивность*. Наивность – это пропасть между реальным положением вещей и их внутренним восприятием. По мере взросления эта дистанция сокращается. Вместе с ней сокращается и количество смеха. Молодые питают слишком много иллюзий относительно *всего*. Их понимание жизни отстоит от истинного положения вещей, как солнце от земли. Им кажется, что она полна чудесных открытий и готова поделиться всеми своими благами. «Счастье есть,– уверены они,– его не может не быть. Сейчас просто поверну за угол, а там оно, ждет меня, заждалось». Не осознавая, сколько опасностей их поджидает, и какие чудовища ходят вокруг, молодежь воспринимает мир по рекламе, фильмам, телепередачам, журналам, афишам и своим фантазиям. Он кажется привлекательным, манящим, многообещающим. И поэтому многим не терпится поскорее отдать себя на съедение свободе.

Пожилые же не смеются по каждому поводу. Они повернули за много-много таких углов и с удивлением обнаружи-

---

[3] Синод. пер.: «…что оно делает?» (2:2).

ли, что вместо счастья их там ждали зубастые проблемы. И каждый поворот уводил их вглубь лабиринта времени, из которого возврата нет. Они уже поняли, что каждое «благо», предлагаемое миром, стоит дорого. Что за самые желанные из них нужно идти на сделку с совестью. Что в руки ничего само собой не падает. Что есть много людей, которые находят радость в том, чтобы делать другим больно. Что обычный день – это не как в кино, а в основном работа, работа, работа, усталость и сложности в отношениях. Проблемы накапливаются, здоровье ухудшается, вокруг много лжи и рядом всегда тот, кто хочет тобой воспользоваться. Они давно в браке, и не в первом, и все, что они себе в молодости навыдумывали по поводу «долго и счастливо», вдребезги разбито о камни бытовухи. *Их восприятие реальности теперь гораздо ближе к ней.* Оттого и смеются они реже. Жизнь уже неоднократно стукнула их по голове обухом разочарований, застыв на лицах выражением тревоги и неопределенности.

Итак, развлечения – это один из способов уйти от опустошенности, вызванной безбожным образом жизни. Когда внутри радости нет, остается найти нечто увеселяющее. Непокорная душа – вечно трясущаяся душа. Страх перед проблемами, суевериями, людьми, смертью регулярно портит настроение. А это ужасно, и надо что-то срочно делать. Каяться – не вариант. Еще чего не хватало! Но по-другому избавиться от страхов не получается. Вина, сколько ее ни гонишь, насовсем не уходит. Совесть – подлая, никак не замолкает. Бог ведь предусмотрительно позаботился о том, чтобы этот врожденный огонек осуждающего знания о Нем, как маяк, неугасимо мерцал во тьме даже самой злобной души.

18 Ибо открывается гнев Божий с неба на всякое нечестие и неправду человеков, подавляющих истину неправдою. 19 Ибо, что можно знать о Боге, явно для них, потому что Бог явил им. 20 Ибо невидимое Его, вечная сила Его и Божество, от создания мира через рассматрива-

ние творений видимы, так что они безответны. ²¹ Но как они, познав Бога, не прославили Его, как Бога, и не возблагодарили, но осуетились в умствованиях своих, и омрачилось несмысленное их сердце... (Рим. 1:18–21)

Совесть может быть прожженной, порочной, огрубелой, полупридушенной, но она будет сообщать хоть писком, что ее хозяин совершает зло. А значит – от чувства вины и страха избавиться невозможно. Однако голос совести можно заглушать. Чем громче музыка, тем он слабее. Чем больше безудержного веселья, тем меньше возможности мыслить. Главное занять себя чем-то, уйти в это всем существом, не оставаясь один на один со своими мыслями. Тогда чувство вины притупляется. Отдавшись развлечениям, можно на некоторое время обезболить свое бессмысленное существование. Так гонят страх и вину, *которые имеют право на безбожную душу*. Там где нет Бога, там не будет покоя.

² *Только в Боге успокаивается душа моя:*
от Него спасение мое.
³ *Только Он – твердыня моя, спасение мое, убежище мое:*
не поколеблюсь более. (Пс. 61:2–3)

РАДОСТЬ ВЕРУЮЩЕГО ЧЕЛОВЕКА

Верующий, живущий по Евангелию, получает радость от Господа. Она – плод Духа и результат того, что *причина ее* (Бог) живет в сердце.

⁴ *И подойду я к жертвеннику Божию,*
к Богу радости и веселия моего,
и на гуслях буду славить Тебя, Боже, Боже мой!
⁵ *Что унываешь ты, душа моя, и что смущаешься?*
Уповай на Бога; ибо я буду еще славить Его,
Спасителя моего и Бога моего. (Пс. 42:4–5)

Вот, что очень важно – *источник* радости определяет ее характеристики. Все что по Духу – вечное, безусловное, крепкое. Все что по плоти – мимолетное, условное, непрочное. Поколебать плотское может что угодно: от погоды и насекомых до роста инфляции и пьяных соседей. Настроение многих, как показания барометра, напрямую зависит от «давления жизни». Есть проблемы – мне плохо. Нет проблем – мне хорошо, на время. Чтобы радоваться по плоти, требуется создать определенные условия. Даже христиане верят, *что там, где живется лучше – больше радости.* Верят, что она зависит от степени цивилизованности людей, от наличия красивых, удобных, комфортных и дорогих вещей, от уровня благосостояния государства. Поэтому они стараются оказаться в такой среде, где меньше опасностей, трудностей, проблем, ведь, кажется, они и есть главные враги радости.

Получается, что и мы, дети Божьи, можем идти путем Соломона. Наш путь, конечно, гораздо скромнее, но по сути свой ничем не отличается. Нам не нужно славы, власти, сказочных богатств. Мы просто хотим немного стабильности и предсказуемости. Наше лживое сердце разрисовывает их, как обязательные условия для хорошего настроения. Но это мирской и провальный подход. Соломон проверил. Зачем перепроверять?

Чем вы поднимаете себе настроение? Прежде чем ответить на этот вопрос, спросите себя о другом, более важном: *чем вы себе его портите?* Какой образ жизни приводит вас к огорчению? Я рискну предположить с Писанием в руках вот что:

⁶ И сказал Господь Каину: почему ты огорчился? И отчего поникло лицо твое? ⁷ Если делаешь доброе (живешь праведно), то не поднимаешь ли лица (радуешься)? А если не делаешь доброго, то у дверей грех лежит; он влечет тебя к себе, но ты господствуй над ним. (Быт. 4:6–7)

Бог подтверждает, что радость и мир являются детьми *праведности.* Кто отвергает мать, пусть не рассчитывает и на расположение ее детей. Плохое настроение – это не насморк, сваливающийся из ниоткуда. Это результат эгоистичного образа жизни, диктуемого плотскими ценностями и желаниями. Это плата за своеволие, бунт, грех. Если мы оставляем за собой право грешить, не отдавая Богу определенных сфер нашей жизни, то грех оставляет за собой *право на нашу душу,* как разбойник, обкрадывая ее в радости. Тогда не стоит удивляться огорчению, которое будет то и дело наваливаться. И чем бы мы ни пытались поднять свое *заслуженно* плохое настроение, это не поможет. Костерки развлечений и удовольствий не изменят общего климата души. Чтобы согреть ее зиму, нужно солнце праведности.

Нет ничего настоящего вне Бога: ни любви, ни радости, ни покоя, ничего! Только бутафория, театральные декорации, подделки, фальшивки, обманки и приманки. Всякий раз, когда мы обращаемся за радостью не к Богу, нас ждет *разочарование.*

Ты всегда около, милосердный в жестокости, посыпавший горьким-горьким разочарованием все недозволенные радости мои, да ищу радость, не знающую разочарования. Только в Тебе и мог бы я найти ее, только в Тебе, Господи...[4]

Соломон финансово смог позволить себе любые развлечения и веселье, но радость он так и не купил. А ее нельзя купить, и, оказывается, нельзя накопить, в отличие от денег. Сколько ни гуляешь, а на завтра ждет тоскливая пустота. Действия Соломона похожи на судорожные старания врачей скорой помощи запустить остановившееся сердце при помощи дефибриллятора. Разряд! Массаж сердца – раз, два, три, четыре. Радуйся, ну же, давай! Еще разряд! Радуйся, тебе сказали! Что тебе надо?! Раз, два, три, четыре... Это попытка *искусственно* развеселить сердце, отказывающее-

---

[4] Августин Аврелий. Исповедь. СПб.: Азбука-классика, 2008. С. 33.

ся радоваться в Боге. Друзья, это бесполезное занятие! Однако есть одно старое средство, которое веселит.

3 *Вздумал я в сердце моем услаждать вином тело мое и, между тем, как сердце мое руководилось мудростью, придержаться и глупости, доколе не увижу, что хорошо для сынов человеческих, что должны были бы они делать под небом в немногие дни жизни своей. (2:3)*

Что делает алкоголь таким популярным? Это самый дешевый и быстрый способ успокоиться, поднять себе настроение. Есть более дорогие и затратные по времени и усилиям: успех, популярность, отношения, творчество, обогащение и прочее. Мало кто начинает с алкоголя. Обычно начинают с вышеперечисленного, а к алкоголю скатываются потом, причем независимо от того, получилось реализовать свои мечты, или нет. Те, у кого не получилось, обращаются к дурманящим веществам, как к последнему прибежищу в поисках успокоения своей души. А те, кто, подобно Соломону, чего-то достиг, приходят на поклон к алкоголю, не получив желаемого удовлетворения от своих достижений. Обратите внимание, многие знаменитости, примелькавшиеся на экранах телевизоров, банально пьют.

Вино поднимает настроение, и Писание это подтверждает (Прит. 31:6–7). Большинство, если не все, именно для этого и пьют. Это такое же бегство от стрессов и проблем, как и развлечения. Но все такие виды бегства объединяет один богословский момент. *Это попытка обрести радость незаконным путем!* Подумайте об этом. У безбожника нет права на радость. Он не должен чувствовать себя хорошо и, как правило, не чувствует. Ему заслуженно плохо. Поэтому всю жизнь он пытается создать себе хорошее настроение из того, что есть под рукой. Эти средства называются *идолами*. Вино и развлечения помогают добиться хорошего настроения *в обход Бога*.

Когда люди отреклись от Творца, Он перестал быть для них всем, в том числе и радостью. Но они не собираются *терпеть* опустошенность и призывают на помощь «спасительных» идолов. Их лелеют, оберегают, им приносят в жертву все объективно дорогое и ценное. Да-да, идолы тоже требуют жертв. Каких? Отношения, семья, здоровье, репутация, деньги, и т. д. Это ужасно, но факт: мы готовы принести в жертву чужие мечты, чтобы осуществить свои, причинить другим боль, чтобы нам было хорошо, пролить чужие слезы, чтобы не лить своих, солгать, украсть, обидеть, предать, убить, только бы *доставить себе немножечко временного удовольствия.*

На протяжении всей книги Соломон описывает две реальности: внутреннюю и внешнюю. *Внешняя* – это мир, сломанный в самой своей сути, и все его характеристики, не позволяющие обрести рай на земле. *Внутренняя* – это духовный голод, жажда, пустота, бессмысленность, являющиеся следствием разобщенности с Богом (духовной смерти) (6:7). Благодаря своему высокому положению Екклесиаст создал себе свой мини-рай на земле, оградившись от несправедливости, унижений, нужды и всякого внешнего зла. Но куда бежать от зла внутреннего?! *Куда бежать от себя?* Вокруг было благополучие, а внутри – разлад.

Люди не верят, что такое противоречие возможно, поэтому упрямо пытаются улучшить условия жизни. Эти усилия продолжаются до тех пор, пока не становится очевидно, что никакие старания (успешные и не очень) не даруют желанного удовлетворения. Однажды становится ясно, что привести внешнее положение вещей в соответствие со своими желаниями невозможно. Хочется всегда больше, чем получается. А чаще все идет на ухудшение. «Недуг» неудовлетворенности прогрессирует. Что остается, когда приходит осознание неизлечимости болезни? Что остается, когда операция за операцией не приносят долгожданного исцеления? Остается только по возможности обезболить оставшееся существование и ждать неизбежного конца. Так и каждый из нас рано или поздно избавляется от юношеского максимализма, планов по изменению мира, сентиментальности, наивности и слащаво-романтического восприятия действительности. Тогда речь уже не идет ни о каком счастье. Все силы бросаются на обыкновенную минимизацию боли, причиняемой собственными и чужими грехами. Это похоже на то, как боксер, получив несколько оглушительных ударов в челюсть и неоднократно оказавшись на полу ринга, вдруг осознает, что уже давно перешел в защиту, что о победе и речи быть не может, что это не поединок, а избиение, и что у него одна задача – просто продержаться до конца. А соперник – чемпион мира в супертяжелом весе по имени Жизнь, гоняет его по всему рингу, заставляя искать пятый угол. Именно в такой момент многие обращаются за помощью к средствам, могущим «улучшить» эмоциональное состояние.

Алкоголь, наркотики, антидепрессанты, и прочие одурманивающие вещества изменяют внутреннюю реальность на уровне ощущений. Человек начинает чувствовать себя как бы хорошо. При том что внешняя реальность остается такой же мрачной, а если точнее, *постоянно ухудшается* вследствие разрушительного образа жизни, внутренняя же изменяется этим веществом на малое время. Получается некое *жалкое подобие хорошего настроения*. Но незаконным путем невозможно быть «счастливым» долго. Очень скоро внутренняя разруха начинает возвращаться, наваливается, душит и добивает масштабом разрухи внешней. Настроение летит в пропасть, ощущение безысходности становится *невыносимым*. Нужно срочно что-то предпринимать, чтобы защититься от нокаутирующих ударов безнадежности. И несчастный зависимый не придумывает ничего лучшего, чем еще раз выпить, уколоться, принять таблетку, развлечь себя и сбежать в матрицу псевдо-покоя. Со временем доза «радости» ненасытно увеличивается, а ощущение ее коварно сокращается, подводя к неизбежному: когда постепенно сближаясь, внутренний и внешний кошмар сольются в одно уже *ничем не прерываемое целое*. В итоге поиск хорошего настроения через грех заканчивается мраком беспросветного отчаяния. Приходит расплата (Гал. 6:7).

Но Соломон не спился, конечно. Он свидетельствует, что сердце его руководствовалось мудростью. Он увидел, что ни вино, ни развлечения ему не помогут, и остановился. Его проблема в целом была в том, что он опять пошел за радостью не туда. В поисках ее он продолжил обращаться к земным ресурсам. Неужели он ничему не научился у отца?!

Ты укажешь мне путь жизни:
полнота (предел, потолок) *радостей*
       пред лицом Твоим (в общении с Тобой),
блаженство (счастье) *в деснице Твоей вовек* (Пс. 15:11)

Как важны эти слова Давида! Во-первых, наивысшая радость неразрывно связана с Богом. Ищущий лица Его находит не просто радость, а ее возможный максимум (полнота). Он и есть само счастье! Обретая Его, мы обретаем самые прекрасные душевные переживания, которых так жаждем. Во-вторых, эта радость – вечная по своей природе (вовек), как и Сам Бог. Она не улетучивается с наступлением утра по мере протрезвления. Она – безусловна, ибо не зависит от обстоятельств, наличия или отсутствия чего-то. Она такая доступная и недоступная одновременно. Ее не купишь за все сокровища Вселенной, но можно получить, признав свою духовную нищету.

Не похоже, чтобы Соломон считал Творца источником своей радости. Складывается такое ощущение, что он не знал, как это работает практически. Не могу сказать, насколько он получал удовольствие от поклонения, но, кажется, веселил он себя в основном популярными средствами. Однако вывод неизменный: смех, по сути,– глупость, веселье – бестолковое занятие, алкоголь услаждает плоть на какое-то время, но все это вместе – суета, *не то, что «хорошо для сынов человеческих»* (2:3).

...Христа, Которого, не видев, любите, и Которого доселе не видя, но веруя в Него, радуетесь радостью неизреченною и преславною. (1 Пет. 1:8)

ПРОЕКТЫ И НАКОПИТЕЛЬСТВО

Следующий отрывок повествует о поиске смысла в достижении величия и накоплении богатств (2:9). К сожалению, не об улучшении благосостояния государства думал Соломон в этот период. Это, скорее, была очередная отчаянная попытка утолить душевный голод путем возвышения своего имени через грандиозные проекты и обыкновенное накопительство. Обратите внимание, как часто употребляется возвратное местоимение «себе».

4 *Я предпринял большие дела: построил себе домы, посадил себе виноградники,*

5 *устроил себе сады и рощи и насадил в них всякие плодовитые дерева;*

6 *сделал себе водоемы для орошения из них рощей, произращающих деревья;*

7 *приобрел себе слуг и служанок, и домочадцы были у меня; также крупного и мелкого скота было у меня больше, нежели у всех, бывших прежде меня в Иерусалиме;*

8 *собрал себе серебра и золота и драгоценностей от царей и областей; завел у себя певцов и певиц и услаждения сынов человеческих – наложниц[5].*

---

[5] Синод. пер.: «...разные музыкальные орудия» (2:8).

⁹ И сделался я великим и богатым больше всех, бывших прежде меня в Иерусалиме; и мудрость моя пребыла со мною.

¹⁰ Чего бы глаза мои ни пожелали, я не отказывал им,
не возбранял сердцу моему никакого веселья,
потому что сердце мое радовалось во всех трудах моих,
и это было моею долею от всех трудов моих.

¹¹ И оглянулся я на все дела мои, которые сделали руки мои,
и на труд, которым трудился я, делая их:
и вот, все — суета и погоня за ветром⁶,
и нет от них пользы под солнцем! (2:4–11)

Соломон, как известно, не отличался скромностью, поэтому размах его задумок должен был поразить даже царей. Вероятно, он ожидал, что большие дела должны принести *большое удовлетворение*. Считается, что жизнь будет прожита не зря, если получится оставить после себя впечатляющий след. Особенно это заблуждение актуально для мужчин. Они любят удивлять своими достижениями, отдавая всего себя работе или служению.

Строительство

«Построить дом, посадить дерево и вырастить сына». Помните эту «мудрость»? Однако не зря некий умник включил в список стройку. Большинство мужчин были бы рады построить дом. Себе, а не другим. Но если в случае с обычным мужчиной, строительство — это, как правило, невинное желание улучшить свои жилищные условия, то для Соломона это также попытка масштабной реализации своего интеллектуального потенциала.

«Построю-ка я себе домища»,— решает царь, и с энтузиазмом берется за дело. Он сам все продумывает, проектирует, рассчитывает. Тут есть свои занимательные осо-

---

⁶ Синод. пер.: «…суета томление духа…» (2:11).

бенности и тонкости. Математика, геометрия, всевозможные знания. Он всецело отдается этому проекту, получая удовольствие от самого процесса. Он ощущает в себе *новые* переживания и радуется им. Они так успешно отвлекают его от тяжелых мыслей. Жизнь бурлит. Надоело философствовать. Видимой пользы никакой, одни слова, сотрясающие воздух. Куролесить тоже надоело: спиться же ведь недолго. А здесь – конкретный результат, нечто ощутимое, видимое, реальное. Была пустая земля, а через некоторое время стоит роскошный дворец, в который он вложил себя от начала до конца.

И вот очередные хоромы сданы под ключ. Он ходит по ним, любуется, довольно кивает головой, и чувствует глубочайшее удовлетворение. Он сам тут все продумал: цвета, украшения, лепку, где что будет стоять, весь интерьер и экстерьер. Перемещаясь из зала в зал, блаженно улыбается. Зашел в одну комнату, посидел, полежал, подошел к окну с прекрасным видом. Пошел в следующую. Она уже другая, уникальная – авторский проект. И так далее. «Сегодня буду спать в этом красном зале с видом на закат. Супер! Завтра в том, в лиловом, с видом на восход. М-м, представляешь, утром открываешь глаза, а первые лучи солнца ложатся над головой и поблескивают золотом настенных украшений. Приятно жить в просторном, красивом, новом доме. Здесь все именно так, как я хочу. Ни одной детали, навязанной застройщиком или ограниченным бюджетом. Этот дом – моя воплощенная мечта».

Нам всем знаком восторг от достигнутой цели, например, от наконец-то завершенного многолетнего ремонта. Когда ходишь по своим двум комнатам туда-сюда и вспоминаешь, какой тут творился кошмар еще недавно (последние пять лет). Непрекращающаяся грязь, пыль, облупленные стены, торчащие провода, висящее в воздухе напряжение (не электрическое). А теперь все тяготы позади, и пожинаешь добрые плоды своих стараний. Во время ремонта мир был окрашен в тусклые тона, а после – в яркие. Это состояние эмоционального подъема, некая гордость от того, что смог, достиг, завершил.

Но нам также известен механизм, действующий следом: время идет, и *все ощущения подчиняются закону беспрогрессивного круговращения.* Наступает привыкание. Ну, дом как дом: красивый, большой, удобный, мой. Во всех комнатах был, спал, ел, отдыхал, размышлял, каждый угол изучил. Завораживавший некогда экстерьер и интерьер однажды становятся просто внешней и внутренней отделкой, не вызывающей *никаких* эмоций. *Исчезает радость новизны.* Это уже не дом моей мечты, а просто дом, причем, с невесть откуда берущимися недостатками. *И мои мечты уходят искать себе новую жертву.* Да, я так же живу в нем, пользуюсь им, мне так же удобно, внешне ничего не изменилось, но внутренне… дом подвел меня, перестал давать первоначальный восторг. Он перестал спасать меня от плохого настроения. А я этого терпеть не могу!

САДОВОДСТВО

Сказано же, что надо посадить дерево… Кому – дерево, а кому – целый лес (2:5–6). Я же – не дачник какой-то, я – Соломон. Если сажать, то грандиозно. *Великие дела!* Садоводство – очень интересная сфера деятельности. Тут тоже своя специфика. Взять, к примеру, виноград. Столько сортов, и у каждого свои капризы, их выведение, вкусовые особенности, назначение. Это на изюм, это на вино, это для еды, белый, черный, розовый. Обрезка – искусство, которое надо освоить. Плодовые деревья. Виды, сорта, саженцы, прививка, выращивание, лечение. Из деревьев можно насадить замысловатые аллеи. Поскорее бы выросли и начали плодоносить. Так… а рощи надо орошать… нужна вода, много воды (2:6). Водоемы! Живем мы в Израиле, между прочим, вода тут не везде, и в условиях нашей гористой местности провести каналы – это вам не окопы рыть. Настоящая наука, точные расчеты. Работка как раз для моих мозгов. Здесь тоже свои нюансы, тонкости. Аж руки чешутся от нетерпения наворотить на века! Надо много рабочей силы, рабов. Это – не проблема, для дела найдем сколько нужно. Внимание: я – архитектор, художник, дизайнер, режиссер, дирижер, *я творю!*

И наконец, первый, еще не большой, но урожай. Я в полном восторге! Вот такие малюсенькие саженцы же были, а теперь вон как вымахали! Выглядываешь из окна, а там зеленые узоры плодовых аллей. Моя работа! Проект подошел к концу. С утра бегу скорее смотреть свои сады, как там дела. Хожу, все осматриваю и чувствую удовлетворение. Красотища! А я не плох. Срываю персик, ем с удовольствием, причмокиваю. Вот это жизнь! Теперь я смогу всегда здесь гулять среди этой красоты. Вот тебе абрикосовая аллея, яблочная, апельсиновая, мандариновая, грейпфрутовая. И завтра здесь буду гулять. И послезавтра. Ну, кто не захочет иметь свой собственный фруктовый сад, тем более что за ним ухаживают другие?! А вот в этой тихой, тенистой аллее можно поставить беседочку и размышлять. Я буду здесь составлять свои Притчи.

Ну что же, дом построил, причем не один. Дерево посадил, тоже не мелочился. Но время идет, и срабатывает тот же самый подлый механизм привыкания. Уже поймал себя на том, что проходил по любимому саду и даже не заметил. Механически посидел в беседке, а мысли были где-то далеко-о-о. Так же гуляю здесь иногда, но уже без первоначального энтузиазма. Сады меня тоже обманули. Ну почему эта радость *не длится?!* Почему удовлетворение, которое было в начале, куда-то девается? Ну вот же стоит красота, ни у кого такого нет, только у меня! И месяц назад я аж визжал от восторга. А что теперь? Привык. Опять привык. Все вещи надоедают (1:8). И опять эта мерзкая тоска, скука и страшные мысли-подозрения о бессмысленности того, что я делаю.

Мне, мне, мне

⁷ *...Приобрел себе слуг и служанок, и домочадцы были у меня... (2:7а)*

Слуги – социальная неизбежность любой культуры, любого времени. Рабство же – пожалуй, наихудшая форма общественного неравенства, приравнивающее человека к собственности. Если использовать в обсуждении категорию «права человека», то рабство нарушает их практически все. Суть рабства проста для понимания: одна группа людей из кожи вон лезет, чтобы избавить от тягот труда и окружить комфортом другую группу. Меня всегда беспокоило, что на страницах Писания Бог не рассматривает рабство как наистрашнейшую мерзость, коей оно всегда являлось для меня. Со временем стало ясно, почему. Дело в том, что даже абсолютная внешняя физическая свобода, данная человеку, не решает его настоящую проблему, внутреннюю: проблему рабства греха. Соломон был олицетворением свободного, умного, могущественного человека, *бывшего рабом своих страстей* (2:10). В том-то и дело, что злоупотребляя всем, в первую очередь мы злоупотребляем свободой. И, нередко, она еще быстрее приводит к гибели.

Во времена Соломона большое количество слуг было одним из признаков величия. А еще круче, если слуги родились в твоем доме (домочадцы). Они ведь больше никому не принадлежали до тебя. В любом случае, эти живые игрушки выполняли всю тяжелую и неприятную работу. В наше время это подобно стиральной, посудомоечной машинам, пылесосу, кухонному комбайну и прочим полезным приспособлениям. Слуги шуршали с утра до вечера. Ну, какие чувства, кроме *низменных,* может тешить обилие рабов в твоем доме?!

⁷ *...Также крупного и мелкого скота было у меня больше, нежели у всех, бывших прежде меня в Иерусалиме... (2:7б)*

И, конечно, куда без скота, ведь и им на Ближнем Востоке исчислялось богатство. Надо побольше, чтоб солиднее. «Ну-ка, министр сельского хозяйства, иди сюда. Скажи, сколько скота было у моего отца? Так. А у фараона сейчас? Сколько-сколько?! Ха! И все?! Так у меня больше. Пусть все знают».

[8] *...Собрал себе серебра и золота и драгоценностей от царей и областей... (2:8а)*

Много ли у Соломона было золота? Вопрос риторический. Согласитесь, его имя и золото как-то неплохо сочетаются.

[14] В золоте, которое приходило Соломону в каждый год, весу было шестьсот шестьдесят шесть талантов[7] золотых, [15] сверх того, что получаемо было от разносчиков товара и от торговли купцов, и от всех царей Аравийских и от областных начальников. [16] И сделал царь Соломон двести больших щитов из кованого золота, по шестисот сиклей пошло на каждый щит; [17] и триста меньших щитов из кованого золота, по три мины золота пошло на каждый щит; и поставил их царь в доме из Ливанского дерева. [18] И сделал царь большой престол из слоновой кости и обложил его чистым золотом; [19] к престолу было шесть ступеней; верх сзади у престола был круглый, и были с обеих сторон у места сиденья локотники, и два льва стояли у локотников; [20] и еще двенадцать львов стояли там на шести ступенях по обе стороны. Подобного сему не бывало ни в одном царстве. [21] И все сосуды для питья у царя Соломона были золотые, и все сосуды в доме из Ливанского дерева были

---

[7] Талант – мера веса; 1 талант = 34 кг = 3000 сиклей = 50 (или 60) мин. См.: Система мер и весов // Большой библейский словарь / под. ред. У. Эллуэла и Ф. Камфорта. СПб.: Библия для всех, 2007. С. 1171.

*из чистого золота; из серебра ничего не было, потому что серебро во дни Соломоновы считалось ни за что…
(3 Цар. 10:14–21)*

Впечатляет, не правда ли? Но вот в чём загвоздка: именно накопление золота в больших количествах царям было запрещено Законом Божьим (Втор. 17:17). Прямой запрет. Как должен был мыслить мудрейший человек на земле, чтобы в открытую нарушить заповедь, которую он просто не мог не знать?! Золото, проклятое золото! Оно лишает ума, обещая «гарантированное завтра». И простой-то человек не скор в исполнении повелений Божьих. Что уж говорить о царях?! В какой-то момент Соломон отверг тот факт, что в первую очередь он обычный смертный, находящийся под Законом Божьим, как и все остальные. Его особое положение, предоставляя ему огромную свободу, тем не менее, не освобождало от ответственности чтить Бога, исполняя «все слова Закона сего»:

¹⁸ Но когда он сядет на престоле царства своего, должен списать для себя список закона сего с книги, находящейся у священников левитов, ¹⁹ и пусть он будет у него, и пусть он читает его во все дни жизни своей, дабы научался бояться Господа, Бога своего, и старался исполнять все слова закона сего и постановления сии; ²⁰ чтобы не надмевалось сердце его пред братьями его, и чтобы не уклонялся он от закона ни направо, ни налево, дабы долгие дни пребыл на царстве своем он и сыновья его посреди Израиля. (Втор. 17:18–20)

Заповедь не умножать золота предельно ясна. Что тут непонятного?! Но ведь оно – залог стабильности и могущества государства, средство контроля. Экономическая, политическая, военная мощь страны стоит денег. А Соломон хотел быть не просто царём, но великим царём. Может быть, самым великим. Как он мог мыслить? «Ну, хорошо, написано – не умножать золото… ну а если придет сильная армия на нас? Мы сможем очень хорошо вооружиться, купить кучу колесниц (это как танки), позвать наемников, или, в крайнем случае, банально откупиться. Деньги решают все! Можно, конечно, попытаться уповать на Господа и Его защиту, тем более, что именно это Он и повелел делать, но… как-то это непривычно, требует духовных усилий, упражнения на доверие. Нет, это папа мой был спец по части упования на Бога. Мне же для опоры нужно что-то более реальное, дорогостоящее и блестящее».

Однако золото, в основном, оседало во дворце: «…*собрал* себе *серебра и золота и драгоценностей от царей и областей*» (2:8). Он набрал его столько, что, честно говоря, сделал свою страну очень завидной добычей для любого завоевателя. Не очень мудро, согласитесь. И вот он лежит на золоте, весь в золоте, ест на золоте, ходит по золоту, в глазах уже рябит – столько этого золота вокруг. Кто-то всю жизнь мечтает приобрести себе одно несчастное золотое колечко в три грамма, а у него *тонны*. Соломон, а этого достаточно, чтобы купить радость? Сколько она стоит?

8   *…Завел у себя певцов и певиц… (2:8б)*

Музыка и пение, как известно, очень поднимают настроение, это неотъемлемая часть веселья. Понятное дело 3000 лет назад стерео систему не включишь, радио тоже не было, а музыки хотелось не меньше, чем нам. А как сделать так, чтобы в любой момент можно было насладиться красивой песней? Завести у себя певцов и певиц. «Так, что-то мне муторно сегодня с утреца. Зовите мой ансамбль. Ну-ка спойте мне что-нибудь такое-этакое… чтоб за душу взяло. „Эх, раз, да еще раз, да еще многу-многу-многу-многу-многу раз…“». И они пели, пока не перепели весь свой репертуар «помногу раз».

^{8} *...и услаждения сынов человеческих – наложниц*[8]*;*

^{9} *И сделался я великим и богатым больше всех, бывших прежде меня в Иерусалиме; и мудрость моя пребыла со мною.*

^{10} *Чего бы глаза мои ни пожелали, я не отказывал им, не возбранял сердцу моему никакого веселья, потому что сердце мое радовалось во всех трудах моих, и это было моею долею от всех трудов моих. (2:8б–10)*

Необходимо упомянуть, что Синодальный перевод конца 8 стиха звучит так: «...и услаждения сынов человеческих – разные музыкальные орудия». Еврейское слово, которое перевели как «музыкальные орудия», встречается в Ветхом Завете только один раз[9] и именно в этом месте. Этимология его неоднозначна, однако лексический анализ указывает на то, что речь, скорее всего, идет о женщинах[10].

Об этой стороне жизни Соломона знают все, да он и не скрывал. Семьсот жен и триста наложниц (3 Цар. 11:3). Честно говоря, теряешься, пытаясь осмыслить сам факт такого количества женщин в жизни одного мужчины со всеми вытекающими отсюда вопросами. На его фоне все восточные падишахи со своими гаремами выглядят довольно бледно. Интересно, что мужчины не испытывают искреннего отвращения к этому факту из жизни царя. У женщин же, понятное дело, многоженство не вызывает ничего, кроме негодования. И это показательный факт, ведь некоторые, пытаясь оправдать Соломона (пророк все же, как-никак), утверждают, что в той культуре многоженство было обычным делом. Даже если и так, все же есть существенная разница между многоженством Давида и многоженством Соломона, доведшего

---

[8] Синод. пер.: «...разные музыкальные орудия» (2:8).

[9] Такие слова называют *hapax legomena* (греч. «сказанные один раз»).

[10] Barrick W. D. Ecclesiastes: The Philippians of the Old Testament. Ross-shire, Scotland: Christian Focus, 2011. P. 51–52.

этот феномен до абсурда. Важно и то, что никакой жене, ни в какой стране, ни в какое время не понравится делить своего мужа еще хоть с одной женщиной. Но самое главное, что это нарушение Божьего замысла для семьи, а пророку это положено знать лучше остальных (Быт. 2:22–24). Израильским царям было велено не умножать жен (Втор. 17:17). И опять мы видим открытое неповиновение мудреца. Хотя Писание скупо, в статистическом стиле, повествует об огромном количестве жен и наложниц, не будем забывать, что за этими цифрами стоит одна тысяча живых душ.

На основании собственных слов Соломона предположу, что он жил для *себя,* потакая своим страстям (2:10а). Вот очередная девушка, скажем, двести тридцать девятая. У нее могла быть семья, муж, которого ни с кем не надо делить, маленькое хозяйство, *своя* жизнь. Но царь изъявил желание и поэтому теперь она – маленькая, никчемная, промежуточная часть чужой жизни, всего лишь короткий отрезок жизни своего повелителя. И как же чудовищно несправедливо, что она и остальные обитатели гарема всецело принадлежат ему, а он им – нет, и никогда не будет. Дорога царя вымощена людскими судьбами, и он идет по ним по своим делам.

Можно с уверенностью сказать, что такое количество жен – не следствие его упрямого и безуспешного стремления найти среди них ту самую, единственную. Дело не в том, что ему попадались неправильные женщины, и поэтому он никак не мог прилепиться хоть к одной. *Он просто не умел любить!* Не любил он ни одну из них, и даже ту, которую описывает в Песне Песней. Ко времени, когда он набрел на Суламиту, в гареме царя уже было шестьдесят жен и восемьдесят наложниц (Песн. 6:8). Если бы он по-настоящему полюбил ее, то после нее не было бы никого. Почему? Потому что любовь не перестает (1 Кор. 13:8)! А если перестала, значит и не любовь это была вовсе, а очередная похоть.

Чтобы любить кого-то по-библейски, нужно жертвовать. А как это возможно, если в сердце установка: ни в чем себе не отказывать?! Это прямая противоположность жертвенности. Если ты вступаешь в отношения и хочешь их сохранить, то должен уметь отказывать себе. Это вам скажет любой женатый человек. Боже мой, но он же знал, как правильно! Самый мудрый человек на Земле знал, как правильно, но *намеренно* переступил черту дозволенного, и покатился вниз по скользкому склону.

Преисподняя и Аваддон – ненасытимы;
так ненасытимы и глаза человеческие. (Прит. 27:20)

Зная эту прописную истину, лучше посадить желания плоти на цепь, а не спустить с нее и с интересом наблюдать, чем все закончится. А закончится все очень плохо, потому что ветхий человек (плоть) придерживается следующих неизменных принципов:

1) Всегда хочет то, что ненавистно духу (Гал. 5:17).
2) Ищет выгоды только себе (даже когда проявляет заботу о других) (Лук. 6:32).
3) Руководствуется желаниями, а не принципами («хочу или не хочу» – важнее, чем «правильно или неправильно») (Еф. 2:3).
4) Готов наступить на чужие желания ради удовлетворения своих (Иак. 4:1–3).
5) Быстро теряет интерес к недавним любимым игрушкам и поэтому, всегда хочет чего-то новенького (Прит. 27:20).

Если вы хотите совладать с желаниями, неугодными Богу, надо, как минимум, понимать их природу. Голод плоти невозможно утолить, давая ей то, чего она требует. Поступать так – безумие. Это все равно, что подкидывать дрова в костер. Огонь не утихнет, а напротив, будет разгораться. Когда плоти даешь желаемое, она замолкает и оставляет лишь на время.

Потом возвращается и опять требует того же самого, но в уже бо́льших количествах. Уступая, вы подкармливаете ее. Так она становится сильнее. В следующий раз вам будет еще труднее отказать. Она никогда не успокоится, не замолчит, не насытится. Ее желания могут только возрастать. Поэтому, как вы замечали, люди со временем укореняются в грехе, если остаются в нем. Это закон аппетита плоти (Еф. 4:19).

Например, у каждого из нас есть такие магазины, в которые заходить опасно. Там мы теряем чувство меры и ведемся похотью очей, даже если речь идет о магазине христианской литературы. Единственный способ осадить ветхого человека – это *отказать* ему. Он будет истерить, лютовать, психовать, ваше настроение улетит в пропасть, вы будете себя чувствовать, как наркоман во время ломки, ведь он *привык* получать то, что любит. *Вы* приучили его! А тут раз – и решили отказать. Поэтому он будет так вас душить, что жить не захочется. Вам белый свет будет не мил, если вы вдруг решите начать обуздывать какое-то свое сильное желание. Но рано или поздно его хватка ослабевает. Главное – пережить самый кризисный момент и не сдаться, не пожалеть себя бедненького. И каждый следующий раз отказать плоти будет чуть легче. Это не значит, что вы полностью избавитесь от искушений, но за счет того, что дух станет сильнее, контролировать плоть будет гораздо легче. Она будет вашим рабом, а не вы – ее (1 Кор. 9:27; Гал. 5:24). Или вы управляете своими желаниями, или они управляют вами. Выбирайте!

Как же великий и мудрый царь мог решиться руководствоваться принципом: ни в чем себе не отказывать?! Чтобы на это пойти, нужно быть уверенным, что сердце не пожелает ничего противозаконного. Но это, как раз, и невозможно, ибо сердце сынов человеческих исполнено зла (9:3). Соломону ли не знать этого простого факта?! Путь к благочестию лежит непременно через пустыню *воздержания!* Это значит отказывать себе, причем постоянно. Воздержание – это плод Духа (Гал. 5:23).

Не стоит удивляться, что к концу жизни Соломон дошел до того, что стал строить идольские храмы. Как можно было настолько потерять чувствительность к греху?! Можно, и это неизбежный результат для человека, ведомого *страстями*. Таковой начинает *развращаться*. Например, может позволить себе высказывание, которое раньше бы осудил. Отпустил пошлую шутку и не заметил. Словечки не совсем приличные начал вставлять в речь то там, то сям. Раз, и солгал по мелочи. Два, и посмотрел, куда не надо. Три, и уже в компании людей, от которых вообще-то надо бежать не оглядываясь. И так дальше вниз по склону.

> [11] *И оглянулся я на все дела мои, которые сделали руки мои,*
> *и на труд, которым трудился я, делая их:*
> *и вот, все – суета и погоня за ветром[11],*
> *и нет от них пользы под солнцем! (2:11)*

И вот царь подводит итог своим большим делам. Оглядываясь на прожитые годы, в которые было сделано очень много больших дел, он что-то не выглядит радостным. Да одним строительством храма можно было гордиться всю оставшуюся жизнь! А ему нехорошо. Храм-то он построил, да только не там, где надо. В сердце нужно было строить. Вот действительно сложный, но благословенный труд. Легче отгрохать огроменное сооружение из камня, золота и любого материала. Это не требует духовных усилий и нравственных преобразований.

Под конец жизни о Соломоне сказано, что его сердце не было вполне предано Богу. А это означает одну простую вещь: оно было предано чему-то другому. Нельзя жить для себя и служить Господу так, чтобы Он остался доволен. Самое интересное, что держась за свою маленькую драгоценную жизнь, фактически защищая ее, мы обречены эту жизнь

---

[11] Синод. пер.: «...суета и томление духа...» (2:11).

себе испоганить и мучится от последствий собственных грехов. Почему? Потому что будем угождать желаниям плоти, а не требованиям Духа. Будем сеять и пожинать. *Невозможно жить для себя и быть счастливым!*

Другими словами, от того, что наше сердце не вполне предано Богу, хуже будет только нам и нашим близким. Это правило без исключений. Единственный способ спастись от себя самого, от своих убийственных страстей – это отдать свое сердце Иисусу. Если это сердце хоть частично будет наше, то похоти заведут туда, откуда даже Господь не вытащит без последствий. Мы сами – свой довольно опасный враг! Наши *желания* – то, чего нужно бояться. Идя за Христом, мы не будем совершать ошибок, за которые придется расплачиваться слезами, деньгами, здоровьем, репутацией и т. д. «Следуй за Мной»,– говорит Иисус. Иначе суждено идти вслед желаний своего сердца. Тогда суть всех наших дел больших и маленьких можно описать одной фразой: суета и погоня за ветром.

Но те, которые Христовы,
распяли плоть со страстями и похотями.
(Гал. 5:24)

ГЛАВА 4

ПРЕИМУЩЕСТВО МУДРОСТИ НАД ГЛУПОСТЬЮ

¹² И обратился я,
чтобы взглянуть на мудрость и безумие и глупость:
ибо что может сделать человек после царя
сверх того, что уже сделано? (2:12)

Соломон опять обращается к теме мудрости и глупости. Чтобы проследить логику рассуждений царя, нужно соединить двенадцатый и тринадцатый стихи, пропустив предложение-оговорку: «…ибо что может сделать человек после царя сверх того, что уже сделано?» Получится вот так:

¹² И обратился я,
чтобы взглянуть на мудрость и безумие и глупость…
¹³ И увидел я, что преимущество мудрости перед глупостью
такое же,
как преимущество света перед тьмою…(2:12а, 13)

Сама оговорка (вторая часть 12 стиха) представляет определенную трудность для перевода. В русских и других переводах переводчики достраивали предложение по смыслу (это фразы «может сделать» и «сверх того»). Вероятно, имеется в виду, что наделенный властью и осыпанный привилегиями, царь имеет преимущество над обычными людьми в плане возможностей. Что может себе позволить простолюдин из того, что может себе позволить правитель? Немного.

В чем преимущество мудрости над глупостью? Аналогия Соломона хорошо это демонстрирует (2:13). Подумайте о выгодах жизни при свете, хотя в век тотальной электрификации дело обстоит иначе. Это сейчас нет почти никакой разницы между ночью и днем, так как лампочки вкручены не только в домах, но и повсюду на улице. Теперь можно не спать до утра, и есть чем заняться. В те же времена все очень зависели от дневного света. С приходом темноты жизнь замирала. Освещать себе вечернюю деятельность было делом очень дорогим. Никакого масла не напасешься жечь. Да и потом много ли света они давали?! С наступлением ночи приходила настоящая тьма, которую лучше встречать дома, а не в пути. В темноте вы подвергаете себя опасности в несколько раз больше. Вы можете удариться, провалиться, подвернуть или сломать ногу, наступить на змею и, самое вероятное, просто заблудиться. В темноте ваша жизнь гораздо менее предсказуема, вернее предсказуема, но со знаком минус.

¹⁸ Стезя праведных – как светило лучезарное,
которое более и более светлеет до полного дня.
¹⁹ Путь же беззаконных – как тьма;
они не знают, обо что споткнутся. (Прит. 4:18–19)

Глупый ходит во тьме. Как свидетельствуют Притчи, жизнь глупца – боль, побои, неприятности, опасности, нужда, позор и т. д. Он не видит, куда идет, и с ним постоянно что-нибудь приключается. Самое распространенное проявление глупости – в отвержении Бога. Посмотрите на жизнь своих неверующих родственников и знакомых. Они постоянно совершают неразумные поступки, от которых сами страдают, да и вам достается. Вот они собираются взять очередной кредит, и вы предупреждаете: «Не надо, не делайте»,– потому что *видите*, чем все закончится. Вы *видите*, что в конце этого пути обрыв, а они не видят. Они во тьме и взаимодействуют с жизнью на ощупь, как слепые.

Глупец поднимает ветку, а это оказывается змея. Она жалит его, он кричит от боли, но вскоре опять тянет руку к следующей змее. Мудрый видит сущность того, с чем имеет дело. Для него светло и очевидно, что опасно, а что нет. Для глупца же ничего не понятно. Он во мраке и должен обязательно сделать шаг, чтобы узнать, нужно его было делать или нет. Вы видите приближающуюся опасность, как приближающийся автомобиль, и уклоняетесь. Он не видит и должен встретиться с «автомобилем», чтобы понять, что это больно.

14 ... У мудрого глаза его – в голове его,
а глупый ходит во тьме... (2:14а)

«У мудрого глаза его – в голове его...» В его голове как бы включается свет. Он начинает видеть суть вещей, даже не обязательно соприкасаясь с ними визуально. Решения принимаются на основании истины, правящей умом. Глазами, как-раз-таки, часто ничего и не увидишь. Суть вещей, поступков, решений можно рассмотреть только разумом. Он (разум) оценивает последствия того или иного выбора, когда последствиями еще и не пахнет, когда зрение не сообщает ни о какой опасности. Мудрый видит реальность, даже будучи физически слепым. Истина Слова Божьего, поселяясь у него в разуме, истолковывает для него каждый факт жизни, с которым он сталкивается, или о котором просто слышит. Она разоблачает любую, даже самую искусную ложь. Мудрость Писания разгоняет тьму невежества, одаривая спасительным ведением реальности того, кто признает Божье господство. Мир вокруг мудрого становится ярко освещен. Он отчетливо *видит умом:* вот яма, вот ползет гадюка, вот обрыв, вот огонь, вот быстрая речка, вон начинается гроза и ураган, вот зыбучие пески, вот притаился в засаде хищник, вот накрыт стол как бы едой, но приглядевшись видно – это не еда, а помои. Вот предлагают купить какую-то драгоценность, как говорят. Он осматривает и видит, что это хлам. Вот его зовут пойти какой-то дорогой, но он знает, что в конце этого пути притаилась беда.

Благоразумный видит беду, и укрывается;
а неопытные идут вперед, и наказываются. (Прит. 22:3)

...Ибо заповедь есть светильник,
и наставление – свет... (Прит. 6:23а)

Мудрость подобна инструкции по технике безопасности жизни. Жить по ней – это как водить машину исключительно по прописанным правилам: всегда пристегиваться, никогда не превышать скорость и соблюдать абсолютно все правила дорожного движения, какими бы глупыми они ни казались. Тогда аварии очень редки, и все они по чужой вине. При таком раскладе вероятность иметь неприятности значительно понижается, потому что, если вы заметили, абсолютное большинство проблем, с которыми мы сталкиваемся – это последствия *наших собственных* грехов и ошибок.

Если анализировать жизнь, становится очевидно, что мы, как правило, страдаем от своей же глупости. Мы сеем и, как следствие, жнем, а потом тратим много времени, сил, денег и молитв, чтобы избавиться от последствий того, что сами наворотили. Сами! Никто другой! И виной этому наше прошлое или настоящее безбожие, наша глупость. Бóльшая часть жизненных бед созданы при нашем активном или пассивном участии. На кого же роптать после этого?

Глупость человека извращает путь его,
а сердце его негодует на Господа. (Прит. 19:3)

И как же не быть преимуществу мудрости над глупостью?! *Огромное* преимущество! Но есть одна проблема.

Мудрость, спасая от многих ненужных страданий, тем не менее, не спасает от неизбежной участи всех живых – смерти.

> [14] *...Но узнал я,*
> *что одна участь постигает их всех.*
> [15] *И сказал я в сердце моем:*
> *«И меня постигнет та же участь,*
> *как и глупого:*
> *к чему же я сделался очень мудрым?»*
> *И сказал я в сердце моем,*
> *что и это – суета... (2:14б–15)*

Царь неспроста делает этот неутешительный вывод. Его нужно ожидать, учитывая ракурс, с которого он обозревает мир. Он размышляет о миропорядке с позиции человека, живущего земным. Поэтому его мучили те же самые страхи, что мучают большинство людей. Смерть! Как оказалось, обилие знаний не может спасти от страха смерти. Нужно что-то другое. «Если я умру, как и глупец, то зачем я так старался быть мудрым?» – вопрошает он, разочарованный (2:15). Вот именно: зачем тебе была нужна мудрость? Между прочим, очень хороший вопрос, показывающий, что он стремился к ней для достижения каких-то земных целей, и только. Ибо выходило, что она не приготовила его к смерти, а значит, стала бесполезной в ее преддверии, и потому тоже является суетой. Важно понимать, что мудрость Соломона была не столько нравственная, сколько интеллектуальная. Он знал ответы на многие вопросы, как поступать правильно, даже если так не поступал. И выяснил, что преимущество мудреца в том, что он не умрет раньше времени, но умереть все равно придется (7:17). Однако возникает вопрос: если то, чему ты себя посвятил, *уничтожается смертью,* может, ты себя посвятил не тому?

Перспектива смерти безошибочно разоблачает суету. Тупик в его размышлениях ярко демонстрирует, что в мудрости он искал именно смысл жизни и не меньше. Она была самоцелью, а не средством. Но этот божок подвел его, оказавшись бессильным перед той, которая приходит к каждому. Смерть! Как же часто Соломон о ней вспоминает: в одиннадцати главах из двенадцати. Это самая часто повторяющаяся тема в контексте суеты. Именно смерть разделяет всю деятельность на суетную и вечную, потому что она властна разрушить только земные ценности. Все, что имеет вечный смысл, не остановить смертью. Она не может прекратить любовь, поклонение, прославление, благочестие, радость в Господе и остальные духовные сокровища. Все эти вещи перейдут в вечность и, причем, в своих самых совершенных проявлениях. Поэтому тот, кто *ценит их,* не боится смерти.

Почти все свои рассуждения о тех или иных аспектах суеты Соломон заканчивает неизбежностью смерти. Исследуя какое-либо занятие, в конце он всегда видит ее, нейтрализующую все его старания, и тут же осознает бессмысленность продолжения пути в этом направлении. «Можно продолжать строить, но в конце я все равно умру, а все результаты моих трудов останутся на земле. Можно еще копить деньги, но я умру и с собой их не заберу. Можно быть мудрым и все на свете знать, но меня похоронят так же, как и глупца». Книга Екклесиаста показывает, что именно смерть доставляет царю наибольшие философские проблемы, потому что это тот «бандит», который однажды отнимет все сокровища его сердца.

ВЕЧНАЯ ПАМЯТЬ

16 ...Потому что мудрого не будут помнить вечно,
      как и глупого;
   в грядущие дни все будет забыто,
   и увы! мудрый умирает
   наравне с глупым. (2:16)

Неужели смысл жизни одного человека в том, чтобы его помнил другой?! Неужели это и есть то, для чего мы родились?! Неужели я живу, дышу, думаю, чувствую, творю, работаю только для того, чтобы другие смертные, которые будут жить после, написали обо мне в книжках?! Неужели мне дана жизнь только для того, чтобы я потом существовал в чьей-то памяти?! Но ведь этому учат в фильмах и книгах: «Главное остаться в памяти потомков!»

Посмотрите, какой человекоцентризм в размышлениях Соломона. Как много для него значит признание: имя мудрого будет забыто. Кем забыто? Смертными, слабыми людьми?! А какая в этом, собственно, трагедия?! Большая, если вы ищете смысл в человеческой славе. Этот идол, как и все остальные мирские ценности, уязвим перед лицом смерти. Так может быть, как вариант, смысл в том, чтобы оставить след в истории человечества? Нет! Мудрость не только не спасает от смерти, но и не может обеспечить вечную память. У нас любят произносить пафосные речи на похоронах в духе: «Вечная ему память»,– или: «Память о нем всегда будет жить в наших сердцах». Не будет! Ибо те, кто так говорят, сами скоро отправятся следом. Не бывает вечной памяти. Все что остается – это сказать возвышенные слова, потому что изменить ничего нельзя.

Желание остаться в памяти людей – это очередная жалкая попытка безбожников придать своему существованию хоть какой-то смысл. Дело в том, что неизбежность смерти *вынуждает* искать смысл жизни. Созданный по образу и подобию Божьему просто не может смириться с тем, что могильный холмик однажды поставит точку в его судьбе. Ведь точку ставить так не хочется. Все его существо сопротивляется этому факту и пытается найти утешение в подобных идеях. Но посмотрите, как немощно безбожие, чтобы справится с реальностью, неотъемлемая часть которой – *смерть!* Она – финиш любой жизни, успешной или не очень. На какую же полку в мировоззрении ее поставить, если нет несущей стены богоцентризма. Оказывается, *если в мировоззрении нет места для Бога, там нет места и для смерти*. Ее просто некуда поместить. Она никуда не подходит и, более того, обрушивает всю философскую надстройку.

Люди не пускают Бога в свою жизнь, но при этом хотят, чтобы смерть оставила их в покое. Забавно. Однако Бог призвал ее, чтобы сделать жизнь бунтарей мучительной, чтобы они ощущали свою незащищенность. И они живут в страхе смерти всю жизнь (Евр. 2:15). А поскольку осознавать свою смертность невыразимо страшно, все предпочитают *о ней просто не думать*. Это единственное, что остается. И поэтому, как вы замечали, люди одинаково отказываются размышлять как о Боге, так и о смерти. Эти темы – строгое табу.

Без Бога не может быть правильно осмыслен ни один факт: ни природа, ни все что ее наполняет, ни брак, ни рождение, ни семья, ни труд, ни болезни, ни зло, ни добро, ни старость, ни, конечно же, сама смерть. Бог – это *свет*, при помощи которого мы видим мир таким, какой он есть, а не таким, каким он предстает в воображении. Бог – это толкователь жизни и истолкование всей Вселенной. Но человек бежит от Творца, делая вид, что Его нет. Поэтому в отношении смерти остается то же самое – *делать вид, что ее нет*.

Жизнестойкость любой идеологии проверяется, в том числе, ее способностью подготовить к смерти. То есть, *жизнестойкость* мировоззрения проверяется его *смертестойкостью*. Если оно не знает, что делать со смертью, то откуда оно знает, что делать с жизнью?! Чему посвятить себя, если жизненный путь закончится непонятно чем?! Только «непонятно чему» и посвятить. Люди так и делают. Тем не менее, жизнь – одна сплошная инвестиция. Инвестиция во что? Для подавляющего большинства населения этой планеты, это инвестиция в *себя!* Это своего рода религия, но лживая, шаткая, коварная, обнаруживающая свою беспомощность под леденящим взглядом Аваддона. Живущие для себя, почувствовав его приближение, поймут, что *абсолютно не готовы к встрече с ним*.

Соломон жил для себя вторую половину жизни уж точно. Если и вы следуете его примеру, то смерть будет самым грозным вашим врагом, довлеющим и доставляющим мучения. Тогда ее перспектива не будет вызывать ничего, кроме паники, потому что это будет концом *всего драгоценного*. Только жизнь, прожитая в соответствии с библейскими ценностями, может встретить смерть непоколебимым спокойствием и даже радостью. Только библейское мировоззрение может объяснить, в чем смысл жизни, ибо *оно знает, в чем смысл смерти.*

> [17] *И возненавидел я жизнь, потому что противны стали мне дела, которые делаются под солнцем; ибо все — суета и погоня за ветром!* [1] *(2:17)*

Есть только одна причина, по которой можно возненавидеть жизнь: когда осознаешь ее бессмысленность (2:17б). Ведь если она не приносит радости, то зачем жить? Зачем продолжать сопротивляться трудностям, если никакие старания не могут принести длящегося удовлетворения? Как уже было сказано, мало кто имеет возможность попробовать в этой жизни все, как Соломон, чтобы опытным путем прийти к такому же состоянию апатии. Большинство до самых последних дней будут карабкаться к вершинам земных достижений и, даже умирая, будут устремлять взор к желанному, но так и оставшемуся недоступным.

Как странно ненавидеть жизнь, будучи царем. Как странно находиться в таком состоянии, будучи здоровым, богатым, свободным, умным, могущественным. Но его свидетельство крайне важно для миллионов молодых людей, стоящих в начале своего жизненного пути. Фильмы, телепрограммы, журналы, Интернет, реклама призывают их не бояться мечтать и осуществлять задуманное. Но, Боже, что это

---

[1] Синод. пер.: «…суета и томление духа!» (2:17).

за мечты?! Этим красивым словом названы *обыкновенные похоти* зацикленных на себе эгоистов! С экрана телевизоров проповедуется понимание того, *что такое жизнь, прожитая не зря*. Нам объясняют, что такое успех и тут же рекламируют его. Все эти ориентиры, предлагаемые миром, не есть нечто чуждое нам. Совсем нет! Многое из этого *нравится* нашей плотской природе, созвучно ей. А что рекламирует мир? Сейчас, как и три тысячи лет назад: похоть очей, похоть плоти и гордость житейскую (1 Иоан. 2:15–16).

ПОХОТЬ ОЧЕЙ, ПОХОТЬ ПЛОТИ, ГОРДОСТЬ ЖИТЕЙСКАЯ

Что такое похоть очей? Предположу, что это злоупотребление эстетическими удовольствиями. Возьмем, к примеру, Соломона. Чего бы ни желали его глаза, он получал, а они желали того же самого, что и наши. Он сделал так, чтобы все, что его окружало, было приятным для глаз. Роскошные одежды, величественный дворец, изящные украшения, ухоженные сады, красивые женщины, богатый интерьер и экстерьер, золото. Золото очень радует глаз, а много золота, по идее, должно радовать его еще больше. Ему не нужно было взирать на нищету, болезни, глиняные хибары, и что-либо угнетающее. Он, как и все, стремился окружить себя красотой. Просто у большинства нет финансовой возможности получить себе в собственность все, что попросят глаза. Неплохо, например, хотеть стильно одеваться, но, если это желание заставляет вас влезать в долги, стыдиться недорогой одежды, постоянно обращать внимание на внешний вид других, то знайте, что оно уже превратилось в похоть, и у вас проблемы. Законная потребность одеваться приобрела незаконную силу.

Что такое похоть плоти? Возможно, это злоупотребление физическими удовольствиями, доступным благодаря тому, что мы обладаем телом. Многообразие еды, напитки, интимные отношения, различные удобства, развлечения (не обязательно греховные), всевозможные приятные и интересные виды деятельности, комфорт, спорт, и вся гамма телесных ощущений – тот потенциал который может быть благословением, если находится под контролем праведности. Но законные физические потребности легко превращаются в похоти, заменяя собой поклонение Творцу.

Что такое гордость житейская? Это тоже похоть, но иного плана. Она выражается в том, чтобы искать счастья во всевозможных достижениях, власти, признании, уважении, контроле, безопасности, стабильности, общественном мнении, принятии, одобрении. Это, по сути, глубинные ценности (идолы), которые конкурируют с Богом за право обладать нашим сердцем. Идолы – это средства осуществления поклонения *себе*. Такой сдвиг в поклонении случился в Эдеме.

И увидела жена, что дерево хорошо для пищи (похоть плоти), *и что оно приятно для глаз* (похоть очей) *и вожделенно, потому что дает знание* (гордость житейская); *и взяла плодов его и ела; и дала также мужу своему, и он ел. (Быт. 3:6)*

Место Творца в сердце могли занять только мы сами. Других вариантов нет. «...И вы будете как боги...» (Быт. 3:5). Там воля Божья перестала быть нравственным кодексом человека, и появился свой собственный. Там было утеряно знание о том, для чего мы живем. Теперь смысл в том, чтобы реализовывать *свои* исковерканные грехом желания. Мы присваиваем выделенные нам свыше дни. Берем их, данные Богом для совершенно конкретной цели, и тратим на *себя*. Это как взять целевой кредит, а потом пойти в ближайший торговый центр и скупить все на что упадет взгляд. Проблема в том, что Кредитор, рано или поздно придет, чтобы получить свое с процентами. В каком состоянии он найдет должников? Забившимися от страха под кровать, потому что отдавать будет нечего.

Таким же образом, жизнь – это ссуда. Мы должны вложить ее в духовную «экономику» Царства Божьего. Но чтобы перестать тратить жизнь на себя, нужно умереть для своих желаний. Это единственный способ. И здесь мы опять убеждаемся в важности евангельского призыва: «*Отвергнись себя, возьми крест свой и следуй за Мной*» (Матф. 16:24). Мы не сможем исполнять Божьего предназначения, *не отрекшись предварительно от предназначения, придуманного нами.*

Итак, Соломон потратил целую жизнь, пытаясь удовлетворять свои похоти, ибо удовлетворение их обещало ему счастье и полноту. Его итог – сильнейшее разочарование. *«И возненавидел я жизнь…»* (2:17). Но сколько было потрачено сил и времени! Потрачено на себя любимого. Потрачено *зря!*

И мир проходит, и похоть его, а исполняющий волю Божию пребывает вовек. (1 Иоан. 2:17)

ТЯГОТЫ ТРУДА

[18] *И возненавидел я весь труд мой, которым трудился под солнцем, потому что должен оставить его человеку, который будет после меня.*

[19] *И кто знает: мудрый ли будет он, или глупый? А он будет распоряжаться всем трудом моим, которым я трудился и которым показал себя мудрым под солнцем. И это – суета!*

[20] *Тут сердце мое впало в отчаяние[2] от всего труда, которым я трудился под солнцем,*

[21] *потому что иной человек трудится мудро, с знанием и успехом, и должен отдать все человеку, не трудившемуся в том, как бы часть его. И это – суета и зло великое!*

---

[2] Синод. пер.: «И обратился я, чтобы внушить сердцу моему отречься от всего труда…» (2:20).

[22] *Ибо что будет иметь человек от всего труда своего и заботы сердца своего, что трудится он под солнцем?*

[23] *Потому что все дни труда его – скорби и огорчения[3]. И даже ночью ум[4] его не знает покоя. И это – суета!»*

[24] *Нет ничего лучшего для человека, чем есть, пить и видеть доброе в своем труде[5]. Я увидел, что и это – от руки Божией;*

[25] *потому что кто может есть и кто может наслаждаться без Него?*

[26] *Ибо человеку, который добр пред лицом Его, Он дает мудрость и знание и радость; а грешнику дает заботу собирать и копить, чтобы после отдать доброму пред лицом Божьим. И это – суета и погоня за ветром![6] (2:18–26)*

«И возненавидел я весь труд мой…» (2:18). Далее до конца главы Соломон перечисляет причины ненависти к тому, во что вложил столько времени, сил, средств, творческих способностей. Эта неприязнь абсолютно оправданна. Он ведь не воспринимал труд как нечто, что его кормит. Ему вообще не надо было трудиться, если бы он захотел. Он – царь. Все земные неприятности лично его касались меньше всего. Соломон не был тем простым наемником, работающим целый день на палестинском солнцепеке в надежде получить вечером обещанную плату, чтобы накормить себя и семью, а на завтра опять надеяться, что его наймут. В такой работе особо нет амбиций.

Екклесиаст смотрел на труд совсем иначе. Для него это была возможность самовыразиться, достигнуть высот, испы-

---

[3] Синод. пер.: «Потому что все дни его – скорби, и его труды – беспокойство…» (2:23).

[4] Синод. пер.: «…сердце его не знает покоя» (2:23).

[5] Синод. пер.: «Не во власти человека и то благо, чтобы есть и пить и услаждать душу свою от труда своего» (2:24).

[6] Синод. пер.: «…суета и томление духа!» (2:26).

тать что-нибудь новенькое, расширить кругозор, пополнить знания и навыки, показать свои способности, ум и мудрость. Для него труд был очередным инструментом обретения смысла жизни. Он злоупотреблял им так же, как в целом злоупотреблял всем остальным. Что такое злоупотребление? Это использование не по назначению. В духовном контексте это значит лишить какой-то Божий дар или благословение изначального смысла и наделить своим. Все грандиозные дела он задумал и осуществил ради себя. А все, что ради себя,– беспомощно и уязвимо. Здесь выявились свои «враги». Посмотрим на причины, гарантирующие разочарование даже в самых великих профессиональных достижениях.

Первая причина – **смерть.** *«Мудрый умирает наравне с глупым»* (2:16). Это, в принципе, самое главное разочарование Соломона. Его человекоцентричное, эгоистичное мировоззрение продолжает показывать свои слабые стороны. Все, что он созидал, останется под солнцем дольше, чем он сам. Его дворцы будут стоять еще какое-то время, а он исчезнет. Его сады будут цвести каждую весну, но он в них уже не погуляет. Его слуги достанутся другому, а там, куда он идет, про слуг вообще можно забыть. Все материальное, приобретенное мудростью, останется на земле, а он отправится в вечный путь.

Вторая причина – **несправедливость,** вытекающая из первой: *«...потому что должен оставить их человеку, который будет после него»* (2:18). Рано или поздно великолепие, на создание которого ушло столько сил, достанется другому. И хотя этот другой, понятное дело, будет ему не чужим человеком, а, прошу прощения, родным сыном, все равно расставание с нажитым невыразимо мучительно.

Третья причина – **опять несправедливость.** Унаследовавший все блага, может в два счета пустить их по ветру. *«И* *кто знает: мудрый ли будет он, или глупый? А он будет распоряжаться всем трудом моим, которым я трудился и которым показал себя мудрым под солнцем. И это – суета!»* (2:19). Сколько детишек растранжирили заработанное родителями, причем сделали это еще при их жизни. Это несправедливо! «Как так,– возмущается Соломон,– я пашу, а кто-то спустит это все по глупости, и ничего не поделаешь. Я не могу застраховать свои достижения от какого-нибудь дурня». И один этот факт делает труд суетой, потому что, по сути, это строительство замка из песка на линии прибоя. Много всевозможных затрат только для того, чтобы набежавшая волна смыла это все в океан. А смысл?

Четвертая причина – **все та же несправедливость.** Мало того, что некто унаследует *мое* (раз), мало того, что он может быть *глупцом,* который изничтожит все мои старания (два), он, к тому же, получит все *даром* (три). Просто придет на готовенькое. Вот так: раз, и унаследовал все, чему я отдал пол жизни! Замечательно! Где справедливость?! *«Потому что иной человек трудится мудро, с знанием и успехом, и должен отдать все человеку, не трудившемуся в том, как бы часть его. И это – суета и зло великое!»* (2:21).

Посмотрите, как расстроен царь. Теперь это не просто суета, как обычно, *а зло великое!* Причем речь не только о том, чтобы отдать это после смерти, но часто такое случается при жизни. Вы, может быть, с нуля создали какой-нибудь бизнес, дело, вложили в это себя, не досыпали, не доедали, крутились, старались, расширялись – и все только для того, чтобы пришел кто-то сильный, хитрый, беспринципный и просто отобрал это, нагло, открыто и без лишних разговоров. Присвоил. Быть может, вы талантливый, умный, работали со знанием дела, успешно карабкались по карьерной лестнице, честно трудились, не халтурили, перерабатывали, а вас просто взяли и подсидели. Пришел чей-то родственник, друг, брат, сват, подмазал, или просто оклеветал. Вас двинули, и ваш мир рухнул в один день. На этой земле подобное происходит на каждом шагу. *Тот, кто вкладывает свою душу в работу, потеряет первое вместе со вторым.*

Пятая причина – **результат труда.** «*Ибо что будет иметь человек от всего труда своего и заботы сердца своего, что трудится он под солнцем? Потому что все дни труда – скорби и огорчения[7]. И даже ночью ум[8] его не знает покоя. И это – суета!*» (2:22–23). И самое интересное – какой итог всех стараний. Похожий вопрос он уже задавал в первой главе. Что пользы человеку от всех трудов его, которыми трудится он под солнцем? (1:3). Здесь во второй главе этот вопрос предстает уже в более развернутой форме (2:22). Итог: скорби, огорчения и беспокойство. Очень редко бывает так, чтобы работа не просто изнуряла, но и нравилась. И даже если сама она не так тяжела, то всегда найдутся сотрудники, чье божественное предназначение, кажется,– трепать нервы остальным.

Труд в падшем мире – это скорби, огорчения и беспокойства. Теперь жизнь привязана к работе. Куда бы мы ни пошли, чтобы ни задумали, на нас надет ее ошейник и цепь, не позволяющие далеко отойти от будки. Вдруг захотелось повидать родителей, родных, друзей? Можете вот так просто взять и поехать? Большинство не может. Работа теперь занимает бо́льшую часть светового дня. Все подчиняется ее графику. Именно из-за нее мы вынуждены вставать утром раньше, чем хотели бы. И кого волнует, что там за окном: жара или дикий холод. Изволь подняться. Именно из-за нее приходится возвращаться домой позже, чем хотелось бы. Ей мы отдаем лучшую часть суток. А семье остаются жалкие объедки времени и сил. И даже ночью, когда спим, не можем

---

[7] Синод. пер.: «Потому что все дни его – скорби, и его труды – беспокойство…» (2:23).

[8] Синод. пер.: «…сердце его не знает покоя» (2:23).

полностью расслабиться, потому что утром опять надо включаться в гонку, и всегда есть страх проспать, опоздать. Кроме того, мучают мысли, как свести концы с концами, где добыть чуть больше денег, где занять, чем отдавать. И кстати, далеко не все из нас могут позволить себе такую роскошь, как поболеть.

О чем в основном говорят люди, встречаясь? О работе. Познакомились двое мужчин, первое, что их интересует: где работаешь, кем, особо наглые спросят, сколько получаешь. Для разнообразия еще могут поговорить о политике, ну а так-то, в основном о работе. Есть не мало тех, кто не просто хотят побольше заработать, а буквально живут работой. Если для вас труд – нечто большее, чем возможность прокормиться, если вы самоопределяетесь через него, то вас ждут все вышеперечисленные разочарования Соломона. Его муки – заслуженные, и ваши будут тоже. Любое благословение Божье, забежавшее вперед Творца, будет разочаровывать, а в какой-то момент вызывать даже ненависть. *«Ибо что будет иметь человек от всего труда своего и заботы сердца своего, что трудится он под солнцем?»* (2:22). Вопрос риторический, но все же ответим: скорби, огорчения и беспокойство. Как не возненавидеть труд, если вложив в него всего себя, в итоге остаешься ни с чем?! Так не честно! Я заработал и хочу владеть этим вечно.

Вот и система ценностей Соломона, по крайней мере, на тот момент. Как же он страдал, бедняга! Какое отчаяние в этих словах! Как безнадежно эгоистичен его подход, и настолько, что он даже не способен порадоваться за своих детей, которым обеспечил безбедную жизнь. Все, о чем он может думать,– о себе. Хотя это не странно, он ведь совершал все свои большие дела для *себя*. Как далеко его сердце от Бога своего отца. Господь – не более, чем звук, не доставляющий ему никакой радости. Сокровища Соломона не выходят за пределы земной жизни. Нет, он не атеист в теории, но в практике не далеко ушел от таковых. Не радует, нет, не радует его перспектива встречи с Господом. Все о чем, он думает – это то, *что* оставляет и *кому*. И вообще, он зациклен на том, что *оставляет,* а не на том, что *приобретает.* Оно и понятно, потому что копил он только на земле и ничего не вкладывал в небесный банк. Но разве его мудрость не подсказывала ему следующую истину?

> *¹⁹ Не собирайте себе сокровищ на земле, где моль и ржа истребляют и где воры подкапывают и крадут, ²⁰ но собирайте себе сокровища на небе, где ни моль, ни ржа не истребляют и где воры не подкапывают и не крадут, ²¹ ибо где сокровище ваше, там будет и сердце ваше (Матф. 6:19–21).*

Возможно, и подсказывала, но знать – одно, а исполнять – другое. Посеяно было богато. Пришло время пожинать. И выходит, что у Соломона было пусто в небесной сокровищнице. Не было в ней ничего особого дорогого его сердцу. Его ценности были на земле, а значит, и сердце вместе с ними. Мои дома. Мои сады. Мой скот, рабы, золото, жены, все мои проекты, почему, почему, почему вы даны мне только на время?! Как смеете вы остаться под солнцем, в то время как я безвозвратно уйду?! Пришло четкое осознание, что эти богатства абсолютно бесполезны перед фактом неизбежной смерти. На них нельзя купить радость и спокойствие, которые так необходимы перед лицом надвигающейся *нищеты.* В смерти он видел только *потерю.* Это и есть мирской подход. Как это отличается от слов апостола Павла:

> *Для меня жизнь – Христос,*
> *и смерть – приобретение. (Флп. 1:21)*

Смерть – приобретение?! Для всех – это самое страшное, что может случиться. Что должно произойти, чтобы смерть несла прибыток, а не потерю? *Чтобы смерть стала для меня приобретением, нужно, чтобы сначала Христос стал для меня жизнью!* Чтобы жизнь равнялась Христос. Чтобы смыслом жизни стал Христос. Чтобы жить для Христа. Это значит перестать жить для себя. Я, мне, мое, для меня… такая философия жизни должна умереть. Поэтому, *чтобы перестать бояться смерти, нужно уже умереть* (2 Кор. 4:10–11).

Особенность мирских сокровищ в том, что их можно потерять (Матф. 6:19). Абсолютно *всем* материальным и нематериальным ценностям этого мира что-то угрожает. Воры, моль, ржа, дефолты, кризисы, обвалы, болезни, криминал, стихийные бедствия, несчастные случаи, ненависть, отвержение, неудачи, конкуренция, и т. д. Вот почему безумно посвящать жизнь приобретению того, что нельзя удержать. Не разумнее ли вместо этого тратить жизнь на приобретение сокровищ, которые невозможно потерять (Матф. 6:20). Как не сходить с ума от страхов и беспокойств, если всему, что ты любишь, постоянно угрожает опасность?! Соломон рассуждает от лица среднестатистического человека. Даже ночью когда нужно отдыхать, ему не отдыхается. Тело отдыхает, а разум – нет (2:23).

Христос предупредил: не собирайте сокровищ на земле. Где сокровище, там и сердце, а значит, привязанность, внимание, посвященность, мечты, любовь. Если этот мир и есть то место, где вы собираетесь по настоящему жить, то вы обречены жить в постоянном напряжении. Как можно построить дом на склоне действующего вулкана и при этом спать спокойно? Весь мир и есть вулкан. Бог его так спроектировал для восставшего человечества, чтобы у тех, кто не желает знать Его, все дни были – скорби и беспокойство. Мир не станет стабильным и спокойным, пока не воцарится Мессия. Но покой Божий уже доступен тем, кто отдал жизнь Господу, и ведет себя на земле, как турист. Таковым Христос дает Свой мир. Остальным – беспокойство, страхи, уныние, мучения.

²⁴ Нет ничего лучшего для человека, чем есть, пить и видеть доброе в своем труде⁹. Я увидел, что и это – от руки Божией;

²⁵ потому что кто может есть и кто может наслаждаться без Него?

²⁶ Ибо человеку, который добр пред лицом Его, Он дает мудрость и знание и радость; а грешнику дает заботу собирать и копить, чтобы после отдать доброму пред лицом Божьим. И это – суета и погоня за ветром!¹⁰ (2:24–26)

Далее он делает интересный вывод, которым завершается вторая глава: нет ничего лучше, чем есть, пить, и получать удовлетворение от труда (буквально, делать так, чтобы душа видела доброе в своих трудах). Что это за вывод такой?! Это все?! Нет ничего лучше?! Но речь идет не о наивысшем счастье, а о том, что остается в жестких условиях падшего мира. Благой труд и земные благословения могут очень радовать, если ими не злоупотреблять. Если стремиться к *абсолютному* счастью под солнцем, мы обречены на постоянные разочарования. Нужно осознать, где мы находимся, и довольствоваться счастьем *относительным*.

Тот, кто реалистично смотрит на жизнь под солнцем, доволен всем, что дает Бог. Он, как дитя, искренне отдается всякой радости, посылаемой Творцом, не разрушая ее анализом, критикой и страхами о завтрашнем дне. Малые и большие благословения, соединенные с добрым трудом и чистой совестью, делают жизнь приятной и относительно счастливой. Это способность жить в настоящем. Не в завтра, не во вчера, а в *сегодня!* Мудрый понимает, что завтра не принесет никакого кардинально нового компонента, необходимого для

---

⁹ Синод. пер.: «Не во власти человека и то благо, чтобы есть и пить и услаждать душу свою от труда своего…» (2:24).

¹⁰ Синод. пер.: «…суета и томление духа!» (2:26).

счастья. Поэтому он свободен от бесплодных, безосновательных, лживых фантазий о будущем, от самообмана и гонки за ветром. Разочарования – это следствие нереалистичных ожиданий. Таковых у мудрого нет. Он примирился с мыслью о том, что высшее счастье под солнцем невозможно. Значительно понизив требования к жизни и отбросив искание абсолютного блага здесь на земле, он довольствуется благом относительным.

Разве можно полноценно жить в плацкартном вагоне?! Если вы считаете, что земная жизнь – это все, что есть, то самая главная ваша задача – пожить как следует. Но условия вагона обеспечат вам злость, разочарования, обиды, уныние, страхи. Бог сконструировал его так, чтобы в нем было очень *неудобно*. В нем едут люди двух категорий. Одни не понимают, где находятся, и изо всех сил стараются избавиться от характеристик плацкарта. Они думают, что это их *дом*, и что жизнь должна пройти *здесь*. Но в вагоне, то жара и духотища, то собачий холод и сырость, вонь, тряска, теснота, пьяные соседи, торчащие ноги, храп, ругань, и сплошной дискомфорт. Другие знают, что это просто средство передвижения, и не тратят силы, время и деньги на то, чтобы получше в нем устроиться. Вагоны – для переездов, а не для полноценной жизни.

¹³ Все сии умерли в вере, не получив обетований, а только издали видели оные, и радовались, и говорили о себе, что они странники и пришельцы на земле; ¹⁴ ибо те, которые так говорят, показывают, что они ищут отечества (направляются домой). *(Евр. 11:13–14)*

Этот мир – временное пристанище, определяющее вечную участь пассажиров. Тот, кто это понимает, кладет вещи под койку, знакомится с попутчиками, заваривает чай, едет, пьет, ест, наслаждается видами из окна (а встречаются довольно неплохие) и мечтает о том, как приедет домой, как встретится с родными, как займется тем, что любит. И понимание того, что он непременно приедет домой, помогает переносить все временные неудобства путешествия. И как же тяжело должно быть тем, кто никуда не едет (как считает) и, сталкиваясь с теми же неудобствами, пытается безуспешно от них избавиться.

Со смертью человека нечестивого исчезает надежда,
и ожидание беззаконных погибает. (Прит. 11:7)

Но не так для тех, кто добр перед лицом Господа. Милость Его велика к Своим! Им дает Он три вещи: мудрость, знание и радость (2:26).

Начало мудрости – страх Господень,
и познание Святого – разум. (Прит. 9:10)

Мудрость начинается со страха Божьего. Истинная мудрость – бояться Того, Кого действительно надо бояться. И поэтому «путь жизни мудрого вверх, чтобы уклониться от преисподней внизу» (Прит. 15:24). Вот правильное отношение к отведенным земным годам. Драгоценный страх Божий уводит от преисподней, существование которой при жизни даже невозможно доказать. И что очень важно – это *Бог* дает мудрость. Она не обретается самостоятельно.

Говоря о знании, речь идет не об информации из области наук и профессий, но о концепциях духовно-нравственного характера. Самое важное знание – познание Святого: какой Он (характер, качества), что любит, что ненавидит, как поступает, как Ему угодить, что от Него ожидать (Прит. 9:10б). Действительно, лучше знать Бога и не знать больше ничего, чем знать все и не знать Бога. Писание постоянно призывает нас возрастать в познании Господа (Кол. 1:10). Это возрастание помогает правильно толковать происходящее, повышая духовную устойчивость к любым напастям. Говоря о «добром пред лицом Бога» Соломон имеет в виду *праведника,* ибо противопоставляет его грешнику (2:26).

Праведным Бог также дает радость, как состояние души. Без Господа ее быть не может, о чем мы уже говорили ранее. Благодаря мудрости (как праведности) и личному познанию Святого, появляется способность радоваться. Когда Бог найден, человек вырывается из мировоззрения под названием «только в этой жизни» (под солнцем). Он стабилизирует свои ожидания в соответствии с истиной и начинает получать удовольствие от обычных земных благословений. В то время как грешник гонится за новыми переживаниями, доводя свою душу до бесчувствия всевозможными дорогущими стимуляторами «радости», праведник *наслаждается самыми обыденными и доступными вещами.*

Какое это счастье, если есть хоть один близкий, готовый о тебе заботиться, что бы ни произошло. Как здорово, что можно досыта поесть. Какое блаженство, что можно залезть в теплую постель (когда за окном мороз) и проспать семь-восемь часов до первого писка из детской спальни. Как хорошо в дождливый выходной задумчиво успеть сесть с чашкой кофе у окна на несколько минут, пока тебя не найдут домашние. А когда найдут, с удовольствием слышать оглушительное верещание своей малышни, потому что папа превратился в волка, который «щас всех съест, начиная с мамы». Какое благословение, когда ничего не болит, глаза видят, уши слышат, ноги ходят. Как приятно вернуться домой вечером усталым и, открывая дверь, уже слышать приближающийся топот и нетерпеливые повизгивания. А потом сгребать всех в охапку, не зная кого первым целовать. И целовать без разбора, громким чмоканьем, обнимая, тиская, хохоча, дурачась и, не успев раздеться, сразу присоединиться к той игре, которая тут шла полным ходом. Какой шик – горячая вода из крана, чистый пол, свежая футболка, хорошая книга, красивая песня, роскошный закат, и многое-многое-многое другое. Доброта Божья окружает нас даже посреди неприятностей. *Но земные радости становятся заметны только на фоне вечной радости.* Это ее приглушенные отголоски. Только ожидание будущего блаженства может дать блаженство в настоящем. Так что, выходит, без Бога никто не в состоянии удовлетворительно прожить земную жизнь. Поэтому грешнику остается только скорбная доля копить, боятся за накопленное, мучиться, чтобы, проведя свои дни в суете, и не получив от накопленного радости, отдать все другому (2:26).

Соломон доказал, что *иметь все, что я хочу и быть счастливым – это разные вещи.* Не стоит перепроверять результаты его опытов. Нет смысла удовлетворять неправильные желания. Будь удовлетворены хоть все, они принесут только опустошение, вину и море последствий. Способность быть довольным – это просто такая способность. Она либо есть, либо ее нет. И если она есть, то это от Бога.

*Великое приобретение –
быть благочестивым и довольным.
Ибо мы ничего не принесли в мир;
явно, что ничего не можем и вынести из него.
(1 Тим. 6:6–7)*

Глава 5

Екклесиаст 3:1–11

¹ *Всему свое время, и время всякой вещи под небом:*
² *время рождаться, и время умирать;*
время насаждать, и время вырывать посаженное;
³ *время убивать, и время врачевать;*
время разрушать, и время строить;
⁴ *время плакать, и время смеяться;*
время сетовать, и время плясать;
⁵ *время разбрасывать камни, и время собирать камни;*
время обнимать, и время удаляться[1] от объятий;
⁶ *время искать, и время терять;*
время сберегать, и время бросать;
⁷ *время раздирать, и время сшивать;*
время молчать, и время говорить;
⁸ *время любить, и время ненавидеть;*
время войне, и время миру.
⁹ *Что пользы работающему от труда его?[2]*
¹⁰ *Видел я эту заботу, которую дал Бог сынам человеческим, чтобы усмирять их[3]. (3:1–10)*

Всему свое время. Это устоявшееся выражение берет свое начало, скорее всего, отсюда. Как бы мы ни старались стабилизировать свою жизнь, данной последовательности

---

[1] Синод. пер.: «…уклоняться от объятий…» (3:5).
[2] Синод. пер.: «…от того, над чем он трудится?» (3:9).
[3] Синод. пер.: «…чтобы они упражнялись в том» (3:10).

периодов не избежать. Наша судьба не только в наших руках. Есть Тот, Кто всем управляет, установив всему временные рамки. Жизнь – это череда доброго и злого: смеха и слез, созидания и разрушения, скорби и празднований, войны и мира. В ней не может быть только хорошее. Так она устроена, и заметить это не сложно. Сложно согласится с таким порядком вещей. Но лучше поместить эту истину в свое мировоззрение вместо того, чтобы, подражая известному глупому слогану, твердить себе и другим: «Все будет хорошо». Большинство предпочитает не говорить и не думать о плохом, опасаясь, что такие разговоры и мысли накликают зло. Это знакомое нам суеверие.

В этом поучении Соломона можно выделить две истины: во-первых, все доброе, хорошее, приятное, радостное предопределено Богом точно так же, как и все злое, неприятное, печальное (Ис. 45:7; Пл. Иер. 3:37–38). Абсолютно за каждым событием стоит суверенный Бог. С Иовом случилось ужасное зло. И хотя оно было совершено руками сатаны, инициатором был Господь. Иов это прекрасно понимал и, стеная, обращался только к Нему. Как важно *видеть* Всемогущего не только в добром, но и в злом (Иов. 2:10). И часто злое – не личное наказание, а обыкновенная неизбежность жизни под солнцем. Однако эта неизбежность подчинена нерушимому принципу Божьего любящего всевластия: *«все пути Господни – милость и истина к хранящим завет Его и откровения Его»* (Пс. 24:10).

Во-вторых, все имеет временные ограничения: и плохое, и хорошее. В случае с тем же Иовом, мы видим, как светлая полоса сменилась темной, а потом опять пришло облегчение. Когда вы искушаемы думать, что этот кошмар никогда не закончится, помните, что всему есть предел. Бесконечные страдания есть только в аду. Под солнцем бесконечного не существует. Творец все мудро контролирует (3:1). Когда я размышляю об этом отрывке, мне приходит на ум аналогия с курятником. Внутрь сарая помещены куры. У них есть пределы обитания: некое строение и двор, ограниченный забором. Размер курятника, обустройство его, время кормления, количество обитателей регулируется человеком. На первый взгляд куры живут своей жизнью, важно и не спеша расхаживают туда-сюда, несут яйца, размножаются, клюют что положат, дерутся, деловито копаются в навозе. Жизнь их протекает вроде по своим куриным законам, но есть тот, кто здесь все решает – хозяин курятника. Есть вещи, которые несчастные птицы изменить не могут, как бы ни пытались. Владелец решает, кому и когда пора в суп, на рынок или еще куда-нибудь. Они не распоряжаются своими жизнями. Им назначены времена и сроки.

Это несовершенная иллюстрация, потому что человек не может стопроцентно контролировать все процессы в курятнике. Бог же держит в руке всю Вселенную. Кстати, если кого-то обижает это небиблейское сравнение с курятником, можно использовать библейское, сравнивая нас с горшками, червями и молью. Только вряд ли от этого поменяется суть сказанного.

Давайте более внимательно посмотрим на текст: *«время рождаться, и время умирать»* (3:2а). Независимо от наших желаний и предпочтений, мы родились именно там и именно тогда, когда решил Творец. И когда Он скажет: «Довольно»,– мы испустим дыхание. Я уверен, что среди читающих эти строки есть те, кто в свое время искали смерти, но живы до сих пор, потому что Хозяин Вселенной – Бог! Только Ему решать, кому и когда умирать. В аду же сейчас очень много тех, кто планировал пожить на земле гораздо дольше, чем получилось. Почему их планы не осуществились? Потому что Господин жизни и смерти – Иисус Христос.

«Время насаждать, и время вырывать посаженное» (3:2б). Мы бы хотели только насаждать и не видеть, как кто-то вырывает саженцы наших надежд, но не все можно контролировать. Поэтому, когда вы сеете, помните, что есть сила, неподвластная никому. И если вам суждено увидеть, как

выращенное вами вырывают или рубят, не относитесь к этому, как к мировой трагедии. Помните, это делает Бог, может, руками негодных людей. И оказавшись среди пеньков на месте некогда цветущего сада, узрите Бога с топором в руках. Узрите и смиритесь.

«Время убивать, и время врачевать» (3:3а). Военные моряки, потопив судно врага, поднимают из воды выживших и оказывают помощь тем, кого пытались еще недавно погубить. К великому сожалению, убийства всегда будут происходить на земле, пока не воцарится Христос. Но мы знаем, что если ни один волос с головы не упадет без воли Отца Небесного, то тем более никто не заберет нашу жизнь без Его разрешения. Сколько раз Бог спасал нас, а мы даже об этом и не догадывались! В любом случае, бывает такое время, когда жизнь сохраняется, даже при том что кем-то предпринимаются отчаянные попытки ее отобрать. Саул так и не смог добраться до Давида, хотя *очень* старался. Бог забирает жизнь, и Он же оберегает ее. «Ибо Он причиняет раны и Сам обвязывает их; Он поражает, и Его же руки врачуют» (Иов. 5:18).

«Время разрушать, и время строить» (3:3б). Никто не желал бы видеть, как рушат то, что он построил. Ах, если бы на земле было только созидание! Но и созидание, и разрушение – в плане Божьем. Израиль, например, прошел эти периоды многократно. Сейчас у них опять строительство, слава Богу. Разрушение – это трагедия, но оказавшись на руинах своих грез, узрите Господа с кувалдой в руках. Узрите и смиритесь!

«Время плакать, и время смеяться; время сетовать, и время плясать» (3:4). Кому понравится плакать и сетовать (хотя бывают и такие)?! Хотелось бы, чтобы время на земле было сплошным весельем и радостью, но и тут смена периодов. Может быть, сейчас Бог привел в вашу жизнь слезы. Не отчаивайтесь, помните, что настанет и время облегчения. И если его не случится на земле, мы имеем обетования вечной радости. Те же, кому сейчас легко и весело, не забывайте,

что этот скорбный мир вышибет из вас еще немало горьких слез, которые Бог использует для вашего очищения.

«Время разбрасывать камни, и время собирать камни» (3:5а). Об этом стихе спорят. Первая его часть подразумевает, вероятно, обычную сельскохозяйственную практику очищения полей, чтобы можно было сеять (Ис. 5:2). В 4 Царств 3:19, 25 говорится о засорении камнями полей врагов, чтобы сделать их непригодными для использования. И тому и другому процессу свое время, назначенное Богом.

«Время обнимать, и время удаляться[4] от объятий» (3:5б). О второй части стиха тоже есть разные мнения. Для толкования важно понимать, что характер отрывка не предписывающий. Кажется, речь здесь о том, что мы не можем всегда быть рядом с любимыми. Наша воля или чужая периодически уводит нас вдаль от дорогих людей, которых мы жаждем заключить в объятия. Обнимая любимых, помните, что мы, тем не менее, не в силах удержать их. Нас разлучит Тот же, Кто и свел вместе. И потому обнимайте их крепко.

«Время искать, и время терять» (3:6а). Благословения Божьи прибывают и убывают. Как хочется только получать и достигать! Но придется отдавать и упускать. Все, что вы положите себе в карман, вытащат оттуда ваши руки или чужие. Это закон, который нужно поместить в богословие, чтобы научиться правильно относиться к обретенному. Рано или поздно потерять придется *всё!*

«Время сберегать, и время бросать (выбрасывать)» (3:6б). Всякая вещь имеет свой износ, время употребления, и как бы мы ни старались продлить жизнь какой-то части нашего любимого имущества, настанет день, когда придется отнести его на свалку. В этой связи прилеплять свое сердце к материальному, по крайней мере,– глупо.

«Время раздирать, и время сшивать» (3:7а). Вероятно, речь идет о периоде плача, связанного со смертью близкого,

---

4 Синод. пер.: «…уклоняться от объятий…» (3:5).

так как согласно правилам той культуры, скорбящий мог рвать на себе одежду. Но когда время скорби проходило, разодранную одежду не выбрасывали, а сшивали. Разве в нашей власти уберечься от таких потрясений?! Нет, они уготованы каждому.

«Время молчать, и время говорить» (3:7б). Иногда мы вынуждены молчать просто потому, что мы не в том положении, не уполномочены, или есть другие препятствия. Во время суда Иисус большей частью молчал, хотя Его постоянно пытались разговорить. Но придет время, и Он скажет, и скажет так, что мало не покажется. Может сейчас в вашей жизни не время говорить. И это от Бога. Но, если у вас есть выбор, то помните, что ситуация довольно часто требует не мудрого слова, а мудрого молчания.

«Время любить, и время ненавидеть; время войне, и время миру» (3:8). Весь стих о контрасте мирного и военного времени. История планеты Земля – это история войн. История государств – это история войн. Кровопролитие – неотъемлемая часть жизни под солнцем. И это зло вне нашего контроля. Мы не знаем, в какой следующий военный конфликт наше правительство ввяжется или устроит. Но и войны тоже – часть суверенного плана (Ис. 45:7). Божьим детям отвратительна сама мысль, что собираются взрослые мужчины (отцы, сыновья, братья) и начинают друг друга убивать, оставляя вдов, сирот, производя беззаконие. При этом на земле всем хватает воздуха, солнца, воды, пищи, и остальных ресурсов. Объективно, нет никаких причин убивать друг друга, *кроме субъективного желания убивать.* Здравомыслящие гуманисты пытаются остановить военные конфликты, организуют миротворческие миссии, выступают посредниками, но… пока в сердце человека живет ненависть, будут войны и смерть. Это одно из неизбежных, суровых последствий эдемского богоотступничества.

Итак, первые восемь стихов третьей главы – это *приговор* человеческому стремлению к стабильности и безопасности.

На планете Земля таких понятий не существует. В этом контексте резонным предстает уже знакомый нам вопрос:

9 *Что пользы работающему от труда его?* [5] *(3:9)*

В чем смысл даже самого успешного труда, если вышеописанные законы не остановить, не отменить, не переделать?! Это равносильно возведению муравейника на мостовой. Муравьи упорно работают, тащат все съедобное внутрь, готовятся к холодам, набивают кладовые, дерутся с другими муравьями. Но есть силы, которые могут разорить муравейник в любую минуту и разом свести на нет все усилия бедных насекомых. Раз, и набежала цунами, смывая в океан все, что построено таким трудом. И зачем, спрашивается, так напрягаться?! Может в жизни есть что-то важнее, чем борьба с неизбежностью? Мы не просто на мостовой, мы на поле битвы. Взбунтовавшееся человечество уже много тысяч лет пытается горделиво выпрямиться, расправить плечи и построить рай, в котором будет все, кроме Создателя. Но Всемогущий сбивает свое творение с ног и повергает в грязь, боль, отчаяние, тесноту, расстраивая планы. Вавилонской башне не быть, и это милость Божья.

На земле нет стабильности и безопасности, просто потому что Бог *хотел*, чтобы их не было. Они – атрибуты рая, а он утерян, и дорога в него лежит только через примирение с Создателем, через покаяние и спасительную веру в Иисуса Христа. Кто не желает склониться перед Ним в молитве покаяния, тот никогда не вернется в Эдем. Но люди не думают об угождении Господу. Они тужатся, тянут, тащат, копошатся, обустраивая свой муравейник, и, прикрываясь суетливой возней, как щитом, отбиваются от истины. Смерть нередко застигает их именно в разгаре такой суеты. Но погодите, вдумайтесь в суть происходящего. Так не должно быть! Так

---

[5] Синод. пер.: «…от того, над чем он трудится?» (3:9).

неправильно! Мы же не муравьи, мы люди! Мы созданы по образу и подобию Самого Творца. Мы не можем просто взять и уйти внезапно посредине осуществления своих планов. Однако смертоносный конвейер никогда не останавливается. И если нам суждено дожить до старости, то почему-то лет наших семьдесят-восемьдесят, и лучшая их часть — тяжкий труд и болезни. Законы бытия устроены так, чтобы высасывать из нас все соки. Тела стареют, болеют и доставляют нам немало страданий. Мы умеем мечтать о том, как могло бы быть иначе, но не умеем эти мечты осуществлять.

Такое положение вещей (3:1–8) — это системный сбой. Мы живем в мире, который *наказан*. Как еще могло бы быть на проклятой земле?! Да, образ Божий не должен влачить такое жалкое существование, но он и не имеет права так нагло отвергать своего Создателя. Не имеет права жить ради работы, удовольствий, ради того, чтобы вступить в брак, построить дом, посадить дерево и вырастить сына, а, по сути, ради удовлетворения своих собственных желаний. Он был создан, чтобы являть славу Божью, поклоняясь Ему и жертвенно любя ближних. Но венец творения выбирает образ жизни животного (ест, пьет, размножается, кусается, метит свои территории, нападает, охотится) и не хочет видеть никакой высшей цели своего существования. Поэтому ему определено подвергнутся одной участи с животными (о чем читаем чуть ниже).

> [10] *Видел я это бремя, которое дал Бог сынам человеческим, чтобы усмирять их[6]. (3:10)*

Другими словами: «Знаю я, какая нелегкая доля отмерена смертным. Жизнь у подножия вулкана. Никаких гарантий, сплошные опасности и неприятные неожиданности». Устройство мира вопиет: «Остановитесь и задумайтесь, почему

---

[6] Синод. пер.: «…чтобы они упражнялись в том» (3:10).

все именно так?!» Но человек принимает вселенскую неисправность, как норму, отказываясь обдумывать «это бремя», ибо так ненароком можно и до Бога додуматься (3:10). Поэтому ум используется лишь для того, чтобы побольше заработать, обхитрить, преодолеть препятствия на пути своих желаний, нейтрализовать последствия грехов, сопротивляться эдемскому проклятию. Создатель насылает болезни, а интеллект работает на полную мощность, чтобы побеждать их. Создаются лекарства, медицинские приспособления, ведется активная научная деятельность, необходимая для выживания и облегчения жизни под солнцем. Возьмем, к примеру, обыкновенные очки. Если вы их носите, значит у вас слабое зрение. Почему оно такое? Потому, что это одно из миллионов последствий грехопадения. Это не значит, что вы персонально *наказаны* плохим зрением. Просто вам досталось одно из последствий (и не единственное) всеобщего наказания. Человек может успешно бороться с некоторыми физическими недугами, даже не пытаясь понять их первопричину. Бог насылает ураганы, цунами, землетрясения и прочие природные катастрофы. Люди же стараются предсказывать эти события и заранее всех оповещать. Их ум всегда будет направлен на поиски безопасности и стабильности (Эдема) и никогда – на поиски Бога. Всевозможные полезные изобретения помогают нам жить и выживать в жестких условиях наказанного мира. Слава Богу за технологии! Они, сами по себе,– не зло. Главное, чтобы они не использовались для постройки вавилонской башни в сердце, отравляя его иллюзией независимости и могущества.

Как история, так и современность повествуют о том, как человечество пытается победить даже такого своего извечного врага, как смерть. Чего только не придумывают, чтобы жить вечно, и, желательно, без Бога. Но смерть будет побеждена только Иисусом Христом. Уже побеждена! А потомкам Адама дана всеобщая благодать, позволяющая верующим и неверующим вкушать от Божьей благости даже на этой проклятой земле. Главное – помнить, что наша задача – принимать из руки Божьей как доброе, так и злое. Каждое из времен, о которых мы читали в начале, приходит от Него (3:1). Соломон делает вывод: «Я видел, я понял, что нестабильность и постоянные опасности – это скорби, посланные Богом, чтобы люди гнули шеи свои к земле» (3:10). Такое положение вещей необходимо, чтобы *смирять*. Поэтому крайне важно переопределить смысл жизни. Это включает в себя необходимость перестать жить в иллюзорном, выдуманном, несуществующем мире и начать жить в реальном. Все изъяны его должны быть правильно истолкованы, смиренно приняты и помещены на свои места в христианском мировоззрении.

[11] *Все соделал Он прекрасно, в свое время, и вложил вечность в сердце их, без которой человек не может постигнуть дел, совершаемых Богом от начала и до конца[7]. (3:11)*

Одиннадцатый стих – одна из жемчужин, рассыпанных по всей книге Екклесиаста. *«Все соделал Он прекрасно, в свое время...»* Перечисленная выше череда темных и светлых полос – это совершенный план, осуществляемый совершенно (3:11а). Бог все делает правильно и в нужный момент. Это очень важно понимать, когда начинается темная полоса. Дни радости никогда не заставляют нас сомневаться в Божьем характере. Когда Господь благословляет, мы сразу соглашаемся, что это справедливо. «Богословские» сложности возникают, только когда придавит. Но все Его дела отмечены знаком качества, и чтобы мы могли это увидеть и понять, Создатель вложил вечность[8] в наше сердце.

---

[7] Синод. пер.: «Все соделал Он прекрасным в свое время, и вложил мир в сердце их, хотя человек не может постигнуть дел, которые Бог делает, от начала до конца» (3:11).

[8] Не совсем ясно, почему в Синодальном переводе выбрали слово «мир», если буквальный перевод еврейского слова *олам* – «вечность» или «долгое время».

Человеческий дух (не тело) несет на себе печать вечности. Это и есть главная причина, почему ничто и никто под солнцем не может успокоить нашу душу. Возможно, этой фразой выражена знакомая нам идея о том, что мы были созданы по образу и подобию Божьему. Богословы спорят, что бы это значило (по образу и подобию), потому что Писание не дает определения. Однако Соломон указывает на одну частичку божественного образа в нас – вечность. Поразмышляем о том, что значит вечность в сердцах и почему она необходима, чтобы понять дела Божьи.

> [11] *Все соделал Он прекрасно, в свое время, и вложил вечность в сердце их, без которой человек не может постигнуть дел, совершаемых Богом от начала и до конца[9]. (3:11)*

Соломон вовсе не утверждает, что дела Бога можно постичь от начала и до конца. Фраза «от начала и до конца» относится не к делам, а ко времени. Переводчики Синодальной Библии (и многие другие) усмотрели здесь угрозу доктрине о Божьей непостижимости. Однако угрозы нет. Более того, ясное, четкое учение о непостижимости дается в конце восьмой главы. Здесь же о другом. Но обо всем порядку.

Во-первых, в прямом смысле вечность означает, что однажды родившись, **человек будет существовать всегда.** В отличие от животных, наш дух пребывает, даже после того как тело умрет. Появившись из небытия, мы никогда в него не вернемся, как бы в это ни хотели верить, например, Свидетели Иеговы. Для нас приготовлена вечность в двух возможных состояниях: либо в падшем, либо в прославленном. Учение о вечности в сердце особенно важно в свете первых

---

[9] Синод. пер.: «Все соделал Он прекрасным в свое время, и вложил мир в сердце их, хотя человек не может постигнуть дел, которые Бог делает, от начала до конца» (3:11).

восьми стихов, согласно которым с нами происходит не только хорошее, но и плохое. С точки зрения лишь земной жизни Божьи дела не могут быть осмыслены адекватно. Зачем страдания, зачем смерть, зачем войны? Зачем эти угнетающие и смиряющие скорби (3:10)? Что вообще можно понять о плане Божьем с ракурса 70–80 земных лет?!

Вечная перспектива спасает нас от ограниченного обзора уже сейчас, уча по-новому осмысливать замысел Творца. В будущем же она позволит быть свидетелями победоносного финала, в свете которого все оставшиеся вопросы отпадут сами собой. Мы постигнем если не все, то многие слепые зоны великой драмы, развернувшейся во Вселенной. Нам станут понятны дела Божьи в контексте всей истории. Мы поймем логику Его сценария развития событий на планете Земля от ее начала и до конца (3:11).

Во-вторых, вечность в сердце выражается в **желании жить вечно.** Наше тело умирает, потому что после грехопадения Бог предназначил его к смерти, но дух всячески этому процессу противится и делает все, чтобы продлить свои дни. Физическое тело может обернуть существование в настоящую муку из-за болезней, страданий и старости. Если бы наши тела не старели и не приносили мучения, мы бы жили, жили, и жили. Нам бы в голову не могло прийти, что, мол, хватит, пожил, пора на покой. Желание смерти может быть вызвано только тяжелой затянувшейся болезнью, а также сильнейшим разочарованием, потерей смысла. В общем, духовные и физические проблемы могут подрывать желание жить, но человек не может захотеть умереть просто так, без причины. Если кто-то скажет, что устал от жизни, не верьте. Это неправда. Таковой устал не от жизни, а от *проблем, от страданий, от бед.* От жизни устать невозможно из-за вечности в сердце. До потопа жили по девятьсот лет, и могли бы и дольше, если бы Бог позволил их телам выдерживать такое давление времени. Смерть становится желанным гостем, только когда она видится как избавление от нестерпимых мук.

В-третьих, еще один аспект вечности относится не столько к ближайшему контексту, сколько к контексту всей книги. Вечность в сердце – это некое, скажем так, **инстинктивное знание о Боге.** Это та самая причина, как было сказано, по которой человек никогда не сможет отыскать счастье вне Творца, никогда не найдет покоя своей душе без Него. Вечность в сердце – бесконечная пустота, которую ничем невозможно заполнить. Это пепел, доказывающий существование огня. Мы не были созданы, чтобы находиться вне отношений с Господом. Он – духовная реальность, следы которой присутствуют в сердце каждого. Нам не избавиться от нее. Ее можно избегать, игнорировать, отрицать, но в глубине души зовущая вечность никогда не позволит всем сердцем поверить в то, что «один раз живем, а потому надо взять от жизни все». Подобные слова – это *всегда* бравада обезумевших бунтарей, в порыве гордыни пытающихся оправдать свои бесстыдства перед другими. Но *самих себя* они в этом никогда не убедят. Слышите, никогда! *Никто* на самом деле не верит, что живем один раз. Вечность в сердце не позволяет. Как говорил мой наставник, «даже самый отпетый атеист в три часа ночи у себя в постели, в трусах (извините за подробность), наедине со своими мыслями знает, что придется за все отвечать,– и боится».

Они знают праведный суд Божий, что делающие такие дела достойны смерти; однако не только их делают, но и делающих одобряют (Рим. 1:32).

Никто не может творить зло и всем сердцем верить, что поступает правильно. Несмотря на все доводы, которыми могут сопровождаться страшнейшие злодеяния, не нужно думать, что озвучивающие их совершенно искренне не осознают, что нарушили законы высшей морали, и что их совесть нема. Нет! Они просто выработали привычку игнорировать ее голос, лицемерить, выдавая желаемое за действительное. Оставшись же наедине с собой, когда нет возможности для показухи и актерства, они отчетливо чувствуют свое моральное несоответствие неким стандартам, о которых имеют представление благодаря той же совести. Внутри каждого есть некое моральное знание.

14 ...Ибо когда язычники, не имеющие закона, по природе законное делают, то, не имея закона, они сами себе закон: 15 они показывают, что дело закона у них написано в сердцах, о чем свидетельствует совесть их и мысли их, то обвиняющие, то оправдывающие одна другую... (Рим. 2:14–15)

Это знание не было приобретено, с ним рождаются. Оно – врожденный штамп на сердце, отголосок вечности, запрещающий жить одним разом здесь и сейчас. Речь идет о базовом знании, *не включающем* в себя желание поступать по нему. Поэтому вина – это постоянное чувство, с которым живет среднестатистический безбожник. Вечность в сердце шепчет ему, что жизнь – это нечто большее, чем пить, есть, вступать в брак, растить детей, ходить на работу, отдыхать и веселиться, думая только о том, где бы добыть денег. Она никогда не позволит ему обрести покой, даже если жизнь будет так же сказочна, как у Соломона. Она – свидетельство того, что мы сотворены для иного существования. Рыбке, созданной для обитания в просторном, чистом, глубоком, величественном океане, не обрести умиротворения в загаженном пруду. Память об океане живет в нашем сердце, и поэтому мы никогда не будем довольны лужей, в которой оказались. Вот что написал по этому поводу Блез Паскаль:

Все люди ищут счастья. Исключений тут нет, какими бы разными средствами они ни пользовались. Все стремятся к этой цели. Одни идут на войну, а другие нет, но за этим все то же единственное желание, только по-разному понимаемое. Воля никогда не предпринимает ничего, что имело бы другой предмет. Вот что движет всеми поступками всех людей, даже тех, кто собрался вешаться.

И однако за такое множество лет никогда ни один человек без веры не достигал той точки, к которой все неизменно стремятся. Все стенают: государи, подданные, вельможи, простолюдины, старики, юноши, сильные, слабые, ученые, невежды, здоровые, больные, во всех краях, во все времена, всех возрастов, всех сословий.

Столь длительный, беспрерывный и единообразный опыт должен бы нас убедить в невозможности достичь блага нашими собственными усилиями. Но пример мало чему нас научает. Он никогда не бывает так совершенно схож с нашим случаем, чтобы не было между ними какого-нибудь тончайшего различия, и это позволяет нам надеяться, что наши ожидания не будут обмануты, как это было с другими; и вот, настоящее нас никогда не удовлетворяет, опыт нас обманывает и ведет нас от несчастья к несчастью до самой смерти, их пределу в вечности.

О чем же кричат нам эта жажда и это бессилие, как не о том, что было у человека некогда истинное счастье, от которого ныне ему остался лишь знак и призрачный след, и он тщетно пытается наполнить эту пустоту всем, что его окружает, а не найдя опоры в том, что имеет, ищет ее в том, чего у него нет; но ничто не может ее дать, ибо эту бездонную пропасть способен заполнить лишь предмет бесконечный и неизменный, то есть сам Бог[10].

---

[10] Паскаль Б. Мысли. М.: Изд-во имени Сабашниковых, 1995. С. 118–119.

Итак, вечность в сердце никогда не даст нам покоя. Мы не можем себя перепрограммировать, чтобы научиться обретать счастье в творении. Это вне нашего контроля. Можно опуститься до уровня животного, но стать им не получится. Можно жить так, как будто Бога нет, но это будет не следствием убежденности, а намеренным бунтом существа, отказывающегося признать своего Хозяина. Слова, некогда сказанные Израилю, в полной мере относятся ко всем:

*Вол знает владетеля своего,
и осел – ясли господина своего;
а Израиль не знает Меня,
народ Мой не разумеет.
Увы, народ грешный,
народ, обремененный беззакониями,
племя злодеев, сыны погибельные!
Оставили Господа, презрели Святого Израилева,
повернулись назад.
(Ис. 1:3–4)*

Глава 6

Екклесиаст 3:12–22

¹² *Познал я, что нет для них ничего лучшего, как веселить-
ся и делать доброе в жизни своей.*
¹³ *И если какой человек ест и пьет, и видит доброе во вся-
ком труде своем, то это – дар Божий. (3:12–13)*

Здесь повторяется идея об относительном счастье в условиях проклятой земли. Нам надо понизить свои требования к
жизни и, отбросив поиски *высочайшего* блага, довольствоваться благом *относительным*. Речь не о том, что нет ничего лучшего, чем просто есть и пить и веселиться. Соломон не призывает жить просто ради наслаждения, плыть по течению, есть,
пить, работать, где придется, перестав творить, ставить перед
собой труднодостижимые цели, пробовать новое. Тут о другом.

Если вы можете лечь спать сытым, проснуться и позавтра-
кать, если у вас есть, что положить в клювики своим птенчи-
кам, а вы принимаете это как должное, то вам не обрести на
земле счастья ни относительного, ни, тем более, абсолютного.
Обращаете ли вы внимание на бесчисленные благословения, в
которых купаетесь, или принимаете все как само собой разумеющееся? Цените ли, что можете собраться всей семьей за
обеденным столом и натрескаться до отвала? Это ведь маленькое торжество, мини-праздник, отмечающий доброту Божью,
явленную вашей семье в этом дне. Бог дает голод и утоляет его.
В условиях падшего мира это очень большая милость. Упаси
вас Бог *привыкнуть* к возможности есть досыта. Если вы ученики Христа, то вас ненавидят, как и Господа (Иоан. 15:18).

Тогда гонения разного масштаба просто неизбежны. Невозможно быть носителем истины среди людей, отвергающих ее, и при этом не страдать (2 Тим. 3:12). В любой момент этот мир может вам *такое* устроить, что вы свою нынешнюю жизнь сразу назовете раем на земле. Вы и глазом не успеете моргнуть, как окажитесь на улице, в тюрьме или на эшафоте. И тогда с болью осозна́ете, что были сказочно счастливы, но... *не заметили этого*. Окружающие вас исполняют волю своего отца (Иоан. 8:44; Еф. 2:2). Одна его команда, санкционированная Богом, и... посмотрите на Иова. Неужели нужно, например, угодить за решетку, чтобы научиться наслаждаться каждой минутой свободы и всеми ее преимуществами?! Неужели?!

Если вас не унизят в каком-нибудь учреждении, не покроют матом, и более того, еще и вежливо улыбнутся, мой совет: воспринимайте это, как *чудо,* и не меньше. Помните, *Кто* ваш Господин, и как к Нему здесь относятся. И почему, спрашивается, вы должны ожидать другого отношения? Недовольство проистекает из убежденности, что мы заслуживаем лучшей жизни, чем была у Христа. Поймите, нам в любое время могут отказать в праве *на саму жизнь*. Так неужели, осознавая эти истины, мы будем *ожидать* уважения, помощи, внимания, чуткости, доброго слова и т. д.?!

Когда помещаешь эти истины в свое практическое богословие, то жизнь превращается в одно сплошное чудо. Чудо, что Христос спас меня от Божьего гнева. Все остальные чудеса блекнут в свете искупления, но перечислю их во славу Божью. Чудо, что я жив, здоров, одет, обут, сыт и окружен надежными друзьями. Чудо, что я на свободе и у меня есть жена и детки. Чудо, что есть место, которое я называю домом, где есть удобная кровать и куча всего остального. Моему Спасителю голову негде было преклонить. У меня же все в преизбытке, в десятки раз больше, чем нужно для жизни. Я счастливый человек, особенно в свете истины, что мог уже томиться в аду, ожидая Судного Дня! Но драгоценный Христос явил мне какую-то сногсшибательную, непостижимую милость, которая перекрасила для меня окружающий мир в цвета хвалы и благодарности.

Представьте себе узника, приговоренного к смерти. Обезумевшего от страха, его вывозят за город, прислоняют к дереву (стоять не может: ноги не держат), связывают, одевают на голову мешок, щелкают затворы, звучит команда: «Цельcя»,– и повисает страшная тишина, которую вот-вот взорвет залп. Однако в последнюю секунду, поспевает помилование, дарующее ему жизнь и освобождение. Его развязывают и тут же отпускают на все четыре стороны. Он щурится, ошарашенно оглядывается по сторонам, не веря своим ушам, глазам и мыслям. Он жив и свободен! Пока расстрельная команда усаживается в грузовик, к нему подходит офицер и извиняется, что не может подкинуть его до города. Если я не ошибаюсь, то этот недостаток заботы не вызовет у недавнего арестанта бурю возмущения. Вряд ли он будет вопить, что терпит возмутительное беззаконие, что, мол, сначала чуть не шлепнули, а теперь еще и подвезти отказываются. Не могу представить его, бросающего им вдогонку камни, а затем зло шагающего вдоль дороги, проклинающего все и всех. А если я ошибаюсь, то, может, надо было и шлепнуть: больно наглый!

Скорее всего, придя в себя, он побредет домой, неимоверно *наслаждаясь* каждым мгновением своей внезапно обретенной жизни. Солнце будет светить по-особенному ярко. Птицы будут щебетать по-особенному звонко. Небо будет по-особенному нежно голубым. Воздух будет наполнен запахами полевых цветов, и они будут ароматнее и прекраснее самых роскошных роз. Несчастный василек вдруг станет безмерно дорог в свете истины, что он чуть не был потерян навсегда. Не будет ощущаться ни усталость, ни голод. Душа будет ликовать. Блаженно улыбаясь, он будет идти навстречу новой жизни, получая неописуемую радость *от самых простых вещей*, на которые раньше не обращал внимания. Оказывается, счастье обрести так просто. И мы обретем его, когда научимся смотреть на себя и свое существование исключительно в свете *благода-*

ти Божьей. Помилованный арестант – это каждый из нас. На-слаждайтесь благостью Христа уже сейчас! Наслаждайтесь!

«*...И видит доброе во всяком труде своем...*» (3:13б). Видеть доброе – означает *ценить*. Речь идет обо всех заня-тиях, наполняющих день. Готовка, уборка, починка, все до-машние дела и заботы вне дома. Жены, вы умеете получать удовольствие от мытья посуды? Полов? Туалета? Вы спро-сите, как можно радоваться нудным, скучным и неприятным обязанностям! Я отвечу: это возможно, если благодарность живет в вашем сердце на постоянной основе. Ценить их можно, только получив способность правильно на них смот-реть. Без менталитета помилованного арестанта это невоз-можно. Все зависит от мировоззренческого ракурса, настроя. Тот, кто видит доброе во всяком труде своем, естественным образом радуется тому, что делает. Это так естественно – ра-доваться, если понимаешь, что *доброта Божья* явлена в этих делах. К примеру, любой умеет наслаждаться чистотой дома, но мало кто наслаждается самим процессом наведения чистоты. Но как чудесно, когда не лежишь парализованным в постели с трубками во всех местах, а носишься по кварти-ре, руки двигаются, ноги ходят, глаза видят, играет твоя лю-бимая музыка, и с довольством отмечаешь, как интерьер по-степенно преображается. Какая это *милость* – наводить по-рядок у себя дома, а не в тюремной камере, казарме или об-щественном туалете!

Вы способны видеть, как сияющая благодать Божья пронизывает лучами множества благословений всю вашу жизнь? Вы видите добрую улыбку Творца в таких, на первый взгляд, рутинных занятиях? Когда увидите, тогда и ваша до-вольная и благодарная улыбка станет непременным ответом на Его благодать. И замерев с тряпкой посреди комнаты, вы будете блаженно ощущать на себе теплый и ласковый вете-рок любви Христа. Как преображается внутреннее воспри-ятие *всего,* когда начинаешь замечать бесчисленные указатели на Божью благость вдоль ухабистой дороги жизни.

Но *не менее важно* видеть доброе во всяком труде благодаря возможности с любовью служить кому-то, совершая эту однообразную работу. Какое благословение, что есть кому дарить свое время, силы, средства, творческие способности! Вы скажите, что они не ценят вашего труда. Я отвечу: это не обязательно, чтобы видеть объективно доброе во всем, чему вы посвящаете себя. Главное, что Христос это ценит и радуется о вас (Ис. 62:5). А вы радуйтесь о Нем, делая свои дела. Он сконструировал нас так, чтобы отдавать было блаженнее.

Такой же механизм действует в отношении основной работы. Если не бдеть духовно, то всякая работа рано или поздно надоедает. Недовольство возникает тогда, когда вы перестаете рассматривать работу как *нечто, что кормит*, и начинаете возлагать на нее дополнительную смысловую нагрузку. Вы теряете видение доброго в труде, когда забываете ценить сам факт трудоустройства, позволяющего покрывать необходимые нужды тех, кого любите. Вы выходите из-под благодати Божьей, когда начинаете мечтать о работе интересной, важной, полезной, легкой или прибыльной. Эти фантазии лечатся и довольно легко. Достаточно стать безработным на какой-либо угрожающе-продолжительный срок, чтобы с готовностью взяться за любое дело и *радоваться* единственному простому факту, что за него платят. Правда такое «лечение» помогает ненадолго, если в сердце живет недовольство.

Наслаждение жизнью у нас перед носом, а мы ставим себе заоблачные цели. Оно у нас под ногами, а мы с тоской смотрим на звезды. Компоненты относительного земного счастья просты и доступны почти каждому: есть, пить, получать удовольствие в труде. Видите, ни слова об успехе, богатстве, власти, исполнении заветных желаний или о чем-то подобном. Простые условия! Не умеющий быть довольным сейчас не остановится, чего бы он ни достиг. Почему известные люди, воплотившие свои мечты, спиваются, колются, впадают в депрессию? Потому что они жаждут более сильных ощущений, чтобы будоражить душу, ибо та вершина, на которую они забрались, кажется им жалким холмиком, обманувшим их ожидания.

Не так давно умерла известная американская поп-певица, обладательница уникального голоса. Насколько известно, она скончалась от сердечной недостаточности, вызванной сочетанием горячей ванны, какого-то недуга и кокаина. Ей рукоплескал Запад и, если этого ей было мало, ей рукоплескал весь мир. Весь земной шар знал ее имя. Она снималась в кино, ее диски расходились миллионными тиражами, ее песни перепевают все кому не лень. То есть, славы и денег ей было не занимать. Она сорвала все звезды, о которых грезят тысячи начинающих певцов, и присоединилась к горделивому сонму капризных богов музыкального Олимпа. Ей поклонялись.

Если счастье – это когда тебя узнают, обожают, восхищаются, прославляют, если счастье – это возможность купить себе все, что пожелаешь, то… зачем кокаин? Чего не хватало? Счастья и не хватало! Кокаин не нужен счастливому человеку. Все исполнившиеся желания не принесли ей удовлетворения, поэтому она обратилась, в конце концов, к обыкновенным наркотикам, тем же самым, которые употребляют мечтающие попасть на ее место.

Таких примеров сотни. То и дело приходят известия о том, что умерла от передозировки или свела счеты с жизнью очередная звезда экрана. Эти факты лишь подтверждают истинность Писания. «Все труды человека для рта его, а душа его не насыщается» (6:7). Если кто-то перестал метаться, гоняться за ветром, успокоился, научившись находить радость в каждом дне от своей простой жизни, то он получил *дар* от Бога. Великое приобретение (1 Тим. 6:6)! Только тот, кто *не ценит* доброту Божью, *уже явленную* ему, будет искать большего. Только тот будет ныть о чем-то другом, кто *принимает как должное* уже имеющееся. Это страшная неблагодарность!

Я помню свое состояние после того, как уверовал, состояние постоянной неудовлетворенности, недовольства, сетования. Я был (и во многом остаюсь) экспертом по ропоту.

С еще недавним мной мало кто сравнился бы в этом умении. Если бы я был среди евреев Исхода, то, ручаюсь, меня Бог прибил бы первым, особо впечатляющим способом, и еще в Египте. Я и был тем человеком, который не умел наслаждаться тем, что есть, а всегда смотрел куда-то вдаль. Не забуду этого постоянного внутреннего, душевного напряжения, подобного удерживанию на весу тяжести. Благодарю Христа за Его освобождающую милость ко мне!

¹² Познал я, что нет для них ничего лучшего, как веселиться и делать доброе в жизни своей. (3:12)

Теперь вернемся на стих назад. Рядом с доступными земными радостями Екклесиаст ставит другое необходимое условие относительно счастливой жизни на земле, а именно «делание добра». Ранее мы обсуждали, что делание добра приносит радость, поднимает настроение (Быт. 4:7). Праведность и плохое настроение не ходят вместе. Грех и уныние — неразлучные друзья. Почему так? Ответ прост. В изначальном дизайне мы задуманы так, чтобы угождение Богу приносило наивысшую радость. Даже большинство христиан не понимают этого и ищут радость в тех же вещах, в которых ее ищут неверующие люди. Грех так сильно извратил нашу природу, что мы обращаемся за хорошим настроением к чему угодно, кроме Бога. Мы умеем испытывать восторг не просто от разных земных пустяков (это было бы еще полбеды), а *от греха*. Вот настоящая беда! Но не получиться быть довольным, живя при этом для реализации своих похотей. Однако большинство полагает с точностью до наоборот: довольство — результат исполнения *моих* желаний. Это обман! Все, что ради себя, не дает радости, а отнимает ее. Поэтому, если вы замечали, самые недовольные люди — это те, кто встречает минимальное сопротивление своей воле.

Вкус жизни только притупляется, когда мы стремимся все попробовать. Он острее не от *насыщенности* интересными событиями, а *от понимания, чего я заслуживаю на самом деле*. Поэтому истинное счастье покоится на религиозном мировоззрении и включает в себя веру в определенные истины Божьего откровения. И таким образом, мы можем правильно смотреть на мир, не поддаваясь обману собственного сердца, отказываясь от нереалистичных ожиданий и не отвлекаясь на то, что, по сути, является погоней за ветром.

Как в этом тексте проявляется богоцентричное мировоззрение? Во-первых, желание делать добро подразумевает праведность. Во-вторых, что очевиднее, Бог не будет давать способность ценить Свою доброту тем, кто Его не знает. Итак, согласно Соломону, относительное земное счастье зависит минимум от трех факторов: 1) умения радоваться в земных скорбях (3:12а, ср. 2:26а), 2) желания делать добро, то есть служить, отдавать, жертвовать (3:12б) и 3) умения видеть и ценить Божью благость во всем, ничего не принимая как должное (3:13б, ср. 2:24–25). И все это (подчеркивается несколько раз) – прямое действие Божьей благодати, небесный *дар*.

> *²⁴ Нет ничего лучше, чем есть и пить и видеть доброе в своем труде. Я увидел, что и это – от руки Божией; ²⁵ потому что кто может есть и кто может наслаждаться без Него? ²⁶ Ибо человеку, который добр пред лицом Его, Он дает мудрость, знание и радость... (2:24–26а)*

> *¹³ И если какой человек ест и пьет, и видит доброе во всяком труде своем, то это – дар Божий. (3:13)*

Совершенство Божьих дел

> *¹⁴ Познал я, что все, что делает Бог,*
> *пребывает вовек:*
> *к тому нечего прибавлять*
> *и от того нечего убавить,–*
> *и Бог делает так, чтобы благоговели пред лицом Его.*

¹⁵ Что было, то и теперь есть,
и что будет, то уже было,–
и Бог воззовет прошедшее. (3:14–15)

В начале третьей главы Екклесиаст говорил о постоянстве и неизменности законов, управляющих человеческой жизнью. Помните курятник? Так вот, все дела Божьи, совершаемые на временной земле, имеют вечные последствия и обусловлены вечными ценностями (3:14а). Он ничего не делает просто так, здесь, локально, временно, спонтанно. Плохое или хорошее, происходящее с нами здесь,– это часть суверенного плана, простирающегося далеко за пределы земной жизни.

Кроме того, этот план совершенен: «*...к тому нечего прибавлять и от того нечего убавить...*» (3:14б). Не прибавить, не убавить – это характеристика совершенства. Разве это странно? А как еще может поступать совершенный Бог?! Мы не можем придумать ничего лучше, практичнее, умнее, чем Он. Наши слезные, мучительные, отчаянные «за что» и «почему» должны разбиться о крепость веры в безупречность *всех* Божьих дел.

«*...Бог делает так, чтобы благоговели пред лицом Его*» (3:14в). И последнее, у Него есть очень конкретная всеобъемлющая цель, которой Он не скрывает: учить нас страху Божию. Это означает, что все Божьи поступки по отношению к грешным людям всегда определяются Его стремлением не дать им забыть, кто они. Это благо, под каким бы острым соусом оно ни подавалось. Страх Божий – это самое жизненно важное и дефицитное качество. К сожалению, оно не вырабатывается у нас естественным образом в силу глубочайшей греховности.

Павлу Бог послал жало в плоть. Зачем? Чтобы не забывался, чтоб не превозносился. Этим Господь спасал апостола от чего-то опасного. У нас всегда будет тенденция бояться кого угодно, кроме Бога. Но истина в том, что страх Божий освобождает от всех остальных порабощающих страхов. Бог это знает и формирует в нас освобождающий страх перед Ним. Чтобы благоговели! Только благоговение перед Ним может спасти от гибели. Больше ничего! Мы грешим, потому что нам не хватает благоговения перед лицом Его, не хватает понимания Его постоянного присутствия и, что самое главное,— осознания Его святости, которую тошнит от каждой нашей греховной мысли. Человек давно создал свою, иную реальность, выдуманную, иллюзорную Матрицу, в которой Бога нет. Бегство от Него всегда осуществляется в разуме (Рим. 1:21–22). Физически убежать невозможно, ибо Он везде (даже в сознании, беспокоимом совестью). «Ложки не существует»,— звучит довольно интересно и даже заманчиво, но только до тех пор, пока вам не зазвездят промеж глаз этой несуществующей ложкой. Боль быстро заканчивает глупые фантазии и возвращает в реальность. Все мое существо противится, чтобы произнести это, но… слава Богу за временную боль! Она призвана помочь спасти от боли вечной.

Поэтому мир устроен так, чтобы люди помнили свое место. Они ведь постоянно его забывают, ведут себя как боги, бессмертные, вечные, всемогущие, всезнающие, независимые боги. Но настоящий Бог сделал так, что любая человеческая слава сойдет в преисподнюю. Никакое величие смертных не пребудет вовек. Гордый взгляд будет усмирен. Сила превратится в немощь. Красота прейдет. Молодость одряхлеет. Даже самый взрывной характер будет усмирен либо временем, либо страданиями, либо силой. Бог делает так, чтобы Его боялись. Как делает? Самолично управляет всем, всему устанавливает свое время и… делает больно.

¹⁵ *Что было, то и теперь есть,*
  и что будет, то уже было,—
  и Бог воззовет прошедшее. (3:15)

Мы уже касались этого стиха. Бог направляет ход истории всего человечества и отдельной судьбы. Как бы ни старались люди привести свою жизнь к максимальной стабильности и безопасности, Создатель будет проводить каждое поколение через одни и те же проблемы. И если покажется, ну вот вроде один экономический кризис прошел, может уже больше не будет, замечу: будет, еще как будет! Или вот, кажется, эта некогда неизлечимая болезнь побеждена. Прогресс? Да, но появятся новые. Закончилась одна война, когда-нибудь начнется другая. Утихли волнения там, начнутся здесь. Бог будет смирять людей через многие трудности. Он руководит всеми процессами, решая, когда и в каком масштабе воззвать прошедшее в жизни каждого поколения.

Как трудно бояться Создателя, если считаешь, что Он тебе что-то должен. В своем богословии я уже был там и не хочу обратно. Когда Всемогущий – это такой небесный Папочка, который снисходит к моим истерикам, вседозволяюще любит, жить без меня не может, занижает Свои стандарты, чтобы я не перенапрягался, принимает меня таким, какой я есть, и не требует большего. Кроме того, Он не причастен к злому в моей жизни и как-то слишком сильно напоминает обыкновенного человека, случайно оказавшегося наделенным всемогуществом, всезнанием, вездесущностью и некоторыми другими божественными атрибутами. А в остальном – ну, почти человек.

¹¹ *Служите Господу со страхом*
   и радуйтесь с трепетом.
¹² *Почтите Сына, чтобы Он не прогневался,*
   и чтобы вам не погибнуть в пути вашем,
   ибо гнев Его возгорится вскоре.
   Блаженны все, уповающие на Него. (Пс. 2:11–12)

ЗЕМНОЕ ПРАВОСУДИЕ

¹⁶ *Еще видел я под солнцем:*
   место суда, а там беззаконие;
   место правды, а там неправда.
¹⁷ *И сказал я в сердце своем:*
   «Праведного и нечестивого будет судить Бог;

*потому что время для всякой вещи
и суд над всяким делом там». (3:16–17)*

Далее Соломон делится наблюдением, которое вписывается в общую тему недостатков жизни под солнцем. Он описывает очередной важный элемент реальности, препятствующий обретению потерянного рая на земле,– прогнившая система правосудия. Почти все беды в государстве – результат коррупции. Из-за нее за преступлением не всегда следует наказание. Из-за нее богатый преступник имеет больше шансов избежать возмездия, чем обыкновенный преступник. А если нарушитель не просто наделен богатством, но еще и властью, то получить по заслугам ему будет крайне сложно. Неравенство перед законом – это бич всех стран, а тем более отсталых.

Такова реальность, как три тысячи лет назад, так и сейчас. Мы бы все хотели ее изменить и жаждем, чтобы беззаконники получали свое при жизни. И потому так популярны фильмы, в которых суровые герои расправляются с негодяями и вершат правосудие, которое, правда, сильно смахивает на обыкновенную месть. Но это не важно, ведь «вор должен сидеть в тюрьме». Этой фразой известный киногерой Глеб Жеглов выразил чаяния всего народа. Обостренное чувство справедливости – это так естественно для падшего человека. Интересно, почему так? Дело в том, что там, где вершится правосудие, наступает порядок. Он, в свою очередь, ведет к предсказуемости, безопасности и стабильности – характеристикам рая. Человек не против рая. Он категорически против Бога. Другими словами, система правосудия – это механизм, безупречная деятельность которого может позволить всем «нормально жить». И потому озлобленный электорат требует: наведите порядок! Но порядок царствует там, где поклоняются Господу. Человеческое правосудие никогда не заработает, как надо, ибо оно не богоцентрично. Те, кто поставлен блюсти справедливость, не знают Бога, да и порок живет внутри всех людей. Поэтому законы, как человеческие, так и Божьи, будут нарушаться.

И потом, разве справедливо возмущаться несовершенным функционированием правосудия, живя в тотальном неповиновении Небесному Законодательству и избегая при этом моментальной расплаты?! То есть, при близком рассмотрении выясняется, что наша тяга к справедливости – однобокая, и к себе относится с оговорками. Мы любим букву закона только в отношении чужих преступлений. На собственные это не распространяется, ибо здесь чудесным образом царствуют милость, долготерпение и всепрощение. «Вор должен сидеть в тюрьме»,– убеждены простые граждане, берущие все, «что плохо лежит». Мы преисполнены благодати к себе, но терпеть не можем безнаказанности в отношении своих обидчиков. И, в общем, о какой справедливости может идти речь, когда судит *человек?!*

Понимая все это, Соломон заключает, что на грешной земле правосудие не восторжествует. Это должно регулировать наши ожидания. Однако такой концепции, как безнаказанность, не существует.

> *17 И сказал я в сердце своем:*
> *«Праведного и нечестивого будет судить Бог;*
> *потому что время для всякой вещи*
> *и суд над всяким делом там». (3:17)*

Там – на этом Суде (3:17а) придет время для справедливого рассмотрения каждого дела (3:17б). А пока судьи – люди, будут беззаконие и неправедность. Главная идея здесь – неотвратимое Божье воздаяние. Никто его не избежит, ни праведные, ни нечестивые. Да, верующие во Христа на Страшный Суд не приходят, но отчета не избегнут и они (Рим. 14:10–12).

Ничего из того, что совершается на земле, не проходит бесследно. Абсолютно всему будет дана моральная оценка Творца. «…Ибо написано: Мне отмщение, Я воздам, говорит Господь» (Рим. 12:19). Все, отвергнувшие Господа, встанут из могил, чтобы ответить за содеянное. Для таковых будет Суд великого белого престола. Там оправданных не будет.

> *[11] И увидел я великий белый престол и Сидящего на нем, от лица Которого бежало небо и земля, и не нашлось им места. [12] И увидел я мертвых, малых и великих, стоящих пред Богом, и книги раскрыты были, и иная книга раскрыта, которая есть книга жизни; и судимы были мертвые по написанному в книгах, сообразно с делами своими. (Откр. 20:11–12)*

Нужна вера, чтобы поместить эту истину в свое мировоззрение и жить соответственно. Когда вокруг столько несправедливости, тяжко не падать духом, будучи исполненным уверенности, что небесные видеокамеры фиксируют все преступления. Наблюдая нескончаемый поток зла из поколения в поколение, с трудом получается представить, что придет некий день, который станет последним в истории бунта человечества против своего Создателя. Но я верю!

> *[18] Сказал я в сердце своем о сынах человеческих: «Бог испытывает их, чтобы они видели, что они подобны животным»[1];*
>
> *[19] потому что участь сынов человеческих и участь животных – участь одна: как те умирают, так умирают и эти, и одно дыхание у всех, и нет у человека преимущества перед скотом, потому что все – суета!*
>
> *[20] Все идет в одно место: все произошло из праха и все возвратится в прах.*
>
> *[21] Кто знает: дух сынов человеческих восходит ли вверх, и дух животных сходит ли вниз, в землю?*
>
> *[22] Итак увидел я, что нет ничего лучше, как радоваться человеку в делах своих[2]: потому что это – доля его; ибо кто приведет его посмотреть на то, что будет после него? (3:18–22)*

---

[1] Синод. пер.: «...о сынах человеческих, чтобы испытал их Бог, и чтобы они видели, что они сами по себе животные...» (3:18).

[2] Синод. пер.: «...наслаждаться человеку делами своими...» (3:22).

Далее Соломон опять переходит к теме смерти. Каждый раз он рассматривает различные аспекты этой истины. *«Сказал я в сердце своем…»* Вот очередной вывод в контексте отсутствия вечной перспективы: люди ничем не отличаются от животных (3:18). Отвергая Того, по Чьему образу сотворены, они выбирают себе животное существование. Ну и что с того, что человек умнее, сообразительнее, обладает бо́льшими возможностями?! Ну и что с того, что ему присущи такие аспекты как наука, искусство, культура, мода, разнообразнейшая деятельность, всевозможные интересные развлечения?! Ну и что с того, что он живет дольше большинства животных, может испытывать большой спектр эмоций и чувств, и ему присуще самосознание, которого нет у представителей фауны?! Все равно всех ждет один конец – смерть. Более того, вышеописанное преимущество над животными делает смерть еще более дикой, нелепой, ужасной, трагичной. Настолько превосходить зверей, но при этом быть смертным, как и они.

¹⁹ *…Потому что участь сынов человеческих и участь животных – участь одна: как те умирают, так умирают и эти, и одно дыхание у всех, и нет у человека преимущества перед скотом, потому что все – суета! (3:19)*

В мировоззрении «под солнцем» смерть сводит на нет все кажущиеся преимущества человека над скотом. Она уничтожает на корню все проблески надежды возвыситься над животным миром. И те и другие дышат одинаково. Это дыхание очень легко остановить.

²⁰ *Все идет в одно место: все произошло из праха и все возвратится в прах. (3:20)*

И люди, и животные сделаны из одинакового исходного материала – праха земного. И в нас и в них та же самая периодическая таблица Менделеева. Мы не созданы из какого-то особо крепкого вещества. Наши физические основы идентичны. Скелет из костей у них и у нас. У них и у нас жилы, мышцы, сосуды, по которым бежит кровь, сердце, качающее кровь, печень, почки, легкие и все остальные органы. Мы также нуждаемся в солнечном свете, воде, еде, воздухе, тепле, но мы более уязвимы физически, чем они. После смерти мы разлагаемся, как и они, и тоже смердим. И мы, и они суть глина. Но, однако же, человек – как бы царь природы. «Почему же тогда между животными и нами нет никаких отличий?!» – сокрушается Екклесиаст.

Потому что образ и подобие Божье не относятся к физическому аспекту нашего бытия. Внешне мы не сильно отличаемся, да и не должны. Наша уникальность – во внутреннем, духовном образе и подобии Творцу. Она – в способности поклоняться и вступать с Ним в отношения. Звери этого делать не умеют. Нас же создали для осмысленного, добровольного, глубокого поклонения. Как следствие, истина в том, что наша *самоидентификация немыслима без Бога*. Без Него, как причины и смысла существования, мы просто не в состоянии правильно обозначить свой вид. Вернее, единственно возможная идентификация – животное, более развитое животное. А разве не к этому в итоге пришло «просвещенное» человечество, отрекшись от Создателя. Как-то долго соображали!

Мерзость грехопадения людей даже не в том, что нарушены нравственные законы. Мы, христиане, тоже преступаем их, хоть и ненавидим себя в такие моменты. Настоящая мерзость грехопадения – в провозглашении *автономии!* Она в отвержении Того, Кто приказывает сердцам бунтарей биться, каждой клеточке их тел функционировать и выполнять свою работу, в отвержении Того, Кто дал им язык, которым они поносят Его. Настоящая мерзость выражается в любви к всевозможным удовольствиям, и в одновременной ненависти к Тому, Кто эти удовольствия сотворил. Мерзость грехопадения в том, что когда люди размышляют о смысле жизни, Бог не приходит им на ум в качестве даже самого крайнего варианта.

Первичная цель их существования (поклонение великому Богу Вселенной) гневно отвергается ими, как только вы заводите разговор о Боге, покаянии, и тому подобном. Они не только отказываются поклоняться, они даже требуют, чтобы вы сначала убедили их в существовании Творца. Блоха, сидящая на собаке и не верящая в ее существование – старо, как мир.

Поэтому, когда Соломон говорит, что «нет у человека преимущества перед скотом», он имеет ввиду следующее: отвергающие Создателя добровольно лишают себя всякого преимущества перед животными. Не желающие склониться перед Ним, и при этом бессовестно пользующиеся Его благостью, сами низводят себя до уровня животных. Таковые, отвергая запросы бессмертного духа, созданного для близких и глубоких отношений с Богом, отдают все внимание запросам тела.

> *⁷ Не обманывайтесь: Бог поругаем не бывает. Что посеет человек, то и пожнет: ⁸ сеющий в плоть свою от плоти пожнет тление, а сеющий в дух от духа пожнет жизнь вечную. (Гал. 6:7–8)*

Искать Царства Божьего – вот что наотрез отказываются делать созданные по образу и подобию Царя. Вместо этого они ищут, что есть, что пить, во что одеться, где жить, где подешевле купить, подороже продать, и т. д. Таким образом, все их переживания – о нуждах тела, которое в итоге достанется червям. Они тратят бесценные дни, месяцы и годы, чтобы поудобнее устроиться. И это настоящее безумие, ибо конечный пункт назначения плоти – кладбище. Как можно игнорировать бессмертный дух и ублажать смертное тело?!

А если и есть так называемые духовные искания, то на поверку они оказываются мертвой религией, в сущности, угождающей низким и греховным запросам человекоцентричного мировоззрения. На первый взгляд может показаться, что религиозный человек ищет небесного, но на самом деле он ищет *земного*. Поэтому те, кто должны были первыми ринуться навстречу Мессии (фарисеи, книжники, законники), приходили в ярость от Его проповедей. В действительности они *ненавидели* Бога, и истина о Нем резала им глаза и уши. Произнося: «Твоя воля да будет»,– они исполняли только свою. Они любили зло и сеяли в плоть.

20 *Все идет в одно место: все произошло из праха и все возвратится в прах.*
21 *Кто знает: дух сынов человеческих восходит ли вверх, и дух животных сходит ли вниз, в землю? (3:20–21)*

Почему Соломон задает такой странный вопрос? Разве он не знает, куда идет дух человека? Ведь в последней главе он ясно говорит, каков конец: «И возвратится прах в землю, чем он и был; а дух возвратился к Богу, Который дал его» (12:7). Следовательно, здесь не выражение его сомнений о состоянии после смерти. Дело в том, что рассуждая об отсутствии различий между человеком и скотом, он выступает от лица материалиста. Таковому Бог показывает, что он не более чем животное, а значит, у него нет никакой определенности относительно того, что будет за порогом смерти (3:21).

Если вдуматься, *что* при самостоятельном исследовании может быть наверняка известно о дальнейшей судьбе усопшего? *Ничего!* Ничего определенного. Никакой уверенности. Никакой надежды. Оттого и воют на похоронах страшно, в голос, и в этом вое отчетливо слышна безнадежность. Что вообще можно знать о смерти, не зная Бога? Только Он может научить о том, что такое смерть, как к ней относиться, что ждет за ее гранью. Но отвергающий Господа отвергает Его Слово, которое учит истине обо всем, в том числе и о смерти. Таковой пребывает в духовном невежестве, и это невежество делает смерть еще страшнее, вселяя в людей мистический ужас и толкая на создание уму непостижимых баек и басен в этой сфере.

Безбожник, который *отважится* хоть на минуту задуматься о состоянии после смерти, только так и может сказать: «Да кто его знает, что там будет?!» И подобная гносеологическая честность дастся ему ценой невероятного интеллектуального мужества. Поэтому большинство трусливо подхватывают распространенные в народе суеверия, не задумываясь ни на секунду о том, *откуда* известно то, что известно. Например, верят, что душа человека бродит по земле еще сорок дней. Ну, а если набраться смелости и поразмышлять… А может, не сорок? А может, не бродит? А есть ли душа отдельно от тела? И кто ее видел? Кто сказал, что надо покрывать все зеркала в доме усопшего? Почему о нем надо говорить либо хорошо, либо ничего? Почему выносить его надо вперед ногами? Кто вообще сказал, что за смертью что-то есть? Оттуда никто не возвращался. Может быть, мы просто уходим в небытие и все, и больше ничего нет!

Бездумно подхваченные предрассудки передаются из уст в уста. По-настоящему интересоваться вопросами смерти, не зная Бога, страшно. Ведь это повергает в панику. Те же из неверующих, кто находит в себе мужество хоть на мгновение задуматься о таких вещах, вдруг понимают, что о загробном существовании неизвестно ничего. *Ничего!* А все, что рассказывают,– это байки, сказки, легенды и мифы, ведь фактов – ноль! Есть какие-то нелепые свидетельства тех, кто якобы видел ад, рай, туннель, свет в его конце, ангелов и прочее. Но здравый смысл подсказывает, что эти свидетельства могут быть либо откровенным враньем, либо следствиями психических отклонений, либо снами. Фактов, доступных для проверки на истинность,– нет!

«Кто знает…?» (3:21а) Никакой определенности, никакого покоя борющимся с Богом. «Нет мира нечестивым»,– говорит Писание (Ис. 57:21). Никакого успокоения душе, ищущей успокоения в чем-либо, кроме Господа!

²² *Итак увидел я, что нет ничего лучше, как радоваться человеку в делах своих[3]: потому что это – доля его; ибо*

---

[3] Синод. пер.: «…наслаждаться человеку делами своими…» (3:22).

кто приведет его посмотреть на то, что будет после него? (3:22)

И что же получается, каков итог? На первый взгляд, знакомая концепция (3:12–13). Но *здесь* делается вывод от лица человека, не знающего Бога, *не* «доброго пред лицом Его». Речь идет об относительном счастье для *такового*. Поскольку для него нет определенного будущего, остается настоящее, только *эта* жизнь и ее утехи. А все, что за гранью смерти – тьма и неясность. Соломон ясно демонстрирует отсутствие интереса у материалиста к потусторонней жизни. Его волнует не своя судьба после смерти, а судьба мира после его ухода. «Караул! – все, что остается воскликнуть,– какое помешательство!» Кто покажет ему, что будет после него? (3:22б) Никто, конечно! Поэтому, вот его доля – радоваться в делах своих на земле, ибо нет другого источника радости.

Итак, без Бога потомки Адама – не более чем животные по следующим причинам: 1) и те и другие созданы из праха; 2) смерть заберет их всех и возвратит в прах; 3) в таком духовном состоянии они не знают наверняка, что за гранью бытия; 4) и последнее, для них, как и для животных, остается только земная суета. Это их доля – сопричастность только всеобщей благодати.

И сказал Бог:
«Сотворим человека по образу Нашему
и по подобию Нашему, и да владычествуют они
над рыбами морскими, и над птицами небесными,
и над скотом, и над всею землею, и над всеми гадами,
пресмыкающимися по земле».
И сотворил Бог человека по образу Своему,
по образу Божию сотворил его;
мужчину и женщину сотворил их.
(Быт. 1:26–27)

Глава 7

Екклесиаст 4:1–16

¹ *И обратился я и увидел всякие угнетения,*
    какие делаются под солнцем:
и вот слезы угнетенных,
а утешителя у них нет;
и в руке угнетающих их – сила,
а утешителя у них нет.
² *И ублажил я мертвых, которые давно умерли,*
    более живых, которые живут доселе;
³ *а блаженнее их обоих тот, кто еще не существовал,*
    кто не видал злых дел, какие делаются под солнцем. (4:1–3)

Описание печальных особенностей существования под солнцем продолжается. Начиная с четвертой главы и до конца десятой, книга Екклесиаста напоминает книгу Притч. Отдельные отрывистые поучения на разные, не связанные напрямую темы. Объединяет их общая идея: составные сломанного в самой своей сути мира, делающего жизнь людей суетной, бессмысленной, разочаровывающей, скорбной. Соломон уже касался темы беззакония в третьей главе. Теперь продолжение.

Одно из многочисленных уродств человеческого сосуществования – это всевозможные притеснения и угнетения. Созданный по образу Божию делает зло другому, созданному по тому же образу. Миллионы льют слезы по простой причине: кто-то из плоти и крови не дает им спокойно жить. Разного рода насилие – неотъемлемая часть всех периодов жизни человека, начиная с детства и заканчивая глубокой старостью. Детский сад, двор, школа, армия, учебные заведения, работа, семья, социальные институты и т. д. Как поется в известной песне: «Всегда найдется какой-нибудь подлец, который будет мешать тебе жить».

Однако в этом отрывке, вероятно, имеются ввиду всякие угнетения, претерпеваемые от сильных мира сего. Они же — обладающие определенной властью, за которой всегда стоит сила, которая утверждает ее и сохраняет. Так заведено: законы устанавливают те, кто сильнее, и попробуйте оспорить. Когда народ и власть входят в противоречие, все решает сила. Когда договорится не получается, все решает сила. Когда один хочет то, что есть у другого, все решает сила.

Греховные амбиции, соединяясь с возможностью их реализовывать, всегда приводят к слезам и страданиям. Люди наивные надеются, что придет *спаситель-человек* и сделает их жизнь прекрасной. Спаситель Иисус Христос их не интересует, и поэтому они снова и снова верят очередному депутату, у которого, поразительно, но столько правды в глазах (как верно заметил солист группы «ДДТ»), что не поверить трудно. И верят! Верят, что в природе действительно существует вид чиновников, заботящихся о своем народе более, чем о своем кармане. Возможно, таковые встречаются, но редко, и их следует моментально заносить в Красную книгу как стремительно вымирающий вид. Так почему же там, где сила, там и угнетение?

Причина в том, что любой человек, наделенный какими-нибудь официальными полномочиями — это обыкновенный грешник, который в первую очередь думает о *себе*. У него, как и у всякого, есть мечты, желания, амбиции. И оказавшись в положении, которое приближает его к осуществлению своих планов, он действует. Как правило, его желания касаются двух старых как мир вещей: быть важным и быть богатым. Ничего нового под солнцем!

Есть два основных способа улучшения своего материального состояния: заработать или украсть (отнять). Поскольку первый способ обязывает пахать в поте лица, то большинство сильных выбирает второй. А это автоматически подразумевает необходимость так или иначе угнетать. Так, наделенный силой грешник становится угнетателем. И что примечательно: у угнетенных нет утешителя. Это повторяется дважды в тексте. Угнетение и слезы! Так было, есть и будет до Второго Пришествия. «*А утешителя у них нет*» (4:1). Когда одних безбожников угнетают другие, то к кому могут идти первые? Бог им чужд, они не желают знать Его. Значит, и утешения от Него им не видать. Отрекшись от Создателя, они обрекли себя на настоящие скорби, в которых нет облегчения. И верующие испытывают те же страдания: притеснения, угнетения, а иногда и в бо́льших количествах, но Утешитель у них *есть!* Поэтому, они могут сказать так:

> ²⁰ *Ты посылал на меня многие и лютые беды,*
> *но и опять оживлял меня*
> *и из бездн земли опять выводил меня.*
> ²¹ *Ты возвышал меня и утешал меня.*
> ²² *И я буду славить Тебя на псалтири,*
> *Твою истину, Боже мой;*
> *буду воспевать Тебя на гуслях,*
> *Святой Израилев!*
> ²³ *Радуются уста мои, когда я пою Тебе,*
> *и душа моя, которую Ты избавил;*
> ²⁴ *и язык мой всякий день будет возвещать правду Твою,*
> *ибо постыжены и посрамлены*
> *ищущие мне зла. (Пс. 70:20–24)*

> ⁴ *Утешайся Господом,*
> *и Он исполнит желания сердца твоего.*
> ⁵ *Предай Господу путь твой и уповай на Него,*
> *и Он совершит... (Пс. 36:4–5)*

Приходилось ли вам благовествовать кому-то, кто утопает в проблемах? Может, это были родственники, друзья, соседи, прохожие. Вы, вероятно, призывали их найти утешение в Боге. Но что для них эта концепция? Пустой звук! Они, как правило, даже не понимают, о чем вы говорите. Это все равно, что призывать их утешаться Луной. Луна такая далекая, холодная и безразличная висит себе в ночном небе. Нет, с ней, конечно, можно и поговорить, как вариант, но легче от этого точно не станет. Так же они воспринимают и Бога. Все, чего они хотят, это чтобы скорби ушли, чтобы притеснение прекратилось, чтобы угнетение закончилось. И им не важно, Бог это сделает, сатана, или кто другой.

ПРОБЛЕМА ЗЛА

Осознавая масштабы и глубину зла, Соломон приходит к единственно возможному выводу в контексте его ценностей.

² *И ублажил я мертвых, которые давно умерли,*
более живых, которые живут доселе;
³ *а блаженнее их обоих тот, кто еще не существовал,*
кто не видал злых дел, какие делаются под солнцем. (4:2–3)

Вот те на! Мертвые оказываются счастливее живых. Дожили! Но логически все верно. В соломоновом приземленном мировоззрении трагедия зла перевешивает трагедию смерти. Зло настолько омрачает существование, что во многих случаях лишает его смысла. Обратите внимание, что здесь, по сути, речь идет о страданиях. *Страдания* лишают жизнь смысла, когда рассматриваешь ее с точки зрения материалиста. Если не закрывать глаза на реальность, замечая, сколько боли люди причиняют друг другу, то подобное заявление ожидаемо. Лучше тогда не жить, чем жить *так!* Если жизнь = страдания, то вопрос: «В чем смысл жизни?» – фактически нужно переделать в вопрос: «В чем смысл страданий?»

Интересно, что в контексте материалистического мировоззрения на первый вопрос (в чем смысл жизни?) отвечать легко, выдвигая свои глупые гипотезы, но на второй (в чем смысл страданий?) в упомянутом контексте ответить уже гораздо сложнее. Ответ: «Построить дом, вырастить сына и посадить дерево»,– сюда не очень-то и подходит. Нужно что-то более весомое, возвышающееся над рамками семидесяти-восьмидесяти лет, чтобы продолжать видеть смысл, когда не получается построить дом и достигнуть любой другой цели, порожденной плотской системой ценностей. Таким образом, рассуждения Соломона приводят к выводу, что в мучениях нет смысла. Другими словами, *нет смысла в жизни, наполненной страданиями*. Заметьте это!

Видите, насколько эгоистична и беспомощна его идеология? Как страшен удар о реальность, когда нет подушки безопасности поклонения! Воистину, нужно нечто *ценнее, чем Я*, чтобы можно было оправдать необходимость своего бытия, когда больно. Разве возможно правильно осмыслить трагедию искалеченной человеческой судьбы без более высокой цели существования, чем собственное благо?! Поэтому без этого высшего сокровища страдающий автоматически теряет смысл жизни. Это лишний раз доказывает, что такой смысл сводится к осуществлению своих желаний и угождению себе. Остальное – слова.

Подобный ход мыслей встречается и до Соломона (Иов), и после него (Иеремия).

> ¹¹ *Для чего не умер я, выходя из утробы,*
> *и не скончался, когда вышел из чрева?*
> ¹² *Зачем приняли меня колени?*
> *зачем было мне сосать сосцы? (Иов. 3:11–12)*

Далее Иов дает очень подробное объяснение, почему блаженнее тому, кто не видел злых дел под солнцем (Иов. 3:13–23). Иеремия пошел еще дальше и был очень эмоционален.

14 Проклят день, в который я родился!
День, в который родила меня мать моя,
*   да не будет благословен!*
15 Проклят человек, который принес
весть отцу моему и сказал:
«У тебя родился сын», —
и тем очень обрадовал его. <...>
18 Для чего вышел я из утробы, чтобы видеть труды и скорби,
*   и чтобы дни мои исчезали в бесславии? (Иер. 20:14–15, 18)*

Обратите внимание на ту же логику. Перефразирую выделенные стихи: для чего жить, если приходится мучиться? Я, конечно же, не хочу даже заподозрить Иова или Иеремию в духовных проблемах Соломона. К тому же, например, Иов, задался подобными вопросами не на царском троне, а в куче пепла. Духовно раздавленный, нищий, брошенный, униженный, гниющий заживо, к каким выводам он еще мог придти?! Однако так он рассуждал до встречи с Богом. В конце же он отрекается от своих слов и кается, обретя истинное толкование своей боли (Иов. 42:1–6). «…Так, я говорил о том, чего не разумел, о делах чудных для меня, которых я не знал» (Иов. 42:3).

Бессмысленность всегда появляется там, где исчезает Бог! Когда слава Божья теряется, забывается, пренебрегается, «Я» выходит на первый план и калечит *все*, начиная с мышления. В отношении страданий Соломон и Иов пришли к одному и тому же выводу (один – теоретически, другой – практически). В обоих случаях это следствие непонимания (Иов. 42:3). Когда божественные цели уходят, остаются только человеческие. В их свете доброго не жди и смысла не обрести. *Боль не истолковывается правильно отдельно от намерений Господа и Его славы.* «Вот, вы умышляли против меня зло; но Бог обратил это в добро, чтобы сделать то, что теперь есть: сохранить жизнь великому числу людей» (Быт. 50:20).

Пока моя жизнь – это *моя* жизнь, смысл ее привязан ко мне. Значит, существует параллельный план – мой. Бог, естественно, будет его крушить, спасая меня от идолопоклонства. А «Я» будет умирать в муках, сопровождаемых поступками из разряда *крайностей*. Ветхий человек живет по принципу: или как я хочу, или никак! Его не интересует, какие здесь могут быть божественные цели. Когда вы испытываете злость, ярость, раздражение или наоборот, апатию, уныние, ощущение бессмысленности, это означает, что, во-первых, вы движимы *плотским* желанием, во-вторых, на его пути встало непреодолимое препятствие. Вы, может быть, верите, что руководствуетесь неким благочестивым намерением, но ваша *греховная реакция* выявляет присутствие интересов ветхого человека, который ищет своего. Другими словами, впадать в крайности (включая эмоциональные) – это признак плотского поведения. Это образ мышления, а, следовательно, слова, поступки и чувства, характеризующиеся ультимативностью. По плоти мы любим «хлопать дверью», когда рушатся наши планы, и идем на компромиссы только из соображений личной выгоды.

Мечты о смерти Иова и Иеремии можно назвать некой «безобидной» формой выше обозначенной крайности. Чтобы яснее передать свою мысль, позвольте привести пример из жизни своих сыновей. Любой счастливый обладатель, как минимум, двух детей поймет меня с полуслова. Я опишу стандартную ситуацию. Как вы уже заметили, даже при неприличном обилии игрушек, двум играющим маленьким грешникам почему-то нужна одна и та же (похоть очей, будь она неладна!). За нее, как правило, и идет междоусобица. Почему она неизбежна? Потому что, пока хозяин игрушки страдает от жадности, покушающийся на нее страдает от зависти. И когда общими усилиями, уговорами, а порой манипуляциями удается добиться, чтобы обладатель предмета всеобщего вожделения поделился, происходит моментальная смена ролей. Теперь недавний хозяин начинает страдать от зависти, а счастливый обладатель – от жадности. И так целый день! Кстати, в служении, я не сталкиваюсь и с сотой долей того накала страстей, с которым имеет дело моя драгоценная супруга, не выходя из дома. Преклоняюсь перед ее выдержкой.

Так вот, самое интересное, что какую бы игрушку вы ни подсовывали маленькому завистнику, она моментально летит через всю комнату, отвергнутая в великом гневе. Посыл ясен: я хочу либо ту машинку (что у брата), либо *никакую!* Все предлагаемые компромиссные варианты обречены на провал. Фактически, в этот момент мой сын отвергает отцовский план для его жизни, согласно которому у него сейчас будет не та игрушка, которую он хочет. Обратите внимание, что я не оставляю его с пустыми руками. У меня всегда есть альтернатива. Однако это не является утешением для него. У него – *свой* план!

Вы видите себя в этой иллюстрации? Осознайте вот что: наша проблема не только в том, что мы во многих ситуациях ведем себя по принципу: «Моя воля да будет». Еще худшая проблема в том, что, не сумев добиться своего, в порыве гордыни мы отвергаем волю Отца. Когда Всемогущий разорвал в клочья чаяния Иова и Иеремии, Он при этом хотел, чтобы они продолжали жить, исполняя Его желания. Он предусмотрел для них *прославляющую Его альтернативу,* замену, но они отвергли ее, начав просить себе смерти. И Соломон теоретически пришел к тому же: «Или как я хочу, или никак» (4:2–3). Еще хуже повел себя Иона, буквально заявив: «Убей меня, только не показывай, как Ты прощаешь моих врагов!» Так что три дня в брюхе кита немного припугнули пророка, но не изменили его сердца.

Представляете, какие мы грешники, если смирение *уже* требуется, чтобы принять альтернативное благословение. Тем более, нужно много смирения, чтобы принять страдание *вместо* благословения. И верх смирения – встретить боль без помышлений о ее бессмысленности, чтобы исполнить предназначение уготованное Создателем в этих тяжелых обстоятельствах. Верх смирения – находясь в агонии, продолжать *хотеть жить,* чтобы прославить Господа. Это будет означать, что моя воля подчинилась Его воле, и мои планы слились с Его планами. Вот почему смирение – это самое настоящее сокровище. Это непотопляемое судно, которому не страшны никакие тайфуны. Смирение – это жизнь. «За смирением следует страх Господень, богатство и слава и жизнь» (Прит. 22:4). Просите смирения в каждой молитве, ибо его никогда не бывает слишком много.

Итак, может и вы не раз задавались подобными вопросами. В тишине ночи вопияли к Богу, пытаясь увидеть смысл в Его действиях. «Зачем, Господи, для чего?» – вопрошали вы. «Для чего вышел я из утробы, чтобы видеть труды и скорби, и чтобы дни мои исчезали в бесславии?» (Иер. 20:18).

В апологетике есть раздел, называемый *теодицея.* Это религиозно-философский подход, призванный оправдать благое управление Вселенной Богом, несмотря на наличие зла. Другими словами, это попытка примирить проблему существования зла с всевластным Богом, провозглашающим, что Он есть любовь (1 Иоан. 4:8). Вы никогда не задавались вопросом, как Его святые очи могут уже столько тысячелетий смотреть на земной кошмар? «Господи, как Ты можешь видеть моральное разложение человечества во всех подробностях и продолжать его терпеть?!» Не знаю как вы, но я задаюсь подобными вопросами. Пророк Аввакум тоже:

Чистым очам Твоим не свойственно глядеть на злодеяния,
и смотреть на притеснение Ты не можешь;
для чего же Ты смотришь на злодеев
и безмолвствуешь, когда нечестивец поглощает того,
кто праведнее его... (Авв. 1:13)

Ранее в той же главе он вторит Иову, Иеремии, Соломону:

*Для чего даешь мне видеть злодейство
и смотреть на бедствия?
Грабительство и насилие предо мною,
и восстает вражда и поднимается раздор. (Авв. 1:3)*

А может быть, вы боитесь даже думать о подобном и делаете вид, что все нормально, чудесно, и мир не катится в тартарары? О, как я благодарен Богу за то, что Он честно поместил в Свое откровение эту экзистенциальную агонию человеческого ума, постигающего Бога и собственное бытие в контексте вселенского зла. Как мне это помогает! Как успокоительно знать, что такие вопросы – не признак сумасшествия или неверия, что даже великие мужи веры в тот или иной период своей жизни сгибались под тяжестью Божьей непостижимости. Мы, как правило, начинаем активно думать на эту тему, когда беды, бродившие где-то *там,* вдруг оказываются *здесь* и набрасываются на нас. А когда жизнь более-менее сносная, предпочитаем не омрачать ее подобными размышлениями, хотя зло, чудовищное зло творится каждую секунду повсеместно. То, что мы не думаем о нем, не делает мир лучше. Не думать об этом – это просто уход от реальности. Мы все умеем это делать. Большинство именно этим всю жизнь и занимается: бегут от действительности, создавая собственный виртуальный мир. Они вырабатывают очень поверхностное, созерцательное восприятие жизни, только бы поменьше сталкиваться с очевидным выводом: дело дрянь на этой планете! Дело – дрянь!

Почему нам нравятся кино и книги? Мне вот нравятся некоторые. (И спрашивается, зачем признался?) Не потому ли, что они на время вырывают нас из скучной, серой, однообразной, приевшейся реальности, в которой все не так, как мы заказывали. В основном современные фильмы рисуют перед нами нечто несуществующее, но отвечающее общечеловеческим плотским потребностям. Особенно популярны кинокартины, где добро побеждает зло, и никак иначе. Это такой неписаный киношный закон: в конце негодяи должны быть уничтожены, ну, или, по крайней мере, повержены (чтобы можно было снять продолжение). И если вдруг какой-нибудь своевольный режиссер нарушает его, мы уходим *очень* разочарованными и возмущенными создателями фильма. Нам мучительно видеть, как на экране зло одолевает добро, ибо этого с лихвой хватает в реальной жизни. Поэтому мы внутренне соглашаемся со смертью каких-нибудь второстепенных персонажей, или не очень нам приятных, но на поражении главных героев лежит табу.

А еще мы просто обожаем фильмы про людей с суперспособностями. Не зря обожаем, ведь в действительности мы *слабы и немощны*. Мы так ничтожны, что остается только *мечтать* о неуязвимых, могучих, быстрых, несокрушимых, гениальных одиночках, спасающих мир. Они храбры, самоотверженны, добры, красивы, умны, и главное, не в меру сильны. Вы думаете, это невинные выдумки творческих чудаков? Нет! Фантазии, в сущности – производные глубинных желаний сердца. Мы мечтаем о том, чего жаждем и, не имея возможности заполучить, устремляемся к этому хотя бы воображением. Истина в том, что в этих всем известных персонажах отражена людская тоска по провалившейся в Эдеме попытке стать богами. Задолго до Голливуда идея полубогов лелеялась в Древней Греции, что выразилось в многочисленных легендах и мифах. Там они (например, Геракл) наводили мировой порядок, искореняя всякую нечисть. Цербер, Гидра, Немейский лев и прочие «плохие парни», не дававшие никому спокойно жить, повергались несокрушимой силой. Где сила не помогала, в ход шла хитрость. Главное, что «наши» всегда побеждали, даря окружающим освобождение, процветание, стабильность и *защищенность от зла*. Ничего нового под солнцем. Помечтали, и хватит.

Что уж таиться, неприятно, ох неприятно выходить на яркий свет реальности из темноты кинематографических фантазий. Знаю по себе. И самое неприятное – это зло, поджидающее тебя в этом настоящем мире, зло, от которого не избавит Бэтмэн, потому что его не существует (а жаль, бескорыстный такой, эпатажный парень). Ты живешь со злом бок о бок и просто молишься, чтобы оно касалось тебя как можно реже. Стараешься не замечать его, чтобы не портить себе настроение лишний раз, делая вид, что его нет, или есть, но где-то далеко. Мы предпочитаем, чтобы оно коснулось кого-то другого, желательно тех далеких страдальцев из выпуска новостей. Если гражданская война, то пусть в Африке. Если голод и нищета, то в Индии. Авиакатастрофа – в Южной Америке. Разгон демонстрантов – в крайнем случае, в Москве, ну, в общем, подальше от дома, *подальше от меня.*

Естественным образом мы, как черепахи, пытаемся влезть поглубже в хлипкий панцирь своего эгоистичного мирка, в паутину равнодушия и отчужденности, огрызаясь в ответ на все попытки собственного ума вытащить нас на ледяной ветер страшных «почему». Реальность такова: мир лежит во зле (1 Иоан. 5:19). Люди делают зло и страдают от зла, потому что помышления сердца их – зло во всякое время, как говорит Бытие 6:5. Из человеческого сердца исходит насилие, порождающее слезы и угнетение. Так что каждый является носителем зла. Просто некоторые достигают в делании зла таких высот, что кровь стынет в жилах.

И вот вам простая истина Екклесиаста: люди *не знают,* что делать со злом. Не знают, как его толковать, как соотносить с добрым Богом, куда поместить в своем мировоззрении. Поэтому в отношении теодицеи есть две крайности: 1) либо жить, не задаваясь сложными вопросами о происхождении, масштабах и смысле зла, просто делая вид, что все о'кей, 2) либо сильно пострадав и крепко призадумавшись, перестать хотеть жить. Но большинство все-таки выбирают просто не думать о том, как все плохо, и бегут, в прямом смысле *бегут* от этих мыслей. Поэтому Бог вынужден настигать таковых при помощи страданий. Он допускает злу касаться нас, возвращая в реальность, смоделированную для вынужденного богопознания.

Итак, мир, в котором мы живем, настолько ужасен, что, если бы Бог допустил бедам, обитающим в нем, коснутся нас в полной мере, мы сразу перестали бы хотеть жить. Он по милости своей просто ограждает нас от страшных вещей, как ограждал всю жизнь Иова. Мы живем в такой враждебной духовно-физической среде, что если бы Господь убрал свой щит, нас бы уже давно смели, стерли в порошок. Мы дышим и благоденствуем *только благодаря Его прямой защите!* Вспомните об этом в благодарственной молитве, когда начнете очередной раз роптать, что не хватает денег на какую-нибудь вещь. Сядьте в окровавленную грязь рядом с Иовом, загляните ему в глаза, впустите себе в душу хоть капельку его боли и почувствуйте себя самым счастливым человеком на планете.

КРАЙНОСТИ ТРУДА

Следующий отрывок – об искажениях в труде. Четвертый стих – одна крайность. Пятый – противоположная. Шестой – золотая середина.

4 *Видел я, что весь труд и достижения происходят от зависти людей друг ко другу. И это – суета и погоня за ветром!* [1]
5 *Глупый сидит, сложив свои руки,*
   и съедает плоть свою.
6 *Лучше горсть с покоем,*
   нежели пригоршни с трудом и погоней за ветром [2]. *(4:4–6)*

Обратите внимание на 4 стих. В Синодальном переводе он звучит иначе. Но грамматика стиха диктует свое. Люди свер-

---

[1] Синод. пер.: «Видел я также, что всякий труд и всякий успех в делах производят взаимную между людьми зависть. И это – суета и томление духа!» (4:4).

[2] Синод. пер.: «...с трудом и томлением духа» (4:6).

шают великие дела и стремятся к успеху из-за обычной зависти (4:4). Желание быть первым, иметь больше чем у других, заставляет многих выкладываться более, чем необходимо. Можно было бы спокойно жить, обходясь меньшим, но зависть не дает расслабиться, удерживая в состоянии конкуренции и гонки. Технический прогресс, как выдающееся достижение человеческого интеллекта, во многом вдохновляется обыкновенной завистью. Мирская система ценностей призывает обладать чем-то, как минимум, не хуже, чем у других, а желательно – лучше. И это суета и погоня за ветром, потому что такое стремление, в самой своей сути, пустое, не заслуживающее вложений. Многие достигают профессиональных высот мастерства, движимые желанием первенствовать. Для этого обрекают себя на добровольные скорби, неоправданный риск и тяжелый труд.

Завистник отчаянно стремится обрести покой через достижение намеченных целей и самоутверждение. Но делать что-либо из зависти – это значит никогда не достичь удовлетворения. Сравнивать себя с другими, с теми, у кого лучше или больше – это обречь себя на постоянное недовольство, лишающее способности наслаждаться тем, что есть. Зависть – негодная мотивация для успеха. Это ужасно: быть занятым доказыванием кому-то, что ты не беднее, не хуже, не глупее, не слабее, не уродливее, и т. д. Все, что видит завистник, это чем другие обладают, что умеют, чего достигли. Все, что его волнует, это что скажут или подумают. Причем эти другие – такие же смертные, как и он сам. На Страшном Суде выяснится, что их суждение о нем, оказывается, не имело никакого значения. Те, с кем он соревновался всю жизнь, чьего одобрения или зависти добивался, будут стоять рядом на этом же Суде беспомощные и трясущиеся от страха. А Тот, Чье мнение их никогда не интересовало, будет их судить. И тогда они поймут, как глупо было выделываться друг пред другом, доказывая что-то, соревнуясь, увлекшись так, что опомниться получилось только в аду. Итак, есть немало тех, кто ищет успокоения от зависти, доказывая свое превосходство. Это — одна крайность.

5 *Глупый сидит, сложив свои руки,*
  и съедает плоть свою. (4:5)

Вот другая крайность — лень. Она может привести к поеданию собственной плоти, чем, собственно, организм и занимается, перестав получать пищу. Ленивый тоже способен завидовать, но явно не настолько, чтобы причинить себе лишние неудобства. Он ищет успокоения, избегая всяких беспокойств. Это состояние псевдо-покоя, фактически, и пассивности всегда заканчивается плохо. Законы этого мира таковы, что бездействие оборачивается проблемами, так же как и действия. Следующий стих — золотая середина.

6 *Лучше горсть с покоем,*
  нежели пригоршни с трудом и погоней за ветром[3]. (4:6)

Покой! Душевный покой, как довольство, как отказ вступать в гонку за материальными ценностями, стоит дорого. Его не купишь ни за какие деньги. Сколько христиан могли бы позволить себе меньше работать, отдавая больше времени семье и служению, если бы не определенные иллюзорные, вечно меняющиеся стандарты достатка. Сколько детей Божьих никак не могут успокоиться и просто жить, радуясь тому, что есть. Меняют работы, машины, технику, вещи, место жительства. Зачем меняют? Чтобы найти получше. Зачем получше? Чтобы перестать испытывать недовольство. Они не понимают, что это ложный путь без конца и края (Прит. 27:20). Проблема-то в том, что полные пригоршни нисколько не удовлетворяют, когда находишься в состоянии погони за

---

[3] Синод. пер.: «...с трудом и томлением духа» (4:6).

ветром, а значит, всегда идешь к цели под названием линия горизонта. Она недостижима!

Какой выход? Что лучше? Соломон говорит: лучше поумерить свои аппетиты, вот какого покоя нужно искать. Он не в гиперактивности и не в бездействии. Он в умении примириться с тем, что есть. Блаженны свободные от этой сумасшедшей гонки, не надрывающие животов, и не сидящие сиднем, но довольствующиеся малым и пребывающие в покое.

Одиночество

⁷ *И обратился я и увидел еще суету под солнцем:*
⁸ *человек одинокий, и другого нет;*

ни сына, ни брата нет у него;

а всем трудам его нет конца,

и глаз его не насыщается богатством.

«Для кого же я тружусь и лишаю душу мою блага?»

И это – суета и недоброе дело!
⁹ *Двоим лучше, нежели одному;*

потому что у них есть доброе вознаграждение в труде их:
¹⁰ *ибо если упадет один,*

то другой поднимет товарища своего.

Но горе одному, когда упадет,

а другого нет, который поднял бы его.
¹¹ *Также, если лежат двое, то тепло им;*

а одному как согреться?
¹² *И если станет преодолевать кто-либо одного,*

то двое устоят против него:

и нитка, втрое скрученная, нескоро порвется. (4:7–12)

Смысл следующих шести стихов предельно ясен: трудности одиночества. Кто этот человек из седьмого стиха? По своей вине он одинок, или это стечение обстоятельств – не понятно. Текст говорит, что он много работает, как это часто бывает с одинокими (4:8). А чем еще заниматься ему, не обремененному семьей и отношениями? Конечно, есть те, с кем одинокий имеет дела по работе, есть знакомые, может, даже друзья, но близких – нет. По контексту видно, что он работает успешно. Однако богатство, которым он обладает, не дает ему радости, а вернее – удовлетворения. Может быть, это одиночество началось непреднамеренно, но в дальнейшем стало добровольным. Истина в том, что если нет близких, то всегда есть огромное количество нуждающихся, для которых можно благословенно трудиться. Вопрос, действительно, в точку. *Для кого я тружусь?* (4:8) Если для себя, то почему это не приносит радости? Где довольство от того, чем я обладаю? А если для других… так их нет у меня. Я один!

Мы были созданы, чтобы о ком-то заботиться. Это часть Божьего замысла о нас. Отсутствие тех, кому мы можем отдавать время, деньги, силы, внимание не проходит бесследно для духовного здоровья. Все, что мы делаем должно быть *для кого-то*, будь то Бог или человек. Мы должны выполнять функцию проводника: получать от Господа благословения и передавать их дальше. Если благословения накапливаются и остаются у нас, они портят нам душу. Она начинает гнить.

Неженатые, бездетные, одинокие в этом месте должны уже воскликнуть: «Да я бы с удовольствием начал заботиться о ком-то, так нет же такого человека рядом! Бог не дает!» На самом деле, оглядитесь. Вокруг полно обездоленных. Просто даже наше желание заботиться отмечено печатью себялюбия, эгоизма, своеволия. Это выражено в негласном лозунге: «Я хочу любить только тех, кого *я хочу* любить!» Конечно же, это не любовь, ибо любовь не ищет своего (1 Кор. 13:5). А здесь главное лицо – это я и мои интересы. Мы не можем хотеть *любить* в библейском значении этого слова, ибо библейская, настоящая, бескорыстная, безусловная любовь – нечто настолько далекое от наших способностей, что это трудно даже осмыслить, не говоря уже об исполнении. Мы можем только хотеть получать приятные ощущения от «любви».

Приближая к себе кого-то или отталкивая, мы движимы одним: поиском или защитой хорошего настроения. Выбирая, скажем так, объект любви, мы думаем о своих нуждах больше, чем о нуждах объекта. Мы ведь делаем выбор исходя из *своих* предпочтений, а не из предпочтений другого. Разве не так мы находим себе супруга, друзей, ближайшее окружение? Или, к примеру, есть много сирот, которые мечтают только об одном: обрести папу и маму. Для них это равняется самому запредельному счастью. *Но мы не хотим дарить кому-то счастье, не урвав своего.* Не все бездетные потенциальные папы и мамы мечтают об этих крохах, ибо не испытывают таких же эмоций от перспективы усыновления или удочерения. Зачастую они идут на эту меру как самую крайнюю, вынужденную. Нередко Бог *вынуждает* нас начать дарить любовь тем, кому мы естественным образом отказали бы. Ему приходится в прямом смысле помещать нас в безвыходную ситуацию, чтобы заставлять расти. Он предлагает Свой, альтернативный план, с которым так трудно смириться. Почему это так трудно? Потому что мы не умеем любить никого, кроме себя! Боже, прости, что чужая боль – недостаточная причина для меня, чтобы действовать. Есть нечто важнее – собственное удовольствие. Прости, что стремлюсь только к такой «любви», которая приносит мне *потребительскую радость.* Разве это любовь?!

Одиночество «под солнцем», делает его особенным злом и суетой. Не хорошо было человеку одному и в Эдеме, а мире, который лежит во зле и подавно. Вот причины:

Во-первых, **отсутствие морального удовлетворения от труда** (4:9). Оно возможно, только когда ты можешь делиться с кем-то тем, что зарабатываешь. Фраза «доброе вознаграждение» – экономический термин, означающий плату.

«Двоим лучше, нежели одному; потому что у них есть доброе вознаграждение в труде их» (4:9). Кажется, что речь идет о возможности вдвоем больше заработать. Однако только что в предыдущем стихе говорилось об одиночке, который неплохо зарабатывает. И там его проблема в том, что это его не радует. Ему не о ком заботиться. Он копит, но ничего не отдает. Скорее всего, что упомянутое здесь вознаграждение – это *возможность видеть смысл в своем труде* (ср. 3:13). Удовлетворение от него огромное, когда заработал и можешь кому-то сделать с этого добро. Ничто так не облегчает тяготы работы, как осознание, что это дает пропитание, одежду и остальное тем, кого ты любишь. Когда речь идет только о том, чтобы заботится о себе, труд становится тягостным и бессмысленным. Возможно также, что Соломон имеет в виду брак, упоминая двоих. Итак, труд приносит радость, когда есть, кому послужить. Одинокому это неведомо.

Во-вторых, опасность одиночества в **уязвимости к непредвиденным тяжелым жизненным ситуациям.** *«Ибо если упадет один, то другой поднимет товарища своего. Но горе одному, когда упадет, а другого нет, который поднял бы его»* (4:10). Мы можем упасть в разных смыслах: физически, финансово, духовно, в общем, попасть в такую ситуацию, когда нужна чья-то крепкая рука помощи. Какое благословение, когда есть тот, кто может и хочет поднять тебя! И если такого нет, горе одинокому.

В-третьих, **уязвимость к природным опасностям.** *«Также, если лежат двое, то тепло им; а одному как согреться?»* (4:11) Эта истина уже не так актуальна для нас, живущих в домах с центральным или местным отоплением. Речь здесь не обязательно идет о супругах. Спать вместе, чтобы согреться, было обычной практикой в то время. Это могли быть как друзья, так и члены семьи. Получается, что цивилизация делает одиночество все более и более доступным. В развитых странах уровень экономической, политической, медицинской и социальной защиты позволяет минимально нуждаться в других. Он обеспечивает незначительную зависимость от близких. Но в условиях выживания ценность близкой души возрастает.

В-четвертых, **уязвимость к насилию.** *«И если станет преодолевать кто-либо одного, то двое устоят против него: и нитка, втрое скрученная, нескоро порвется»* (4:12). Одинокий беззащитен перед беззаконником, который нередко удерживается от нападения, только потому что осознает: его потенциальную жертву есть кому защитить. Всё! И больше никаких ограничителей. Проблема безопасности всегда была актуальной, как в те времена, так и в эти (Пс. 126:3–5).

Как видите, одиночество содержит в себе практически одни минусы. Особенно это актуально для людей неверующих. Верующие никогда не остаются одни, даже когда физически их все оставляют. Господь для них опора. Для тех же, кто отверг Бога, и при этом одинок, жизнь под солнцем преподнесет много недобрых сюрпризов.

Итак, планета Земля переполнена, и здесь не так легко уединиться. Но, находясь в центре мегаполиса, человек умудряется быть бесконечно одиноким. Как правило, это его собственный выбор, обусловленный капризным и придирчивым своеволием. Те к кому он благоволит, уже заняты. Остальные не проходят «фэйсконтроль», охраняющий его личное пространство! «Боже, ну дай мне кого-нибудь»,– вопиет он, находясь в окружении, таких же одиноких. Проблема индивидуализма серьезная, и она растет. В современном мире отношения сведены к минимуму. Интернет позволяет «общаться», не жертвуя практически ничем. Добровольное одиночество – это крайняя, ничем не оправданная степень эгоизма. Некоторые заявляют, что любят быть одни и даже гордятся этим. Однако, в сущности, фраза «я люблю одиночество» – это возвышенная, поэтическая и пафосная замена высказывания «я ненавижу людей».

> *13 Лучше бедный, но мудрый юноша,*
>> *чем старый, но глупый царь,*
>>> *который уже не прислушивается к советам.*
> *14 Юноша вышел из темницы, чтобы стать царем,*
>> *хотя он и родился бедным в своем царстве.*
> *15 Я увидел, что все, кто жил и ходил под солнцем,*
>> *последовали за юношей – преемником царя.*
> *16 Не было числа народу, что был на его стороне.*
>> *Но тем, кто родился позже, не был угоден преемник.*
>> *Это тоже суета, это – погоня за ветром. (4:13–16)[4]*

Это один из самых сложных отрывков книги Екклесиаста. В какой бы комментарий вы ни заглянули, силясь его понять, вы столкнетесь, главным образом, с предположениями и версиями на фоне явной неуверенности толкователей. Их сомнения весьма оправданы. Описанная здесь ситуация с некоторыми уникальными деталями похожа на реальный исторический факт. Однако в Библии мы не находим ни одной истории, полностью совпадающей с данным описанием. Вспоминается история об Иосифе, сыне Иакова, но налицо серьезные несоответствия. Знание общей истории тоже не подбрасывает никаких данных. Остается понять общий смысл отрывка (независимо от того, реальная это история, или нет) и вывести принципы.

---

[4] Библия: Новый перевод на русский язык. Минск: Международное библейское общество, 2007. Синод. пер.: «[14] Лучше бедный, но умный юноша, нежели старый, но неразумный царь, который не умеет принимать советы; [14] ибо тот из темницы выйдет на царство, хотя родился в царстве своем бедным. [15] Видел я всех живущих, которые ходят под солнцем, с этим другим юношею, который займет место того. [16] Не было числа всему народу, который был перед ним, хотя позднейшие не порадуются им. И это – суета и томление духа!» (4:13–16).

На мой взгляд, речь здесь идет о таком понятии, как политическое недовольство. Все сводится к тому, что никакое, даже самое блестящее государственное правление, приносящее стране процветание, не удовлетворит всех без исключения, а конкретнее – следующее поколение. Молодые, не хлебнувшие худшего, принимают любой прогресс, в котором они родились, как должное, и требуют большего. Библейская антропология сообщает нам, что недовольство – это общечеловеческая проблема, распространяющаяся на все сферы жизни под солнцем. И если какой правитель несказанно угодит своим современникам, выступая в роли реформатора или освободителя, то потомки уж точно найдут, в чем его осудить (4:16). Примеров – море.

Говорю это не потому, что нуждаюсь,
ибо я научился быть довольным тем,
что у меня есть.
(Флп. 4:11)

Глава 8

Екклесиаст 4:17–5:6

[17] Наблюдай за ногою твоею, когда идешь в дом Божий, и будь готов более к слушанию, нежели к жертвоприношению глупцов[1]; ибо они не думают, что зло делают. (4:17)

Стих 17 по праву должен быть первым стихом пятой главы, являясь началом нового смыслового отрывка. Рассмотрим его. Призыв наблюдать за своей ногой, идя в дом Божий, не совсем понятен с точки зрения логической связи. Однако с уверенностью можно сказать, что речь идет о предостережении в связи с храмовым поклонением[2]. Большинство толкователей соглашаются, усматривая здесь призыв к благоговению и некой подготовке себя перед поклонением. Другими словами, помни, *куда* ты идешь и *зачем*. В отрывке есть и другие предостережения. Рассмотрим их все по порядку.

ВАЖНОСТЬ ПОКЛОНЕНИЯ

Первое предупреждение: **относиться к поклонению крайне серьезно.** При этом важно отметить, что термин «дом

---

[1] Синод. пер. без слова «глупцов» в 4:17.

[2] Есть мнение, что книга Екклесиаста была написана для язычников и имела ветхозаветно-«евангелизационный» характер. Одним из доказательств такой теории называют то, что в Екклесиасте ни разу не упоминается имя Бога Яхве. Однако описанная здесь хорошо известная евреям религиозная практика опровергает теорию о языческой аудитории. И это далеко не единственный аргумент.

Божий» в ветхозаветном смысле больше не актуален. Когда-то слава Господня обитала в храме, на горе в Иерусалиме, куда приходили евреи для поклонения, для встречи со Всемогущим. Тогда дом Божий находился в конкретном месте, обязательном для паломничества. Это место было особое, святое, чистое, отделенное, возвышенное. Оно требовало трепетного отношения. Но однажды Иисус объяснил самарянке у колодца, что настала иная эпоха. Объяснить то же самое Своему избранному народу у Него пока не получилось.

21 Иисус говорит ей: поверь Мне, что наступает время, когда и не на горе сей, и не в Иерусалиме будете поклоняться Отцу...23 Но настанет время и настало уже, когда истинные поклонники будут поклоняться Отцу в духе и истине, ибо таких поклонников Отец ищет Себе. (Иоан. 4:21, 23)

С приходом, смертью и воскресением Христа ситуация изменилась. На земле больше нет храмов Божьих, возведенных из камня. Все существующие сейчас храмы – плотяные.

Разве не знаете, что вы храм Божий, и Дух Божий живет в вас? (1 Кор. 3:16)
Не знаете ли, что тела ваши суть храм живущего в вас Святого Духа, Которого имеете вы от Бога, и вы не свои? (1 Кор. 6:19)

Теперь, используя фразу «дом Божий», нам следует четко понимать, что имеется в виду, и пояснять другим. Я лично побаиваюсь практики употребления этого словосочетания в отношении здания церкви.

14 Сие пишу тебе, надеясь вскоре придти к тебе, 15 чтобы, если замедлю, ты знал, как должно поступать в доме Божьем, который есть Церковь Бога живого, столп и утверждение истины. (1 Тим. 3:14–15)

В наше время дом Божий – это Церковь, то есть составляющие ее христиане, и никак не здание: кирпичи, цемент, стены, крыша, потолок. Это особенно важно в свете распространенных мистических идей среди верующих. Всегда будут те, кому нравиться считать здание церкви особенным местом, святым, необычным, отделенным. Ветхозаветный храм назывался домом Божьим, потому что в нем в некотором смысле обитал Бог. Но в зданиях церквей Он не обитает подобно тому, как это было в Ветхом Завете. Это принципиальное отличие! Нет такого географического места, где вы автоматически можете пережить встречу с Богом. Однако многие стремятся привязывать духовные практики к конкретному месту. Им важна особо торжественная обстановка, располагающая к поклонению. Считается, что можно пережить уникальный духовный опыт, поехав, например, в Израиль на так называемую святую землю. Это миф. Для этих целей туда ездить не стоит. Там только камни, являющиеся, скорее, свидетельством иудейского религиозного позора. Встреча с Богом не зависит от внешних условий. Это внутреннее событие. Написано, что чистые сердцем узрят Бога, а не оказавшиеся на Синае. Любящие мир нарекутся сынами Божьими. Стремящиеся к праведности унаследуют Царство Небесное. Вот качества, необходимые для общения с Господом. Они все описывают состояние сердца, а не внешнюю среду.

Другими словами, с вами не может произойти чего-то духовного просто потому, что вы физически придете на какое-то место. Качество поклонения никак не зависит от местоположения. Кто-то, находясь в тюрьме среди отпетых уголовников, пребывает ближе к Богу, чем сидящий на первом ряду в церкви в собрании святых. Вы не становитесь духовнее, переместившись из точки А в точку Б. Кроме того, согласитесь, что легче быть духовным в собрании святых, чем на работе. Нахождение в здании церкви ничего не меняет в отношениях с Господом. Это место не святое, не особенное и не несет никаких духовных благословений *само по себе, без нас, святых, наполняющих его.* Это здание, из которого завтра власть может сделать склад. И если мы уйдем из него, Бог не останется там особым образом, потому, что это не Его дом. Он здесь никогда не жил и не собирается.

Всем полезно понимать эти истины. Например, родителям христианам важно избавляться от некоторых религиозных суеверий касательно данного вопроса. Пожалуйста, не думайте, что просто находясь в здании церкви, ваши дети вдыхают святость вместе с воздухом. Не ожидайте, что церковные стены могут мистическим образом влиять на ребенка, делая его более послушным. Никто, кроме вас, не обладает бо́льшим влиянием. Если ваши дети не видят духовности дома шесть дней в неделю, они уж точно не обретут ее во время собрания в воскресенье. Даже и не надейтесь! Не будьте так наивны, полагая, что служители и церковная обстановка в состоянии исправить все ваши ежедневные ошибки воспитания за пару часов. Не думайте также, что любые обучающие детские мероприятия, проходящие в церкви, обладают более сильным влиянием, чем ваша жизнь.

Зададимся вопросом: как тогда относится к зданию церкви? Ответ прост: как к зданию, которое мы используем для богослужений, для встреч, обучения, евангелизаций и всевозможных мероприятий. И все! «Но мы его освятили,– скажете вы,– разве это не является чем-то особенным?» Освящение здания церкви – это добрая, на мой взгляд, традиция, немного отдающая Ветхим Заветом. Зачем мы это делаем? Вы ответите: «Мы освящаем, то есть отделяем это здание для Бога, для Его целей. Это означает, что здесь не должно происходить ничего мирского, ничего нечистого, ничего неугодного Ему. Разве это не важно?» Я отвечу вам: «Замечательно!» Как традиция – сойдет, как доктрина – ни в коем случае. Бог не требует от нас этих действий. Его интерес в том, чтобы ничего мирского, нечистого и неугодного не происходило *в наших сердцах.*

Много ли нужно духовности, чтобы отделить для Бога здание? Много ли нужно приложить для этого сил? Что вообще для этого необходимо? Молитва пресвитеров, и все, пожалуй. То, что будет происходить в стенах церкви, зависит не от их молитвенного освящения, а от освящения сердец прихожан, наполняющих здание. Люди и их духовная зрелость определяют, насколько церковь будет отделена от мира и защищена от его влияния. Поэтому давайте попробуем отделить для Бога собственное тело, которое является истинным храмом. Отделим для него свои глаза, свой язык, свои мысли. Сколько духовных сил и стараний нужно ежедневно прилагать, чтобы не совершать ничего мирского, нечистого и неугодного Богу! Вот это задача! Вот это освящение! Вот это труд! Поэтому весьма печально, когда выдумываются различные «правила поведения в Доме Божьем», а потом одни христиане шипят на других за их несоблюдение.

Итак, здание церкви – это просто здание. Ваша близость с Господом никак не зависит от его размеров, благоустройства, расположения, технического состояния и т. д. Не придавайте ему большего значения, чем оно заслуживает. В нашем новозаветном контексте поклонения в Духе и Истине следует относиться к предостережению Соломона не менее, а более серьезно, учитывая, *где* теперь находится храм Божий. Если он в нас, то в отличие от евреев Ветхого Завета мы не можем покинуть Дом Божий, принеся свои жертвы. Святое святых поклонения – теперь наше сердце. Его не очистить никакими ритуальными омовениями. Оно освящается только живым и действенным Словом Божьим (Иоан. 17:17).

Второе предупреждение: **не относиться к Слову небрежно.** *«...И будь готов более к слушанию, нежели к жертвоприношению глупцов*[3]*...»* (4:17б). Поклонение всегда начинается как реакция на какую-то истину, исходящую из уст Божьих. Оно начинается со слушания Слова и желания понять, что хочет сказать Господь. Мы ничего не можем

---

[3] Синод. пер. без слова «глупцов» в 4:17.

знать о правильном поклонении, если пренебрегаем Его Словом, ибо оно, и только оно может научить нас, *как* угождать Создателю. Поклонение теряет смысл, если оно не богоцентрично. А оно не может быть богоцентричным, если главной целью не ставится угождение Богу.

«Будь готов более к слушанию, нежели к жертвоприношению»,— это ветхозаветное поучение идеально подходит к новозаветной ситуации Марфы и Марии. Помните, Марфа позвала Христа, чтобы Ему послужить? Его поучения ее, кажется, интересовали не сильно. Мария же почуяла, откуда подуло вечностью, проигнорировала все культурные правила приличия, сбежала с кухни, пошла села у ног Спасителя и *слушала* Слово. Вот единственно правильный подход к Богу: приходить к Нему, чтобы получать. Другими словами, приходить нищим, в нужде, просителем. Не просителем материальных благ, а просителем духовной пищи. Марфа принесла в жертву свое время, деньги и силы, считая, что это правильно. Мария же принесла свое сердце, открытое и готовое внимать Слово. И угодила Христу больше. *Она угодила Ему, не пошевелив для Него и пальцем!* Она просто признала себя нищей духом.

О, как бы я хотел, чтобы это поняли тысячи служителей, для которых служение стало *сутью* христианства! Они так увлечены отдачей чего-то Богу и людям, что перестали быть нищими. Смотришь, кто-то духовно два дня отроду (и еще не факт, что родился), а уже стремится в служение. А тем более, «профессиональные» служители… они эксперты в Слове, направо и налево раздают хлеб духовный, не каждому позволят поучать себя, и послушают чужую проповедь разве только для того, чтобы удостовериться, что она соответствует истине. Они положили жизнь на алтарь служения… и, кстати, жизнь своих семей тоже. Зачем, спрашивается, создавали их? При таком рвении надо было оставаться одинокими, как Павел, и служить хоть до потери сознания. Мужи Божьи, загляните в свое сердце. Не используете ли вы служение как «благочестивую» причину сбежать из дома туда, где вас уважают, любят, слушаются, где можно реализовывать свои амбиции, быть важным и нужным? Давайте посмотрим правде в глаза: от своих домашних вы не получаете и десятой доли того почтения, которое имеете в церкви. А ветхий человек так любит уважение, самореализацию, видную деятельность. Не отсюда ли и «жертвенность», и «посвященность» делу Божию откровенно в ущерб жене и детям?

Итак, в наших церквях самозабвенное служение – это признак зрелости. Но разве служение нельзя нести по плоти?! Легко и, причем, любое! Ветхий человек обожает духовную деятельность, ибо через нее можно реализовывать свои амбиции. Чего он терпеть не может – так это *любить*. По плоти можно произнести шикарную библейскую проповедь, но она (плоть) не выдавит из себя ни капли любви, смирения, долготерпения и любого другого проявления плода Духа. Плод Духа – вот что является признаком духовного роста. Больше ничего! Все остальное, *все без исключения,* можно делать по плоти: быть пастором, проповедником, дьяконом, любым служителем, знать Библию наизусть, получить самое высшее библейское образование, писать духовные книги, много жертвовать, много молиться, много читать, много переживать о проблемах церкви. Повторяю, духовный рост – это рост в благодати, любви, смирении, долготерпении, милосердии, воздержании и так далее. Даже рост в знании истины не имеет значения, если он не сопровождается растущей способностью любить, ведь «плотяра» совсем не против богословски поумничать (1 Кор. 13:2). Но как приносить плод, не пребывая в Духе? Никак! Поэтому, будь готов *более* к смиренному *слушанию,* нежели к активному *служению.*

Интересно, что Соломон пишет в то время, когда Храм был только что построен. Однако он сразу предупреждает об опасности формальной религии. Спустя четыреста лет при пророке Исаие все только ухудшилось (Ис. 1:10–17). И как следствие, обоснование обозначенных предупреждений: «*...ибо они не думают, что зло делают*»[4] (4:17в). Вот она,

---

[4] Синод. пер.: «...не думают, что худо делают» (4:17).

суть мертвой религии. Это полное непонимание сердца Бога, собственное плотское мнение о том, как Ему угодить. Отчего так? Потому что, на самом деле, они хотят не угождать Ему, а защититься от Него, но так, чтобы не отказываться от греха. Поэтому выбирается обходной путь, который только внешне выглядит благочестивым: берешь и режешь барана. Покупаешь и режешь. Все! Жить при этом можно, как заблагорассудится. Грешишь в свое удовольствие, творишь зло, плюешь на заповеди, но раз в месяц или в год приходишь в храм и подкупаешь Бога. Он счастлив, я в безопасности, все замечательно. Какая чудесная религия! Как чудесно быть верующим! Логика этой практики проста: купить можно всех, значит и Бога. Надо понять, что Ему нужно, и предложить. Во времена Соломона это жертва. В наше время – поход в церковь (для некоторых уже большая жертва), денежные пожертвования, ну, или служение какое-нибудь. Однако это жертвоприношение глупцов. Глупость неверующего ума в вере, что такими действиями он делает добро. Но все с точностью до наоборот! «Ибо они не думают, *что зло делают*». Это даже двойное зло. Во-первых, они ведут греховный образ жизни, лишающий их возможности приблизиться к Богу. Во-вторых, что, возможно, подразумевается, оскорбляют Создателя своим «поклонением». Это зло религиозной манипуляции Богом. Они в правильном месте (храм), совершают внешне правильные действия (приносят жертву), но их сердце не право перед Богом, далеко отстоит от Него (Марк 7:6). Это жертва нечестивых (Прит. 21:27).

Зло такого «поклонения» в том, что самая суть его игнорируется. Оно приравнивается к ритуальным действиям. Далеко отстоящее от Бога сердце превращает церковную практику в «христианское» суеверие, некий «благочестивый» способ постучать по дереву и поплевать через левое плечо.

Кто отклоняет ухо свое от слушания закона,
того и молитва – мерзость. (Прит. 28:9)

Поклонение и речь

¹ *Не торопись языком твоим,*
и сердце твое да не спешит произнести слово пред Богом;
потому что Бог на небе, а ты на земле;
поэтому слова твои да будут немноги.
² *Ибо, как сновидения бывают при множестве забот,*
так голос глупого познается при множестве слов.
³ *Когда даешь обет Богу, то не медли исполнить его, потому что Он не благоволит к глупым: что обещал, исполни.*
⁴ *Лучше тебе не обещать, нежели обещать и не исполнить.*
⁵ *Не дозволяй устам твоим вводить в грех плоть твою, и не говори пред посланником[5]: «Это – ошибка!» Для чего тебе делать, чтобы Бог прогневался на слово твое и разрушил дело рук твоих?*
⁶ *Ибо во множестве сновидений, как и во множестве слов,– много суеты; но ты бойся Бога. (5:1–6)*

Первые шесть стихов пятой главы говорят о речи в контексте поклонения. Это предостерегающие повеления относительно того, что и как говорить. Основание для взаимоотношений с Богом – страх Божий. Он не человек, не смертный, подобный нам. Возможность обратиться к Нему – это одновременно и привилегия, и потенциальная *опасность*. Огонь очень полезен, но неуважение к нему обернется трагедией. С Господом еще сложнее: Его не укротить, не приручить, не загнать в конфорку. Верно заметил Клайв Льюис в своем нашумевшем произведении «Лев, колдунья и платяной шкаф»: «Кто говорит о безопасности? Конечно же, Он опасен, но Он – добрый…»[6].

Первое предостережение: **быть аккуратным в словах,** тщательно обдумывать их, прежде чем произносить. «*Не то-*

---

[5] Синод. пер.: «…пред Ангелом [Божиим]…» (5:5).
[6] Льюис К. С. Лев, колдунья и платяной шкаф. М.: Cascade, 2006. С. 81.

ропись языком твоим, и сердце твое да не спешит произнести слово пред Богом; потому что Бог на небе, а ты на земле...» (5:1). Его превосходство (на небе) обязывает обращаться к Нему с благоговением. В отличие от людей, Он помнит все, что Ему говорят, и дает моральную оценку сказанному. «Говорю же вам, что за всякое праздное слово, какое скажут люди, дадут они ответ в день суда: ибо от слов своих оправдаешься, и от слов своих осудишься» (Матф. 12:36–37). Один этот факт должен сильно повлиять на духовную расхлябанность и несерьезный настрой в молитве. И это предостережение в первую очередь обличает *меня*. Как мне не хватает благоговения! С одной стороны хочется изливать Богу все, что на душе, и это правильно, но с другой – это не приятель, с которым можно просто поболтать. Да, Его благодать компенсирует все мои промахи на этом пути, но это не дает мне права злоупотреблять Его благорасположением. Если и с земным начальством подбираешь слова, тем более нужно быть почтительным с Небесным.

Второе предостережение: **не быть многословным.** *«...Поэтому слова твои да будут немноги, ибо, как сновидения бывают при множестве забот, так голос глупого познается при множестве слов»* (5:2). Похожую концепцию немногословия в молитве озвучил Христос, обосновывая его, однако, силой веры (Матф. 6:7–8). Здесь же акцент на осознании того, с *Кем* ты разговариваешь. Одна из характеристик глупца – это многословие, выдающее его и являющее всем содержание его сердца. От избытка сердца говорят уста (Матф. 12:34). Глупость многословием навлекает на себя больше гнева. Притчи предупреждают: «При многословии не миновать греха, а сдерживающий уста свои – разумен» (Прит. 10:19). Праведник понимает, что, если язык – неудержимое зло, как говорит Иаков, то лучше не давать ему много говорить (Иак. 3:8).

Третье предостережение: **не давать Богу обещаний, которых не можешь исполнить** (5:3–6). *«Когда даешь обет Богу,* *то не медли исполнить его, потому что Он не благоволит к глупым: что обещал, исполни»* (5:3). Одно из качеств Создателя – это абсолютное соответствие между делами и словами. «Бог не человек, чтоб Ему лгать, и не сын человеческий, чтоб Ему изменяться. Он ли скажет и не сделает, будет говорить и не исполнит?» (Чис. 23:19). Того же самого Он ожидает и от нас. Святость обязывает к соответствию слов и дел. *«Лучше тебе не обещать, нежели обещать и не исполнить»* (5:4). Нам указаны следующие два варианта действий на выбор: либо обещать Ему и выполнить, либо ничего не обещать. Я стал анализировать свою жизнь в свете этих стихов и увидел массу примеров, когда опрометчиво обещал что-то Богу, людям, и не исполнял. С сожалением вижу, что меня это не сильно беспокоит. Я быстро себя прощаю. Но если кто-то меня подведет, реагирую эмоциональнее. Все больше и больше понимаю, что слова, хоть они и просто слова, не должны звучать, если они не подкрепляются делами. Обещать и не исполнять – это черта глупости, к которой Бог не благоволит. Значит, в отношениях с Богом нужно быть особо осторожным в обетах.

В Синодальном переводе 5 стих звучит так: «Не дозволяй устам твоим вводить в грех плоть твою, и не говори пред Ангелом Божиим: „Это – ошибка!“ Для чего тебе делать, чтобы Бог прогневался на слово твое и разрушил дело рук твоих?» (5:5) Еврейское слово *малах,* можно переводить как «вестник», «посланник», «ангел» в зависимости от контекста. О каком посланнике здесь может идти речь? Есть догадки. Вероятно, клятвы Богу давались в присутствии священников, ибо они выполняли функции посредников между человеком и Богом. Когда приходило время исполнить обет, они посылали специальных людей (посланников), чтобы получить обещанное (скорее всего, речь шла о денежных пожертвованиях)[7]. Не сдержавшие слова иудеи извинялись: «Простите, я ошибся, не могу исполнить, что хотел». Или того хуже: «Вы ошиблись, я

---

[7] Longman T. The Book of Ecclesiastes. P. 154.

такого не говорил». Так вот, Бог предупреждает против подобной опрометчивости. Это будет иметь последствия вплоть до того, что Он Сам может противостать человеку в каких-то его делах. Существует одно из самых часто даваемых Богу обещаний. Оно звучит так: «Я больше не буду!» Напрасно мы это говорим, потому что не проходит и недели, как мы совершаем то, от чего зареклись. Таким образом, наши уста вводят нас в дополнительный грех.

Шестой стих ведет нас к корню любой проблемы, в том числе и опрометчивости в словах. *«Ибо во множестве сновидений, как и во множестве слов – много суеты; но ты бойся Бога»* (5:6). Ибо во множестве снов и множестве слов – суета. Другими словами, обилие снов и слов показывают, чем занят ум. Суетой. Земным. Почему мы заполняем свою жизнь суетой? Потому что не боимся Бога. «…Но ты бойся Бога!» Второй раз Соломон упоминает страх Божий (3:14). Действительно, кроме него, ничто не может отвести от зла (Прит. 16:6). Имеющий страх Господень – истинно мудрый человек. В любых обстоятельствах он озабочен лишь одним: как угодить Создателю. Нет ничего разумнее такого стремления, «ибо какая польза человеку, если он приобретет весь мир, а душе своей повредит?» (Марк. 8:36). Страх Божий – универсальный предохранитель от всякого зла, на которое мы способны. В нашем контексте мы видим, что его отсутствие проявляется в том, *что* мы говорим, *как* и *сколько*. Пора остановиться!

Наставь меня, Господи, на путь Твой,
и буду ходить в истине Твоей;
утверди сердце мое в страхе имени Твоего.
Буду восхвалять Тебя, Господи, Боже мой,
всем сердцем моим
и славить имя Твое вечно.
(Пс. 85:11–12)

Глава 9

Екклесиаст 5:7–19

7   *Если ты увидишь в какой области притеснение бедному
    и нарушение суда и правды, то не удивляйся этому: по-
    тому что над высоким наблюдает высший, а над ними
    еще высший;*
8   *превосходство же страны в целом есть царь, заботя-
    щийся о стране. (5:7–8)*

Интересен переход к следующей теме в том смысле, что
его нет. В третьей главе царь уже касался темы беззакония.
Вот еще одно упоминание произвола в государственной системе. Главная мысль этого отрывка звучит так: беззаконие
или коррупция – это система, которая устанавливается и
поддерживается сверху

«Когда ты увидишь беззаконие и притеснения бедных, не
удивляйся»,– объясняет правитель Соломон, прекрасно разбирающийся в этих вопросах. Дело в том, что над каждым
чиновником стоит высший, а над тем еще высший. И каждый бюрократ, стоящий на ступеньку выше, прекрасно знает,
чем занимается его подчиненный. Не просто знает, а контролирует и кормится с совершаемого беззакония. И так до самого верха. Речь и идет о системе, старой как мир. Поэтому
написано: не удивляйся тому, что притеснения никак не
останавливаются, что высокопоставленные чиновники не
всегда вмешиваются, чтобы остановить произвол. Они сами
– часть системы, ее подпорки, ее основа. Это миф, что
наверху не знают, что творится внизу. Прекрасно знают!

Поэтому превосходство страны во всех отношениях в царе, в руководителе, который заботиться о ней. Вторую часть стиха можно буквально перевести так: *«царь, возделывающий поле, или обрабатывающий страну»* (5:8). Превосходство страны в руководителе, который, образно говоря, обрабатывает ее, возделывает ее, чтобы она давала урожай. В этом ее сила.

Как было сказано ранее, человеческая власть уже подразумевает притеснения. Когда израильтяне запросили себя царя, как у других народов, Бог заранее объявил им, какие неприятности они себе выпросили (1 Цар. 8:11–18). Обладать властью и не злоупотреблять ей невозможно. Даже боящиеся Бога правители пользовались положением для угождения себе. Вспомните Давида. Или, к примеру, самого Соломона. Он немилосердно обложил страну непомерными налогами, хотя ему часто ставят в заслугу тот факт, что в его правление не было войн. Это так, но ко времени, когда воцарился его сын, народ израильский выглядит весьма уставшим от такого «благоденствия»:

Отец твой наложил на нас тяжкое иго, ты же облегчи нам жестокую работу отца твоего и тяжкое иго, которое он наложил на нас, и тогда мы будем служить тебе. (3 Цар. 12:4)

Я не вижу здесь скорби об ушедшем великом царе, в дни которого Израиль достиг пика своего расцвета, золотого века. Я не вижу сожаления о том, что ну вот, мол, потеряли такого мудрого руководителя, теперь не пойми кто будет нами править. Они, прошу прощения, смотрят на Ровоама, как на *избавителя* от мучительного для них правления его отца. Выходит, что этот так называемый расцвет дорого обошелся простому народу. Для того чтобы потешить свое самолюбие рукоплесканиями всего мира, Соломон высасывал все соки из собственного народа. Получается, что даже самый мудрый царь и пророк не удержался от того, чтобы воспользоваться властью в своих интересах. Что уж говорить о неверующих!

Итак, здесь еще раз подчеркивается ненадежность человеческой системы управления. Притеснения со стороны власть имущих *будут всегда*. Нравственные законы, принципы, которых придерживается чиновник, устанавливаются сверху. Он их не придумывает, а подхватывает. Он выясняет, что можно, а что нельзя, и действует в установленных сверху рамках разрешенного произвола. Поэтому не стоит удивляться притеснению бедных, нарушению суда и правды (5:7). Это не есть локальное явление, когда какой-нибудь обнаглевший чиновник вдруг решил стать злостным коррупционером. Он ничего не может сделать без повеления или молчаливого согласия сверху.

Однако Писание учит, что каждая власть установлена Богом (Рим. 13:1–7). Мы должны ей повиноваться, чтить, и уважать, как написано: «…царя чтите» (1 Пет. 2:17). Он может вытворять немыслимые беззакония, но, в конечном счете, тоже ходит под Богом. Хочет того или нет, он – Божий жезл на добро или зло, в зависимости от того, зачем он понадобился.

НАБЛЮДЕНИЯ ЗА ЖИЗНЬЮ МАТЕРИАЛИСТА

Следующий отрывок о материализме. Кому, как не Соломону, поучать об этом?! Никто из пророков Библии не занимался накопительством так упорно, как он. Никто из них не был так богат, подпадая под определение мультимиллиардера.

> 9   *Кто любит серебро, тот не насытится серебром,*
>   *и кто любит богатство, не будет доволен доходом[1].*
>   *И это – суета!*

---

[1] Синод. пер.: «…тому нет пользы от того» (5:9).

> ^{10} *Умножается имущество,*
> *умножаются и потребляющие его;*
> *и какая польза для владеющего им:*
> *разве только смотреть своими глазами?*
> ^{11} *Сладок сон трудящегося,*
> *мало ли, много ли он съест;*
> *но пресыщение богатого не дает ему уснуть.*
> ^{12} *Есть мучительный недуг, который видел я под солнцем:*
> *богатство, сберегаемое владетелем его во вред ему.*
> ^{13} *И гибнет богатство это от несчастных случаев:*
> *родил он сына, и ничего нет в руках у него.*
> ^{14} *Как вышел он нагим из утробы матери своей,*
> *таким и отходит, каким пришел,*
> *и ничего не возьмет от труда своего,*
> *что мог бы он понести в руке своей.*
> ^{15} *И это тяжкое зло[2]:*
> *каким пришел он, таким и отходит.*
> *Какая же польза ему, что он трудился на ветер?*
> ^{16} *А он во все дни свои ел впотьмах,*
> *в большом раздражении, в огорчении и досаде. (5:9–16)*

Во-первых, **любить деньги и иметь деньги – не одно и то же.** *«Кто любит серебро, тот не насытится серебром, и кто любит богатство, не будет доволен доходом[3]. И это суета»* (5:9). В отношении финансов все делятся на две категории: рабы денег и господа денег. Рабы денег – это те, кто их любит, люди с материалистическим подходом к жизни, главный девиз которых: «Мне не хватает». Они думают, что существует такое понятие как «достаточно» и что однажды достигнут материального удовлетворения, заработав желаемую сумму. Это не больше чем самообман, мотивирующий их к участию в гонке за ветром. Деньги не могут

---

[2] Синод. пер.: «И это тяжкий недуг…» (5:15).
[3] Синод. пер.: «…тому нет пользы от того» (5:9).

удовлетворять, а вернее, любовь к ним. Это безответная любовь.

Недовольство – обыкновенное свойство похоти. Она обещает удовлетворение, но в реальности чем больше получаешь, тем больше хочется. В том-то и суета, что это очередная любовь, которая не насыщает. Посвящающий себя чему угодно, кроме Бога, будет жить в состоянии постоянного разочарования. Идолы всегда подводят, причем подводят подло. Когда вы полагаете в них свою надежду на счастье, то познаете не счастье, а скорби.

Любовь к деньгам очень естественна. На них можно купить все, что только есть, даже чью-то «любовь». Почти все имеет цену. Плоть постоянно шепчет, что для обретения радости, счастья, нужно что-то получить. Ключевое слово – *получить*. Кажется, что настоящее удовлетворение кроется в обладании чем-то или кем-то, что только так и можно достигнуть счастья. Большинство материалистов верят, в *День Икс*. Это такой день, когда моя жизнь будет представлять из себя то, что я себе нафантазировал, а именно: я буду жить в географической точке моей мечты, в доме построенному по моему заказу, обставленном согласно моим вкусам, обладать состоянием, позволяющим заниматься только любимыми делами, быть окруженными только теми, кого я люблю, побывать во всех странах, где я хочу, и т. п. Считается, что именно в тот мифический день я смогу испытать наивысший восторг, который наконец-то успокоит мою мятущуюся душу и позволит ей пребывать вечно в радостном состоянии. А для того чтобы этот *День Икс* настал, мне нужны *деньги!* Хм, что не говори, а получается, что счастье напрямую зависит от количества денег. От того к ним так стремится обыватель, напыщенно твердя при этом: «Не в деньгах счастье!»

Кстати, наиболее удачливым удалось заработать достаточно, чтобы осуществить все свои изначальные мечты. Проблема, однако, в том, что они даже не заметили, как достигли и *миновали* ту материальную планку, за которой, по их расчетам должно было начаться душевное спокойствие. Сомневаюсь, что кто-то из них сел однажды и сказал: «Ну вот, у меня есть все, чего я хотел, все мои желания исполнились, я заработал столько, сколько хотел. Теперь, внимание, я начинаю наслаждаться жизнью, ибо все условия для этого созданы».

В действительности никто из них *даже не заметил, как и когда установил себе новые ориентиры,* новые расчетные точки, сулящие удовлетворение. Для любящего богатство никакого ожидаемого насыщения и успокоения быть не может. Вместо этого человек попадает в замкнутый круг, в колесо, в котором носится, как доисторическая белка. Он зарабатывает и покупает, зарабатывает и покупает, зарабатывает и покупает, все, что может себе позволить. И на каждую покупку он возлагает нелегкую задачу: принести с собой хорошее настроение. «Дай мне счастье, дай мне радость, заткни эту дыру в моей душе»,– имеет он в виду, расплачиваясь на кассе. И на короткое время это происходит. Новая машина за бешеные деньги сначала всегда радует. Потом на рынке появляется другая, еще более красивая, мощная, удобная, престижная. Тогда своя, уже приевшаяся, окончательно теряет привлекательность и перестает удовлетворять. Приходит хорошо знакомое чувство недовольства. И снова в ход идут «спасительные» деньги, чтобы купить на них мимолетную дозу псевдо-радости. Когда душевный мир привязывается к количеству денег, то о нем можно позабыть. Цель недостижима. Любовь к деньгам не насыщает, а лишь порабощает. Безумная гонка за ветром продолжается.

Во-вторых, **повышение доходов приводит к повышению потребностей.** *«Умножается имущество, умножаются и потребляющие его; и какая польза для владеющего им: разве только смотреть своими глазами?»* (5:10). Материалист всегда движется вверх по прямой уровня потребностей. Для удовлетворения растущих «нужд», он вынужден повышать свой темп накопительства, ибо распоясывающиеся похоти не позволяют оставаться на той же ступени потребления. Увеличивающиеся доходы, увеличивают расходы. Поэтому материалист всегда старается преумножить свое богатство. Но вслед за его умножением возрастают и траты. Это закон, действующий в ненасытном человеческом сердце.

А какая польза для владеющего богатством? На самом деле лишь сомнительная: смотреть на него. Уж кому, как не Соломону знать эту истину?! Он буквально мог купаться в золоте, как персонаж известного диснеевского мультфильма Скрудж Мак-Дак. Его глаза видели много золота, бриллиантов, дорогих вещей, роскоши, но его голодному сердцу не было от этого никакой пользы. Удовлетворение от рассматривания золота не доходило до глубин сердца, более всего нуждающегося в Господе. «Вот, смотрю глазами на сверкающий метал, погружаю в него руки, перебираю пальцами, но отдающая гулким эхом пустая душа томится своими страхами, от которых не откупиться ничем. Этот божок не только не собирается давать мне чувство защищенности, покоя, удовлетворения, а лишь добавляет страхов».

Чувство насыщения прийти не может. Остается только смотреть глазами. Любящие деньги, в прямом смысле любуются ими, считают, пересчитывают, держат в руках, нюхают, в общем, наслаждаются фактом обладания деньгами и их количеством. Вот она, иллюзия контроля. Но и Писание, и опыт уже сто раз доказали, что на деньги не купить покоя. И поэтому обладающему богатством нет от того никакой выгоды. Богатство – это золотой, драгоценный, сверкающий, красивый, многообещающий ключик... не подходящий к замку той желанной двери, которую все пытаются открыть. Дверь, за которой спрятано счастье, не открывается ни одним из ключей со штампом «Сделано на Земле».

Остается только смотреть и облизываться, ибо он бесполезен. Да, он золотой и красивый, но что с того?! Дверь наглухо закрыта. Секрет же довольства, как вы знаете, не в количестве денег, а в отношении к ним. Даже небольшой доход может радовать, при условии, что удовлетворение уже найдено в Господе (1 Тим. 6:6).

В-третьих, **за деньги нельзя купить покоя.** *«Сладок сон трудящегося, мало ли, много ли он съест; но пресыщение богатого не дает ему уснуть»* (5:11). Обратите внимание на следующий факт: сытость и пресыщение – разные вещи. Здесь речь идет о пресыщении. Оно возникает от употребления в количествах больших, чем необходимо. Но как удержаться, если у богатого 1) много и 2) он ищет в этом радость?! Этот механизм работает не только в отношении еды. Получив что-либо в большом количестве, мы начинаем этим неистово «объедаться». Разве нет?

Есть очень незначительное количество богачей, которые не ведут образ жизни богатого. *Как правило, как только человек получает финансовую способность впасть в роскошь, он в нее впадает.* Ему нужна уже не просто удобная одежда, а дорогая одежда. Речь уже не о том, чтобы вкусно поесть. Он хочет экзотически поесть. Машина должна быть не просто надежная, а престижная, и причем не одна. Дом из места жительства превращается в выставочный экспонат. Если это кухонный гарнитур, то он не может быть из обычного дерева. Это должно быть дорогое дерево. Посуда дорогая, мебель дорогая, и все, что наполняет дом, должно быть не только качественным, а красивым, дорогим и престижным. Вдруг обнаруживается, что ему нужна куча всевозможных вещей, без которых он раньше прекрасно обходился. Яхта должна быть! Водный отдых – это круто. Квадроцикл тоже пусть будет, чтобы можно было раз в год измазаться в лесной грязи. Машины, конечно, нужны на все случаи жизни. Похоти богача толкают его на ненужные растраты, ибо каждая новая покупка делает укол хорошего настроения. Это не сильно отличается от наркотической, алкогольной или иной зависимости.

Интересно, что Соломон не противопоставляет богатого и бедного. Он противопоставляет богатого и трудящегося. Правда, это не значит, что богатый не трудится. Богачи – нередко безнадежные трудоголики. Возможно, что здесь речь идет о богатом (как работодателе) и трудящемся, как о том, кто работает на него. Тогда злая ирония в том, что тот, кто беднее, преспокойно спит себе на топчане, а его хозяин-магнат полночи ворочается у себя на роскошной кровати. Или, возможно, Соломон противопоставляет того, кто трудится, чтобы просто удовлетворить базовые нужды, и того, кто трудится ради обогащения. Ум первого открыт для более важных вещей, чем накопительство. Для такового деньги – это средство для поддержания жизни, и не более. Для материалиста же деньги – это пропуск в счастье. Поэтому он живет в постоянной гонке за ветром и, таким образом, в вечном разочаровании.

В-четвертых, **деньги могут принести вред**. *«Есть мучительный недуг, который видел я под солнцем: богатство, сберегаемое владетелем его во вред ему»* (5:12). Грешник, получивший богатство, подвергает себя такой же опасности, как обезьяна, которой дружелюбно преподнесли в дар боевую гранату. Отчаянно пытающийся разбогатеть материалист старается, потому что видит в этом *благо*. Но отсутствие нравственных ориентиров и страха Божия вынуждает его к злоупотреблению поступающими денежными ресурсами. В самих деньгах нет ничего злого и вредного. Вредными их делает отсутствие необходимых внутренних качеств. В умелых руках граната наносит ущерб врагу. Но в руках шимпанзе она не более чем орудие самоубийства.

Таким же образом богатство может быть причиной больших неприятностей. Сколько бестолковых отпрысков получают доступ к самым разнообразным грехам благодаря финансовому благополучию своих родителей! Они прожигают, прокалывают, пропивают, прогуливают то, что в глазах их отцов и матерей должно было дать им будущее. Я уже не говорю о том, сколько негодных и опасных людей бывают привлечены чьим-то благосостоянием. К примеру, если вы состоятельный человек и хотите создать семью, где гарантия, что вашего супруга привлекли именно вы, а не ваш бумажник?

Говоря о мучительном недуге, Соломон подразумевает такую ситуацию, когда от богатства больше вреда, чем пользы, когда оно создает дополнительные проблемы. Накапливая добро, материалист рисует себе в уме только прекрасные картины будущего. Как же ужасно, как нелогично, как трагично, когда нечто, почитающееся за благословение, оборачивается проклятием.

В-пятых, деньги – божок, который не умеет сам себя защитить. *«И гибнет богатство это от несчастных случаев...»* (5:13) Благосостояние может быть утеряно враз. Обвал, дефолт, ограбление, неверное вложение, предательство, пожар, война – вот далеко не полный список врагов денег. Несчастный глупец копит, чтобы чувствовать себя уверенно в завтрашнем дне, но получает только дополнительные страхи касательно будущего. Растет богатство, растет и беспокойство за него. Вдруг оказывается, что этот бог, как уже было сказано, не может защитить ни себя, ни своего владельца. Он *сам* нуждается в защите. Это свойство всех идолов. Так рождается страх потерять накопленное.

Счастливец же, свободный от гонки за материальным, хорошо спит ночью, ибо в его сердце сокрыто другое сокровище. Какое умиротворение дает поклонение истинному Богу, ибо не надо бояться Его потерять! «Кто может Его забрать у меня?! Кто может забрать меня у Него?! Он не нуждается в моей защите, как весь тот мусор, к которому может прилепиться мое сердце. Он Сам – гарант моего спокойствия и безопасности».

«И гибнет богатство это от несчастных случаев; родил он сына, и ничего нет в руках у него» (5:13). Абсолютное большинство родителей (богатых или бедных) мечтают оставить детям наследство. И чем больше имущества они могут завещать, тем, как бы, спокойнее им умирать. Но стоит ли тратить неоправданно много сил и времени, чтобы заработать то, что можно потерять на раз-два?! Оставьте им в наследство то, что невозможно украсть, забрать или уничтожить. Поставьте себе целью №1 познакомить ваших детей с Богом и тогда будьте уверены: вы состоялись, как родители. Если вы оставите им в наследство потертые штаны и при этом глубокую веру и сильную любовь к Христу, вы самый успешный отец или мать. В этом и есть смысл отцовства и материнства – влюбить сыновей и дочерей в Господа (Пс. 77:5–7). Если же вы завещаете им хоть весь мир, а Иисус будет для них пустым звуком, вы неудачник, потративший скоротечное время (пока дети в гнезде) не на то. Кажется, таким горе-отцом был великий Соломон.

Сделаю отступление и задам вопрос. Скажите, можете ли вы завещать потомству то, чем не владеете? Можете оставить им в наследство, например, дом, которого у вас нет? Вопрос риторический. Конечно, не можете! Что интересно, подобная закономерность относится и к духовным вещам. Какая вера в нас, такая будет и в наших детях. Это в лучшем случае. Мы не в состоянии научить их доверию и упованию на Бога, если сами не умеем этого делать, потому что доверию и упованию на Бога учатся не в воскресном классе, а дома. Наивно полагать, что они научаться этому важному качеству, видя, как мы юлим, хитрим, изворачиваемся, ропщем, паникуем, попав в трудную ситуацию! Неужели мы думаем воспитать героев веры, если сами идем на постоянные компромиссы с совестью?! Неужели можем научить их быть благодарными Богу, если наши уста не полны ежедневной хвалы? Мы не передадим им любовь к Господу, радость, славословие, которых нет в нас. Не научим их послушанию, если сами не таковы. И неважно, как часто мы даем им нравоучения. Когда поступки родителей расходятся с их поучениями, дети всегда выбирают в учителя поступки.

Подытоживая, мы не можем дать своим детям *веру*, которой нет в нас. У Тимофея была та же нелицемерная вера, что у его матери. А та в свою очередь, вероятно, унаследовала ее от своей матери (2 Тим. 1:5). Вот какое достояние не боится экономических подвохов, смут, войн, подлости и грабительства. Оставьте своим чадам в наследство живую веру в Иисуса Христа и можете умирать спокойно.

> [14] *Как вышел он нагим из утробы матери своей,*
> *таким и отходит, каким пришел,*
> *и ничего не возьмет от труда своего,*
> *что мог бы он понести в руке своей.*
> [15] *И это тяжкое зло[4]:*
> *каким пришел он, таким и отходит.*
> *Какая же польза ему, что он трудился на ветер?*
> [16] *А он во все дни свои ел впотьмах,*
> *в большом раздражении, в огорчении и досаде. (5:14–16)*

И последнее, в-шестых, **неизбежность смерти делает накопительство бессмысленным.** Соломон вторит праведнику Иову (Иов. 1:21). Действительно, неважно, чем вы владели на земле, ибо ничего не сможете забрать с собой в могилу. И даже если бы смогли, там, куда вы идете, это не пригодится, ибо за гранью земного бытия в ходу только одна валюта – праведность. Там ценится чистая совесть, живая вера, смирение, любовь и тому подобные качества, не поддающиеся купле-продаже. Когда начнется Страшный

---

[4] Синод. пер.: «И это тяжкий недуг…» (5:15).

Суд, Судью не будет интересовать ни национальность, ни социальный статус при жизни, ни семейное положение, ни благосостояние, ни дары и таланты, ни заслуги перед человечеством, ни профессиональные навыки, ничего! Подобным образом ничего из этого не интересовало Губителя, идущего по Египту. Ему даже не было интересно, еврейский на пути дом или египетский. Его заботило только одно – есть на дверном косяке кровь или нет. Кровь есть! Крови нет! Кровь есть – живи. Крови нет – умри. Так и на Суде вечную участь будет определять только один фактор: очищены вы кровью Христа или нет.

Если ничего нельзя взять от труда своего и ничего из этого не пригодится, то зачем посвящать себя накоплению того, чем нельзя пользоваться вечно? *«И это тяжское зло[5]: каким пришел он, таким и отходит...»* (5:15а). Это действительно зло для того, чей дом здесь. Смерть – указатель на то, что смысл может быть найден только в том, что вечно по своей природе, то есть в Боге, ибо все остальное подвластно тлению. Если вы посвятите себя чему-то временному, то, как бы ярко ни блеснула ваша звезда, время ей – миг! А затем будет вечная тьма. Создатель поручил смерти быть неотступным мучителем для тех, кто живет земным и не хочет знать вечного Бога.

«Какая же польза ему, что он трудился на ветер?» (5:15б) Другими словами, в чем смысл жизни, потраченной на приобретение пустоты? Столько лишений, усилий и времени, но в итоге – ничего. Суета на то и суета, что все плоды ее деятельности остаются на земле. В каком же диком, непередаваемом ужасе будет стоять безбожник перед Всемогущим, силясь уразуметь, как это так вышло, что за всю свою долгую жизнь он не захотел потратить и секунды, чтобы приготовиться к этой встрече. Вместо этого каждая бесценная секунда была потрачена *на гонку за ветром*. Сумасшествие!

---

[5] Синод. пер.: «И это тяжкий недуг...» (5:15).

«*А он во все дни свои ел впотьмах, в большом огорчении, болезни и гневе*» (5:16). Этот обеспеченный человек (по контексту), трудится и суетится до позднего вечера, когда солнце зашло. И может быть имеется в виду, что он экономит даже на освещении, съедая свой ужин в темноте. И так каждый день. Главная мысль этого стиха в том, что разочаровывает не только итог жизни материалиста, *но и сама жизнь*. Нет ничего приятного ни на дистанции, ни на финише. Нет наслаждения при имеющихся внешних условиях. Погоня за материальным – это постоянные скорби, болезни и гнев, гнев от того, что всегда мало, всегда кто-то или что-то стоит на пути к воображаемому счастью. Никакого удовольствия. Это труд на ветер.

¹⁷ *Вот еще, что я нашел доброго и приятного: есть и пить и видеть доброе во всех трудах своих, какими кто трудится под солнцем во все дни жизни своей, которые дал ему Бог; потому что это его доля.*
¹⁸ *И если какому человеку Бог дал богатство и имущество, и дал ему власть пользоваться от них и брать свою долю и наслаждаться от трудов своих, то это дар Божий.*
¹⁹ *Ибо он не часто вспоминает о днях своей жизни, так как Бог вознаграждает его радостью сердца[6]. (5:17–19)*

И напоследок уже знакомые размышления. Здесь практически один в один повторяется идея, упомянутая ранее (3:12–13). Способность радоваться не зависит от финансового, социального, географического положения. Человек, не умеющий ценить многогранную Божью доброту, уже явленную ему, не остановится на пути поиска счастья, чего бы он ни достиг. Однако добавляется еще один нюанс. Речь идет не просто о категории умеющих быть довольными, а о людях

---

[6] Синод. пер.: «Недолго будут у него в памяти дни жизни его; потому Бог и вознаграждает его радостью сердца его» (5:19).

состоятельных, которых Бог благословил материально (5:18а). При этом богатство не приносит им вреда, как другим. И это *дар* от Бога. Получить от Него изобилие – не значит обрести благословение. Благословением будет способность пользоваться изобилием себе на пользу, а не во вред.

Еще вот что хотелось бы отметить. По мере технологического прогресса грань между богатыми и бедными расплывается, значительно расширяя диапазон категории, так называемого, среднего класса. По крайней мере, это наблюдение верно относительно развивающихся стран. Еще сотню лет назад бедного можно было сразу узнать. Одна смена драной одежды, одна пара дырявой обуви на все случаи жизни, кусок хлеба на день и какая-нибудь лачуга, где спать. В наше время визуальные классовые отличия сведены к минимуму. Внешний вид теперь может быть очень обманчивым. Уровень благосостояния *неимоверно* вырос, предоставляя материальные возможности, о которых не мечтали богачи времен Соломона.

В моем понимании бедный человек – это тот, кто не может себе позволить досыта есть и иметь одежду и обувь на каждый сезон. Если эти требования соблюдены, то поздравляю вас, вы – представитель среднего класса, и, скорее всего, даже богач. Это означает, что восемнадцатый стих относится к вам в полной мере.

> [19] *Ибо он не часто вспоминает о днях своей жизни, так как Бог вознаграждает его радостью сердца*[7]. *(5:19)*

Главная идея стиха в том, что получившие от Бога в дар благочестие, довольство и материальный достаток живут в настоящем времени. И потому годы стремительно несутся. Способность наслаждаться жизнью держит их мысли в по-

---

[7] Синод. пер.: «Недолго будут у него в памяти дни жизни его; потому Бог и вознаграждает его радостью сердца его» (5:19).

стоянном «сегодня», и у них нет причин устремляться мыслями в некое благополучное «вчера» (5:19а). Если вы замечали, воспоминания о счастливых днях затерты и смутны. Они забываются быстро и смешиваются в приятную кучу. Когда все хорошо, нет особого желания задавать сложные вопросы, связанные с трудностями бытия. Тогда, мы просто живем, ибо Бог вознаграждает нас радостью сердца (5:19б).

Свет сияет на праведника,
и на правых сердцем – веселие.
Радуйтесь, праведные, о Господе
и славьте память святыни Его.
(Пс. 96:11–12)

Глава 10

Екклесиаст 6:1–12

1 *Есть зло, которое видел я под солнцем, и оно часто случается среди людей[1]:*

2 *Бог дает человеку богатство и имущество и славу, и нет для души его недостатка ни в чем, чего не пожелал бы он; но не дает ему Бог пользоваться этим, а пользуется тем чужой человек: это – суета и злой недуг![2] (6:1–2)*

Соломон делится очередным наблюдением касательно еще одной категории людей.

Обратите внимание, что 1) это явление он называет *злом* и 2) оно *часто* бывает среди людей. Суть его проста: есть особо несчастные, обладающие всем (богатством, имуществом, славой), но не имеющие возможности наслаждаться этими дарами. И это в противовес тем немногим счастливчикам, описанным в конце пятой главы, у которых тоже все есть, чем они и пользуются преспокойно в свое удовольствие. Здесь же о тех, кто достигают того состояния, которое было знакомо Соломону, когда «нет для души его недостатка ни в чем, чего не пожелал бы он» (6:2б). Когда созданы, так сказать, все условия для счастья, но в силу каких-то обстоятельств нет доступа к нажитому. Может быть, речь идет о внезапной смерти или других препятствиях. В любом случае, это самая настоящая беда, с точки зрения материалиста. Несправедливость!

---

[1] Синод. пер.: «…часто бывает между людьми…» (6:1).

[2] Синод. пер.: «…суета и тяжкий недуг!» (6:2).

Мы опять убеждаемся, насколько уязвим безбожник. Как этот мир хитро задуман! Он вроде предлагает столько благ, но в итоге всегда оставляет голодным и разочарованным. Обладающий всем, кроме Бога, все равно оказывается в неизбежном проигрыше. Человеку, который не добр перед глазами Его, Он не позволит прожить эту жизнь в удовольствие. Относительное земное счастье – это состояние, которое доступно тем, кто находится в мире с Господом.

Ухватившись за эту мысль, Соломон дальше ведет рассуждение, но уже чисто гипотетически, чтобы показать, насколько нелепо жить *не в удовольствие*.

³ *Если бы какой человек родил сто детей, и прожил многие годы, и еще умножились дни жизни его, но душа его не наслаждалась бы добром, то я сказал бы: выкидыш, не имеющий погребения, счастливее его³,*

⁴ *потому что он напрасно пришел и отошел во тьму, и его имя покрыто мраком.*

⁵ *Он даже не видел и не знал солнца: ему покойнее, нежели тому.*

⁶ *А тот, хотя бы прожил две тысячи лет и не наслаждался добром, не все ли пойдет в одно место? (6:3–6)*

Это очередное утверждение о том, что жизнь, не приносящая наслаждения, теряет смысл. Знакомая идея. Если я не могу найти удовольствия для души, то нет мне смысла даже рождаться. Выкидыш – счастливее. Выкидыш не знает, что такое разочарование, не знает, что такое погоня за ветром. Поэтому ему повезло больше, чем прожившему хоть две тысячи лет, но не наслаждавшемуся добром (6:3). Да, оба родились напрасно, но первому – легче, ибо его бессмысленная жизнь закончилась, едва начавшись (6:4). Посмот-

---

³ Синод. пер.: «...душа его не наслаждалась бы добром и не было бы ему и погребения, то я сказал бы: выкидыш счастливее его...» (6:3).

рите, сколько «оптимизма» в этих рассуждениях. Ну просто фейерверки и конфетти! Это же надо, как Екклесиаста заклинило на этой идее!

В Синодальном переводе 3 стих вызывает вопросы, ибо упомянутое не состоявшееся погребение там относится к гипотетическому многодетному долгожителю. Эта фраза, «и не было бы ему и погребения», находясь там, где находится, портит всю картину и лишает текст смысла. Единственный способ заставить стих «заиграть» – отнести ее к выкидышу. Получается следующее:

³ *Если бы какой человек родил сто детей* (преимущество), *и прожил многие годы* (преимущество), *и еще умножились дни жизни его* (преимущество), *но душа его не наслаждалась бы добром* (недостаток), *то я сказал бы: выкидыш* (недостаток), *не имеющий погребения* (недостаток), *счастливее его* (преимущество). *(6:3)*

Так все становится на свое место. Теперь продолжим размышлять о проблеме зла, делающей выкидыш счастливее долгожителя. Интересно, что Соломон упоминает многодетность. Даже некоторые христиане полагают, что смысл жизни в деторождении, и желательно в обильном. Таковые с жалостью, а чаще с осуждением смотрят на бездетных или «малодетных», побуждая их рожать. Между собой же устраивают самые настоящие соревнования по частоте посещения родильного дома. Но и рождающие *ради себя*, и не рождающие *ради себя*, всегда в итоге расплачиваются, ибо все, что по плоти, приносит горькие плоды.

Для нас же важно то, что Екклесиаст берет популярное, особенно в те времена, благословение (многодетность) и возводит его в максимальную степень. Далее он берет другое желанное благословение (долголетие), возводит и его в максимальную степень. Две тысячи лет – приличный срок, согласитесь. Доводя эти компоненты счастья, фактически, до абсурда, он, пытается показать, что количество и качество не взаимосвязаны. Он, как бы, говорит: «Хотите долго жить?! Нате вам хоть две тысячи лет! Хотите много детей? Пожалуйста, нарожайте хоть сто! Что дальше? Зачем все это нужно, если душа томится?!»

Все хотят жить долго, но сама по себе продолжительность жизни – ничто. И возможность оставить много потомства – тоже ничто. Поэтому «многодетный долгожитель» не равняется «счастливый человек». Более того, выкидыш, даже не похороненный как следует, счастливее его.

Мы знаем, что не продолжительность земных дней имеет значение, а их наполненность. Христос прожил около тридцати лет, установив при этом абсолютный мировой рекорд по качеству прожитой жизни. Он показал стандарт. *Качество жизни измеряется умением угодить Богу, прославить Его.* «…Сей есть Сын Мой возлюбленный, в Котором Мое благоволение (букв. Которым Я очень доволен)» (Матф. 3:17). Обратите внимание, что эту оценку Иисус получил от Отца еще до того, как начал служение. Для человекоцентричного же мировоззрения качество жизни определяется способностью реализовать *свои* желания. Об этом мы не раз уже говорили. Голый, неприкрытый эгоизм!

Итак, наслаждение не зависит от количества детей или долголетия. Даже один ребенок, и то не родной, может радовать больше, чем сто своих. И даже короткая и преждевременно оборвавшаяся, но богоугодная жизнь ценнее тысячи лет, прожитых в беспорядке. Соломон опять наглядно демонстрирует, что мирское понимание смысла жизни в том, чтобы *мне было хорошо.* А если нельзя жить в свое удовольствие, то тогда лучше и не рождаться.

При отсутствии Бога «Я» и есть *смысл бытия!* Нет ничего главнее. Все жизненные устремления сводятся к тому, чтобы радовать *себя,* угождать *себе.* Поэтому страдания всегда будут казаться *бессмысленными.* Чтобы мыслить иначе, нужно посвятить себя Господу и Его целям. А для этого, в свою очередь, придется отречься от своих. Поэтому Евангелие и призывает *с самого начала:* отвергнись себя (Матф. 16:24).

Безбожник потому и безбожник, что не ставит угождение Богу высшей целью своего существования. Божья слава его не интересует. Интересуют только свои похоти. При таком мировоззрении результат предрешен. Тогда:

7 *Все труды человека – для рта его,*
  а душа его не насыщается. (6:7)

Это означает, что огромный мир во всем своем многообразии не может удовлетворить моей самой главной духовной потребности. Душа остается голодной, пока не впустит в себя Бога. Эта истина встречается в третьей главе. Бог поместил вечность в сердце человека (3:11). Это как бесконечная пустота в душе, которую ничем нельзя заполнить, кроме Создателя. Чем бы я ни занял себя на этой земле, вся деятельность по сути своей – не больше чем зарабатывание на жизнь. Душе от этого никакой пользы. И даже те, кто получает удовольствие от своей работы, не могут насытиться. Это похоже на жвачку, отвлекающую на какое-то время, но не насыщающую. От жвачки не может быть насыщения. Чем бы я себя ни занимал и ни отвлекал, это не решает *проблему голода*. Что бы я ни придумал, насытить меня может только еда.

То же и с душой. Вы можете занимать ее чем угодно, развлекать, с головой уходить во что-то интересное, важное, или нужное. Но все это, по сути, останется только жвачкой. Душе нужна еда! И насытить ее может только драгоценный Христос!

Иисус же сказал им: «Я есмь хлеб жизни; приходящий ко Мне не будет алкать (голодать), и верующий в Меня не будет жаждать никогда». (Иоан. 6:35)

Чем еще, кроме Христа, вы стараетесь насытить свою душу? Хватает ли у вас мужества признаться хотя бы себе, *какой* тот хлеб, который вы хотите больше всего? Что за идолы окопались в вашем сердце и требуют, что бы вы пошевеливались? В чем вы ищете удовлетворения? Вероятно, обнаружится и похоть очей, и похоть плоти, и гордость житейская.

Почтальону Печкину принадлежит сакраментальная фраза, которую можно примерить на себя. «Я почему вредный был? Потому что у меня велосипеда не было! А теперь я сразу добреть начну». А какой ваш эквивалент велосипеда? Что вы себе придумали как условие, чтобы начать «добреть»? Отношения, материальная стабильность, достижения и слава? Что бы это ни было, знайте одно: если это не Иисус, то к концу жизни вы будете так же голодны душевно, как и сейчас. Только вдобавок ко всему будете еще с багажом проблем, нажитых идолопоклонством, немощны и разочарованы. Во всей Вселенной нет ничего, кроме Христа, что могло бы сделать вас добрее, лучше и счастливее. Никто и ничто, кроме Него, не принесет душе успокоения.

> ⁸ *Какое же преимущество мудрого перед глупым,*
> *какое – бедняка,*
> *умеющего ходить перед живущими? (6:8)*

«Умеющий ходить перед живущими» (по контексту – мудрый) фактически означает «разбирающийся в законах жизни, живущий полноценно, осведомленный о реальности». При этом он может быть бедняком. У него есть преимущество, выраженное в следующем стихе.

> ⁹ *Лучше видеть глазами, нежели бродить душою.*
> *И это – также суета и погоня за ветром!* ⁴ *(6:9)*

---

⁴ Синод. пер.: «…суета и томление духа!» (6:9).

Перед вами древний эквивалент отечественного высказывания: «Лучше синица в руке, чем журавль в небе». Лучше иметь мало, то, что перед глазами, то, чем обладаю сейчас, чем те воздушные замки, которые я себе в уме построил: какое-то вымышленное мной благо, некий идеал, существующий исключительно в моей голове. Проблема в том, что это нереальное, несуществующее, будущее благо, удерживая на себе мои мысли, мешает наслаждаться благом в настоящем.

Соломон не зря использует эту фразу: бродить или блуждать душой. Уму непостижимо, сколько можно напридумывать себе такого, что просто неосуществимо в условиях падшего мира. Когда вместо того, чтобы подходить ко всему реалистично, исходя из имеющегося в наличии, человек где-то блуждает душой, то она (душа), «питается» обещаниями несуществующих благословений. Но если остановиться и вернуть себя в реальность, то *видно,* как Бог щедро одарил *уже сейчас.*

Тогда напрашивается вопрос: а почему у нас проблемы с тем, чтобы замечать и ценить дарованное? Почему сложно начинать каждый день с восхищенной молитвы: «Господи, за что Ты так добр ко мне? Почему благословляешь *меня?!* Отец, Ты там ничего не перепутал?» Ответ прост, до смешного прост: мы считаем, что *заслужили* то, что уже имеем, и, мало того, заслуживаем большего. Именно заслуживаем. Недовольство – всегда следствие неосуществившихся ожиданий. Ожидания же формируются под давлением самомнения. Чем оно выше, тем выше и ожидания – четкое правило. Так вот, мы слишком хорошего о себе мнения, и потому Божья ежедневная забота *не вызывает* у нас восторга. Мы многое (если не все) принимаем *как должное.* Почти или совсем не думаем о том, чего заслуживаем на самом деле. Для нас это просто красивая теория, которую мы выучили, потому что так в церкви научили: «Мы заслуживаем ада, смерти, наказания, но Иисус Христос нас спас».

Верите ли вы в эту истину? Верите ли всем сердцем, что по своим делам и природе без Иисуса Христа вы заслуживаете *ада?* Признайтесь, что нет. Если бы вы *на самом деле верили,* то довольная улыбка не сходила бы с вашего лица, даже во сне! Вы были бы самым счастливым человеком на планете Земля, и вам было бы без разницы, что вы едите, во что одеваетесь, в каких условиях живете. Вас бы никогда не задевало, что и каким тоном вам говорят, ибо злое отношение вы бы принимали, как заслуженное, а доброе – наоборот. Вас бы не беспокоило, ценят ли вас или нет, любят или нет, замечают или нет. Вы бы забыли, что такое ропот, ликуя и радуясь от одной простой истины: *«Я заслуживаю ада, но спасен Иисусом Христом».* У меня не жизнь, а сказка, потому что самое ужасное, что могло произойти со мной, уже никогда не произойдет! Действительно, нет ничего страшнее, чем впасть в руки карающего Бога. Это страшнее, чем нищета, болезни, гонения, скорби, людская ненависть. А для вас что страшнее?

Возьмем, к примеру, сферу человеческих взаимоотношений. Вас кто-то не любит? Не обращает внимания? Или даже ненавидит? Какая трагедия! Наверное, жалко себя, да? Но, во-первых, если вас любит хоть один человек на земле, почему вы решили, что заслуживаете даже этого? Кто вам сказал, что с вами должны хорошо обращаться? Я скажу вам, кто. Это ваше собственное сердце. Оно считает себя достойным любви, как Божьей, так и человеческой. Вы замечаете, что вас окружает Божья семья и всячески являет вам заботу? Вас принимали в гости, хоть раз? Думаю, не раз и не два. Вы много о себе возомнили, если считаете, что это само собой разумеющееся явление. Если вы *так* воспринимаете приглашение в гости, то вам *всегда* будет мало любви, заботы и внимания.

Не сосчитать, сколько раз я слышал претензию прихожан в отношении своей или чужой поместной церкви, что в ней нет любви или ее недостаточно. Некоторые даже оставляют собрание в обиде. Что сказать на это? Не исключая того факта, что в церквях действительно может быть мало любви, все же хочется заметить, что сама формулировка претензии – уже приговор тем, кто ее озвучивает. Любовь не может вообще отсутствовать в собрании святых. Она есть! Другое дело, что ее не замечают, не ценят и принимают как должное. Вдумайтесь, разве можно предъявлять претензии касательно количества любви, веря, что вообще не заслуживаешь ее! Конечно, нет! Это бессовестное недовольство зацикленных на себе эгоистов, которые сами не умеют любить. Ибо, если бы умели, то служили бы своим немощным братьям и сестрам, ничего не ожидая взамен.

Во-вторых, вот что смешно: когда другой смертный не желает проявлять к нам любви, уважения, признания, симпатии и т. д., мы можем повести себя так, как будто это конец света, не спать полночи, переживать. В то же самое время Сам Святой Бог пустил нас в общение с Собой. *Его любви* мы бы не добились никакими усилиями. Мы можем заслужить человеческое благорасположение, привлечь чье-то внимание, завоевать себе место в чьей-то жизни, но подружиться с Богом у нас не было никаких шансов. У самого прекрасного и желанного Существа во Вселенной мы естественным образом не вызывали ничего, кроме отвращения и гнева. И все-таки Он решил нас полюбить вопреки всем законам. Поэтому Христос и умер. Умер, чтобы Святость могла принять нас. Вас это радует? Вы хоть понимаете, что на фоне Божьей любви человеческая ненависть не должна вызывать ничего, кроме жалости? Создатель Вселенной нас любит! Этого что – мало?! Выходит, что да. Недовольству всегда мало.

Возвращаясь к главной теме 9 стиха, задам вопрос: можете ли вы ценить то, что уже имеете? Можете радоваться тому, что видят ваши глаза? Или бродите душой где-то в облаках и ропщете, забывая, что не заслужили и того, что видят ваши глаза? Если так, то, как здесь написано, вы отдаете себя суете. Суета не знает насыщения и покоя. Блуждание душой – это жизнь в постоянном завтра. Пожалуйста, не упустите «сегодня»!

> ^{10} *Что существует, тому уже дано название,*
> *и что есть человек, известно[5];*
> *он не может препираться с тем, кто сильнее его. (6:10)*

«Что существует, тому уже дано название», как, например, человеку. Мы знаем из Писания и истории Ближнего Востока, что дать имя – это один из способов проявить власть. Причем старались назвать так, чтобы отразить какую-то особенность рожденного, обстоятельство, уникальность ситуации и т. п. Мы видим эту практику в Ветхом Завете. Адам проявил власть, назвав животных, и, вероятно, в названии старался отметить ту или иную их характеристику. Таким же образом получил имя сам Адам. Главная особенность его имени в том, что оно отражает его истоки. Он был взят из земли. «Земля» по-еврейски *адама́*. Он был назван Адамом, потому, что был взят из *адама́* (сделанный из земли). Взяты из праха, в прах возвратимся. Что есть человек, известно: слабый, временный, зависимый, ограниченный. Как часто мы напоминаем себе об этом, возмущаясь поступками Творца? Мы не можем разговаривать на равных с Сильнейшим. Об этом сокрушался еще бедный Иов. Желания препираться с Богом в определенные моменты жизни лично у меня хоть отбавляй, возможности – никакой нет. Но самое ужасное, что такое желание проистекает из недовольства устройством этого мира. Я вижу себя в этих стихах:

> ^{9} *Горе тому, кто препирается с Создателем своим,*
> *черепок из черепков земных!*

Скажет ли глина горшечнику: «Что ты делаешь?» –
и твое дело скажет ли о тебе: «У него нет рук»?
10 Горе тому, кто говорит отцу:
«Зачем ты произвел меня на свет?» –
а матери: «Зачем ты родила меня?» (Ис. 45:9–10)

Боже, оказывается, мое стремление к независимости – размером во Вселенную! Я никак не могу начать *ощущать себя глиной*. Категорически отказываюсь. Я ведь не даю Ему абсолютного права делать все, что Он хочет. Я капризно-недоверчиво слежу за Его действиями, на случай, если Он вытворит что-нибудь неподобающее (как будто я смогу Его остановить в случае чего?!). С таким же настроем я наблюдаю за незнакомцем, подошедшим к моему играющему ребенку. И пусть это даже мамаша с таким же карапузом, я все равно не могу полностью расслабиться.

Подобным образом я не могу довериться и Богу, подозревая Его в коварстве. Я напрягаюсь, отчаянно силясь разглядеть во всех Его поступках *устраивающий меня смысл*, и как только с этим начинаются проблемы, обеспокоенно хватаю в руки транспаранты и выбегаю на демонстрацию протеста. «Что Ты делаешь? – кричу я в Небеса.– Это Твое действие сильно смахивает на произвол! Изволь объясниться!» Но Он не будет давать отчета праху, ради любви к нему. Нам нужно помнить свое место немощного творения. Поэтому любящий Господь гнет и гнет человеческую шею к земле, смешивая нашу гордыню с грязью, из которой мы сделаны. Он «делает так, чтобы благоговели пред лицом Его» (3:14), ибо благоговения перед Ним нам не хватает более всего на свете. Мерзко это осознавать, но от непосредственного противостояния нас отделяет только немощь. Прах просто не способен препираться с Создателем, но при возможности с удовольствием бы это сделал (6:10).

[11] Ибо[6] много таких вещей, которые умножают суету: что же для человека лучше? (6:11)

Жизнь под солнцем, в сущности, предоставляет только то, что умножает суету. Здесь так много всего, чем можно заняться. И образ Божий с удовольствием посвящает себя чему угодно, кроме Бога. Но, живя без Него, он всего лишь разводит бессмысленность, как разводят щенков. Суета – это все, что мы можем производить без Господа. Как ужасно, что нас так легко завлечь пустяками. Система ценностей определяет каждый наш шаг и выбор: от простейших решений (чем заняться после работы) до судьбоносных. Предложите школьнику средних классов на выбор радиоуправляемую машинку и золотой самородок, больше похожий на булыжник. Он, не задумываясь, выберет первое, не подозревая, что на этот «булыжник» он сможет купить с десяток самых дорогих игрушечных машинок и одну настоящую папе. Не зря Соломон сказал: «Больше всего хранимого храни сердце твое, потому что из него источники жизни» (Прит. 4:23). Сердце, не умеющее отличить драгоценность от хлама, закручивает жизнь в такой немыслимый узел, что разрубить его многим кажется единственным выходом. Каждый считает, что знает, что для него лучше. Так же полагает и глупый школьник, позарившись на кусок пластмассы. А что же на самом деле лучше? И дальше вопросы продолжаются:

[12] Ибо кто знает, что хорошо для человека в жизни, во все дни суетной жизни его, которые он проводит как тень? И кто скажет человеку, что будет после него под солнцем? (6:12)

Безбожное мировоззрение лишено четких и правильных ответов на самые важные вопросы, рождаемые здравым

---

[6] Синод. пер. без слова «ибо» в 6:11.

смыслом. Чему отдать эту мимолетную хрупкую жизнь? Как правильно? Даже и не думая обращаться к Творцу за ответами, каждый делится с другими своей любимой суетой, поучая, чему нужно себя отдать. Это ярмарка тщеславия, это барахолка идолов. Приходи, выбирай, чего твоя душа желает. Слепые водят слепых и вместе падают в яму. Это гносеологический хаос глиняных горшков, занявшихся самоидентификацией, отвергнув при этом не только замысел Горшечника, но и само Его существование. Откуда им знать, что лучше (6:12а)?!

И еще один важный повторяющийся вопрос, мучающий материалиста: *что* будет после него на этой земле, где он так отчаянно пытался поудобнее устроиться (ср. 3:22). *«И кто скажет человеку, что будет после него под солнцем?»* (6:12б) А почему, собственно, вопрос поставлен таким образом? Не разумнее ли и не логичнее ли вопрошать, *что будет с ним самим после смерти?!* Разумнее и логичнее! Но, увы, система ценностей определяет не только прижизненные, но и предсмертные интересы. Невероятно, но факт: умирая, безбожник думает не о том, *куда идет,* а о том, *откуда уходит.* Его шокирующее помешательство в том, что даже испуская дух, он наглухо привязан к земной суете. Его волнует, что станет с имуществом, кто продолжит его дело, кто победит на выборах, пробьются ли наши в полуфинал. Его не пугает встреча с Богом. Его страшит, не разбазарят ли дети наследство, и не будет ли им плохо. Закрывая глаза навеки, он смотрит не вперед, но назад. Не верите? Сходите в хоспис и послушайте тамошние разговоры. Но не удивляйтесь, «ибо где сокровище ваше, там будет и сердце ваше» (Матф. 6:21).

Так кто же скажет ему, что будет после него? Никто! На интересующие его вопросы ответов нет. Его удел – полное неведение о судьбе этого любимого, драгоценного, желанного мира, оставляемого им. Зато есть ответы на другие вопросы, которые он не хочет задавать. Он, безрассудный, лучше поговорит с тем, кто предречет будущее последующих поколений, чем его собственное посмертное будущее. Оттого и живет он до последнего вздоха тем, что ускользает.

*Со смертью человека нечестивого
исчезает надежда,
и ожидание беззаконных погибает.
(Прит. 11:7)*

Глава 11

Екклесиаст 7:1–9

1 *Доброе имя лучше дорогой масти,*
  и день смерти – дня рождения.
2 *Лучше ходить в дом плача об умершем,*
  нежели ходить в дом пира;
  ибо таков конец всякого человека,
  и живой приложит это к своему сердцу.
3 *Сетование лучше смеха;*
  потому что при печали лица сердце делается лучше.
4 *Сердце мудрых – в доме плача,*
  а сердце глупых – в доме веселья.
5 *Лучше слушать обличения от мудрого,*
  нежели слушать песни глупых;
6 *потому что смех глупых то же,*
  что треск тернового хвороста под котлом.
  И это – суета! (7:1–6)

ДОБРОЕ ИМЯ

«Доброе имя лучше дорогой масти...» (7:1а). В двадцать первом веке практически любой может позволить себе благоухать. Дезодоранты продаются везде и доступны даже малообеспеченным. Мы не очень представляем себе запах не купанных неделями тел в условиях южного климата. Палестина – не самая одаренная водой территория, что уж скрывать. Бань наподобие наших у них не было. Мылись, скорее всего, не часто, а как именно и чем, достоверно не известно.

Старорусское слово для простолюдина – «смерд». Так высшее сословие называло обыкновенных крепостных. Это слово однокоренное с другим старорусским словом – «смердеть», то есть вонять, дурно пахнуть. Парфюмерные изделия стали общедоступными только в прошлом веке. А на протяжении всей истории они стоили безумно дорого, и позволить их себе могли только богачи. Например, спустя тысячу лет после Соломона, во времена Христа, благовония все еще стоили запредельно (Марк. 14:3–5). Кроме того, одежда была, как правило, одна и на все случаи. Стирать ее каждый день было невозможно. Это *мы* можем позволить себе переодеваться несколько раз в течение дня. В то время не было такого понятия, как шкаф с одеждой. Только богатый мог позволить себе следить за своим внешним видом. Для остальных же роскошью были и две смены одежды. Надо было выживать, а когда ты выживаешь, тебе не до внешнего вида и не до парфюма.

Так вот, истина в том, что человек с добрым именем или, говоря современным языком, с хорошей репутацией лучше того, кто приятно пахнет. Конечно, комфортно находиться в компании благоухающих людей. Незнакомец может заинтересовать на время чем-то внешним: красотой, манерами, хорошим вкусом в одежде, достижениями, в общем, привлечь тем, что будет благоуханием *для плоти*. Вы замечали, какое неподдельное восхищение у нас вызывают люди с неординарными способностями? Изобразительное искусство, музыкальные, вокальные, актерские способности, сила, красота, интеллектуальное превосходство, невероятные навыки и умения завораживают и заставляют нас исполниться естественного почтения к таковым. Не внешним ли руководствуются многие, выбирая супруга? Но рано или поздно наружу выходят личные качества, которые в итоге и формируют образ человека. Жизнь в обществе – это взаимодействие, где рано или поздно на первый план выходит *характер*. Это единственное, что имеет значение. Преимущества внешнего плана помогут только на первое время, пока вас не узнали поближе и не привыкли. Никакая парфюмерия не перекроет зловоние скверного характера. Никакая внешняя привлекательность не спасет того, кто испортил себе имя сомнительным образом жизни, манерой общения, отталкивающим поведением. Для самого Соломона данная тема особенно актуальна, ведь он сильно подмочил себе репутацию, благоухая при этом самыми экзотическими маслами. Но люди будут помнить, как вы поступали, а не как пахли. И если вы поступали плохо, то никакие дары и таланты не компенсируют этого недостатка ни в глазах людей, ни, тем более, в Божьих глазах. Если вкратце передать суть этого поучения, то оно о том, что *внутреннее всегда важнее внешнего.*

¹ *...И день смерти (лучше) – дня рождения. (7:1б)*

Это высказывание «немного» шокирует. Везде, во всем мире с весельем празднуют рождение и со слезами скорбят о смерти. В любом народе вам скажут: рождение – хорошо, смерть – плохо! Поэтому такие слова Екклесиаста как будто подменяют общепринятые понятия добра и зла. Это все равно, что сказать: заработать – хорошо, а украсть – еще лучше. Но контекст всего отрывка помогает разобраться. Похоже, что в этой главе Соломон выходит из-под мировоззрения «под солнцем» и смотрит на жизнь с позиции вечности. Что он хочет сказать?

Во-первых, **финиш лучше старта**. Старт может быть мощным, быстрым, многообещающим, но по нему нельзя судить об успехе гонки. Дело в том, что не только количество финиширующих не равняется количеству стартовавших, но к тому же только к концу станет ясно, кто на что способен. Как хорошо стартовал сам Соломон, какие великие дела совершал, как мудро судил и правил, как ревновал о Боге! Он построил Создателю величественный храм, подобного которому у евреев не было и, наверное, уже не будет. И как он финишировал! Божий пророк опустился до того, что строил языческие храмы. Разве вменится тебе в заслугу строительство дома Божьего в середине жизни, если к концу жизни ты строил дома *идольские?!* Нет, никому уже не интересно, какой ты был раньше.

Когда Я скажу праведнику, что он будет жив, а он понадеется на свою праведность и сделает неправду,– то все праведные дела его не помянутся, и он умрет от неправды своей, какую сделал. (Иез. 33:13)

Вы можете себе представить глубину его деградации? Неужели тот, с кем говорил Сам Бог, может так низко пасть?! Может! Как можно пойти против Бога после того, как Он лично тебе пару раз явился?! Можно! И пусть это будет нам предупреждением. Его жизнь напоминает спортивную ситуацию, когда бегун-марафонец великолепно стартует и сразу оставляет всех претендентов позади. К концу гонки камера перемещается на финишную прямую и встречает спортсменов. Вот финиширует первый, второй, третий, но нашего героя не видно. Все уже прибежали, а его еще нет. Только через час мы видим его, еле волочащего ноги. Он похож на побитую собаку. Конечно же, еще обиднее быть последним, имея амбиции чемпиона.

Во-вторых, день смерти лучше дня рождения, потому что день смерти – **это конец страданий.** Эта истина, кажется, применима только к верующим. Для остальных смерть никак не может быть лучше, ибо за вратами ее начнется один сплошной бесконечный фильм ужасов наяву. А для Божьих детей это день окончания всех неприятностей. Можно привести разные аналогии. Например, для заключенного день освобождения лучше дня ареста. Или для пациента конец медицинской операции лучше, чем ее начало. Кроме того, смерть знаменует собой конец суете, которой подвержены и христиане.

² *Лучше ходить в дом плача об умершем,*
нежели ходить в дом пира;
ибо таков конец всякого человека,
и живой приложит это к своему сердцу. (7:2)

Если вам нужно попасть на одно из двух мероприятий: похороны и день рожденья, что бы вы выбрали? Пока вы многозначительно размышляете, я попробую угадать, куда бы вас тянуло естественным образом. Кажется, не туда, где будет плач, и это нормальное стремление. Почему же Соломон *так* расставляет приоритеты? Он объясняет. Похороны лучше вечеринок, свадеб и веселых застолий, потому что напоминают нам, чем в итоге закончатся все вечеринки, свадьбы и застолья. Но тут возникает вопрос: а зачем помнить, чем все закончится? Зачем думать о том, каков будет конец всякого человека?

Затем, что земная жизнь – это приготовление к тому, что будет после нее. Она имеет смысл именно потому, что будет *продолжение!* Смерть – это дверь в вечность. Истинно верующий живет в ожидании смерти, но для него это вовсе не мука. Напротив, это утешение, ибо никто из знающих Господа не захотел бы жить на *такой* земле вечно. Не дай Бог! Да, мы страшимся самой агонии умирания, но не того, что наступит следом. Сразу за трагедией смерти начинается вечная радость, от мыслей о которой мое сердце наполняется светом. Я знаю, что буду бороться с леденящим страхом, встречая Аваддона. Знаю, что прощаясь, голодными глазами буду вглядываться в лица любимых. Но в то же время с желанием оставлю этот изуродованный грехом мир.

³ *Сетование лучше смеха;*
потому что при печали лица сердце делается лучше.
⁴ *Сердце мудрых – в доме плача,*
а сердце глупых – в доме веселья. (7:3–4)

Нормальное стремление человека – радоваться. Мы избегаем печали. Но опять Соломон расставляет приоритеты неожиданно, и это вполне обосновано, исходя из того, 1) в каком мире мы живем, 2) в каком состоянии находимся (имеется в виду наша греховность), 3) и что нас ждет после смерти.

Во-первых, сетование лучше смеха, потому что **оно соответствует состоянию гибнущего мира.** Он тонет, как печально известный Титаник, и бал на тонущем корабле есть нечто противоестественное. Тонущий корабль – это трагедия. Такому сюжету больше соответствует минорная, драматическая, эпическая музыка. Представьте, если бы режиссер фильма «Титаник» музыкальным фоном сцены тонущего корабля поставил «Калинку-малинку» или закадровый смех, ставший популярным в современных дешевых комедиях. Веселенькая музыка и хохот дико не согласуются с кошмаром гибнущего судна. Орущие, тонущие, обезумевшие, замерзающие насмерть в ледяной воде пассажиры, а музыкальным фоном идет «Калинка», сопровождаемая взрывами смеха. Это назовут *издевательством*. Однако точно таким же образом смех не соответствует той реальности, в которой мы живем. Мир катится в ад, и здесь творятся страшные вещи. Печаль сердца – более подходящий эмоциональный фон при взаимодействии с реальностью.

Во-вторых, сетование лучше смеха, потому что **греховному состоянию человека больше соответствуют слезы,** чем глупый смех. *«Сетование лучше смеха; потому что при печали лица сердце делается лучше»* (7:3). Фундаментальная проблема человека – греховное сердце. Смех не может изменить его в лучшую сторону. Слезы – могут. Скорбь – вот, что способно вычищать из него грязь. И начинается это очищение со слез покаяния. Разве хоть кто-то из нас каялся в грехах, безудержно смеясь или хотя бы улыбаясь?! Никто! К Христу мы все пришли с раскаянием, печалью, грустью. Они принесли нам очищение. И после покаяния печаль помогает духовно расти в христианской жизни, особенно печаль о своих грехах. В этом смысле и получается, что сетование гораздо эффективнее смеха. Оно – инструмент Божий для достижения благочестия. Каждое изменение к лучшему начинается с печали!

⁸ Приблизьтесь к Богу, и приблизится к вам; очистите руки, грешники, исправьте сердца, двоедушные. ⁹ Сокрушайтесь, плачьте и рыдайте; смех ваш да обратится в плач, и радость – в печаль. (Иак. 4:8–9)

В-третьих, сетование лучше смеха, потому что **оно согласуется с неизбежностью смерти** и последующим за ней Судом Божьим. Делая сердце лучше, печаль готовит к смерти и, тем самым, к Судному дню. Самое ужасное в смерти не то, что человек проходит через мучение, боль и порой длительную агонию умирания. Самое страшное в том, что смерть – это экспресс, доставляющий каждого на отчет перед Всемогущим. Именно с физической смертью заканчивается для человека всякая надежда на спасение и прощение грехов (9:4). Земная жизнь (сколько отмерено Богом) – вот то время благодати, в которое каждый должен сделать свой выбор: быть с Христом или без, склониться перед Ним или горделиво стоять, смириться или бунтовать. Суд Божий, о котором Соломон упоминает в этой книге несколько раз,– это самое страшное событие в истории Вселенной. Как непредусмотрителен тот, кто не готовится к этому часу, кто живет беспечно, смеясь, веселясь, намеренно отвлекая себя от устрашающих истин. Это роковая глупость! И поэтому:

⁴ Сердце мудрых – в доме плача,
а сердце глупых – в доме веселья. (7:4)

Это не значит, что мудрый только и делает, что посещает похороны и поминки, обожает торчать на кладбище и скорбеть, избегая развлечений. Эту фразу, «сердце мудрых – в доме плача», лучше всего понимать так: *мудрый своим сердцем не бежит от реальности смертности*. Он не против и веселых мероприятий, но они не владеют его сердцем. Оно во власти вечных ценностей, с которыми соприкасаешься в доме плача, а не на тусовках. Тональность его сердца соответствует тональности истинного положения вещей. Не противоречит, как у глупых, а соответствует. Он готовится к смерти, *намеренно соприкасаясь с ней мыслями* гораздо раньше, чем испытает на себе ее стальную хватку. Он примеряет ее, как одежду, задолго до того, как его сердце остановится навсегда. Мудрый не гонит от себя мыслей о ней, ибо они правильные, очищающие, отрезвляющие. Ему, в отличие от глупца, не страшно идти в дом плача.

Я бываю на похоронах и поминках у неверующих и всегда с интересом наблюдаю за поведением людей. Большинство приходят в «дом плача» по культурной необходимости, являясь родственниками или друзьями усопшего. Но по их разговорам становится понятно, что придя сюда, сердце свое они оставили в другом месте. О чем они говорят? О чем угодно! Предметом разговора является что попало, кроме того, что привело их в этот дом. Для приличия могут даже поговорить о покойном и, конечно же, сказать о нем только доброе, сожалея о том, какой незаменимый человек ушел из жизни. Бывает, вспоминают какие-то истории из жизни усопшего, но все разговоры о нем только из разряда *прошлого*. В его настоящее и будущее никто не смотрит, да и не хочет. *Никто и никогда* не говорит о том, *куда* пошел покойный. Эта тема – табу! И поэтому вы не услышите, чтобы на поминках кто-нибудь, оторвавшись от еды, вдруг встревоженно спросил: «Кстати, а где сейчас душа покойного?» Хотел бы я увидеть лица сидящих за столом в этот момент! Эту тему точно не поддержат, и если любопытный гость продолжит в том же духе, то чужие поминки плавно перейдут в его собственные похороны. О таких вещах говорить нельзя.

Умер, и все! «Пусть земля ему будет пухом», «Царство ему Небесное»,– вот и все разговоры о будущем усопшего. А что это за Царство такое чудесное, как туда попасть, и какие еще есть варианты, кроме него – об этом умалчивают. Что вы! Нельзя! Подобные разговоры будут неизбежно направлять к Богу, беспокоя совесть. Потому и ум крепко запирается на замок сознательного и добровольного невежества.

Чтобы открыть его и позволить себе размышлять о вечных ценностях, нужно, чтобы не только тело, но и мысли (сердце) оказались в доме плача. А поскольку для безбожника это – устрашающее событие, и он не может какое-то время убежать оттуда физически, то бежит мыслями. Интеллектуально зажмурившись, он просто пережидает эти два часа, не делая из происходящего ни одного правильного применения к своей мимолетной жизни.

Смерть, находясь прямо там посредине комнаты, ухмыляясь, дерзко, как террорист с автоматом, захвативший заложников, заглядывает всем в глаза, вызывая каждого на ответный, хоть самый робкий взгляд. «Ну же, трусы, сделайте одно единственное усилие воли, которое может спасти вашу трясущуюся душу! Перестаньте делать вид, что меня нет, что я прихожу за каждым, *кроме вас*. Перестаньте отрицать меня, как и Бога. Я – самая реальная реальность, а это неподвижное тело – очередной, бесчисленный посланник, глаголющий от моего имени пронзительной тишиной навеки сомкнувшихся губ. Хватит лгать себе, что вы бессмертны!»

«Вот, ты пожилой мужчина, пугливо опустивший глаза в пол и мечтающий поскорее отсюда убраться, мы ведь уже очень скоро встретимся. Я все равно заставлю тебя смотреть прямо в мои черные глазищи, пока буду высасывать из тебя остатки твоей бездарно прожитой жизни. О чем ты думаешь? О недостроенном доме и пропадающем дачном сезоне?! Безумец! Я скоро разорву твои планы в клочья. Ты боишься думать обо мне. Тогда бойся меня *осмыслено*, чтобы твой страх превратился в спасительный. Пусти его в сердце. Пусть осознание того, что я приду и за тобой, ударит в запылившиеся колокола совести, пробуждая твою спящую душу к спасению. Приди к Христу – моему Господину. Он один имеет власть надо мной. Беги, беги к Нему, пока не поздно, и проси прощения!»

Но никто не смеет взглянуть на «террориста с автоматом». Все делают вид, что его нет, и пьют, пытаясь поскорее залить суеверный страх от соприкосновения с потусторонним. О, как мучительна для безбожного разума *реальность смерти!* Мучительна так же, как трезвость для непросыхающего пропойцы. Как устрашающи эти недобрые мысли-подозрения: *«А вдруг я – следующий?»* Разум просто наотрез отказывается удерживать их более мгновения, тут же бросая, как неподъемную штангу. Лживое сердце шепчет: «Не-е-ет, я не могу умереть. Сосед может, родственник может, тот, у кого я на похоронах – может. Но только не я! Мне – нельзя! И думать об этом нельзя!»

И чтобы в доме плача совесть не беспокоили раздумья про смерть, Бога и Суд, ведутся самые что ни на есть пустые разговоры, заглушающие страх и вину, предательски растревоженные чужой кончиной. Сердце глупых *бежит* в дом веселья, где шумная музыка, бессмысленная болтовня, плотские развлечения и выпивка помогут им хоть на время избавиться от страха, в котором они обречены жить из-за своего безбожия (Евр. 2:15).

> ⁵ *Лучше слушать обличения от мудрого,*
> *нежели слушать песни глупых;*
> ⁶ *потому что смех глупых то же,*
> *что треск тернового хвороста под котлом.*
> *И это – суета! (7:5–6)*

Опять задам вопрос: что бы вы выбрали: обличение или развлечение? Пока вы деловито собираетесь с мыслями, предположу, что вам, как и мне, естественным образом не нравится первое. Я люблю, когда меня хвалят, ну, или, в крайнем случае, любезно не замечают моих недостатков. А если замечают, то это ужасно коробит, и в некоторых случаях я строю из себя невинно обиженного. Отличие мудрых от глупых в том, что когда нужно выбрать между тем, что нравится, и тем, что правильно, они выбирают второе, даже если это неприятно. Мне не нравится критика. А кому понравится?! Хочется, чтобы только хвалили и восхищались. Но я грешник! Этот факт гарантирует мне ошибки и грехи. «Ибо все мы много согрешаем»,– сказал Иаков (Иак. 3:2). Значит, мы неизбежно будем сталкиваться, в основном, с *заслуженными* замечаниями в наш адрес. Когда осознаешь, что критика соответствует греховной природе, ее легче принимать. Ее надо принимать *как норму,* а похвалу – *как исключение.* В реальности же все с точностью до наоборот. Во время обличения мы ощущаем себя несправедливо оклеветанными. Уязвленная гордыня заставляет огрызаться в ответ хоть мысленно: «На себя посмотри!»

Так уж устроен этот мир: полезная еда почему-то гораздо менее вкусная, чем вредная. Физические упражнения заставляют попотеть, но они нужны организму. Дисциплина скучна, обременительна, неприятна, но крайне необходима. Так и обличения необходимы, хотя и ранят. Однако ранят не потому, что сами по себе плохие, а потому что натыкаются *на гордость.* Это она делает замечания болезненными и обидными. «Да, как ты смеешь указывать мне на недостатки?! Я – классный! Чё, не видно?!»

Осознайте простой факт: критика может задеть *только того,* кто считает себя *хорошим.* Вас задевает? Поздравляю, значит истина о том, что вы недостойный грешник, еще не дошла до сердца и находится в фазе осмысления. Если вдуматься, обличения мудрых – это суть благо, а не зло. Это понимают те, кто хочет расти.

Пусть наказывает меня праведник: это милость;
пусть обличает меня: это лучший елей,
который не повредит голове моей... (Пс. 140:5а)

Отвергающий наставление нерадеет о своей душе;
а кто внимает обличению,
*   тот приобретает разум. (Прит. 15:32)*

Отвергающий замечания не заботится о своей душе, о том, чтобы искоренять из нее зло. Его не страшат собственные грехи, на которые указывает мудрый обличитель. И поэтому он не бросается решать обозначенные проблемы. Он огрызается и нападает.

Не любит насмешник обличающих его,
и к мудрым не пойдет. (Прит. 15:12)

Но мудрый выбирает опустить щит гордыни и подставиться стрелам обличения, которые, впиваясь в смиренное сердце, превращаются в елей праведности. Другими словами, мудрец открывает себя навстречу критике. Так корректируя себя, он растет и становится *лучше!* Глупый же и слышать ничего подобного о себе не хочет, предпочитая лесть.

5 *Лучше слушать обличения от мудрого,*
нежели слушать песни глупых;
6 *потому что смех глупых то же,*
что треск тернового хвороста под котлом.
И это – суета! (7:5–6)

Веселье, которое выбирают глупцы, подобно костру. Терн горит с сильным треском. Это – треск прожигаемых зря бесценных лет. Какое сильное сравнение! Жизнь, приравненная по смыслу к горящему куску дерева. Самые популярные шоу – юмористические. Зрители надрывают животы, шагая в ад широкой поступью. По радио, со сцены, с экранов несутся пошлые, мерзкие, отвратительные шутки и анекдоты. Они смеются над тем, о чем нужно скорбеть. Они потешаются над грехом. Такой смех, прозвучав, смолкнет, как треск костра. И пусть он в течение двух часов волнами наполнял целый зал, сотрясая стены и крышу, ему на смену неизменно придет мертвая тишина остывших угольков. Его сменят вечная скорбь и теснота. Ни единой улыбки, ни смешка, лишь скрежет зубов и вой тех, кто смехом изгонял вину. Разве не страшно?

7 *Притесняя других, мудрый делается глупым,
   и подарки портят сердце. (7:7)*

Следующий стих – предостережение для мудрых. Есть ли путь из мудрости обратно в глупость? Да, конечно, всегда есть. Сам Соломон его прошел. В каких случаях это происходит? Всегда в одинаковых. *Всегда!* Как только мы ступаем на путь нарушения заповедей, мы встали на путь глупости. Духовно расслабиться – значит начать деградировать. Так, например, *притесняя* других, мудрый глупеет (7:7). Речь идет о любом роде злоупотребления властью, пусть даже это родительская власть. Вот очередная выматывающая нервы потасовка между моими пацанами. На этот раз распря произошла из-за облезлого плюшевого зайца. Заяц – общепризнанная собственность старшего, этакое многопрофильное успокоительное, священный талисман, без которого не осуществляется ни прием пищи, ни ночной сон. Кстати, этой бездушной игрушке он признается в любви по несколько раз на день (мне перепадает *гораздо* реже). Обычно младшему заяц «сто лет в обед» не нужен, а тут, видите ли, понадобился. И случилась короткая, но яростная стычка. Победил двухлетний перевес в возрасте и в опыте единоборств. Так вот, у меня есть два варианта разобраться с проблемой. Первый займет не более минуты – подлететь, надавать по ушам, восстановить справедливость. Я могу воспользоваться (а вернее, злоупотребить) властью отца и *быстро* добиться «тишины и спокойствия». Но есть и другой путь, благословенный и требующий отцовского смирения. Потратить 20 минут, работая с сердцем каждого из них, взывая к Божьим нравственным требованиям, молитвенно пробиваясь сквозь толщу детского неприкрытого себялюбия и наказывая не за то, что «распустились», а с целью отвязать от сердца глупость. Ведь воспитание в духе первого варианта не пройдет бесследно ни для них, ни для родителей. Не лучше ли тратить час в день на целенаправленное воспитание, пока они малы, чем потом годами в слезах стоять на коленях, вымаливая их уже взрослых неверующих?!

Таким же образом, наделенный властью служитель может превышать свои полномочия, притесняя несогласных. Очень сложно не воспользоваться красной кнопкой, имея ее. Она – быстрое «решение» проблем. Действуя же мудростью, придется запастись терпением и смирением, приобретая сердца. Мудрость обязывает стать уязвимым, опустить боксерские перчатки и, возможно, вследствие этого получить несколько раз в челюсть. Насилие и давление не согласуются с Божьим характером и принципами любви. Защита своих интересов за счет угнетения других – это плотский путь, ведущий к глупости (7:7а). Соломону ли не знать этого.

Туда же ведут подарки, взятки или даже просто похвала и привилегии в нашем христианском контексте (7:7б). Пуская их в сердце, соглашаясь с ними, как с *заслуженными,* мудрый начинает духовно слабеть. Друзья, *бойтесь* похвалы и привилегий! В самом деле, они *всегда* незаслуженные. Они не соответствуют нашему убогому моральному облику, зато прекрасно соответствуют горделивым амбициям. Мы и так слишком хорошего о себе мнения. Зачем позволять похвале и привилегиям повышать и без того завышенную самооценку?! Возвращаясь к Соломону, не будем скрывать, что подарки он принимал, наверное, вагонами (3 Цар. 10:10–11). Не зря пророк Елисей, исцелив Неемана, не взял его даров. Подарки портят сердце.

⁸ *Конец дела лучше начала его;*
    терпеливый лучше высокомерного. (7:8)

Это учение о важности терпения, одной из часто упоминаемых в Писании добродетелей. Бог долготерпелив, ожидая того же и от нас (Чис. 14:18, Гал. 5:22). Несомненно, это одно из ценнейших духовных качеств. Успех любого дела определяется его концом, и никак не началом. Мы уже говорили об этом. Старт может быть хорошим, а финиш ужасным. Чтобы дойти до конца дистанции, не растеряв впустую данные Богом ресурсы, нужно терпение. Я знаю разносторонне одаренных людей, которые могли бы принести большую пользу Царству, но их *духовное состояние* сводит на нет все их таланты. Характер гораздо ценнее незаурядных способностей. Результат определяется не столько одаренностью, сколько личностными качествами. Они помогут реализовать хоть и небольшой потенциал, но на сто процентов.

Заметьте, в этом стихе противопоставляются терпеливый и гордый. Кажется, логично было бы противопоставить терпеливого и нетерпеливого или высокомерного и смиренного, но Соломон написал то, что написал. Чтобы объяснить это кажущееся несоответствие, нужно сначала дать определение терпению. Терпение – это способность идти тем же курсом, не получая результата. Это способность *ждать*. Другими словами, это умение *мириться* с нежелательными обстоятельствами. Чуть перефразирую: это умение *смиряться* с тем, что не нравится, не предпринимая греховных способов изменения ситуации. Видите, терпение идет рука об руку со смирением.

Высокомерный не станет терпеть того, что ему не угодно, ибо уверен, что заслуживает лучшего. Он привык или сразу брать то, что хочет или громко хлопать дверью. Но он не будет оставаться в таком состоянии, когда что-то долго идет не по его сценарию. Он «психанет» и пойдет другим путем, и всегда не богоугодным. И поэтому конец дела лучше его начала, а терпеливый лучше высокомерного. Довести дело до триумфального конца сложно, и гордец здесь проиграет. Он не умеет, ждать, выжидать, мириться и смиряться. Чем больше надменности, тем меньше терпения. И как следствие, нетерпеливый (он же высокомерный) поспешен на гнев.

> *⁹ Не будь духом твоим поспешен на гнев,*
> *потому что гнев гнездится в сердце глупых. (7:9)*

Здесь не имеется виду, что можно гневаться, просто не нужно спешить. Это повеление вообще не гневаться, потому что это реакция глупца (7:9б). Вспомним, кто такой глупец. Это человек, не заботящийся об угождении Богу. Он угождает себе, а когда кто-то встает у него на пути, изрыгает ярость. Гнев же, по сути,– это греховная защитная реакция плоти, огрызающейся в ответ на покушение на ее ценности (идолы). Когда вы обнаруживаете в себе гнев, то знайте: кто-то только что напал на вашего идола, даже если речь идет о чем-то духовном, к примеру, вас упрекнули за какой-то промах в служении. Тогда «поздравляю», ибо ваш ветхий человек несет служение вместе с вами. Значит, через служение он достигает своих целей. Лучше бы вам разобраться, каких.

Заглядывая в свое сердце, я вижу, что оно – очень благоприятная почва для взращивания этой греховной привычки. Чуть расслабился, и этот порок пускает глубокие корни, на выкорчевывание которых уйдут время, силы и молитвы.

> *Итак, братия мои возлюбленные,*
> *всякий человек да будет скор на слышание,*
> *медлен на слова, медлен на гнев,*
> *ибо гнев человека не творит правды Божией.*
> *(Иак. 1:19–20)*

Глава 12

Екклесиаст 7:10–29

^{10} *Не говори:*
«Отчего это прежние дни были лучше нынешних?» –
потому что не от мудрости
ты спрашиваешь об этом. (7:10)

Отдельные поучения на тему несовершенства мира и человека продолжаются. Следующее предостережение относится ко всем, кто живет прошлым, кто с ностальгией вспоминает о неких золотых минувших днях. Это чуть ли не самая главная тема разговоров современных пенсионеров: как замечательно было раньше, и как плохо живется сейчас. Если послушать их и поверить, то выходит, что они жили чуть ли не в раю. В той сказочной жизни двери на ночь не запирали, зарплату вовремя платили (причем хорошую), был порядок, преступников было мало, да и тех сразу отлавливали и сажали (причем надолго). Врачи лечили, учителя учили, строители строили и т. д.

Соломон имеет в виду людей с тоской по прошлому. Заметим, что таковых он, деликатно выражаясь, не относит к мудрецам. Они чудесным образом помнят только доброе и хорошее из прежних дней. Налицо какое-то выборочное функционирование памяти. Склероз? На самом деле проблема не в забывчивости. Она в отношении к жизни, которое передается одним уже хорошо нам знакомым словом – недовольство. Как вы заметили, эта тема часто повторяется в Екклесиасте. Глупцы, не довольные нынешней жизнью, создают себе некое вымышленное прошлое, в котором им якобы было хорошо. На самом деле, они никогда не были счастливы, и, если бы пользовались памятью правильно, то вспомнили бы, что и тогда они были всем недовольны, и так же ворчали, как сейчас. Когда настоящее – мрачно, а будущее выглядит еще мрачнее, остается «светлое» прошлое, куда неизбежно устремляется разум в поисках отдушины.

Недовольство искажает его, выдергивая оттуда одни воспоминания и заменяя другие. В итоге в памяти формируется романтическое представление о прежних днях, в истинность которого свято верят. Оно порождает эту перевирающую факты тоску по прошлому. Оно же коверкает настоящее, воспринимая его в предпочтительно мрачных тонах, ибо не умеет замечать и ценить доброго.

Евреи Исхода, пожалуй, самый яркий пример того, как неправдоподобно можно пересказывать совсем недавние события. Они вспоминали рабство, как курорт! «Мы помним рыбу, которую в Египте мы ели даром, огурцы и дыни, и лук, и репчатый лук и чеснок, а ныне душа наша изнывает; ничего нет, только манна в глазах наших» (Чис. 11:5–6). Если бы кто со стороны послушал их, не зная реального положения в Египте, то посочувствовал бы: «Ох, и злющий у вас Бог! Увел из такого рая в пустыню помирать! Примите наши соболезнования!»

В реальности они жестоко страдали на берегах Нила. Поэтому, когда пришел Моисей, добровольно последовали за ним. Ушли с удовольствием, а не как евреи Вавилонского исхода, обросшие имуществом и не очень охотно посматривавшие в сторону Иерусалима. Эти же потомки Иакова были рабами, все до одного! Это была нация рабов, десятилетия вопиявшая к небесам. Их вопль услышал Яхве и начал беспрецедентную миссию по спасению целого народа. И добился Своего: разворотил весь Египет, силой заставив фараона отпустить пленников. Но когда они ушли, то ушли со своими ожиданиями от Моисея, от Бога, от самого путешествия и от

Ханаана. С ропотом они вышли, и с ропотом полегли в пустыне. Недовольство, как одно из проявлений неверия или маловерия,– вот что заставило их роптать.

А как *вы* смотрите на прошлое, настоящее, будущее? Надеюсь вот так: «Что было, то и будет; и что делалось, то и будет делаться, и нет ничего нового под солнцем» (1:9). Если не принимать описание реальности от Бога, то неизбежно создается иллюзия. И она будет либо неоправданно радужная, как, например, прошлое, либо чересчур мрачная, как, например, настоящее. Реальность же такова, какой ее рисует Слово Божье. Чем реалистичнее вы смотрите на мир вокруг себя, тем меньше ошибок допускаете. Восприятие и толкование событий, а также ответная реакция на них осуществляются в сердце. Учитывая его греховность (правящие ценности), не стоит обольщаться насчет нашей способности совершать все эти действия правильно. Везде понадобится помощь Писания. В свете его истины мы должны *наблюдать* жизнь, в том же свете *толковать* и, повинуясь его повелениям, *реагировать*. Это – непрекращающаяся проповедь себе, и это мудро. Иначе нам придется слушать возмущенные крики своей вечно недовольной плоти.

> [11] *Особенно хороша мудрость с наследством,*
> *для видящих солнце:*
> [12] *потому что в тени ее то же, что в тени серебра;*
> *но превосходство знания в том,*
> *что мудрость дает жизнь владеющему ею[1]. (7:11–12)*

Смысл этих стихов такой: «Лучше, когда есть и деньги, и мудрость». Это подобно двойной охране. В восточной культуре тень – образ защиты, спасающей от палящего южного

---

[1] Синод. пер.: «[11] Хороша мудрость с наследством, и особенно для видящих солнце: [12] потому что под сенью ее то же, что под сенью серебра...» (7:11–12).

солнца. Мы все согласимся, что деньги значительно облегчают жизнь на грешной земле, при условии, что ими не злоупотребляют. А для этого нужна мудрость, которая и сама по себе оберегает, а в сочетании с материальными возможностями оберегает вдвойне. Но все же, в защитных свойствах мудрость превосходит деньги. Ее особенная ценность в том, что она сохраняет *жизнь* своему владельцу. Мы об этом уже говорили, поэтому не буду повторяться.

> ³⁴ *Блажен человек, который слушает меня [мудрость],*
> *бодрствуя каждый день у ворот моих*
> *и стоя на страже у дверей моих!*
> ³⁵ *Потому что, кто нашел меня, тот нашел жизнь,*
> *и получит благодать от Господа;*
> ³⁶ *а согрешающий против меня наносит вред душе своей:*
> *все ненавидящие меня любят смерть. (Прит. 8:34–36)*

Следующий вывод пугающе интересен. Он ведет нас от следствия к причине. От наблюдений за несовершенным миром Соломон обращается к первоисточнику всех процессов во Вселенной – Богу.

> ¹³ *Смотри на дела Божьи*[2]:
> *ибо кто может выпрямить то, что Он сделал кривым?*
> ¹⁴ *Во дни благополучия пользуйся благом,*
> *а во дни несчастья знай:*
> *то и другое соделал Бог,*
> *чтобы человек не узнал, что будет после него*[3]. *(7:13–14)*

Стих 13 – это очередной риторический вопрос. Перефразирую его вольно: «Кто может починить то, что сломал Бог?»

---

[2] Синод. пер.: «...на действование Божие...» (7:13).

[3] Синод. пер.: «...во дни несчастья размышляй: то и другое соделал Бог для того, чтобы человек ничего не мог сказать против Него» (7:14).

Речь об устройстве мира, как некоего безумно сложного механизма. Творец намеренно вынул оттуда пару шестеренок, да так ловко, что ничего не поделать. Эта истина (7:13) – громогласный приговор человеческим попыткам создать себе рай на земле. Мир умело выведен из строя, и никакие усилия людей по созданию стабильности и безопасности не увенчаются успехом. Независимо от наших стараний *будут* времена благополучия и несчастья (7:14а). И то, и другое смоделировано Богом.

> ³⁷ *Кто это говорит: «И то бывает,*
> *чему Господь не повелел быть»?*
> ³⁸ *Не от уст ли Всевышнего*
> *происходит бедствие и благополучие? (Пл. Иер. 3:37–38)*

И причем Господь так все это устраивает, что никто не в состоянии сказать, когда закончится одна полоса (черная) и начнется другая (белая). В теории и хорошее, и плохое должно притягивать наш разум к Богу. Но на практике, когда все хорошо, мы испытываем минимальную нужду в Нем. А зря! Объективно потребность в Господе никогда не слабеет. Субъективно осознание ее варьируется. В дни благополучия мы нуждаемся в Господе ничуть не меньше, чем в дни несчастья. Просто грешнику необходимо попасть в какую-нибудь передрягу, чтобы расслышать зов Небесного Отца.

Совет Соломона прост: в дни благополучия наслаждайся; в дни несчастья сознательно напоминай себе, из Чьих рук пришла беда (7:14б). Слова Иова очередной раз будут уместны: «...неужели доброе мы будем принимать от Бога, а злого не будем принимать?» (Иов. 2:10). Доброе из руки Божьей примет и самый отчаянный безбожник, и еще будет возмущаться: «Чё, так мало?!» Но принять от Него несчастье – вот проверка смирения, веры и благочестия. Однако в данном отрывке звучит идея Божьей непредсказуемости. Господь всем управляет, оттого человек и не может узнать, что дальше: благополучие или несчастье (7:14в). Повелитель Вселенной непрогнозируем. Что принесет с собой завтра? Кто знает? Никто, кроме Бога, хотя попытки прорицания будущего стары, как мир. Узнать будущее можно только от Всевышнего. И все, что нам нужно знать о нем содержится в Слове. Индивидуальных пророчеств не ждите и не просите. Остается приспособиться к неисправностям жизни «под солнцем», как инвалид приспосабливается к своему увечью, и ожидать Дня Капитального Ремонта.

*¹⁵ Всего насмотрелся я в суетные дни мои:
праведник гибнет в праведности своей;
нечестивый живет долго в нечестии своем. (7:15)*

И вот еще одно наблюдение, являющееся следствием того, что земля – это далеко не рай. В раю такая несправедливость была бы невозможна. Во-первых, там бы не было нечестивых. Во-вторых, если бы они и были там по какой-то дикой нелепости, то до старости бы точно не доживали. Под солнцем же бывает, что праведник гибнет молодым, а нечестивый живет долго, вредя всем вокруг. Это несправедливо! Иов сделал точно такое же наблюдение и на своем опыте убедился, что гарантий безопасности нет даже для тех, кто угоден Богу. На эту тему полезно было бы поразмышлять христианам, проводящим прямую связь между количеством веры с одной стороны и достатком, здоровьем, успехом с другой. Какое жесткое лобовое столкновение с реальностью ждет тех, кто думает, что приручил Бога своей праведностью, настойчивостью, силой молитвы или веры. «Вера» таковых разлетится на мелкие кусочки, когда они устанут выдавать желаемое за действительное. Когда неоднократно «исцеленные» будут прикованы к постели тем же самым недугом, когда ежедневно благословляемый холодильник окажется совсем пуст, когда молитвы-заказы будут отклонены Небесной канцелярией, когда семейная жизнь будет разваливаться на глазах. Бог неуправляем. Абсолютно! И Он никому ничего не должен! Даже праведникам!

> *16 Не будь слишком праведен[4],*
> *   и не выставляй себя слишком мудрым;*
> *   зачем тебе губить себя?*
> *17 Не предавайся греху слишком много[5],*
> *   и не будь безумен:*
> *   зачем тебе умирать не в свое время?*
> *18 Хорошо, если ты будешь держаться одного*
> *   и не отнимать руки от другого;*
> *   потому что кто боится Бога,*
> *   тот избежит всего того. (7:16–18)*

Перед нами интересные предостережения. Не много в книге Екклесиаста отрывков, которые породили такие жаркие дискуссии среди комментаторов, богословов и проповедников. Если мыслить с точки зрения абсолютной морали, то это поучение кажется, по меньшей мере, странным, а по большей – еретическим. Что значит: «не будь слишком мудрым» или «слишком праведным»?! Что значит: «не греши слишком сильно»?! А немножко можно, что ли?! Обратите внимание, что в обоих случаях речь идет о переизбытке. Дело в том, что в первом случае говорится об обыкновенном лицемерии, а во втором – о вседозволенности. Речь не о том, что в святости и в грехе нужно знать меру.

Лицемерие

Согласно словарю Ожегова, лицемерие (не путать с лицеприятием) – несоответствие слов, поступков человека истинным чувствам, убеждениям, намерениям. Знаете, что приме-

---

4 Синод. пер.: «Не будь слишком строг...» (7:16)
5 Синод. пер. без слов «слишком много» в 7:17.

чательно: возможно, что здесь в Екклесиасте – это первое серьезное предупреждение против религиозного лицемерия, а также фарисейства, как его логического следствия. «Между тем, когда собрались тысячи народа, так что теснили друг друга, Он начал говорить сперва ученикам Своим: берегитесь закваски фарисейской, которая есть лицемерие» (Лук. 12:1). Когда пишет Соломон, это пока не масштабная проблема, процветает язычество, и Израиль борется за единобожие. Храм только что построен, и еще очень далеко до того законнического маразма, который застал Христос.

Проще говоря, лицемерие – это стремление казаться тем, чем ты не являешься по сути. Это игра в благочестие на публику. Непонимание истинной природы благочестия превращает его в набор правил и предписаний внешнего характера, для того чтобы производить впечатление. Духовное невежество создает в голове лицемера некий образец праведности и святости, под который он начинает активно подгонять окружающих.

5 Потом спрашивают Его фарисеи и книжники: «Зачем ученики Твои не поступают по преданию старцев, но неумытыми руками едят хлеб?» 6 Он сказал им в ответ: «Хорошо пророчествовал о вас, лицемерах, Исаия, как написано: „Люди сии чтут Меня устами, сердце же их далеко отстоит от Меня, 7 но тщетно чтут Меня, уча учениям, заповедям человеческим“. 8 Ибо вы, оставив заповедь Божию, держитесь предания человеческого, омовения кружек и чаш, и делаете многое другое, сему подобное». 9 И сказал им: «Хорошо ли, что вы отменяете заповедь Божию, чтобы соблюсти свое предание?» (Марк. 7:6–9)

Поэтому законничество – неизбежная производная лицемерия. Каким образом оно может погубить (7:16б)? Как уже было сказано, лицемер внешне пытается выглядеть тем, кем не является внутренне, в сердце. Это все равно что курица, хоть и являясь, фактически, птицей, пытается давать уроки полетов. В ее жизни очень скоро обнаружится серьезное противоречие между тем, чему она учит и что умеет. И это противоречие создает и усиливает она сама своими возрастающими попытками косить под беркута.

Не следует пытаться *изображать* из себя нечто, чем я не в состоянии сейчас быть, даже если это требование Бога. Стремиться – *надо!* Падать, вставать и карабкаться, срываться, вставать и снова карабкаться и так до смерти – надо! Это даже не обсуждается. Но зачем *делать вид, что получается*, и при этом от других требовать?! Беда лицемера в том, что, если он и строг к себе в соблюдении каких-то правил внешнего характера, то гарантированно слеп к своей неспособности *любить!* Когда он пытается быть *очень праведным*, для него это не равняется быть *очень любящим*. Проблема – здесь. Разве Богу нужна такая праведность?! Без любви это просто набор правил. Поститься, молиться, прилично одеваться, посещать церковь, читать Библию, жертвовать деньги, нести служение – это не признаки благочестия. Все это можно делать по плоти. Об этом уже упоминалось; плод Духа – вот главный признак праведности (Гал. 5:22–23). И первая в его списке – любовь. Какая разница, насколько прилично вы одеты, если не умеете любить ближнего?! Какая разница, как часто вы молитесь и читаете Библию, если при этом кого-то ненавидите?! Какая разница, какого масштаба у вас служение, если не можете управлять своим характером?!

«…Люди сии чтут Меня устами, сердце же их далеко отстоит от Меня» (Марк. 7:6). Опасность в том, что при таком подходе к поклонению гордость растет как бамбук – быстро. Осознайте мерзость фразы: «Спасибо Господи, что я не такой, как этот мытарь». А ведь это тайный язык сердца лицемера. Лицемерие несовместимо с ощущением собственной ужасающей греховности. Это, фактически, неспособность видеть себя глазами Божьей святости. Как следствие, развивается прекрасное самомнение и гордыня. А это именно то, что предшествует падению (Прит. 18:13а). Поэтому лицемера рано или поздно ждет собственное моральное падение, которое проявит его истинную сущность. Или в порыве «духовности» он наделает таких глупостей, что их последствия будут преследовать его всю жизнь. Но самое опасное в том, что Бог лично начнет ему противостоять. «Бог гордым противится» (Иак. 4:6).

> *¹⁷ Не предавайся греху слишком много⁶,*
> *и не будь безумен:*
> *зачем тебе умирать не в свое время? (7:17)*

Данное предупреждение вполне понятно. Отпускающий тормоза в делании греха умирает раньше времени. Да, с одной стороны, все грешат, но многие чувствуют некую грань, которую лучше не переходить, чтобы в жизни не наступили настоящие проблемы. Есть особо несчастная категория грешащих с безумной ненасытимостью. В итоге они либо наносят непоправимый вред своему здоровью, либо наживают проблемы с законом или криминалом, либо преждевременно находят смерть в силу такого беспечно-разрушительного образа жизни.

> *¹⁸ Хорошо, если ты будешь держаться одного*
> *и не отнимать руки от другого;*
> *потому что кто боится Бога,*
> *тот избежит всего того. (7:18)*

Хорошо же для человека и не играть в святость, и не предаваться греху. Этих крайностей избегут те, кто боится Бога. Обратите внимание, что согласно логике стиха лицемеру не хватает страха Божия, также как и отпетому грешнику (7:18). Вот

---

⁶ Синод. пер. без слов «слишком много» в 7:17.

бы он удивился, осознав это. Опять Соломон упоминает страх Божий, как универсальный предохранитель от добровольно выбранных неприятностей. Страх Божий не дает возомнить о себе слишком высоко и не позволяет слететь с катушек.

¹⁹ Мудрость делает мудрого
*   сильнее десяти властителей, которые в городе. (7:19)*

Очередное учение о защитных функциях мудрости (ср. 7:12). Мудрость делает сильнее десяти правителей, которые в городе. Что это значит? Каждый правитель обладает своей армией. Представьте себе десять царей со своими армиями, да и притом в одном укрепленном городе. Его будет очень трудно завоевать. Он под защитой многочисленного войска и оборонительных стен. В таком городе можно спокойно спать, согласитесь. Однако выходит, что мудрость защищает надежнее. Что уникального в телохранителе по имени Мудрость? Уникальность в том, что она – единственный охранник, способный спасти *от самого себя!* Больше никто и ничто на земле не может защитить нас от собственных грехов, последствия которых накроют рано или поздно в каком бы бункере мы ни скрывались, какими бы богатыми ни были, и какой бы властью ни обладали.

Все предпринимают меры для собственной защиты. Но мало кто догадывается, что главный враг скрывается внутри. От него не спрятаться ни за каким забором, ни в каком монастыре, не отбиться никаким оружием. Безбожники уповают на защиту силы и денег. С их помощью они спасаются от проблем, которые сами создают в кузнице своего сердца. Однако беда в том, что чем больше у них сил и денег, тем худшие беды они себе выкуют. Грозные правители по глупости своей совершают ошибки, от которых не спасает и армия. На любую силу найдется сила покруче. Даже новейшая история знает много таких примеров. Так что мудрость спасет там, где бесполезна военная мощь.

²⁰ Нет человека праведного на земле,
 который делал бы добро
и не грешил бы;
²¹ поэтому не на всякое слово, которое говорят,
 обращай внимание,
чтобы не услышать тебе раба твоего,
 когда он злословит тебя;
²² ибо сердце твое знает много случаев,
когда и сам ты злословил других. (7:20–22)

Здесь мы находим хорошо знакомую истину о всеобщей греховности. Это ветхозаветный эквивалент Римлянам 3:10–18. Обратите внимание на применение, отталкивающееся от этой доктрины (7:21–22). Оно полно благодати! Вот что нужно делать законнику: почаще обращать внимание на содержание собственного сердца, прежде чем заносить меч буквы над чьей-то головой. Вот мудрая середина. Посмотрите, как количество благодати, проявляемой к другим, зависит от осознания своей греховности (7:20–22). Библейская антропология так чудесно регулирует наши ожидания от других. Вы хотите доброго, ровного, дружелюбного к себе отношения? Не будет этого! Не надо обращать внимания на все, что говорят о вас, разбираясь по каждому случаю злословия. Иначе будет жизнь вечных конфликтов и обид. Не будьте слишком требовательны к тому, что другие думают о вас, и как следствие, говорят. Если начнете выяснять, кто что говорит, то окажется, что даже те, кому по статусу никак не положено (в данном контексте – рабы), злословят вас. Вы будете в неприятном шоке.

Я открою вам утешающую истину: как бы плохо о вас ни говорили, знайте, что *в реальности вы гораздо хуже*. Поэтому нет смысла строить из себя облитого грязью ангела. Лучше благодарите Бога, ибо злословящий вас, фактически, думает о вас лучше, чем вы есть. Кроме того, если начать вспоминать, окажется, что вы сами грешили этим же, и грешили много. *«Ибо сердце твое знает много случаев, когда и сам ты злословил других»* (7:22). Услышав недобрые отзывы о себе, сразу с раскаянием вспоминайте свои аналогичные грехи, и никакая обида не окопается в сердце.

Поэтому не вспыхивайте праведным гневом. У нас нет права на него. Вместо этого скажите себе: «Во-первых, я окружен только грешниками, так что ничего возмутительного не происходит (случись такое среди небожителей, то можно было бы погоревать); во-вторых, я – хуже, чем о себе нечаянно услышал; в-третьих, я сам грешу этим же грехом, и притом часто, и поэтому не имею морального права возмущаться. Так что, надо успокоиться и жить дальше».

> [23] *Все это испытал я мудростью;*
> *я сказал: «Буду я мудрым»;*
> *но мудрость далека от меня.*
> [24] *Далеко то, что происходит, и очень таинственно:*
> *кто постигнет это?* [7] *(7:23–24)*

Соломон рассматривал мудрость как универсальную отмычку, которая раскроет для него все загадки Вселенной. Он сильно полагался на данный ему Богом особый ум, с помощью которого хотел найти ответы на все сложные вопросы. Ведь, в конце концов, этого и ожидают от мудрого человека. «Объясни,– просят люди,– подскажи, научи». Отмычка? Ключ ко всем тайнам? Не тут-то было! Вскоре он выяснил, что есть масса вопросов, на которые ответов нет. Вселенная скрывает множество тайн, и не все поддается объяснению. Мудрость (как знание) не дает обрести радость, скорее, отнимает ее, учитывая характер познаваемого (падший мир). Кроме того, не обязательно все понимать, чтобы успокоится и жить.

---

[7] Синод. пер.: «Далеко то, что было, и глубоко-глубоко: кто постигнет его?» (7:24)

Примечательно, что страстно желая много знать, он нигде не выражает желания быть праведным, благочестивым, удаляющимся от зла. В итоге, он не смог стать знающим в той степени, в которой хотел, и вдобавок деградировал нравственно. Он чтил интеллект больше, чем мораль, и в этом была его ошибка.

И сказал Господь сатане: «Обратил ли ты внимание твое на раба Моего Иова? Ибо нет такого, как он, на земле: человек непорочный, справедливый, богобоязненный и удаляющийся от зла». (Иов. 1:8)

Как видите, Бог не включил в список достоинств Иова его мудрость, как интеллектуальную способность понимать сложные концепции, видеть реальность и обладать обширными знаниями. А что, разве Иов не был мудр?! Конечно, был, и это так очевидно в его рассуждениях. Он тоже знал, что жизнь человеческая – суета (Иов. 7:16). Раньше Соломона пришел к выводу, что земля отдана в руки нечестивых и что нет на земле правосудия (Иов. 9:24). Прекрасно понимал: «Что Он разрушит, то не построится; кого Он заключит, тот не высвободится» (Иов. 12:14). И так далее. Иов был очень сведущ, и повествование о нем относится к книгам мудрости. Однако не похоже, что он ставил перед собой задачу постигнуть тайны Вселенной и найти ответы на все трудные вопросы. Он был сосредоточен на другом. Более, чем интеллектуальная сторона жизни, его интересовала нравственная: «...непорочный, справедливый, богобоязненный и удаляющийся от зла». Он хотел угождать Творцу. Но что делать с таинственным (7:24)?

Сокрытое принадлежит Господу Богу нашему, а открытое – нам и сынам нашим до века, чтобы мы исполняли все слова закона сего. (Втор. 29:29)

Уверовав, я начал задаваться множеством вопросов. Ими я доставал своих наставников, они открывали со мной Писание, мы читали, и я получал ответ. Как духовно начинающий, я в основном задавал простые вопросы. Среди них было мало тех, на которые я не получал удовлетворительного ответа. Но я рос, и со временем мои интеллектуально-духовные запросы усложнялись. Это похоже на просеивание песка для строительного раствора. Чем больше песка засыпаешь в сито, тем больше камней там в итоге накапливается. В конце оно полно камней. Так и с чтением Писания: по мере его изучения получаешь не только ответы, но и вопросы. Библия, проливая свет на *открытое,* часто затрагивает *закрытое.* Подобное неизбежно. Например:

И был день, когда пришли сыны Божии предстать пред Господа; между ними пришел и сатана. (Иов. 1:6)

И дальше мы читаем, как Бог разговаривает с сатаной. Вот что творилось у меня в голове каждый раз, когда я читал этот отрывок: «Так, стоп! Тут как-то слишком бегло об интересном. Господь, Ты *что,* разговариваешь с сатаной (и я делал самые круглые глаза, на какие способен)?! Как часто? Зачем? Это что за собрание такое было? Отчетно-выборное? Рабочее совещание? Планерка? Что это?! А где можно поподробнее об этом прочитать?»

В моем понимании, тут должна быть ссылка, чтобы «клик, клик», и открылось новое окно, где бы я мог узнать то, что меня интересует. Но это была та порция информации, которая предусмотрена. Это все, что нам решили открыть. Скрытое принадлежит Господу. Он не оставил нас в неведении относительно того, что *нужно* знать, открыв все необходимое о Себе, о нас, о мире, о прошлом, о будущем. Когда мы берем в руки Слово Божье, это сотни страниц текста. Каждое слово – богодухновенное (2 Тим. 3:16). Оно адресовано лично каждому.

Два последних тысячелетия Господь говорит таким образом. *Только так* истина может попадать к нам в разум. Учитывая, что человечество живет в тотальном заблуждении относительно *всего*, то переоценить важность истины невозможно. Благодаря ей мы не брошены один на один с этим лживым миром, который каждый день предлагает (причем за деньги) какой-нибудь «духовный» мусор. Благодаря ей мы не брошены один на один со своим лживым сердцем, которое разводит нас профессиональнее самого бессовестного мошенника. Благодаря ей мы не брошены один на один с сатаной, чьи намерения нам теперь известны. Ложь – его оружие.

Создатель вручил нам карту жизни (Писание) и научил ей пользоваться для обнаружения потенциально опасных ситуаций. И самая серьезная опасность, существующая во Вселенной – это Он Сам! Поэтому главная тема Писания – это путь спасения от Его гнева. Он – самая грозная сила. И основное достоинство Библии в том, что она рассказывает нам, как примириться со Всемогущим. В ней призыв к обезумевшим людям вылезти из окопов и пойти сдаваться на милость Владыке, пока Он не начал боевых действий. Потому что когда начнет, выживших не будет. Сейчас время благодати. Сейчас время, когда надо сдаваться. Поэтому весть о спасении через жертву Иисуса Христа – это важнейшая информация во Вселенной.

Какая польза, если мне эксклюзивно предоставят видеозапись тех небесных «планерок» от начала мира и до сего дня? Что мне с того? Как это поможет примириться с Судьей Праведным? И как это поможет жить угодной Ему жизнью? Это *бесполезные* для меня данные, не влияющие на мое хождение перед Богом. Так что нам открыто ровно столько, сколько Господь счел нужным. Можно ли сказать, что это исчерпывающая информация? Нет. Это далеко не исчерпывающая информация. Но это *достаточная* информация для жизни и благочестия (2 Пет. 1:3). То есть, с одной стороны, я знаю не все, но с другой, знаю достаточно, чтобы спастись и жить в послушании Господу. Для практической жизни во славу Его у нас есть все ответы. Для теоретиков-интеллектуалов, каким был Соломон, будут разочарования, ибо Бог скупо делится некоторыми данными. Всегда будут мало освещенные темы или вообще недоступные. Но это не проблема для тех, кто собрался жить праведно. Для такой цели нет никаких *информационных* препятствий. Соломон слишком много думал о себе и своих желаниях. Я вижу себя в нем. Ветхий человек не против много знать, главное – чтобы поменьше себе отказывать. А такой подход несовместим с послушанием Господу и служением другим.

24 Далеко то, что происходит, и очень таинственно: кто постигнет это? 8 (7:24)

Непостижимый Бог делает непостижимые вещи. Надо признать свою ограниченность, смириться и сосредоточиться на исполнении того, что открыто и понятно. «…А открытое [принадлежит] нам и сынам нашим до века, чтобы мы исполняли все слова закона сего» (Втор. 29:29). Мой младший сын не способен понять в полной мере, *почему* ему нельзя смотреть столько мультфильмов, сколько он хочет. Но он прекрасно понимает, что я имею в виду, когда говорю: «На сегодня хватит». Он понимает, *чего* я хочу (остановить просмотр), но не понимает *причины* моих действий. Однако его главная задача в таком возрасте – послушание. Он должен демонстрировать повиновение, не имея способности постигнуть мои аргументы. Эта практика очень пригодится ему, когда он (молюсь об этом каждый день) вступит в искупительные отношения с небесным Отцом.

---

8 Синод. пер.: «Далеко то, что было, и глубоко-глубоко: кто постигнет его?» (7:24)

[25] Обратился я сердцем моим к тому,
чтобы узнать, исследовать и изыскать мудрость и разум,
и познать нечестие глупости
и невежество безумия[9]... (7:25)

Некоторые комментаторы пытаются определить разницу между глупостью и безумием, чтобы увидеть необходимые нюансы, и в итоге понимать смысл стиха. Но в данном случае нужен не экзегетический микроскоп, а бинокль. Очень вольно перефразирую этот стих: *«И поставил я перед собой задачу – приобрести мудрость и понять глубину испорченности человека».* Глупость и безумие в контексте писаний Соломона имеют четкий моральный аспект. Он хотел видеть глубину греховности людей, и увидел. Если говорить о таких разделах богословия, как антропология и гамартиология (учение о грехе), то познания Соломона были огромны. Книга Притч – это настоящий информационный кладезь для практического богословия.

Возьмите, к примеру, ситуацию, описанную в 3 главе 3 Царств, где царь разрешил спор о младенце между двумя блудницами. Не имея свидетелей и каких-либо доказуемых фактов, ему нужно было выяснить, *кто* из двоих лжет. И, скорее всего, по поведению каждой из них он с самого начала догадывался, чей это ребенок, но были необходимы более весомые доказательства. Его познания «нечестия глупости и невежества безумия» помогли ему в той ситуации. Чтобы выяснить, кто мать, надо было определить, кто из двоих любит это дитя. И он искусственно создал ситуацию, где каждая из них непреднамеренно проявила содержание своего сердца (Прит. 20:5). Чем лучше понимаешь, как устроено греховное естество, тем яснее толкуешь свои и чужие действия, а также предсказываешь их. Правда, в отношении себя, это не дает сил для борьбы. Да, можно проследить каждое небогоугодное жела-

---

[9] Синод. пер.: «...нечестие глупости, невежества и безумия...» (7:25).

ние до самого корня, понимая природу своих страстей, но это знание не принесет с собой желания меняться. Покаяние не зарыто в глубинах сердца. Оно приходит только от Господа!

> *26 ...И нашел я, что горче смерти*
> *женщина, которая – сеть[10], и сердце ее – силки,*
> *руки ее – оковы;*
> *добрый пред Богом спасется от нее,*
> *а грешник уловлен будет ею.*
> *27 Вот это нашел я,– сказал Екклесиаст,–*
> *добавляя одну к одной,*
> *чтобы сделать такой вывод[11]. (7:26–27)*

Синодальный перевод этих стихов звучит иначе. Здесь другой, альтернативный и допустимый грамматикой. В контексте размышления о моральном состоянии носителей образа Божьего данная тема вполне уместна. Кому, как ни Соломону судить об этом. Надо оговориться, что он не делает общего вывода о женщинах, а говорит только о тех, кто *ведет себя как сеть*, чье сердце – силки и руки – оковы. Некоторые из них, действительно, в полной мере пользуются тем, что они *женщины*. Они понимают, что обладают властью очаровывать, и злоупотребляют ей. Как следствие, уместно упомянуть о контроле, который они обретают над мужчинами. Насколько сильным может быть женский контроль и влияние? Напомню:

> *1 И полюбил царь Соломон многих чужестранных женщин... и развратили жены его сердце его. 4 Во время старости Соломона жены его склонили сердце его к иным богам, и сердце его не было вполне предано Господу Богу своему, как сердце Давида, отца его. (3 Цар. 11:1, 3–4)*

---

10 Синод. пер.: «...женщина, потому что она – сеть...» (7:26).

11 Синод. пер.: «...Екклесиаст, испытывая одно за другим» (7:27).

Если называть вещи своими именами, то это очередная форма зависимости. А зависимость – то же самое, что рабство. Смотрите на сравнения: силки, сеть, оковы. Силки. Это слово означает сеть для ловли птиц. Горче смерти такая женщина. Сеть и оковы! Здесь образ запутавшегося и скованного мужчины. «...*Добрый пред Богом спасется от нее, а грешник уловлен будет ею*» (7:26б). Добрый пред Богом – это тот, кто хочет Ему угождать. Вспомните Иосифа, сына Иакова. Он спасся от жены Потифара, потому что не представлял себе, как можно ослушаться Господа: «...как же сделаю я сие великое зло и согрешу пред Богом (Быт. 39:9)? Он был молодым мужчиной с естественными потребностями и желаниями, но смог сказать себе «нет»! А Соломон – не смог и набрал целый гарем (7:27). Есть только одна причина во Вселенной, которая поможет отказать себе любимому: Бог, покоривший сердце.

^{28} *Чего еще искала душа моя, и я не нашел? –*
Мужчину одного из тысячи я нашел,
а женщину среди всех этих не нашел[12]. *(7:28)*

Согласитесь, довольно странное высказывание. Как и большинство комментаторов, могу лишь сделать предположение. Вероятно, Соломон хочет сказать следующее: учитывая тотальную греховность (7:25), людей, по-настоящему боящихся Бога, *очень мало*. Один из тысячи – это, скорее всего, приблизительная цифра, которую не надо понимать буквально. Может быть, он берет это число, чтобы провести параллель с тысячей своих жен. В любом случае, он делится *личным опытом* (7:28а). Его можно назвать скорее количественным, чем качественным, и поэтому, результат не удивляет. Это, конечно же, не значит, что среди женщин нет благочестивых. Просто среди его жен таковых не на-

---

[12] Синод. пер.: «...женщину между всеми ими не нашел» (7:28).

шлось. Если предположить, что у многих из них был выбор, то трудно представить, чтобы богобоязненная девушка возжелала бы стать частью многочисленного гарема ненасытного царя (7:28).

²⁹ Только это я нашел,
что Бог сотворил человека правым,
а люди пустились во многие помыслы. (7:29)

В итоге исследование греховности человека привело его к истоку: к грехопадению, и предшествующему ему сотворению. Этот стих относит нас обратно к Бытию. До Эдемской трагедии картина была такова: «И увидел Бог все, что Он создал, и вот, хорошо весьма…» (Быт. 1:31). После же – все совершенно иначе. Моральное состояние образа Божьего Создатель классифицирует как всеобщую и полную греховность: «И увидел Господь, что велико развращение человеков на земле, и что все мысли и *помышления* сердца их были зло во всякое время» (Быт. 6:5). Слово «помышления» – однокоренное с «помыслами» в нашем стихе (7:29). Обратите внимание, что Соломон связывает греховность в первую очередь с образом мышления, а не с поступками. Мысли, исходящие из сердца, предшествуют любому злодеянию (Марк. 7:21–23). Глубина порочности сердца такова, что оно может производить исключительно зло, причем круглосуточно *(«зло во всякое время»)*. Фактически, это и делают невозрожденные. Духовная мертвость не позволяет им произвести на свет хоть одну богоугодную мысль. Вот что по этому поводу пишет апостол Павел:

⁶ Помышления плотские суть смерть… ⁷ потому что плотские помышления суть вражда против Бога; ибо закону Божию не покоряются, да и не могут. ⁸ Посему живущие по плоти Богу угодить не могут. (Рим. 8:6–8)

Все эти «многие помыслы» воюют против Бога. Они – производные сердца, стремящегося к независимости от Творца. Это помыслы греховного своеволия, противоречащие Закону в своем содержании, мотивации, намерениях. Это противостояние Законодателю, повелевшему любить Его и ближнего. Чтобы исполнять подобное, нужно «обновление духа ума», «обновление в познании по образу Создавшего» (Еф. 4:23; Кол. 3:10). Каждый ум должен подчиниться Христу, а иначе он будет воевать с Ним.

Оружия воинствования нашего не плотские,
но сильные Богом на разрушение твердынь:
ими ниспровергаем замыслы и всякое превозношение,
восстающее против познания Божия,
и пленяем всякое помышление в послушание Христу...
(2 Кор. 10:4–5)

ГЛАВА 13

ЕККЛЕСИАСТ 8:1–15

*¹ Кто – как мудрый,
   и кто понимает значение вещей?
   Мудрость человека просветляет лицо его,
   и суровость лица его изменяется. (8:1)*

Первый стих восьмой главы можно было бы отнести к предыдущему отрывку, учитывая продолжающуюся тему мудрости, но она, так или иначе, проходит через всю книгу. Вопрос: «Кто мудр?» – весьма уместен, после того как Соломон выяснил, что мудрый человек – крайне редкое явление под солнцем (7:28). Кто знает значение вещей? Действительно, не многим дано понимать подноготную человеческого бытия. Большинство видят только фасад и не хотят заглядывать за него. Я вот, например, рад тому, что моя машина едет, но мне неинтересно знать, почему. Я способен открыть капот... на этом мои познания об автомобиле заканчиваются. Однако это не мешает мне пользоваться им в свое удовольствие. Таким же образом большинство относятся к вопросам устройства мира. «Зачем,– думают они,– интересоваться, как работает кнопка, если на нее можно просто жать и получать результат?» Во многих бытовых ситуациях это вполне оправдано. Но если речь идет о вечных ценностях, то подобное добровольное невежество может очень дорого стоить.

Чтобы понимать значение вещей, то есть уметь давать верное истолкование тому, с чем сталкиваешься, нужно разбираться в том, что происходит под капотом жизни. А для этого надо быть в курсе законов, по которым функционирует нравственное естество человека, законов устройства мира (сев и жатва, причина и следствие) и, что очень важно, Божьего Закона, отражающего Его характер. К примеру, один видит в непослушании ребенка невинное баловство, ребячество, обычное поведение, естественным образом вытекающее из возрастных особенностей. Другой видит еще неокрепшие росточки греха, пробивающиеся из глубин сердца рожденного в бунте против Всемогущего. Каждый будет реагировать в соответствии с истолкованием увиденного.

Истина в том, что мы не можем объяснить правильно ни одного явления жизни без откровения. Речь не идет о некой форме гностицизма с его якобы тайным знанием для приближенных. Я говорю о Библии, которую можно купить в любом книжном магазине нашей страны. Только она может открыть глаза на реальность, как уже было сказано ранее. С помощью истины Слова духовный судит обо всем (1 Кор. 2:15).

Также Соломон упоминает здесь один эффект, который оказывает на человека мудрость. Это своеобразный отпечаток, внешнее свидетельство внутреннего изменения. Мудрость меняет выражение лица, потому что прежде производит перемены в сердце. В данном случае речь идет о неком дружелюбии, мягкости, спокойствии, запечатленных на челе мудрого. Приведу пример. Представьте двух водителей. Один едет по загруженному движением узкому горному серпантину ночью, в густом тумане, где не видно даже на метр вперед. Другой – по пустынному, прямому, как стол шоссе в ясный, солнечный день. Выражение лица и поведение каждого из водителей будет соответствовать происходящему. Один, подавшись всем телом вперед, вцепившись в руль двумя руками, будет напряжен как пружина, не имея возможности расслабиться даже на секунду. Другой будет спокоен и раскрепощен. Откинувшись назад и управляя одной рукой, он будет напевать себе веселую песенку, легко просматривая дорогу на сотни метров вперед. Лицо одного будет сурово и слегка испуганно. Лицо другого – умиротворенно (8:1б).

Мудрый подобен второму водителю. Происходящее вокруг залито для него ярким светом. Он имеет правильное понимание всех событий: хороших и плохих. Он видит Бога везде и во всем, пребывая в спокойствии, как ребенок, держащий отца в поле зрения и потому не паникующий. Суровость лица – это следствие постоянного ожидания чего-то плохого или неопределенного. Чем больше неопределенности и непонимания, тем меньше спокойствия. Мудрый знает, как устроен мир, человек и Бог. Это не его собственные выводы, а истина, воспринятая от Архитектора. Он видит порядок вместо хаоса, закономерности вместо случайностей, смысл вместо бессмысленности. Он видит духовную реальность, недоступную другим, и его лицо отражает этот факт.

Кроме того, понимать смысл вещей, из которых состоит жизнь,– это, фактически, понимать смысл жизни. Благодаря мудрости он отделил главное от второстепенного и живет ради главного. Предыдущий стих говорил о том, что Бог сотворил человека правым, то есть ровным, прямым, правильным, а тот пустился во многие помыслы, выдумки. Мудрый же находится на пути к изначальному божественному дизайну, отказавшись от плотских помыслов, воюющих против Бога. С Божьей помощью он прозрел и смотрит на все глазами истины.

ПОЧТЕНИЕ К ВЛАСТИ

² *Я говорю: слово царское храни, и это ради клятвы пред Богом.*

³ *Не спеши уходить от лица его, и не упорствуй в худом деле; потому что он, что захочет, все может сделать.*

⁴ *Где слово царя, там власть;*
и кто скажет ему: «Что ты делаешь?» (8:2–4)

Начнем с того, что Соломон сразу дает библейское основание послушания, и это относится ко всем видам авторитетов,– *ради Бога* (8:2). Этот отрывок неплохо перекликается с 13 главой Послания к римлянам. Казалось бы, большинство угождает царю, просто потому что он царь. Не подчиниться – себе дороже. Разве инстинкт самосохранения не достаточен для повиновения?! Оказывается – нет. Важно видеть Того, Кто стоит за каждым властителем. Когда тот требует повиновения, подчиниться надо ради любви к Господу. Только богоцентричное мировоззрение способно правильно мотивировать послушание. Оно становится богоугодным, только когда Бог получает Свою часть славы. А если не так, то даже самый преданный подданный земного властителя, готовый умереть по первому приказу, сделает это напрасно. Слово царское храни, *ради послушания Богу*. Он выше царя и угождение Ему – важнее. Так покорность смертным освобождается от раболепия, лести и подхалимажа. Это *уважение к выбору Господа*, пусть даже избранный Им властитель – последний негодяй.

Далее идет предостережение от пренебрежительного отношения к правителям (8:3–4). Что как не гордость вынуждает забывать Богом данные ограничения в здоровье, физических и умственных способностях, возможностях, а также в положении?! Человеку так трудно согласиться с запретами. «Ты хозяин своей судьбы!» – то и дело слышит он от «доброжелателей», таких же немощных гордецов, как и он сам. Как ненавидит он правила и законы, загоняющие в рамки и препятствующие осуществлению его самых низменных желаний.

Как только власть ослабевает, например, в смутные времена, то жить становится очень небезопасно. Отсутствие моментального наказания спускает с поводка в человеке такое, о чем он сам и не догадывался. Об этом Соломон скажет чуть позже в этой же главе. Многовековой опыт Земли свидетельствует, что светская власть, какой бы нечестивой она ни была, препятствует моральному хаосу. Если бы люди физически могли сбросить с себя всякие ограничения, они бы сделали это, не задумываясь. Именно такую попытку однажды предприняла Ева. В Эдеме был всего один запрет, и тот нарушили! Поэтому мы имеем такой сумасшедший мир.

Соломон призывает помнить и соблюдать установленные властью законодательные пределы. Какого бы высокого положения в обществе мы ни достигли, нужно помнить, что есть те, кто сильнее, и они способны прекратить наше благоденствие, свободу и саму жизнь в любой момент. *«Не спеши уходить от лица его…»* – означает: не веди себя как ровня, позволяя себе неуважительное отношение (8:3). Помни свое отличие, отличие не в твою пользу.

«…Не упорствуй в худом деле…» (8:3б). И коррумпированная власть рано или поздно карает даже приближенных, если те начинают забывать свое место, или их беззаконие превышает меру, установленную сверху, как допустимую. Бунт и противление всегда имеют одно логическое завершение: подавление. Не стоит жить, делая вид, что мы сами себе хозяева. Над нами есть поставленные Богом человеческие господа, чья воля (злая или добрая) пересилит нашу на раз-два. И когда это произойдет, взывать будет не к кому, ибо они и есть наивысшая земная власть. *«Где слово царя, там власть; и кто скажет ему: „Что ты делаешь?“»* (8:4).

⁵ *Соблюдающий заповедь не испытает никакого зла:*
сердце мудрого знает время и суд,
⁶ *потому что для каждого желания – время и суд,*
ибо человеку большое зло,

*⁷ когда он не знает, что будет,
ибо кто скажет ему, что будет?* [1] *(8:5–7)*

Отсюда контекст отношений с властями расширяется. Соблюдающий заповеди Божьи (праведник, мудрый) не испытает зла как последствия собственных грехов. Очень предусмотрительно – мыслить категориями *времени и суда*. Перефразированные они звучат так: *все имеет временные рамки и получит моральную оценку (приговор)*. Это повторение и продолжение ранее звучавшей истины: «И сказал я в сердце своем: „Праведного и нечестивого будет судить Бог; потому что время для всякой вещи и суд над всяким делом там“» (3:17). Праведник, как и всякий человек, всегда становится перед выбором, кому угодить: себе или Богу. Его выбор в таких ситуациях обусловлен мудростью, открывающей ему глаза на простой факт: каждый сев окончится жатвой. Выбирая путь зла, нужно помнить, что каким бы долгим он ни был, в конце – тупик и суд. И тогда мудрый отвергает свои желания и выбирает послушание.

Остальные же не ведают и не хотят думать об ожидающей их участи. «*...Ибо человеку большое зло, когда он не знает, что будет[2]...*» (8:6б–7а). Это пренебрежение будущим и акцент на «хочу здесь и сейчас» – великое зло для человека. Угождение своим плотским желаниям заканчивается страданиями, которые будут обыкновенным следствием нарушения установленных Богом нравственных законов. Поэтому, по сути, глупец выбирает короткое и греховное удовольствие, заканчивающееся продолжительными (если не вечными) скорбями.

---

[1] Синод. пер.: «...сердце мудрого знает и время и устав; ⁶ потому что для всякой вещи есть свое время и устав; а человеку великое зло от того, ⁷ что он не знает, что будет; и как это будет – кто скажет ему?» (8:5–7).

[2] Синод. пер.: «...а человеку великое зло от того, ⁷ что он не знает, что будет...» (8:6–7).

Один из часто слышимых мирских доводов в пользу распущенности звучит так: «Один раз живем, поэтому нужно взять от жизни все». Создается впечатление, что высказывающийся подобным образом, хотя бы осознает свою смертность (один раз живем), но просто отвергает предстоящий отчет перед Богом. На самом деле, он не осознает ни первого, ни второго. Его знание о том, что он однажды умрет – это чистой воды теория о будущем без единого практического применения в настоящем. Это подобно информированности касательно пятен на Солнце. И что теперь с этой информацией делать? Да, ничего! Жить дальше, ибо пятна на Солнце не влияют на практическую жизнь на Земле. Так и факт неизбежной смерти ни на что не влияет для глупцов. Они все равно не выпускают своих мыслей за пределы «и жили они долго и счастливо».

> 8 *Как не властен человек над ветром,*
>   *чтобы удержать ветер,*
> *так не властен он над днем смерти,*
> *и как нельзя уйти домой с войны,*
> *так не спасет нечестие нечестивого[3]. (8:8)*

Сколько ни игнорируй время и суд, они остаются неизбежными компонентами реальности. Можно никогда не позволять себе думать о дне смерти, но это не нисколько не задержит его прихода (8:8). Ветер нельзя удержать, таким же образом нельзя перебороть свою смертность. Даже самый могущественный правитель, наводящий страх на миллионы своих подданных, однажды сделает свой последний вдох и выдох и отойдет туда, где он будет никем (Иов. 3:17–19). И как призванный на военную службу не может по своему же-

---

[3] Синод. пер.: «Человек не властен над духом, чтобы удержать дух, и нет власти у него над днем смерти, и нет избавления в этой борьбе, и не спасет нечестие нечестивого» (8:8).

ланию уйти домой, так и нечестивец ограничен в своих возможностях. Нечестие – это инструмент, с помощью которого он удовлетворяет свои желания. Он хочет жить долго и счастливо и ради этого готов наступать на других. Готов, если надо, лишать имущества, положения, здоровья, да и самой жизни. Он будет есть лучшую еду, жить в лучших домах, лечиться у лучших врачей и отдыхать на лучших курортах. Его нечестие может дать ему все это, но оно не даст ему избавления от смерти. «*...Не спасет нечестие нечестивого*» (8:8). Возможно, по контексту имеются в виду нечестивцы, наделенные властью (8:10).

9 *Все это я видел, и обращал сердце мое на всякое дело, какое делается под солнцем, где человек властвует над человеком во вред ему[4].*
10 *Видел я тогда, что хоронили нечестивых, и приходили и отходили от святого места, и они забываемы были в городе, где они так поступали. И это – суета! (8:9–10)*

Тем, кто надеется, что чиновники разного уровня, воспользуются своим положением, чтобы организовать своим согражданам земной рай, важно уразуметь стих 9. Этого не будет! Им некогда, ибо они заняты другим: берут от жизни все, что можно, для себя и своих близких. Эта суета может продолжаться долго, но однажды она заканчивается, и наступает их черед отправиться в последний путь (8:10). Готовились ли они к нему? Текст говорит о том, что они появлялись в храме, чтобы участвовать в необходимых религиозных обрядах. И все это происходило в том же самом городе, где они творили зло. Вчера нечестивец провернул какое-то темное дельце, а сегодня ставит свечку в церкви, чтобы пронесло, и не поймали. А если на ворованные деньги построить часовенку, то Божья защита два-

---

4 Синод. пер.: «...под солнцем. Бывает время, когда человек...» (8:9).

дцать четыре часа в сутки гарантирована. При этом все вокруг знают, что скрывается за маской благочиния беззаконников.

Если окружающих не обмануть, то тем более Бога, с которым они пытаются торговаться. В конце концов, один из ярчайших признаков мертвой религиозности – это стремление задобрить Небеса подачками, обрядами и ритуалами, без единой попытки изменить свою жизнь. Но когда-то приходит смерть, за ней следуют похороны, обычно пышные, с помпезными надгробными речами о понесенной обществом утрате. Однако, несмотря на похоронную ложь, его помнят по злым делам, по крайней мере, какое-то время. А потом забывают. И это суета, бессмысленное действо, продолжающееся на земле из века в век. Любая человеческая слава сходит в могилу и засыпается песком времени.

> [11] *Поскольку не совершается суд над делом злого быстро, потому наполняется сердце сынов человеческих в них к деланию зла.*
> [12] *Хотя грешник делает зло сто раз и живет долго, но я также знаю, что будет благо боящимся Бога, тем, кто боится Его,*
> [13] *А нечестивому не будет блага, и он, как тень, не продлит своих дней, потому что он не боится Бога[5]. (8:11–13)*

Фактически, большая часть бед, сваливающаяся на головы одних, создана руками других. Этот мир был бы гораздо приветливее, если бы не беззакония, творимые потомками Адама. В седьмой главе Соломон дает самое фундаменталь-

---

[5] Синод. пер.: «[11] Не скоро совершается суд над худыми делами; от этого и не страшится сердце сынов человеческих делать зло. [12] Хотя грешник сто раз делает зло и коснеет в нем, но я знаю, что благо будет боящимся Бога, которые благоговеют пред лицом Его; [13] а нечестивому не будет добра, и, подобно тени, недолго продержится тот, кто не благоговеет пред Богом» (8:11–13).

ное объяснение обилию зла на земле: всеобщая греховность (7:20). Это гарантия того, что мир не станет лучше. Беда в том, что человек любит зло, именно любит. Природа определяет поведение. В девятой главе царь указывает на источник греха. «Это-то и зло[6] во всем, что делается под солнцем, что одна участь всем, и сердце сынов человеческих исполнено зла, и безумие в сердце их, в жизни их; а после того они отходят к умершим» (9:3).

Однако даже при наличии греховного естества, бед могло быть меньше. Да, грешник не может полностью перестать грешить. Это факт! Но его решимость творить зло напрямую зависит от того, есть ли моментальные последствия. Если бы устройство мира обеспечивало скорое возмездие, то, вероятно, он не лежал бы во зле так глубоко. Однако реальность выглядит иначе. *«Поскольку не совершается суд на делом злого быстро, потому наполняется сердце сынов человеческих в них к деланию зла»*[7] (8:11). Мы уже читали о беззаконии на месте правосудия (3:16). Это порождает безнаказанность. Она же, в свою очередь, воодушевляет на новые преступления. Мало что еще уродует морально с такой скоростью, как безнаказанность. Когда нечестие сходит с рук, и не следует скорого возмездия, человеческая душа гниет. Обратите внимание на неуправляемость детей, которым многое позволяется, и наказание либо отсутствует, либо, в силу мягкости, не достигает воспитательного эффекта.

[13] Не оставляй юноши без наказания:
если накажешь его розгою, он не умрет;
[14] ты накажешь его розгою
и спасешь душу его от преисподней. (Прит. 23:13–14)

---

[6] Синод. пер.: «…худо…» (9:3).

[7] Синод. пер.: «Не скоро совершается суд над худыми делами; от этого и не страшится сердце сынов человеческих делать зло» (8:11).

Смысл этих двух стихов из Притч прост: не позволь ребенку вкусить безнаказанности. Накажи его сейчас сам, чтобы это позже не сделал Бог. Накажи его сейчас совсем чуть-чуть и Судье Праведному не понадобится наказывать его ужасами ада. Ведь именно безнаказанность лишает здорового страха, в том, числе и страха Божьего. До того как дети начнут понимать всю мерзость греха, до того как поймут духовную сторону богоотступничества, они должны избегать непослушания под страхом наказания.

Это относится также и к взрослым неверующим. Им не обязательно иметь внутренний ограничитель (Духа Святого), чтобы сдерживаться. Они будут грешить в гораздо меньших масштабах, если будут знать, что есть внешний ограничитель: скорый и справедливый суд. Но... *«не совершается суд над делом злого быстро, потому наполняется сердце сынов человеческих в них к деланию зла»*[8] (8:11). Видите, отчего пропадает необходимый страх? От безнаказанности.

Однако наш текст не говорит, что воздаяния не будет вообще. Говорится, что суд совершается *не скоро*. «Для каждого желания – время и суд[9]» (8:6). Ах, если бы только мы все умели начинать и заканчивать свой день в свете этого знания! Сколько беззакония можно было бы избежать! Но нет страха Божия на земле людей. Они боятся чего угодно: финансовых кризисов, нужды, привидений, мертвых, темноты, болезней, пауков, змей, высоты, глубины, суеверий, смерти. И не боятся Того единственного, Кого надо бояться.

Человек так устроен, что не может не думать о последствиях прежде, чем совершает что-либо плохое. И если быть честным, единственный фактор, сдерживающий многих от «всех тяжких»,– это весьма вероятное наказание. Но пред-

---

[8] Синод. пер.: «Не скоро совершается суд над худыми делами; от этого и не страшится сердце сынов человеческих делать зло» (8:11).

[9] Синод. пер.: «...для всякой вещи есть свое время и устав...» (8:6).

ставьте себе ситуацию, когда черное дело сделано, а наказания нет. Ух ты! А ну-ка еще раз. И опять – ничего! По какой-то причине последствия не настигают. Так нечестивец легко может возомнить о себе, что он особо удачливый. Но подобные размышления – только полбеды. Настоящая беда в том, что этот «везунчик» начинает извращенно воспринимать Бога. «Какой замечательный Господь! Меня устраивает такой». Сколько раз я слышал как, живущие в грехе отбиваются от обличений одной и той же концепцией: «Бог есть любовь! Бог есть милость! Он любит меня и прощает!» Они пришли к выводу, что их бунт не вызывает никакой ответной реакции Судьи. Почему? Ответ прост: не было моментального наказания. Это неправильное толкование ситуации, основанное не на Писании, а на личных предпочтениях и опыте. Оно старо, как мир, и таким «оптимистам» Господь говорит в Своем Слове:

> *²¹ Ты это делал, и Я молчал;*
> *ты подумал, что Я такой же, как ты.*
> *Изобличу тебя*
> *и представлю пред глаза твои грехи твои.*
> *²² Уразумейте это, забывающие Бога,*
> *дабы Я не восхитил,–*
> *и не будет избавляющего. (Пс. 49:21–22)*

Перефразирую эти строчки из псалма: «Если Я не реагирую незамедлительно на твои мерзости, это не означает, что мы их „проехали“, что Я их не заметил, забыл, или считаю чем-то не достойным внимания. Не надо толковать Мое молчание, как одобрение или всепрощающее равнодушие. Это *ты* простил бы подобное. Это *ты* отнес бы это на шалость. Я – не такой! Я воздам! Знай это и лучше остановись, пока не поздно».

Страшно впасть в руки Бога живого (Евр. 10:31). Интересно, что действительно боящиеся впасть в карающие руки Божьи, скорее всего, этого избегнут. Те же, у кого этот благословенный духовный страх задохнулся, придавленный плотскими страхами, опомнятся, когда уже будет поздно. И тогда беззаконники будут мечтать попасть в руки самого сурового земного правосудия. О, с какой благодарностью они приняли бы любое возмездие, лишь бы избежать Божьего.

...¹⁶ И говорят горам и камням: «Падите на нас и сокройте нас от лица Сидящего на престоле и от гнева Агнца; ¹⁷ ибо пришел великий день гнева Его, и кто может устоять?» (Откр. 6:16–17)

Итак, сколько веревочке ни виться, а конец настанет. Зло не будет процветать вечно. Это *очень утешающая истина*, о которой нельзя забывать, что бы ни произошло. Нас не должна смущать та же самая иллюзия безнаказанности, обольщающая нечестивых. Не смущайтесь. Некоторые Божьи пророки проходили через тяжкие времена сомнений в Боге и в правильности избранного ими пути. Помните Псалом 72? Его автор пережил то же, что многие из нас.

² *А я – едва не пошатнулись ноги мои,*
   едва не поскользнулись стопы мои,–
³ *я позавидовал безумным,*
   видя благоденствие нечестивых,
⁴ *ибо им нет страданий до смерти их,*
   и крепки силы их;
⁵ *на работе человеческой нет их,*
   и с прочими людьми не подвергаются ударам. (Пс. 72:2–5)

Такое устройство мира не может не вызывать вопросов, недоумения, сомнения, отчаяния. «И думал я, *как бы уразуметь это*, но это трудно было в глазах моих» (Пс. 72:16). Проблема зла многих подкосила. Кто-то сказал, что большинство теряют веру, не сумев объяснить зло в свете некоторых Божьих атрибутов, которым были научены. Естественно, что такое положение вещей приводит к унынию: «...так *не напрасно ли* я очищал сердце мое и омывал в невинности руки мои...» (Пс. 72:12–13). Другими словами, зачем хранить путь праведности, если он не приносит прижизненных дивидендов? Мы не найдем ответов в своем сердце. Оно, скорее, будет мешать правильно все осмыслить, производя удушающие сомнения и колебля веру. Необходимый ракурс дает только Бог.

> ¹⁶ *И думал я, как бы уразуметь это,*
> *но это трудно было в глазах моих,*
> ¹⁷ *доколе не вошел я во святилище Божие*
> *и не уразумел конца их.*
> ¹⁸ *Так! На скользких путях поставил Ты их*
> *и низвергаешь их в пропасти.*
> ¹⁹ *Как нечаянно пришли они в разорение,*
> *исчезли, погибли от ужасов!*
> ²⁰ *Как сновидение по пробуждении,*
> *так Ты, Господи, пробудив их,*
> *уничтожишь мечты их. (Пс. 72:16–20)*

Вот завершенная картина проблемы зла. Ее можно увидеть только глазами веры. Эту же идею, но более тезисно, передает и Соломон. *«А нечестивому не будет блага, и он, как тень, не продлит своих дней, потому что он не боится Бога»*[10] (8:13). В вечной перспективе добро всегда побеждает. Это вселяет надежду и радость. Но для того чтобы иметь такую надежду, надо мыслить категориями вечности, то есть *верить* всем сердцем, что будет Суд. Доктрина о Суде – наша надежда на справедливость.

---

[10] Синод. пер.: «...а нечестивому не будет добра, и, подобно тени, недолго продержится тот, кто не благоговеет пред Богом» (8:13).

14 Есть и такая суета на земле: праведников постигает то, чего заслуживали бы дела нечестивых, а с нечестивыми бывает то, чего заслуживали бы дела праведников. И сказал я: и это – суета! (8:14)

Столкнуться с подобным (да еще и на своем опыте) и выстоять в вере – суровое испытание. Иов однажды прошел через него, и не он один. Наверное, каждый в той или иной степени проходит через периоды, когда Бог перестает быть понятным. Мало того, Он выглядит даже враждебным и чуть ли не злым. Без веры в Его совершенный характер, основанной на истине Писания, и без надежды на вечную жизнь духовно выжить в пекле таких переживаний невозможно. Боящиеся Бога должны постоянно себе напоминать, что Он ничего никому не должен. Даже самый выдающийся праведник получает свои благословения по благодати. Этот урок выучил Иов. Давайте усвоим и мы. Подобная несправедливость (8:14) будет происходить, пока Христос не воцарится на земле. Называя такое положение вещей суетой, Соломон относит его только к жизни под солнцем.

15 И похвалил я веселье; потому что нет лучшего для человека под солнцем, как есть, пить и веселиться: это будет сопровождать его[11] в трудах во дни жизни его, которые дал ему Бог под солнцем. (8:15)

«Есть, пить и веселиться» – это, фактически, призыв жить сегодняшним днем и радоваться простым вещам. В условиях изменчивого мира даже для праведников нет иных относительно стабильных земных благословений. Какие-то из них будут приходить и уходить, а эти сопровождают, пока живем (8:15б). Никто не знает, какая беда случится в ближайшем будущем. Поэтому Екклесиаст снова и снова при-

____

[11] Синод. пер.: «…это сопровождает его…» (8:15).

зывает: «Отвяжите свое счастье от „завтра“ и от нереальных ожиданий, и живите сейчас, живите сегодня. Ничего лучше этого нет» (8:15а). Завтра может и не настать, или же оно будет ужасным.

Ибо вот, удаляющие себя от Тебя гибнут;
Ты истребляешь всякого отступающего от Тебя.
А мне благо приближаться к Богу!
На Господа Бога я возложил упование мое,
чтобы возвещать все дела Твои.
(Пс. 72:27–28)

Глава 14

Екклесиаст 8:16–17

16 Когда я обратил сердце мое на то, чтобы постигнуть мудрость и обозреть дела, которые делаются на земле, и среди которых человек ни днем, ни ночью не знает сна,—
17 тогда я увидел все дела Божии и нашел, что человек не может постигнуть дел, которые делаются под солнцем. Сколько бы человек ни трудился в исследовании, он все-таки не постигнет этого; и если бы какой мудрец сказал, что он знает, он не может постигнуть этого. (8:16–17)

Вот он, итоговый приговор соломоновой любви к мудрости. Желаемый уровень мудрости недостижим. Никто из людей не может до конца постигнуть, как действует Создатель. Это категорическое утверждение (8:17). С одной стороны, Он раскрывает Себя в Слове. Это дает возможность формулировать доктрины нашей веры. Без правильных доктрин нет правильно осмысленной реальности. С другой стороны, реальность то и дело сталкивает нас с Его делами, которым нет очевидного объяснения в Его Слове. Этот мир полон того, что в наших глазах не согласуется с Божьим характером. Конечно же, в первую очередь речь идет о проблеме зла и страданиях, упомянутых ранее. В подобных случаях на сцену выходит доктрина о непостижимости Творца и *спасает* нас. Она гасит пыл разбушевавшихся «почему», рожденных действиями Господа, но не нашедших места на полке личного богословия. Эти пугающие «почему», как грабители, прячутся по темным углам сознания и подкарауливают, чтобы напасть из-за угла, неожиданно и страшно. И когда это происходит, чувствуешь приставленную к горлу холодную сталь сомнений. А потом они тебя банально грабят, отнимая радость, поклонение, мир. И ты, униженный, нищий и опустошенный, плетешься к престолу благодати, ибо идти тебе больше некуда. Я слегка касался этого вопроса в книге «Поклонение во тьме»[1], и здесь хотел бы продолжить размышления.

Непостижимость Творца

> ^{34} *Но, когда попирают ногами своими*
> *всех узников земли,*
> ^{35} *когда неправедно судят человека*
> *пред лицом Всевышнего,*
> ^{36} *когда притесняют человека в деле его:*
> *разве не видит Господь?*
> ^{37} *Кто это говорит: «И то бывает,*
> *чему Господь не повелел быть»?*
> ^{38} *Не от уст ли Всевышнего*
> *происходит бедствие и благополучие? (Пл. Иер. 3:34–38)*

Особенно обратите внимание на последние два стиха (они уже нам встречались). Это один из краеугольных камней доктрины Божьего всевластия. Она проповедует нам истину о том, что все зло находится на поводке у Всевышнего. И скорби, и радости приходят от Него. Не так, что бедствие от сатаны, а благополучие от Господа. Нет, и то и другое приходит по Его приказу (из уст). Не верите мне – верьте Слову Божьему (Дан. 4:31–32). Некоторые, правда, предпочитают жить в иллюзорном мире с выдуманным Богом, Чьи действия всегда можно объяснить на языке человеческой ло-

---

[1] Расулов Т. Поклонение во тьме: Размышления над Книгой Иова. СПб.: Библия для всех, 2010.

гики. Сталкиваясь с необъяснимым в делах Божьих, они тут же, подобно друзьям Иова, находят «объяснение» и живут себе дальше. Но Писание неумолимо: «...*сколько бы человек ни трудился в исследовании, он все-таки не постигнет этого; и если бы какой мудрец сказал, что он знает, он не может постигнуть этого*» (8:17). Иов подтверждает:

*Дивно гремит Бог гласом Своим,
делает дела великие, для нас непостижимые. (Иов. 37:5)*

Непостижимость – это следствие Его морального и интеллектуального превосходства. Мы же невежественны, ограниченны и ничтожны. Другими словами, непостижимость Бога – производная непреодолимой разницы между Ним и нами. Эта пропасть и мешает нам во многих случаях получить ответ на вопрос *«почему?»* (Ис. 55:8). Размышляя о Творце и Его делах, разум рано или поздно будет упираться в стену таинственного, за которую творению невозможно проникнуть. И как только он пытается это сделать, *тут же получается ересь!*

Наша обязанность – в смирении признать свою ограниченность. Она вовсе не помеха в отношениях с непостижимым Богом. Господь предусмотрительно оставил нам надежного проводника, готового провести через мрачные леса необъяснимого. Этого проводника зовут *вера*. Она вступает в права там, где интеллект в бессилии сдается, где *«человек не может постигнуть дел, которые делаются под солнцем»* (8:17). Это замечательный дар Божий, а также плод Духа, которого, кажется, не хватало бедному Соломону, и потому его мировоззрение было так уныло. Если бы, подобно ему, я мог попросить что-то у Бога, то попросил бы огромную веру, хотя я понимаю, что любовь превосходнее. Но именно веры мне лично катастрофически не хватает, когда банда «почемучек» берет меня за шиворот и выворачивает карманы радости. Я осознаю, что мой разум постоянно пытается проникнуть за грань дозволенного *именно потому,* что мне очень не хватает веры.

Каждый раз, когда я стараюсь осмыслить, например, происхождение зла, я чувствую, что меня трясет, как ветхий самолетик, попавший в грозу. В поисках ответов, для мнимого успокоения, мой ум вторгается в аномальную зону богословских вихрей. Там, на этой недозволенной высоте, я отчетливо ощущаю, что мощности моего ума недостаточно, чтобы удержать себя в воздухе и выдержать удары молний-вопросов, бьющих в мою обшивку. В этой зоне разум начинает давать сбой, чихать и барахлить, как глохнущий двигатель. Если продолжать углубляться в пределы недоступного, отвергая свою ограниченность, то неизменно теряется способность выносить правильные суждения о Боге. Для разума, вторгнувшегося в эти области тьмы, Господь перестает быть любящим, мудрым, милосердным, справедливым. Его характер, описанный Им в Писании, вдруг входит в противоречие с Его делами, что в принципе *невозможно.* Если Бог способен лгать, то никакого даже самого больного воображения не хватит, чтобы описать леденящую кровь перспективу для всего человечества. В Его поступках всегда будут непостижимые аспекты. С этим нужно просто смириться. Мне!

17 ...Тогда я увидел все дела Божии и нашел, что человек не может постигнуть дел, которые делаются под солнцем... (8:17а)

Я не буду сходить с ума от того, что не могу постичь чудо зарождения новой жизни, миллиарды световых лет Вселенной, или любой другой загадки творения. Все это и многое другое я просто восхищенно принимаю. Когда я думаю о том, что нет даже двух одинаковых снежинок, то благоговейно застываю, не особо пытаясь своим убогим умишком объять необъятное. Я осознаю, что не в состоянии справиться с цифрами, масштабами, объемами, величинами, устройствами, разнообразием, и прочим величием, окружающим меня. Слова сразу куда-то деваются (они все равно не способны ничего передать), и в итоге, все, что я могу воспроизвести это, извините: «И-и-и-и-и!» – восторженный визг. Все! Хотя нет, не все. Еще, от переполняющих эмоций хочется начать кого-то тормошить и трясти, потому что это восхищение надо куда-то срочно передать, а иначе есть риск, что разорвет.

Как мне нравится, что Бог именно такой необъятный! Я в восторге от Его потенциала в сфере творения. Чем больше Он надо мной возвышается, тем легче мне преклоняться перед Ним. Но здесь, в восьмой главе, и в последующей, освещается тема Его *нравственной* непостижимости. Отпечатки ее – на всем, что происходит под солнцем, в том числе и на мне. И убийственное несовершенство мира, и убожество моего нравственного состояния уходят корнями своими в Божий замысел, рожденный вечность назад.

Его непостижимость бьет меня *больнее всего* глазами Его созданий. Она в отрешенном взгляде ребенка-аутиста, в ожидающем – сироты, в угасающем – облепленного мухами африканского малыша, в безразличном – грязного бомжа, в обезумевшем – родителей под дверью реанимации. Эти глаза преследуют меня и подкарауливают везде, даже если это просто неожиданное душераздирающее фото бледного младенца, нуждающегося в сумасшедших деньгах на лечение. Я реагирую на них, как большинство на попрошайку: ускорив шаг и отводя глаза. Убегаю прочь мыслями, стараясь тут же отвлечься. Чужая боль – тяжелая ноша! Но периодически мне надоедает моя трусость, и я намеренно позволяю таким глазам пронзить меня в самое сердце. Тогда я столбенею и обмякаю. Парализованный и потерянный в духовном бессилии я *унываю,* и вся вера моя начинает трещать под натиском вопросов, ответы на которые, находятся по ту сторону бытия: «Милосердный Бог, это же ребенок!»

В такие моменты я погружаюсь в мрачные и ледяные воды сомнений, теряя весь восторг, описанный выше. Тогда даже самый ясный день опускается во тьму страха и недоверия. Передо мной предстает Господь, которого *я не хочу знать*. Нет, только не такого! Я чувствую себя ошпаренным псом, забившимся в угол конуры, зализывающим ожоги и глухо рычащим на своего хозяина. Когда я начинаю измерять Его дела своей линейкой справедливости, то на выходе у меня неизменно: не очень справедливый Бог.

Вот почему я инстинктивно бегу от таких мыслей. Но, на самом деле, я бегу от такого Бога. А Он не прячет от меня эту сторону Своей природы. Напротив, Он как бы вынуждает снова и снова соприкасаться с Его непостижимостью, чтобы правильно на нее реагировать. Бежать – не выход. Унывать – тоже. Должна быть золотая середина. Поэтому Он приглашает меня научиться плавать в этих водах сомнений в Его доброте, справедливости, мудрости, заранее предупреждая, что всех ответов я не получу (8:17). Но поскольку я добровольно не хочу выучивать этот урок, то Ему приходится время от времени неожиданно сталкивать меня с пирса размеренного богопознания. Тогда, зажмурившись и сжавшись, я неуклюже плюхаюсь лицом во мглу, поднимая фонтаны брызг. Боже, там *так* холодно, что мои молитвы замерзают в горле, и я лишь на выдохе отрывисто и сипло шепчу: «По-че-му?». А вскоре уже просто выбиваю зубной дробью «SOS». Вместо того чтобы согреваться, осознанно поклоняясь, и плыть, я, бывает, в ужасе застываю. Духовный пульс замирает, превращаясь почти в нитевидный, и течение плотских ядовитых мыслей уносит меня к водопаду тоски. Но на мне всегда спасательный круг веры и трос, за который меня и вытягивает обратно неустанный Инструктор. Потом я, дрожащий, сижу на берегу нового дня, укутанный в плед Божьей ежедневной, ласковой заботы, стуча зубами по кружке, пью горячий чай Слова и понимаю, что опять не сдал экзамен. А значит, будет пересдача.

Вера без тени сомнений подобна организму, в котором нет никаких антител. Люди, беспечно идущие по жизни, слишком занятые или равнодушные, чтобы задавать трудные вопросы о том, почему они верят так, а не иначе, обычно оказываются беззащитными перед лицом трагедии или пытливыми вопросами умного скептика.

Вера человека способна разрушиться в одночасье, если ему никогда не хватало терпения прислушаться к собственным сомнениям – к тем самым, которые следует отметать лишь после долгих размышлений[2].

Пока я писал эти строчки, проснулся мой младший сын, подал голос. Я сразу подошел к нему, взял на руки и расцеловал. Все, что он видит с рождения – это любовь, нежность, забота, внимание. Сколько таких же крох в данный момент надрывают животы в доме малютки, пока к ним кто-то подойдет, и то лишь для того чтобы покормить или поменять подгузники. И они дальше лежат себе в своих кроватках, брошенные теми, *в ком нуждаются более всего* на данный момент жизни. А кто-то находится и в худших условиях, безответно оглашая всю Вселенную голодным криком образа Божьего, брошенного на произвол жестоких законов мира людей. Чем провинились эти несчастные создания? Ничем, в том-то и дело, что ничем! Почему на их месте не оказался я, или мои мальчики? Не знаю. Почему кто-то вообще должен оказаться на этом месте? Не знаю! Как оставленный, страдающий младенец приносит славу Богу? Я не знаю!!!

Я не могу заставить себя пойти в детский дом, просто потому что *боюсь себя самого и своих мыслей,* которые потом до полусмерти измордуют мою же веру. Я не смогу смотреть в глаза его вынужденным обитателям, будущее большинства из которых предопределено. Знаю, что разревусь, расклеюсь, и долго еще буду отходить от этого зрели-

---

2 Келлер Т. Разум за Бога. М.: Эксмо, 2012. С.22.

ща, сидя у окна, уставившись в одну точку. Общаясь с бывшими детдомовцами, мне хочется просить прощения у каждого из них за то, что моя судьба была иной, за то, что когда в детстве я с плачем просыпался от ночного кошмара, ко мне спешила заботливая мама, обнимала, целовала, утешала, и успокаивала. Я до сих испытываю то детское, непередаваемое, теплое чувство защищенности и безопасности в присутствии родителей. Когда большая, шершавая, ласковая рука отца гладит меня по голове, я возвращаюсь в те годы, когда я, маленький, цепко ухватившись за указательный палец, семенил рядом с ним, огромным, и *ничего не боялся*. По мере осознания жестокости людей, меня все больше и больше поражало это лотерейное счастье оказаться в крепкой башне родительской любви и заботы. И потому я даже думать боюсь о том, что происходит с детским сердечком, вынужденным выживать от рождения и не имеющим возможности положиться на кого-либо, кроме себя. *Самая тяжелая задача* в подобных размышлениях – привести все действия Бога к некой благой, всеоправдывающей цели, ради достижения которой можно подвергнуть боли миллиарды живых и беспомощных существ.

Да, моя вера легче всего спотыкается о боль и страдания. Я это прекрасно осознаю. Осознаю также, что было бы глупо прятать голову в песок иллюзий, поклоняясь такому Богу, который не отвечает за все это мировое безумие. Но Писание, которому я верю от корки до корки, ясно говорит, *Кто* заварил эту вселенскую кашу. И здесь не важно, арминианин вы или кальвинист. Ни те, ни другие, например, одинаково не могут примирить человеколюбивого Создателя и ад, Им созданный. Ад добровольно выбранный, или ад предопределенный, остается адом, спроектированным любящим Богом, для вечного мучения Его творений. Разве нет?

Серийный убийца с преисподней сочетается превосходно, не буду возражать. А ваш пенсионер сосед? Его бунт против Создателя у вас соотносится с *вечным мучением?* У меня – нет. Он вырастил детей, как умел, отдавая им лучший кусок, работал всю жизнь, ковырялся на даче, выживал. Он *грешен, без сомнений,* и сам это в какой-то мере понимает. Теперь он сидит на лавочке перед подъездом, опершись на клюку, пыхтит папироской и блаженно улыбается прохожим. Я рассказываю ему про спасение в Иисусе Христе, он смотрит на меня своими выцветшими глазами и кивает головой. Я почти ощущаю, как мои слова отскакивают от него. Он даже не меняет выражения лица. Обреченно, как приговор, звучат слова Евангелия. Ему не нужен Бог, не нужен даже сейчас, у порога смерти. Он пребывает в обыкновенном неведении касательно своей участи, и мои слова не могут зародить в его душе и крупицу страха перед Судом. Если бы я мог выбрать его участь, я бы, наверное, отравил его в небытие. По мне, это более подходящий конец того, кто был рожден в грехе не по своей воле и прожил жизнь, скажем так, не совершая преступлений против человечества. Если вы скажете, что у вас нет богословских проблем подобного рода, я вам *завидую.* Хотя, возможно, о таких вещах вы просто предпочитаете не размышлять, чтобы лучше спалось и веселее жилось.

И таких вопросов лично у меня хватает. Я не буду их все здесь озвучивать. Однако, как ни странно, я духовно нуждаюсь в непонятном Боге. Да-да, именно *нуждаюсь.* Непонятный Бог – один из лучших тестов на подлинность веры. Совершая непостижимое, Он создает чудовищное трение, отделяя зерно от мякины. Так что, утверждая, что вам понятны все действия Создателя, вы противоречите богодухновенному Слову. Если вы истинно верующий, у вас *есть* мучительные вопросы без ответов (8:16–17). Вы от них, случайно, не бегаете?

Знайте, что можно «верить» по плоти, причем всю жизнь и ревностно? Так верил апостол Павел до обращения. Ветхий человек тоже не против поиграть в христианство. Но непостижимость Божья выматывает его, пытающегося принимать участие в поклонении. Она, как огонь, поедает солому и закаляет сталь. Как девятибалльный шторм разбивает самодельные лодочки религиозности, не предназначенные для длительного плавания, но дерзнувшие выйти в открытый океан Божьего всевластия. Господь иногда становится очень непонятным, чтобы выявить псевдопоклонение и взрастить истинное. Непонятный Бог не может убить настоящую веру, ибо она берет свои силы в Нем самом. Он – ее источник. Непонятный Бог уничтожит только лжерелигию, которая, умирая, будет изрыгать проклятия. Посмотрите на жену Иова и убедитесь в этом.

Вера! Прекрасное творение Духа Святого! Ни одно человеческое существо не способно самостоятельно воспроизвести и *крупицу* этой драгоценности. В нас самих нет ни одного ингредиента, чтобы создать такое чудо. В нас – только то, что ему мешает. Драгоценный Иисус, спасибо Тебе, что Ты не стучал смиренно в дверь моего сердца, как об этом проповедуют на евангелизациях и поют в песнях, заблуждаясь, не зная Писания. Если бы Ты ждал, то никогда бы не дождался. В моем сердце нечего было открывать, ибо не было там ни дверей, ни окон. Это был каменный монолит зла, неверия и эгоизма. Поэтому Ты просто вошел через стену, как бульдозер, и взял меня штурмом. И дал мне веру, далеко не самую сильную, но, кажется, живую. Я надеюсь, что буду благодарить Тебя за спасение, даже если Ты заберешь у меня все. А вот зачем я сам Тебе понадобился, мне так же непонятно, как и вышеперечисленное.

Щит веры – вот моя любимая часть вооружения Божьего. Он угасит все раскаленные стрелы дьявола и прикроет от всего, что нападает на характер Творца. И когда начинается обстрел, я бегу к Кресту, обхватываю его руками, ногами и поклоняюсь. Христос – мое бомбоубежище в самые страшные налеты вражеской авиации. Пригвожденный Бог лечит мое сердце. Я не получаю там всех ответов, но обретаю уверенность в том, что Сын Божий, способный на такое самопожертвование, знает, что делает. Не знаю, как у вас, но святое святых моего сердца – это убежденность в Божьей доброте. Хотя Крест сам по себе – очередная загадка для моего интеллекта, он *успокаивает* меня. Он могущественно заставляет умолкнуть в стыде, когда я, разбушевавшись, ропщу. Что бы я делал, если не Крест?!

Настоящая вера – это подушка безопасности, помогающая столкнуться с некоторыми делами Божьими лоб в лоб (как, например, страдания) и не вылететь через лобовое стекло христианства. Там, где мудрость бессильна, эстафетную палочку принимает вера и проходит самые трудные отрезки дистанции, где нужно идти порой в кромешной тьме. И она не задается вопросами «почему?», «как так?», «почему я?» и т. п. Ей не нужно знать ответов, чтобы продолжать бег. Она не требует доказательств своих убеждений. Она черпает свои силы *из уверенности в Божьем характере*, принимая за аксиому то, что Бог о Себе сказал. И все! Это ее удивительная способность. Блаженны те, кому дано верить!

Есть много умных неверующих прагматиков, понимающих, что этот мир – не рай и им не станет. Они приблизительно осознают масштабы зла и подлости (правда, не особо видя эту мерзость в себе). Некогда наивные, они растут в осознании «вездесущности» зла, наполняющего мир, и этот процесс, как яд, отравляет им душу. При таком раскладе, без веры, как противоядия, наивность постепенно сменяется цинизмом и озлобленностью. В человекоцентричном мировоззрении злу не находится соответствующего места, точно так же как смерти и Богу, о чем мы говорили ранее.

Верующий же, соприкасаясь со злом, *способен расти в любви,* как к Богу, так и к людям. Это не значит, что в его богословии нет темных пятен и вопросов. Просто он смирился с тем, что Божья справедливость порой надежно скрыта за неприступными стенами непостижимости. Это непостижимая справедливость, в которую надо *верить!* И потому он никогда не согласится со словами из известной песни «Сплина»: «Вот она, гильза от пули навылет, карта, которую нечем покрыть! …Бог устал нас любить, Бог просто устал нас любить».

«Кто сей, омрачающий Провидение,
ничего не разумея?» –
Так, я говорил о том, чего не разумел,
о делах чудных для меня, которых я не знал.
«Выслушай, – взывал я, – и я буду говорить,
и что буду спрашивать у Тебя, объясни мне».
Я слышал о Тебе слухом уха;
теперь же мои глаза видят Тебя;
поэтому я отрекаюсь
и раскаиваюсь в прахе и пепле.
(Иов. 42:3–6)

Глава 15

Екклесиаст 9:1–12

[1] *Всему этому я отдал сердце свое, чтобы исследовать все это. Праведные и мудрые и их дела – в руке Божьей. Человек не знает, что его ждет: любовь или ненависть[1]. (9:1)*

Восьмая глава заканчивается на ноте Божьей непостижимости. Девятая продолжает ее на протяжении нескольких стихов. Соломон упоминает, что приложил все старания для исследования этого феномена (9:1а). И здесь тоже он поднимает особо болезненные вопросы. Они зачастую сводятся-то ведь к одному: почему зло пожинают те, кто сеет добро, и наоборот? Божье всевластие определяет участь праведных и мудрых *в большей мере*, чем их праведная жизнь и мудрые поступки. Оно (всевластие) стоит *над* законом сева и жатвы, причины и следствия. Мега-праведный Иов, всю свою жизнь сеявший только добро, пожал такое чудовищное зло, что не остается ничего, как только в полном бессилии поднять глаза к небу и замолчать тем страшным молчанием, которое пугает более, чем истерика. «*Человек не знает, что его ждет: любовь или ненависть*»[2] (9:1б). «Когда я чаял добра, пришло

---

[1] Синод. пер.: «На все это я обратил сердце мое для исследования, что праведные и мудрые и деяния их – в руке Божией, и что человек ни любви, ни ненависти не знает во всем том, что перед ним» (9:1).

[2] Синод. пер.: «…человек ни любви, ни ненависти не знает во всем том, что перед ним» (9:1).

зло; когда ожидал света, пришла тьма» (Иов. 30:26). И это потому что все – в руке Божьей. *Никто* не знает, что принесет с собой завтра, и никто не может застраховать его от любого самого страшного сценария постами, молитвами, добрыми делами, служением, благотворительностью. Это очень мучительно осознавать, учитывая нашу жажду предсказуемости. Всевластие Божье – это *горькое лекарство,* жизненно необходимое нашему лукавому сердцу, стремящемуся к манипулированию всеми, начиная с Бога. Мы подобны ребенку, стиснувшему зубы и не желающему принимать ненавистную микстуру, но милосердный Создатель время от времени запихивает нам ложку, другую, напоминая, что Он приручению не подлежит. Рука Божья – первопричина всего (9:1). Этот урок однажды выучил вышеупомянутый Иов за очень высокую цену.

> 2　*Всем – одна участь[3]:*
> *праведнику и нечестивому,*
> *доброму и злому,*
> *чистому и нечистому,*
> *приносящему жертву и не приносящему жертвы;*
> *как добродетельному, так и грешнику;*
> *как клянущемуся, так и боящемуся клятвы.*
> 3　*Это-то и зло[4] во всем, что делается под солнцем, что одна участь всем, и сердце сынов человеческих исполнено зла, и безумие в сердце их, в жизни их; а после того они отходят к умершим. (9:2–3)*

В довершение этой земной «несправедливости» всех ждет одинаковая участь: смерть, причем нередко – преждевременная. Две недели назад я получил известие, что в автокатастрофе погиб знакомый мне пастор церкви. «Бо-

---

[3] Синод. пер.: «Всему и всем – одно: одна участь...» (9:2).
[4] Синод. пер.: «...худо...» (9:3).

же,– подумал я,– должны же ведь быть какие-то преимущества того, что я знаю Тебя. Если я примирился с Царем Вселенной, то не логично ли ожидать неких явных земных привилегий?!» Оказывается – нет. И опять так хорошо нам знакомая тема смерти. Ее имеет в виду царь, говоря об одинаковой участи для всех. Это некое всеобъемлющее, неизбежное зло, касающееся каждого жителя Земли независимо от его социального статуса, материального положения, интеллекта и морального состояния. Можно более-менее защищаться от многих напастей, но этот враг настигнет каждого (9:3а).

Однако люди – не просто безвинные жертвы у смерти в меню. Прежде чем она нанесет свой роковой удар, каждый успеет сотворить много зла другим и себе (9:3б). Сердце, исполненное зла – вот, что делает мир огромным сумасшедшим домом. Говоря о безумии в сердце, Соломон имеет в виду нравственное безумие, духовную слепоту, состояние бунта. Когда Бог творил наш мир, Он творил его прекрасным. Кстати, и человек был создан таким же (7:29). Даже после грехопадения весь тварный мир (кроме человека) находится в гармонии. Единственное существо, которое вносит глобальный дисбаланс в жизнь планеты,– это потомок Адама. Парадокс: самое умное создание на земле уничтожает себя и свою среду обитания, пилит сук, на котором сидит, причем в последние сто лет пилит очень быстро. Причина – безумное сердце. Наша нравственная составляющая контролирует интеллектуальную. Да, мы умны, но врожденная любовь к злу сильнее инстинкта самосохранения.

Если чудесным образом убрать человека и все продукты его жизнедеятельности, то планета вздохнет полной грудью и весь животный мир устроит вечеринку, от которой Земля будет ходить ходуном. Экосистема никак не пострадает от того, что такой вид, как человек, будет выдернут из круговорота жизни. Баланс не нарушится, а наоборот восстановится. Пройдет каких-нибудь двадцать лет, и моря вновь будут кишеть рыбой, возродятся вымирающие виды животных и жизнь забурлит. Венец божественного творения так обезумел, что поставил всю планету на грань экологической катастрофы. Еще сто лет назад никто бы не поверил, что люди в будущем будут покупать обыкновенную воду.

«...Безумие в сердце их, в жизни их, а после того, они отходят к умершим» (9:3б). Вот неизбежный конец бунтарей. В таком контексте смерть уже не выглядит только злом. Она, как ни странно, выражение Божьего милосердия. Порой только она может остановить моральное сумасшествие тех, кто возомнил себя богами. Господь знает, что делает. Кому нужны вечно живущие чудовища (Быт. 3:22)?! Кроме того, размышляя о смерти, важно помнить о ее заслуженности. Это важная составляющая богословия смерти. Без нее смерть всегда будет казаться только нелепым извращением здравого смысла.

Она – один из самых могущественных проповедников о Боге. Приходя к каждому, как палач к преступнику, смерть молча понуждает склонить голову перед Повелителем вечности. Образ Божий нередко имеет возможность смирить свою гордыню, наблюдая ее медленный приход. Но даже этого наводящего ужас посланника в большинстве случаев отсылают ни с чем к его Царю. Безумная жизнь заканчивается безумной смертью (9:3). То есть абсолютное большинство, даже умирая, не могут попросить прощения у праведного Судьи.

Как же так, что и у последней черты не получается обратиться?! Ответ тот же: безумие в сердце их. Причем не спешите радоваться молитвам «покаяния» на смертном одре. Я разделяю страстное желание верить, что близкий вам человек ушел в рай, так как помолился вместе с вами. Однако истина в том, что, как правило, такое покаяние никак не проверить на плод. Это было бы возможно, только если бы умирающий выжил. Мое «маловерие» проистекает из удручающей статистики. Большинство «обращенных» при смерти, но выживших, забывают о Боге в рекордные сроки. Об этом же свидетельствует и Писание (Лук. 17:12–19). Подумайте об этом и ужаснитесь. Девять из десяти исцеленных Христом от смертельной болезни, ушли *жить*, даже не сказав «спасибо». И лишь один возвратился, чтобы прославить Бога. И хотя все они пришли к Иисусу за помощью, только об одном было засвидетельствовано, что он уверовал. Как вам такая библейская статистика?

Это означает, что даже стальная хватка Аваддона не способна вытрясти из человеческой душонки хоть горчичное зерно веры. Безумие в сердце не позволяет увидеть смерть как глашатая Божьей истины, порожденного несколько тысяч лет назад среди красот Эдема. Человек боится смерти, не потому что та доставит его прямиком на Суд, а потому что лишит его всего заветного и драгоценного. И даже будучи совершенно обездвиженным, он будет цепляться хоть мыслями за то, что любит, умозрительно созерцая свои сокровища до последнего вздоха. Как не вспомнить здесь учение Христа о сокровище сердца.

19 Не собирайте себе сокровищ на земле, где моль и ржа истребляют и где воры подкапывают и крадут, 20 но собирайте себе сокровища на небе, где ни моль, ни ржа не истребляют и где воры не подкапывают и не крадут, 21 ибо где сокровище ваше, там будет и сердце ваше. (Матф. 6:19–21)

Материалистическое мировоззрение, обнажаемое Соломоном, как раз и представляет собой такую безумную систему ценностей. Оно всегда будет рассматривать смерть как самого лютого и непобедимого врага. Но для Христовых этот враг бессилен. Посмотрите сколько торжества в следующих словах апостола Петра:

³ Благословен Бог и Отец Господа нашего Иисуса Христа, по великой Своей милости возродивший нас воскресением Иисуса Христа из мертвых к упованию живому, ⁴ к наследству нетленному, чистому, неувядаемому, хранящемуся на небесах для вас… (1 Пет. 1:3–4)

Читая эти и подобные им строки, мне хочется выбежать на какой-нибудь пустырь, подальше от людей, чтобы никого не смущать, и что есть силы орать, вопить, свистеть и улюлюкать в небо. До хрипоты. До изнеможения. Нет, я все-таки это сделаю когда-нибудь. Христос подарил мне надежду. Кто способен радоваться такому невидимому сокровищу, не имея веры? Кто способен внять Евангелию? Не почитает ли мир эту весть безумием (1 Кор. 2:14)? Нас считают ненормальными за нашу надежду на вечную жизнь. Но камень преткновения не в концепции вечной жизни. В нее верят многие религии. Камень преткновения – Христос, Его крестная смерть, Его учение, идущее в разрез со всем тем, что любит плотский человек. Христос ненавистен, ибо Его учение берет совесть за шкирку и встряхивает, как пыльный половик. И в клубах едкой пыли становится ясно, что ты – никто, звать тебя – никак и уповать ты можешь только на милость. Людей это бесит. Именно бесит. Его учение жжет, ибо бьет в самое сердце гордыни, вызывая чувство вины, *не заглушаемое ничем.* Евангелие не оставляет никаких вариантов кроме одного: встать на колени перед святым Творцом и попросить прощения во Христе. Все! Такой Бог никому не понравится, ибо Он смешивает с грязью, прежде чем предлагает спасение. А предлагая его, требует самого ненавистного для духовного мертвеца: отречься от своего смысла жизни – *себя!* Только духовное помешательство может заставить отвергнуть вечность с Богом ради мимолетного и греховного удовольствия пожить в бунте против Всемогущего.

Следующие стихи так не согласуются с учением апостола Павла (Флп. 1:21).

4 *Кто находится между живыми, тому есть еще надежда, так как и псу живому лучше, нежели мертвому льву.*

5 *Живые знают, что умрут,*
а мертвые ничего не знают,
и уже нет им воздаяния,
потому что и память о них предана забвению,

6 *и любовь их и ненависть их и ревность их уже исчезли,*
и нет им более части во веки
ни в чем, что делается под солнцем. (9:4–6)

Смерть – зло, если она прекращает все хорошее. Тогда лучше быть безродным, грязным, но живым псом (весьма презренное животное на Востоке), чем благородным и могучим, но мертвым львом (9:4). Ибо в таком случае у пса еще есть надежда осуществить пусть и самые скромные желания, а у льва – нет. Как же все-таки сердце Соломона было прилеплено к земле со всеми ее благами, раз на протяжении всей книги он просто *не может перестать думать о смерти*. Он понимал, что именно она лишит его *раз и навсегда* славы и изобилия. Но где же ожидание вечной славы? Вы не найдете его в Екклесиасте. И потому могущественный повелитель Израиля сделал все, чтобы не потерять своего царского положения, причем за счет неповиновения Божьим заповедям. Например, взял за себя множество иноземных жен, чем, вероятно, заполучил в союзники окружающие государства и города. Приобрел кучу золота и стабилизировал экономику. Прекрасно вооружил армию, которой даже ни разу не пришлось воевать. В общем, обезопасил себя от людей, как мог. А потом? А потом сидел и ждал, когда за ним придет та самая, кого он боялся больше всего. Сидел, ждал, и мучился от осознания неотвратимости того дня.

«...И уже нет им [земного] воздаяния... и любовь их и ненависть их и ревность их уже исчезли, и нет им более части вовеки ни в чем, что делается под солнцем» (9:5–6). Так рассуждать можно только в рамках материалистического мировоззрения. А в чем, собственно, трагедия, после того как он в таких мрачных тонах расписал жизнь под солнцем? Получается «вилка», как в шахматах. И уйти страшно, ибо нет там за гранью ничего интересного и манящего, и остаться тошно, ибо все суета и бессмыслица. Настоящая засада! Что же остается в таком случае?

7 *Итак иди, ешь с весельем хлеб твой,*
   и пей в радости сердца вино твое,
   когда Бог благоволит к делам твоим.
8 *Да будут во всякое время одежды твои светлы,*
   и да не оскудевает елей на голове твоей.
9 *Наслаждайся жизнью с женою, которую любишь, во все дни суетной жизни твоей, и которую дал тебе Бог под солнцем на все суетные дни твои; потому что это – доля твоя в жизни и в трудах твоих, какими ты трудишься под солнцем.*
10 *Все, что может рука твоя делать, по силам делай; потому что в могиле, куда ты пойдешь, нет ни работы, ни размышления, ни знания, ни мудрости. (9:7–10)*

Ешь, пей, веселись, люби, зарабатывай и достигай максимума в пределах тех возможностей, которые даровал тебе Бог (9:7–10а). Это уже до боли знакомая концепция. «Наслаждайся жизнью»,– говорит царь, и при этом не скрывает, что это жизнь, отданная суете (9:9а)! Вот твой удел, человек. И вот что шокирует: в этих стихах *нет подготовки к смерти.* Здесь только пожелание нам: *успеть как можно лучше пожить,* пока она нас не приберет. И вроде тут присутствует Бог, *но не как объект поклонения,* заметьте, а только, как некая Сила, обрекшая нас на такую бессмысленную и короткую жизнь. Ужас! Тихий ужас!

Книга Екклесиаста признает такие качества Бога, как всевластие, могущество, мудрость, непостижимость, благость и т. д., но в ней нет *поклонения,* просто нет. Нет живых отношений, нет радости спасения, нет упования, нет благодарения, нет всего того, чего мы так ждем, чтобы избавиться от недоумения, вызванного ее чтением. «*...Потому что в могиле, куда ты пойдешь, нет ни работы, ни размышления, ни знания, ни мудрости»* (9:10б). Вот она агония духовного паралитика. В этих стихах (9:7–10) он с тоской перечисляет все то, что любит и что потеряет со смертью. А поклонение? Разве это не самая главная составляющая жизни?! Неужели смерть ограбит и мое поклонение?!

Как невыносимы его рассуждения, эта двухмерная реальность, отмеченная печатью махрового материализма! Я закрываю глаза и вижу выцветший палестинский пейзаж под палящими лучами июльского солнца. Вижу престарелого Соломона в расшитой золотом роскошной одежде, в своих царских палатах. Вижу его печальный лик, пустой взгляд. Присев у окна, он безразлично разглядывает далекие, расплывающиеся в мареве холмы Иудеи. Это хорошо знакомый ему вид. Десятки лет он устремляет свой взгляд туда. Царь скоро сойдет в могилу, а эти холмы останутся. И хоть они порядком поднадоели, расстаться с ними он не готов. Природа не вызывает у него больше мыслей о Боге. Он уже много лет не открывал уста для молитвы. Ему не о чем больше мечтать, как обычным людям. Их самые смелые мечты – его ежедневная жизнь. Он сыт, одет, в безопасности, в комфорте, он – в почете и славе. Вчера он спал с одной женщиной, сегодня будет с другой. Его прихоти – закон для всей страны. Его воля не знает преград.

Я вижу его не спеша прогуливающимся по саду после обеда. Вот он набрел на одного из своих детей. Мальчик плачет, сидя на земле. Отец вспоминает его имя, подходит, гладит по голове. Безразлично отмечает для себя, что ребенок подрос с последней встречи. Тот перестает плакать и смотрит на отца с надеждой. Они редко видятся. Примерно с минуту молча разглядывают друг друга. Затем малыш неожиданно встает, смело шагает вперед и берет отца за руку. Надо уже что-то говорить, и он говорит: «Пойди, сынок поиграй с остальными». Это чуть ли не единственная его фраза в отношениях со своими детьми. И не дожидаясь исполнения наказа, поспешно высвобождает руку из детских пальчиков и бредет прочь. «Боже, как скучно! Как убийственно унылы летние послеобеденные часы. Скорее бы вечер! Полегчает».

Внутри – пустота, звенящая, черная пустота, зацикленного на себе эгоиста. Он не знает, как отдавать. Ему незнакома эта радость. Он умеет только брать. Все люди – это не более чем средство осуществления его желаний. Каких желаний? Какие у него остались? Еда, питье, женщины, развлечения. Ну, еще надо чем-то занимать свой ум, чтобы не сойти с ума. Государственные дела в этом отлично помогают.

Он щурится и смотрит вверх на немилосердное южное солнце. Вяло течет поток мыслей и одна фраза не дает покоя… «Под солнцем, под солнцем»,– повторяет он едва слышно, как заговоренный. Как пусты небеса, в которых есть только светило. А где же твой Создатель, Соломон? Где Бог твоего отца, являвшийся тебе два раза? Куда исчез Он из твоей жизни? Его нет в твоем разуме, а если ты и вспоминаешь о Нем, то такие мысли больше не заканчиваются молитвой, славословием или песнопением. Когда успел Он превратиться в легенду, ни к чему не обязывающую?

Не умел ты радоваться в Боге, Соломон, потому и нас не можешь научить. Чем заглушить боль бессмысленного бытия? Все, что ты предлагаешь в качестве болеутоляющего,– это есть, пить, веселиться, влюбляться, трудиться, ставить цели и достигать их. Вот и весь твой жалкий материалистический набор удовольствий. От того и книга твоя – исповедь нищего богача. Но я благодарен тебе, что ты так ярко высветил подноготную безбожия. И я верю, что, не смотря на падение, ты не отрекся от Бога Авраама, Исаака и Иакова.

11 *И обратился я, и видел под солнцем,*
что не проворным достается успешный бег,
не храбрым – победа,
не мудрым – хлеб,
и не у разумных – богатство,
и не искусным – благорасположение,
но время и случай для всех их.
12 *Ибо человек не знает своего времени.*
Как рыбы попадаются в пагубную сеть,
и как птицы запутываются в силках,
так сыны человеческие уловляются в бедственное время,
когда оно неожиданно находит на них. (9:11–12)

Всевластие Божье научает нас тому, что помимо данных, которые человек сам вписывает в уравнение своей жизни, есть Тот, Кто может сделать так, что результат не будет соответствовать заявленным компонентам. Говоря проще, два плюс два – не всегда четыре. Могут быть альтернативные варианты. Это лишний раз доказывает, что человек – не хозяин своей судьбы. Соломон называет двух могущественных слуг Властителя судеб человеческих: *время и случай.* Они могут лишить проворного – успеха, храброго – победы, мудрого – хлеба и т. д. Есть сила, способная вмешаться в любой процесс: ускорить его, замедлить, обратить или отменить. Помните пример про курятник?

Соломон уже говорил о времени в начале 3 главы. Там главная идея в том, что Бог отмеряет человеку отрезок времени на каждое его дело под солнцем (некая продолжительность). Здесь же несколько иной акцент, точечный. Речь идет о времени как о часе, который может пробить только в установленный Господом момент. К примеру, на жизнь Гитлера было совершено больше десятка покушений. Но прекратил ее, скорее всего, он сам весной сорок пятого. Богу не было угодно увенчать успехом ни одну из попыток патриотов Германии. Его час тогда еще не настал. Создателю зачем-то было нужно, чтобы это чудовище прожило до определенного возраста, хотя сотни миллионов людей по всему миру (вдумайтесь в эту цифру) желали ему смерти.

Такой же смысл вкладывал Иисус, когда, например, говорил, что «исполнилось *время,* и приблизилось Царство Божье» (Марк. 1:15). Или: «Вот, наступает *час,* и настал уже, что вы рассеетесь каждый в свою сторону и Меня оставите одного...» (Иоан. 16:32). Одного желания и самых незаурядных способностей недостаточно, чтобы осуществить задуманное. Должно прийти Богом запланированное *время,* имеющее своим господином только Его.

Под случаем же Соломон имеет в виду не спонтанное происшествие, а некое стечение обстоятельств, *настолько неуправляемое человеком,* что для него это выглядит как случайность, не предвещаемая никакими его поступками, добрыми или злыми. Вы можете быть первоклассным водителем, но это не спасет вас от аварий. Даже соблюдая все правила дорожного движения, вы не застрахованы от тех, кто не соблюдает. Также никто из отдыхавших на пляжах Таиланда в 2004 году не планировал получить цунами в качестве последнего рождественского подарка. Как говорится, они оказались не в том месте и не в то время. Как же такое возможно? Возможно, *«ибо человек не знает своего времени. Как рыбы попадаются в пагубную сеть, и как птицы запутываются в силках, так сыны человеческие уловляются в бедственное время, когда оно неожиданно находит на них»* (9:12). Многие безумцы полагают, что расчетом, сообразительностью и предусмотрительностью могут защититься от несчастий. Это обыкновенный горделивый самообман. Рано или поздно время и случай им все растолкуют.

Время – это река, против течения которой не может плыть ни одно сотворенное существо. Она с одинаковой скоростью будет нести вперед всех. На пути реки есть пороги – события. Случай – это и есть событие, характеризуемое стечением обстоятельств, направляемых Создателем. Это результат сложнейшего божественного уравнения, складываемого из тысяч пересечений движений, перекрестков судеб, процессов, злых и добрых поступков, слов, решений, ошибок, удач и неудач, планов, замыслов, умений и тому подобного.

Человек – это рыба. Река времени доставит либо рыбку к рыбаку, либо наоборот, в предопределенный момент. По суверенному замыслу рыбак будет именно там, где проплывет нужная рыба и какой бы шустрой она ни была, выбранный Господом рыбак окажется шустрее. Это не фатализм, в котором нет всемогущего и всевластного Бога, устраивающего все на небе и на земле по Своей воле (Дан. 4:31–32). Там есть невесть откуда взявшееся «кому суждено», и не дается никаких объяснений, кем суждено, что суждено, почему суждено и т. д.

Здесь же – божественная Личность с конкретным, совершенным планом, регулирующим все, что происходит во Вселенной. Правда, безумный смертный ведет себя, как курица из нашей иллюстрации, играя в хозяина своей судьбы и игнорируя эту Личность, способную в любой момент изменить его жизнь до неузнаваемости. «Курица» догадывается, что не может всего контролировать, но остановиться и задуматься об этом факте отказывается. Слишком занята, разгребая навоз. Вот так поднимешь голову вверх на минутку, а все червяки и расползутся. Нет уж, лучше не отвлекаться на пустяки.

Некоторые все же находят в себе мужество поразмышлять на данную тему. Михаил Булгаков в своем нашумевшем романе «Мастер и Маргарита» хорошо подметил это общечеловеческое невежество. Используя обыкновенную *логику,* через диалог персонажей писатель, сам не будучи верующим в библейском смысле этого слова, наглядно демонстрирует, что человек – никакой не хозяин собственной судьбы[5]. Не поленитесь и прочтите весь отрывок, пожалуйста.

– …Но вот какой вопрос меня беспокоит: ежели Бога нет, то, спрашивается, кто же управляет жизнью человеческой и всем вообще распорядком на земле?

– Сам человек и управляет,– поспешил сердито ответить Бездомный на этот, признаться, не очень ясный вопрос.

– Виноват,– мягко отозвался неизвестный,– для того, чтобы управлять, нужно, как-никак, иметь точный план на некоторый, хоть сколько-нибудь приличный срок. Позвольте же вас спросить, как же может управлять человек, если он не только лишен возможности составить какой-нибудь план хотя бы на смехотворно короткий срок, ну, лет, скажем, в тысячу, но не может ручаться даже за свой собственный завтрашний день? И, в самом деле,– тут неизвестный повернулся к Берлиозу,– вообразите, что вы, например, начнете управлять, распоряжаться и другими и собою, вообще, так сказать, входить во вкус, и вдруг у вас… кхе… кхе… саркома легкого… <…> и вот ваше управление закончилось! Ничья судьба, кроме своей собственной, вас более не интересует. Родные вам начинают

---

[5] Я знаю, что многим христианам ненавистен этот роман за извращение Евангелия и личности Христа, облагораживание сатаны и прочие вольности. Действительно, Булгакову не следовало даже литературно играться с Евангелием Господа, хоть и не претендуя на богословское послание людям. Это лишь доказывает его статус неспасенного человека, не имеющего страха Божьего. Он придумал иную реальность, не справившись с настоящей. Но спасибо ему за этот конкретный диалог.

лгать, вы, чуя неладное, бросаетесь к ученым врачам, затем к шарлатанам, а бывает, и к гадалкам. Как первое и второе, так и третье — совершенно бессмысленно, вы сами понимаете. И все это кончается трагически: тот, кто еще недавно полагал, что он чем-то управляет, оказывается вдруг лежащим неподвижно в деревянном ящике, и окружающие, понимая, что толку от лежащего нет более никакого, сжигают его в печи. А бывает и еще хуже: только что человек соберется съездить в Кисловодск,— тут иностранец прищурился на Берлиоза,— пустяковое, казалось бы, дело, но и этого совершить не может, потому что неизвестно почему вдруг возьмет — поскользнется и попадет под трамвай! Неужели вы скажете, что это он сам собою управил так? Не правильнее ли думать, что управился с ним кто-то совсем другой? — и здесь незнакомец рассмеялся странным смешком. <...>

— Да, человек смертен, но это было бы еще полбеды. Плохо то, что он иногда внезапно смертен, вот в чем фокус![6]

Большинство, подобно булгаковскому Ивану Бездомному, воспринимают реальность, как дети, смотрящие спектакль кукольного театра. Завороженно следят они за куклами, сопереживают им, радуются, пугаются. И хотя догадываются, что ниточки, тянущиеся из крохотных ручек и ножек куда-то вверх, дергаются неспроста, что куклами кто-то управляет, тем не менее, важно делают вид, что жизнь кукол настоящая и за кулисами никого нет. Для этого включается воображение.

Мы все ходим по краю: и верующие, и неверующие. Ни те, ни другие не знают, когда сорвутся. Но когда смерть, пусть даже самая неожиданная, трагичная и нелепая, приходит к детям Божьим, то срываясь с края земного бытия, они падают в сильные и добрые руки Христа. Так что это падение не вниз, а вверх, в свет, в жизнь, в радость. Вот

---

[6] Булгаков М. Мастер и Маргарита. М.: ОЛМА-Пресс, 2004. С. 43–44.

наша надежда в ожидании смерти. А в словах Соломона надежды нет, ибо он здесь отражает чаяния тех, кто живет под солнцем, а не под Богом.

По окончании же дней тех, я, Навуходоносор, возвел
глаза мои к небу, и разум мой возвратился ко мне;
и благословил я Всевышнего,
восхвалил и прославил Присносущего,
Которого владычество – владычество вечное,
и Которого царство – в роды и роды.
И все, живущие на земле, ничего не значат;
по воле Своей Он действует
как в небесном воинстве,
так и у живущих на земле;
и нет никого, кто мог бы противиться руке Его
и сказать Ему: «Что Ты сделал?»
(Дан. 4:31–32)

Глава 16

Екклесиаст 9:13–10:20

¹³ *Вот еще какую мудрость видел я под солнцем, и она показалась мне важною:*

¹⁴ *город небольшой, и людей в нем немного; к нему подступил великий царь и обложил его и произвел против него большие осадные работы;*

¹⁵ *но в нем нашелся мудрый бедняк, и он спас своею мудростью этот город; и однако же никто не вспоминал об этом бедном человеке.*

¹⁶ *И сказал я: мудрость лучше силы, и однако же мудрость бедняка пренебрегается, и слов его не слушают.* (9:13–16)

На первый взгляд, описанное здесь событие очень напоминает ситуацию под стенами города Авела-Беф-Мааха, о которой говорится в 20 главе 2 Царств. Однако есть серьезное отличие: у Соломона мудрый бедняк – мужчина, а там женщина. Поэтому возможно, что речь идет о каком-то другом историческом событии, не отраженном на страницах Писания, современником которого был Соломон. Это могло произойти и в соседнем государстве. Известны следующие компоненты: небольшой город, малое число его жителей, великий царь (вероятно, с великим числом воинов) и серьезные осадные работы. Эта информация дает нам понять, какие шансы на выживание были у осажденных людей. Скорее всего – никаких. Однако мудрость одного человека предотвратила масштабное бедствие. Не уточняется, как именно смышленый бедняк спас целый город от разорения. Значит, это не важно. Важно другое. Мудрость лучше силы. Она способна предотвратить гибель многих. Вероятно, потерь не было с обеих сторон, как и под Авелой. Люди быстры на пролитие крови, хотя во многих случаях кровопролития можно избежать, причем избежать *довольно легко*. Мудрость помогает это сделать.

Это была бочка меда. А вот ложка дегтя: этот безродный мудрец не получил всенародного признания и не стал национальным героем. О, как это контрастирует с жизнью самого Соломона! Его признавали окрестные государства, его имя гремело на весь Ближний Восток, и в почестях он не знал недостатка. Как же так? Разве сама по себе мудрость не достаточная причина для жизни, наполненной благословениями, как в случае с Екклесиастом?! Выходит, что нет. Тем более, двумя стихами раньше он уже обнаружил, что даже мудрец может остаться без хлеба.

Не зря, ой не зря это наблюдение показалось ему важным (9:13). Это ведь очень смиряющее открытие *лично для него*. Оно лишает Соломона большей части лавров за его уникальные достижения. Оказывается, его царское положение и богатство вынуждали людей приходить к нему на поклон больше, чем его уникальная мудрость. Что-о-о?! Да-да, вот главная идея этих стихов. Важнейшим предварительным компонентом его популярности было обстоятельство, которое никак не зависело от него самого. Обыкновенное везение: родиться принцем, богатым, благородным (время и случай). Этого *уже достаточно*, чтобы к твоим словам прислушивались. Иначе говоря: что нужно, чтобы твое мнение имело вес? Мудрость? Не факт. Люди охотнее расположатся к тому, кто сильнее, а не к тому, кто мудрее. Даже самым посредственным властителям рукоплещут и поют дифирамбы. «Ах, как вы хорошо сказали! Как проницательно! Как дальновидно! Как мудро!»

«Но ведь мудрость лучше силы»,– возразите вы (9:16а). Несомненно! Ну и что?! Прислушиваются все равно к сильным мира сего. *«И сказал я: мудрость лучше силы, и однако же мудрость бедняка пренебрегается, и слов его не слуша-*

ют» (9:16). Соломон не был единственным мудрецом, но ему внимали с особым рвением вследствие его социального статуса. Уникальное положение царя не было причиной его мудрости, но уж рупором ее точно было. Именно *положение в обществе* дало ему возможность *быть услышанным, и услышанным так масштабно*. Представьте себе абитуриента, который поступил в ВУЗ, думая, что сдал все экзамены самостоятельно. И будучи горд собой, он однажды случайно со стыдом узнает, что при поступлении за него замолвил слово кто-то очень влиятельный. Так получилось и с Соломоном.

Эти открытия обкрадывают мудрость в универсальном применении. Мудрый царь и мудрый бедняк не равны в вопросе привилегий, несмотря на то, что могут быть одинаково мудры. Падший мир, несправедливое общество людей, зло, обитающее под солнцем,– вот на что следует делать поправку, выводя правила. Мудрость – не всемогущая!

> [17] *Лучше слушать слова мудрых, высказанные спокойно,*
> *чем крик властелина среди глупых[1].*
> [18] *Мудрость лучше воинских орудий;*
> *но один погрешивший погубит много доброго. (9:17–18)*

Конечно же, крик, да и к тому же кого-то важного, слышно чаще и повсеместно. А то, что слов безродных умных не слушают, очевидно из предыдущего стиха. Это обычное положение вещей под солнцем. Но если говорить о том, что предпочтительнее, то лучше слушать тихую мудрость, чем громкую глупость. К сожалению, согласно мирским ценностям, большинство выберет в друзья или покровители сильного, а не мудрого. Связи, знакомства, влиятельные люди – вот упование многих, осознающих свою уязвимость перед злом. Каждому нужна защита, но ищут ее не там. Мудрый совет оберегает

---

[1] Синод. пер.: «Слова мудрых, высказанные спокойно, выслушиваются лучше, нежели крик властелина между глупыми» (9:17).

лучше воинских орудий (9:18а). Об этом мы уже говорили. Могущественная армия падет перед еще более могущественной армией. На всякую силу найдется сила превосходящая. Как глупы уповающие на силу! Как самонадеянны!

«*...Но один погрешивший погубит много доброго*» (9:18б). Причем масштаб вреда напрямую зависит от положения вредителя. Сколько зла принесли высокопоставленные безбожники! Самый яркий пример из недавней истории – Вторая мировая война с несколькими десятками миллионов жертв чьих-то амбиций. Чем можно измерить горе, обрушившееся на половину земного шара, просто потому что один влиятельный негодяй решил поиграть в войнушку живыми солдатиками?! Как такое возможно, чтобы один человек имел власть принести столько зла в жизнь других?! Почему не срабатывают какие-нибудь защитные механизмы Вселенной, наподобие электрических пробок? Почему эти чудовища не падают замертво, только лишь замыслив свои злодейства?!

Больше всего меня поражает тот факт, что Бог *позволяет* кому-то взять на душу столько греха. В какие глубины ада нужно поместить таких чудовищ, чтобы наказание соответствовало преступлению? Разве его вопли страданий не сольются с воплями миллионов грешников, которых он погубил? У меня нет ответов. Вероятно, люди должны воочию увидеть, что бывает, когда целые страны отрекаются от Бога.

¹ Мертвые мухи портят и делают зловонною
благовонную масть:
то же делает небольшая глупость
с мудростью и честью². (10:1)

Ломать – не строить! Эту истину знает каждый. На создание чего-то стоящего уходит много времени и сил. А раз-

---

² Синод. пер.: «...благовонную масть мироварника: то же делает небольшая глупость уважаемого человека с его мудростью и честью» (10:1).

рушение самого кропотливого труда – порой, дело одного поступка и нескольких секунд. Как одна маленькая дохлая муха может испортить благовонную масть, так и небольшая глупость мудрого человека может лишить его репутации, создававшейся всю жизнь. Общество любит смаковать промахи уважаемых людей. Если достижения возвели вас на Олимп славы, помните, что падение с него не останется незамеченным. Тысячи глаз завороженно и, надо признать, с удовольствием будут провожать вас, пока вы со свистом летите вниз. Мудрость и слава – это капитал, который может быть легко утерян и потому требует ежедневной охраны. Расслабляться нельзя, иначе мудрость быстро превратится в глупость, а слава – в позор. Соломону ли не знать этого?!

> 2 *Сердце мудрого – на правую сторону,*
> *а сердце глупого – на левую.*
> 3 *Даже когда глупый идет по дороге,*
> *ему недостает ума,*
> *и всякому он покажет, что он глуп[3]. (10:2–3)*

Второй стих понять несложно. По всему видно, что правая сторона у многих народов ассоциируется с правотой, с истиной, чем-то правильным, тогда как левая – с неправдой. Не знаю, в таком ли значении использовано это слово здесь, но одно ясно, что подразумеваются два противоположных направления движения. Сердце мудрого направлено к истине, праведности, жизни, а сердце глупого – к заблуждению, нечестию и смерти.

Интересен следующий стих. Он о том, что глупость проявляется даже в обыденных вещах. Казалось бы, как можно продемонстрировать свою глупость, просто идя по дороге?! Оказывается можно! Поведение – это не более чем выражение внутреннего содержания. Если сердце глупца, как напи-

---

[3] Синод. пер.: «По какой бы дороге ни шел глупый, у него всегда недостает смысла, и всякому он выскажет, что он глуп» (10:3).

сано выше,– на левую сторону: к заблуждению, нечестию и смерти, то это обязательно проявится и в малейших нюансах. Разве, например, надменность не проявляется в походке, во взгляде, в движениях. Можно пройти мимо человека просто, а можно пройти и так, чтобы он почувствовал свое ничтожество. Или если вы хотите производить на людей впечатление (а это глупо), то это желание будет проявляться даже в том, *как вы ходите и двигаетесь.*

Поэтому, на самом деле, глупость скрыть довольно трудно. Она не только в мыслях, словах и делах, но даже в движениях тела и в самых обычных ситуациях. Глупое сердце трубит о себе. Главное – уметь видеть и слышать многогранный его язык. Соломон, судя по всему, был хорошим наблюдателем. Это неудивительно, если помнить, что жизнь он посвятил наблюдению за сообществом людей.

> 4 *Если гнев начальника вспыхнет на тебя,*
> *то не оставляй места твоего;*
> *потому что кротость покрывает большие проступки[4].*
> 5 *Есть зло, которое видел я под солнцем,*
> *это – погрешность[5], происходящая от властелина;*
> 6 *невежество поставляется на большой высоте,*
> *а богатые сидят низко.*
> 7 *Видел я рабов на конях,*
> *а князей ходящих, подобно рабам, пешком. (10:4–7)*

Каждому из нас приходилась разозлить своего начальника. Так или иначе, это почти неизбежно. Проблема в том, что наши последующие действия нередко усугубляют ситуацию. Совет Соломона прост: *не спеши уходить, попробуй исправить.* Уйти, к тому же хлопнув дверью,– это самое легкое, что можно сделать. Найти в себе смирение, чтобы не взбрыкнуть,– вот за-

---

4 Синод. пер.: «...покрывает и большие проступки» (10:4).
5 Синод. пер.: «...это – как бы погрешность...» (10:5).

дачка не из легких (10:4). Даже самому бессовестному руководителю трудно продолжать злиться, когда не дают повода. Согласитесь, что нередко испорченные отношения после таких инцидентов – не столько результат самого проступка, сколько результат нашего последующего горделивого поведения. Кротость же способна компенсировать даже серьезную оплошность. «Кроткий ответ отвращает гнев…» (Прит. 15:1).

От власть имущих исходит опасность. От нее никуда не спрятаться. О, как бы нам хотелось не иметь над собой никаких начальников, кроме Бога, но на земле это неосуществимо. Злое сердце, наделенное полномочиями,– вот уж действительно напасть! Грех обычного смертного коснется немногих. Грех властелина приводит к боли и страданиям многих его подданных (10:5). Даже самая малая его погрешность всегда оборачивается какими-то последствиями для подчиненных. Руководители, помните об этом.

Взять, к примеру, обыкновенное церковное руководство. Уж насколько здесь не должно быть ни тирании, ни своеволия, ничего мирского, но по вине пастухов овцы болеют, недоедают, травятся, теряются и т. д. Мне кажется, решающиеся на пасторское служение не всегда осознают всю глубину ответственности, которую они добровольно принимают. К сожалению, некоторые церковные лидеры не понимают, сколько вреда принесли в жизнь своих братьев и сестер, получив полномочия.

Что же говорить о мирских правителях, начальниках. *«…Невежество поставляется на большой высоте…»* (10:6а). И оттуда, с высоты, калечит судьбы. Это очередное извращение жизни под солнцем, где все неправильно, но заслуженно. Там, где отреклись от Бога, будут страдать от людей. Тираны на то, видать, и нужны, чтобы отчаянно возжелать себе только одного царя – Небесного!

Мне не нравится, что Соломон периодически откровенно соскальзывает на стиль книги Притч, но тут ничего не поделаешь. Десятая глава – это, фактически, притчи, которые можно объединить только главной идеей всей книги.

⁸ Кто копает яму, тот может упасть в нее,
и кто разрушает ограду, того может ужалить змей⁶.
⁹ Кто передвигает камни, тот может надсадить себя,
и кто колет дрова,
тот может подвергнуться опасности от них. (10:8–9)

За пределами Эдема опасности подстерегают на каждом шагу. Даже простейшая работа, такая как рытье ямы, разрушение старого забора, таскание камней и рубка дров, сопряжена с риском. Несчастные случаи нередко бывают ужасно нелепы. Одно неосторожное движение в какой-то обыденной ситуации – и без врача уже не обойтись. Разумная осторожность и молитва никогда не помешают, чем бы мы ни занимались. Опасность может ждать нас там, где бы мы никогда не подумали. И каким бы привычным ни был для нас тот или иной труд, самоуверенность христианину не к лицу. Конечно, не стоит быть параноиком, пугающимся собственной тени, но всегда помнить о своей уязвимости – это смиряющая практика. Нелепые ситуации, заканчивающиеся ушибами, ссадинами, растяжениями, вывихами и переломами, напоминают нам о том, что мы жалкие смертные, не контролирующие даже своего следующего шага. Опыт и умение – это замечательные вещи, но напрасно бодрствует страж, если Бог, что-то задумал.

¹⁰ Если притупится топор,
и если лезвие его не будет отточено,
то надобно будет напрягать силы;
но преимущество мудрости в успехе⁷. (10:10)

Тупой топор – это и лишняя затрата сил, и лишний риск. Мудрость помогает оптимально подойти к решению любого вопроса. Затупившийся инструмент во время работы – это,

---

⁶ Синод. пер.: «…тот упадет в нее… того ужалит змей…» (10:8).
⁷ Синод. пер.: «…мудрость умеет это исправить» (10:10).

своего рода, препятствие. В то время как глупец удваивает усилия для достижения цели, мудрый включает голову, придумывает план устранения препятствия и действует. Он останавливает работу, что поначалу выглядит как неоправданный простой, и решает проблему, заточив лезвие. В итоге, он выполняет работу и быстрее и качественнее. Глупец же будет махать топором из последних сил, изрыгая проклятия в адрес топора, дров, и того, кто заставил его работать. И, вероятно, будет догадываться о тех действиях, которые надо выполнить, но лень (найти точило) и нетерпение поскорее закончить дело не позволят ему остановиться.

¹¹ *Если змей ужалит без заговаривания,*
то нет преимущества заклинателю змей[8]. (10:11)

Так называемое заклинание змей – это древняя публичная забава. Знание повадок ядовитой змеи, продолжительная дрессировка и всевозможные хитрости в совокупности представляли заклинателя публике как человека, имеющего некую власть над смертоносной тварью. Образ заклинателя змей был окружен неким мистическим ореолом. А теперь смысл одиннадцатого стиха. Он предельно прост. Ты можешь быть первоклассным заклинателем королевской кобры, собирающим толпы зевак на рынке, и неплохо зарабатывающем на этом, но твои навыки не спасут тебя от обыкновенной гадюки, на которую ты наступишь где-нибудь в поле. Ты будешь ужален прежде, чем успеешь вспомнить, что ты, вообще-то, специалист по змеям. Твой крах может случиться в той сфере, где ты считал себя профессионалом. И насколько болезненным будет осознание от поражения в якобы контролируемой области жизни. Тот, кто считает себя единовластным хозяином своей судьбы, уповающим на свои уникальные способности и таланты, рано или поздно выяснит, что жестоко ошибался.

---

[8] Синод. пер.: «…то не лучше его и злоязычный» (10:11).

¹² Слова из уст мудрого – благодать,
а уста глупого губят его же:
¹³ начало слов из уст его – глупость,
конец⁹ речи из уст его – безумие.
¹⁴ Но глупый наговорит много;
человек не знает, что случится¹⁰,
и кто скажет ему, что будет после него? (10:12–14).

Как обычно, без всякого предупреждения Соломон меняет тему и переходит на суету, проявляющуюся в словах. Он делится наблюдениями, подобные которым мы находим в книге Притч. В то время как речь мудрого дарует ему благорасположение окружающих, глупый создает себе проблему за проблемой собственным языком. Ему даже не нужно, чтобы кто-то другой портил ему репутацию, наговаривал на него, вредил. Он прекрасно справляется с этой задачей самостоятельно, естественно, стремясь к прямо противоположному. В чем его проблема? Проблема в том, что вся речь его от начала до конца – это глупость и безумие (10:13). Содержание сказанного им не созидает, не благословляет, не врачует. Это нечто деструктивное по своей сути. Нередко это нападки на кого-то, ропот, клевета, сплетни, осуждение, ругань и все то, что вызывает негативную ответную реакцию атакованных. О, сколько раз мы жалели, о том, что вовремя не закрыли рта! Сколько бед и боли приносит нам собственный язык!

Относительно 14 стиха есть разные мнения. Вероятно, Соломон имеет в виду, что болтая обо всем без умолку (10:14а), глупец, в том числе, самонадеянно пытается возвещать будущее. Глупость любит удивлять, начиная от невинных пророчеств касательно исхода футбольного матча и кончая дерзкими пророчествами о времени Второго пришествия, и таким образом, говорит о том, о чем не имеет ни малейшего

---

⁹ Синод. пер.: «…а конец…» (10:13).
¹⁰ Синод. пер.: «…хотя человек не знает, что будет…» (10:14).

представления. Екклесиаст уже неоднократно упоминал о запечатанном будущем (3:22, 6:12; 7:14; 8:7). Все разговоры о нем (даже о самом ближайшем) должны проходить четко в сослагательном наклонении, со смирением и благоговением перед Повелителем будущего. Нам толком ничего не известно даже о каком-либо современном событии, очевидцами которого мы не были. Что уж говорить о днях грядущих!

¹⁵ *Труд глупого утомляет его,*
так как он не знает и дороги в город[11]*. (10:15)*

Идея 15 стиха пронзительно проста, и она перекликается с 10 стихом. Ее классно передает русская поговорка «дурная голова ногам покоя не дает». Глупость – причина дополнительного утомления, в силу того что не позволяет максимально упросить или облегчить себе какое-то дело. Ошибки, порожденные глупостью в процессе труда, будут заставлять терять драгоценное время и силы. Дело в том, что все знают дорогу в город, ведь он тогда, как и сейчас, был центром экономической жизни области. Подавляющее большинство людей жили в селениях и часто ходили в город купить, продать, узнать что-то новое и т. д. Фактически, самая протоптанная дорога вела в ближайший к селению город. Не знать *этой* дороги – верх невежества (10:15). Таким же образом, незнание элементарного, например, как наточить топор, приводит к неоправданной усталости в работе.

¹⁶ *Горе тебе, земля, когда царь твой отрок,*
и когда князья твои пируют[12] *рано!*
¹⁷ *Благо тебе, земля, когда царь у тебя из благородного рода,*
и князья твои едят вовремя,
для подкрепления, а не для пьянства! [13] *(10:16–17)*

---

[11] Синод. пер.: «…потому что не знает даже дороги в город» (10:15).
[12] Синод. пер.: «…едят…» (10:16).

Вот еще очередной набор коротких поучений. Они опять в основном касаются земных правителей. Если царем становится несмышленый юноша, а князья пируют уже с утра, вместо того чтобы заниматься государственными делами, то чего ожидать поданным, кроме бед? Ведь жизнь страны в целом зависит от того, кто у руля. Об этом Соломон уже ясно сказал (5:8). «Горе тебе, земля»,– довольно сильное высказывание! Горе той стране, чье руководство попадает под это описание. И благо той стране, где царь ведет себя соответственно своей высокой ответственности, а его ближайшее окружение не разнузданно и не занято только лишь удовлетворением собственных прихотей.

18 От лености обвиснет потолок,
и когда опустятся руки, то протечет дом. (10:18)

Здесь о вреде лени. Домашний быт требует постоянных вложений сил и денег. Даже самый дорогостоящий и качественный ремонт имеет срок годности. Поскольку все во Вселенной движется к хаосу, то сохранение порядка требует *постоянного приложения усилий.* Это относится и к материальной составляющей нашей жизни, и к духовной. Мудрые больше вкладывают в духовное. Глупые – в материальное. Но самые несчастные – те, кто не заботится ни о земном, ни о небесном, не достигая никаких целей вообще. Внутренняя разруха всегда оборачивается разрухой внешней.

19 Пиры устраиваются для удовольствия,
и вино веселит жизнь;
а за все отвечает серебро. (10:19)

Думаю, вы уже заметили, что развлечения стоят денег. Чтобы, например, устроить вечеринку, нужно раскошелить-

---

13 Синод. пер.: «...не для пресыщения!» (10:17).

ся. Земные удовольствия не раздаются даром. Их надо купить. Поэтому деньги – «господин» хорошего настроения. От того к ним и стремятся так неистово, и ждут вечер пятницы с трепетом. Благодарение Христу за вечную, безусловную, совершенную радость, отданную нам без серебра, даром (Иоан. 17:13; Откр. 21:6)! Благодарение Христу за жизнь, наполненную смыслом, то есть Им! Благодарение Христу, что нам не нужны таблетки радости, обращающие своих потребителей в рабство. Настоящее счастье, действительно, невозможно купить за деньги. Самая разудалая тусовка, в итоге, заканчивается серым утром, тяжелым похмельем, мрачными мыслями, внутренней опустошенностью, пустыми карманами и *чувством вины!*

²⁰ Даже и в мыслях твоих не злословь царя,
*   и в спальной комнате твоей не злословь богатого;*
*   потому что птица небесная может перенести слово твое,*
*   и крылатая – пересказать речь твою. (10:20)*

Вообще-то, злословить не надо никого, но особенно тех, кто может причинить вам вред. Вот еще одно применение закона сева и жатвы. Сколько неприятностей создает нам собственный язык. И я в первую очередь обращаюсь к себе, ибо он – мой старый враг, доставивший мне немало проблем. Недобрые мысли о ком-то – это уже плохо. А как только вы их озвучили, вы поставили себя под удар. Почему нельзя злословить даже в мыслях? Потому что мысли всегда облекаются в слова, рано или поздно (вопрос времени). Позволяя себе размышлять о чем-то, вы постепенно наполняете свое сердце неким содержимым со знаком «плюс» или «минус». Потом происходит наполнение сердца, как наполнение стакана. А затем содержимое переливается через край, и вы уже не можете молчать.

Добрый человек из доброго сокровища сердца своего выносит доброе, а злой человек из злого сокровища сердца своего выносит злое, ибо от избытка сердца говорят уста его. (Лук. 6:45)

«Слово не воробей, вылетит – не поймаешь»,– кто-то верно подметил. Воробья-то, еще можно выловить, посадить в клетку или прибить, на худой конец. Но что делать со словом, которое ушло бороздить бескрайние просторы социума?! Вы теряете контроль над последствиями своих размышлений в тот момент, когда их озвучиваете. Слово сказанное – это уже самостоятельная и размножающаяся субстанция. Она подхватывается слухом чужого любопытства, извращается силой чужого воображения и несется ветром чужих пересказов (сплетен). Оно входит в умы людей, вызывая ответную реакцию, какие-то действия, формируя некое отношение к озвучившему его.

«Как хорошо,– порой думаю я,– что никто не видит моих мыслей». Но они предательски проявляются в словах, как фотография на фотобумаге, отображая четкую картину моего отношения к людям. Особенно это касается осуждения, о котором рассуждает царь. Осуждение труднее всего удержать в себе. Бойтесь осуждения! Поселившись в вашем сердце маленькой капелькой, оно рано или поздно наполнит его и бумерангом вырвется из уст (пусть даже по секрету, в спальной комнате и шепотом), чтобы, набрав мощь и совершив причинно-следственный круг, настигнуть вас в виде тяжеловесных последствий.

Когда мудрость войдет в сердце твое,
и знание будет приятно душе твоей,
тогда рассудительность будет оберегать тебя,
разум будет охранять тебя...
(Прит. 2:10–11)

Глава 17

Екклесиаст 11:1–12:12

¹ *Отпускай хлеб твой по водам,*
потому что по прошествии многих дней
опять найдешь его.
² *Раздели имеющееся на семь и даже восемь частей[1],*
потому что не знаешь, какая беда будет на земле.
³ *Когда облака будут полны,*
то они прольют на землю дождь;
и если упадет дерево на юг или на север,
то оно там и останется, куда упадет.
⁴ *Кто остерегается ветра, тот не будет сеять;*
и кто смотрит на облака, тот не будет жать[2].
⁵ *Как ты не знаешь путей ветра*
и того, как образуются кости во чреве беременной,
так не можешь знать дело Бога, Который делает все.
⁶ *Утром сей семя твое,*
и вечером не давай отдыха руке твоей,
потому что ты не знаешь,
то или другое будет удачнее,
или то и другое равно хорошо будет. (11:1–6)

Сразу признаюсь, что толкование данного отрывка далось тяжелее всего. За его правильность я менее всего руча-

---

[1] Синод. пер.: «Давай часть семи и даже восьми, потому что...» (11:2).

[2] Синод. пер.: «Кто наблюдает ветер, тому не сеять; и кто смотрит на облака, тому не жать» (11:4)

юсь. Первый стих наводит на мысль, что Соломон рассуждает о благотворительности, тем более что, как говорят исследователи, есть арабская пословица, которую можно перевести так: «Делай добро, пускай хлеб свой по водам, и однажды ты будешь вознагражден»[3].

Но похоже, что это единый отрывок, и дальнейшие стихи не поддерживают такого толкования. Некоторые видят здесь определенные предписания о том, как успешно заниматься бизнесом. Например, в 1 стихе находят даже совет вести международную торговлю посредством судоходства[4]. Но такое толкование совсем неактуально для абсолютного большинства людей, не могущих себе позволить бизнес такого уровня.

Мне кажется, здесь мы находим общие советы о том, как обрести максимально возможную финансовую безопасность в условиях нестабильной и опасной жизни под солнцем. «Отпускай хлеб твой по водам» может означать следующее: пускай деньги в оборот, вместо того чтобы просто копить их (11:1). Деньги крутятся, подобно круговороту воды в природе. Чтобы получить прибыль, нужно сначала их отпустить, то есть куда-то вложить, что, естественно, сопряжено с риском. При этом лучше вкладывать их в несколько разных, скажем так, отраслей экономики, так как неизвестно, какая напасть случится на земле (11:2). При вложении важно делать поправку на две составляющие реальности жизни под солнцем: *неизбежность и случай* (11:3)[5]. Если облака полны воды, то они прольются (неизбежность). Дерево же может упасть в любом направлении (случай). Так и в финансовых вопросах важно понимать, что есть очевидно прибыльные сферы, в которые все равно может вмешаться случай.

---

[3] Barrick W. D. Ecclesiastes: The Philippians of the Old Testament. Ross-shire, Scotland: Christian Focus, 2011. P. 184.

[4] Adams J. E. Life under the Son: Counsel from the Book of Ecclesiastes. Woodruff, SC: Timeless Texts, 1999. P. 110. Longman T. The Book of Ecclesiastes. P. 256.

[5] Ibid. P. 257.

Поэтому любое финансовое решение – это риск. Кто не готов к риску, тот не найдет в себе силы действовать. Осторожность нужна. Главное, чтобы она не стала чрезмерной (11:4). Действия Создателя все равно невозможно предугадать. Ветер просто дует, но как именно, никто не знает. Также никто не знает, как формируются кости младенца в утробе матери. Это невидимые для человеческого глаза процессы. Подобным образом, невозможно объять все процессы, направляемые Богом и ведущие к определенному результату: желательному или нежелательному (11:5). Никто не знает, что у Него на уме. Будущее скрыто. Поэтому, к примеру, самый проницательный фермер не может предсказать, каким будет лето: засушливым или нет. Не может предвидеть, какая зараза покосит его стадо. Пожар, стихийное бедствие, злой умысел конкурентов, военно-политические передряги и многое другое может встать на пути самого осторожного и мудрого вложения.

И, как следствие, последний стих отрывка побуждает к упорному труду и оправданным экспериментам. Сей утром и сей вечером, и только Бог знает, какой из этих посевов будет удачным, если не оба (11:6). Пытайся и так, и эдак. Другими словами, не клади всех яиц в одну корзину. Лучше застраховаться от разного рода негативных сценариев, насколько позволяют возможности.

На основании этого отрывка можно сделать вывод, что относительная денежная стабильность в коварном мире – это результат 1) умных решений, 2) везения (что фактически является Божьим суверенным действием, не поддающемуся безошибочному предсказанию) и 3) тяжелого труда. Причем важны все три компонента. Практика показывает (я свидетель), что успешному развитию бизнеса может мешать и недостаток ума, и недостаток везения, и недостаток трудолюбия (в различных комбинациях).

7 *Сладок свет,*
* и приятно для глаз видеть солнце.*

*⁸ Если человек проживет и много лет,
то пусть веселится он в продолжение всех их,
и пусть помнит о днях темных,
которых будет много:
все, что будет,— суета! (11:7–8)*

Далее – поучение о жизнерадостности в контексте скоротечности, зыбкости и суетности существования под солнцем. Действительно, все познается в сравнении. Свет сладок именно потому, что есть тьма. Солнце особо приятно для глаз, потому что к вечеру оно прячется. И что, как не мрак беспросветной ночи, заставляет нас ждать первых утренних лучей всем своим существом (11:7)?! Божья любовь сияет особо ярко на фоне зла.

Очередной раз Соломон озвучивает свое понимание оптимального отношения к жизни в условиях несовершенств, всячески препятствующих веселью. Всеобщая благодать, тем не менее, позволяет радоваться даже в окружении стольких скорбей. Доброта Божья так многогранна. Замечаете ли вы ее? Восхищаетесь ли? Молодость, здоровье, разнообразная пища, неожиданное благорасположение людей (порой чужих), семья, добрые плоды труда, отдых и т. д.

Как, например, описать поросячий восторг, когда мой сынишка по своей инициативе лезет целоваться?! В такие моменты он сильно рискует быть задушенным в папиных объятиях. Как вообще измерить радость от того, что он просто есть в моей жизни?! Как передать состояние счастья, когда мы всей семьей сидим за столом. Жена приготовила вкусный ужин, рабочий день завершен. Ощущается приятная усталость и удовлетворенность сделанными делами. Все здоровы, и ничего не болит. Дети ведут себя, почти как ангелы. Мы с супругой обсуждаем что-то, смеемся. Старший сын без умолку тараторит, пытаясь участвовать в нашем диалоге, параллельно глубокомысленно рассуждая обо всем, что видит. Младший сопит и молча возится в тарелке, измазав едой себя и всю близлежащую территорию. При этом заметно, что он чаще стал попадать ложкой в цель. Тихая, домашняя, теплая, уютная, умиротворяющая атмосфера. И я мысленно вторю поэту: «Остановись, мгновение, ты прекрасно!» Для меня это и есть состояние относительного земного счастья. Я *наслаждаюсь*, пребывая в состоянии благодарственного шока от милости Отца. Это драгоценные, а точнее, бесценные минуты. Их бесценность усиливается именно тем фактом, что однажды они закончатся (11:8). Мы не сможем всегда сидеть за столом в таком составе. И, вглядываясь в лица любимых, я внутренне фотографирую эти сказочные мгновения и бережно сохраняю их в сердце. Неторопливо, причмокивая, растягивая удовольствие, я пью домашний коктейль звуков, состоящий из детского щебета, звяканья посуды, журчания воды, голоса любимой, тихой музыки. Знаю, что если Бог даст мне состариться, основным компонентом этого коктейля однажды станет тишина, измеряемая унылым тиканьем часов и шарканьем неторопливых шагов. Старики и одинокие знают, о чем я говорю. И тогда я с печалью и благодарностью буду вспоминать озорную мелодию светлых дней.

«Если человек проживет много лет, то пусть веселится он в продолжение всех их, и пусть помнит о днях темных, которых будет много...» (11:8). Я верю Соломону! Всему свое время. Светлая полоса всегда сменяется темной. Она неизбежна, и в моменты радости я *помню* об этом. Скорби будущего усиливают вкусовые ощущения радостей настоящего. И потому я с таким упоением зарываюсь лицом в светлые вихры своих мальчиков, стараясь навсегда запомнить их родной запах. Вместе с ним я вдыхаю благость Божью. Она так реальна и ощутима. С какой нежностью целую их маленькие пяточки, осознавая, что они скоро вырастут, огрубеют и пойдут себе по дорожке вдаль от родительского дома. А может, и не вырастут, и суверенная воля Божья разлучит нас. Живя на проклятой земле, я не рассчитываю благоденствовать постоянно. Осознаю, что описанные выше чудес-

ные мгновения — это самое настоящее незаслуженное чудо. Каждую волну благословений я принимаю с коленопреклоненным сердцем и с восхищением.

Почему так важно помнить о грядущих темных днях, которых будет много? Потому что, только имея это знание в своем практическом богословии, можно правильно относиться к веселью. Это нужно, чтобы вырабатывать отношение к жизни как у Иова: «Неужели доброе мы будем принимать от Бога, а злого не будем принимать?» (Иов. 2:10). «Принимать» означает *принимать*. Не встречать с отчаянием, сжав зубы, а, образно выражаясь, протянуть руку, чтобы *взять* то, что Он дает, и… быть благодарным.

Мрачные дни — точно такая же составная жизни, как и дни радости. Надо научиться смиряться с ними как с законными, правильными и неизбежными. Когда приходит такое время, все, чего мы хотим,— это поскорее пережить его, как какой-то кошмар, пробежать этот отрезок, закрыв глаза и заткнув уши. Но он тоже *жизнь!* Жизнь в полном смысле слова. Более того, мы быстрее освящаемся в скорбях. Однако, к сожалению, делаем все, чтобы не позволить себе расти в такие моменты. Мы хотим только приятных ощущений. Земля с ее условиями категорически не подходит для этого.

Ну и опять, в который раз, Соломон сообщает, что содержание жизни человека, прожившего много лет,— суета (11:8б). И светлые, и темные дни — суета. Замечательно! Очень ободряет и воодушевляет! На самом деле, это полезное напоминание для молодых, к которым он обращается далее. Ведь молодость смотрит в будущее с такими радужными надеждами, с таким непоколебимым оптимизмом. Как уже было сказано ранее, в умах молодежи за горизонтом судьбы скрываются чудные открытия, фейерверки радости, всевозможные достижения, сулящие счастье, романтические отношения и, кажется, весь мир улыбается им. Таковым Екклесиаст сразу сообщает, что все, чем они наполнят свою жизнь, по сути своей бессмыслица и погоня за ветром. Хорошо ли им будет или плохо, смысла от этого не добавится. Если нет вечной перспективы, а именно она отсутствует в мировоззрении «под солнцем», остается только суета, оставляющая душу всегда голодной (6:7).

> 9 *Веселись, юноша, в юности твоей,*
> *и да вкушает сердце твое радости во дни юности твоей,*
> *и ходи по путям сердца твоего*
> *и по видению очей твоих;*
> *только знай, что за все это*
> *Бог приведет тебя на суд. (11:9)*

Следующий стих пугает. В нем Соломон как бы призывает делать то, что делать ни в коем случае нельзя. Как можно такое посоветовать?! Разве умно разрешить молодому человеку ходить по путям своего лживого сердца и руководствоваться видением похотливых очей?!

Но это повеление надо понимать в свете следующего стиха и всей следующей главы. Он как бы говорит: «Выбирая то или иное развлечение, оцени его моральную сторону, помня о предстоящем Суде». Я часто встречаю недоумение неверующих, которые не понимают, как можно веселиться, например, на свадьбе без спиртного. Но ведь *можно*. Вкушать радость и наслаждаться грехом – это разные вещи (11:9а). Все греховные наслаждения заканчиваются горьким, страшным, жгучим прижизненным похмельем, не говоря уже о «прелестях» Судного дня.

При наличии мудрости, молодость – это самое настоящее чудо, имеющее ключи к бесчисленным кладовым Божьих благословений. Эта пора отмечена *широким ассортиментом возможностей* (пути сердца и видение очей). Многочисленные радости доступны тому, кто мудр, молод и полон здоровья. В одном ярме с мудростью молодость станет временем посева добра, с обильной жатвой того же добра в старости. А в связке с глупостью наполнит жизнь болью, разочарованием, ошибками, болезнями, мучением, превращая грядущие преклонные годы в беспросветный мрак. Кроме того, здесь имеется в виду веселье в свете предстоящего старения, о котором говорит последняя глава. Старость сама по себе – уже горесть. Так зачем создавать себе горести заранее?! *«Веселись, юноша, в юности твоей, и да вкушает сердце твое радости во дни юности твоей...»* (11:9а)

<blockquote>

[10] *Но удаляй горечь[6] от сердца твоего,*
и уклоняй злое от тела твоего,
потому что детство и юность – суета.
[1] *И помни Создателя твоего в дни юности твоей,*
доколе не пришли тяжелые дни
и не наступили годы, о которых ты будешь говорить:
«Нет мне удовольствия в них!» (11:10–12:1)

</blockquote>

Вот оптимальное пользование юностью: хранить свое сердце от недовольства и тело от греха. Молодость – это сплошная инвестиция, и как же ужасно, что самый важный инвестиционный период жизни приходится на ее самую ветреную пору! Тогда и совершается бóльшая часть фатальных ошибок. Подорванное здоровье, разрушенные отношения, упущенные возможности, неверные решения, ценнейшие годы, потраченные в погоне за удовольствиями. Сколько зла и горя пожинают пожилые христиане только потому, что отдали молодость на откуп своим страстям. Сколько слез и боли слышно в молитвенных просьбах стариков. При этом очевидно, что горькая печаль их согбенной старости – это нередко следствие беспечного веселья горделивой молодости. Милосердный Господь, умоляю, сохрани от такого финала!

Вся мудрость Божья – это ключ к относительно спокойной и благословенной старости. Она подобна карте, на которой отмечены все мели, рифы, течения, пиратские маршруты и про-

---

[6] Синод. пер.: «И удаляй печаль от сердца...» (11:10).

чие опасности океанских просторов жизни. А молодость – это новенький корабль, сияющий, пахнущий свежей краской, и только что сошедший со стапелей родительского дома. Полный надежд, мечтаний и морской романтики, дрожащий от нетерпения, он стремится уйти в плавание, за горизонт, навстречу восходящему солнцу. Ветер, соленые брызги, испытания, бескрайние просторы океанов манят его. Парусник крепок, быстр, отважен. Он верит в свои силы и готов попытать счастья. Однако успех плавания зависит не столько от возможностей корабля, сколько от умений капитана. И хотя капитан юн, неопытен и выходит в большое плавание первый раз, плохо представляя себе, что его ждет, он *может* защититься от многих потенциальных угроз длительного плавания. Мудрость Слова Божьего лучше житейского опыта (Пс. 118:99–100). Чтобы учиться, не обязательно делать ошибки. Зачем попадать в девятибалльные шторма, садиться на мели, спасаться бегством от кровожадных пиратов из-за своего упрямства и глупости, если можно просто довериться карте. Тот, кто отдаст штурвал своей жизни Божьему водительству через истину Писания, пройдет через все трудности с минимальными потерями. Это о тех, кто помнит Создателя с юных дней (12:1).

Конечно, слава Богу и за тех, кто вспомнил о Нем у гробовой доски, когда фрегат жизни, разбитый в хлам шквалами собственных грехов, крепко сидит на мели с порванными парусами и трюмами, полными воды. Что поделать, если некоторым, чтобы покориться Творцу, суждено дойти до этой мрачной поры, в которой нет никакого удовольствия. Лучше поздно, чем никогда. Но как прекрасно, когда о Господе помышляют с юности. Блаженна старость таковых, даже со всеми ее трудностями. А трудности будут!

¹ *И помни Создателя твоего в дни юности твоей,*
доколе не пришли тяжелые дни
и не наступили годы, о которых ты будешь говорить:
«Нет мне удовольствия в них!»;

² доколе не померкли

солнце и свет

и луна и звезды,

и не нашли новые тучи вслед за дождем.

³ В тот день, когда задрожат стерегущие дом

и согнутся мужи силы;

и перестанут молоть мелющие,

    потому что их немного осталось;

и помрачатся смотрящие в окно;

⁴ и запираться будут ворота на улицу

с умолканием звука жернова,

и будет вставать человек с щебетом птиц⁷,

и замолчат дщери пения;

⁵ и высоты будут им страшны,

и на дороге ужасы;

и зацветет миндаль,

и отяжелеет кузнечик,

и рассыплется каперс.

Ибо отходит человек в вечный дом свой,

и готовы окружить его по улице плакальщицы; —

⁶ доколе не порвалась серебряная цепочка,

и не разорвалась золотая повязка,

и не разбился кувшин у источника,

и не обрушилось колесо над колодезем.

⁷ И возвратится прах в землю, чем он и был;

а дух возвратится к Богу, Который дал его. (12:1–7)

Перед нами красивое поэтическое описание прихода старости и следующей за ней смерти. Соломон подобрал много специфических образов, ассоциирующихся с изнашиванием разных органов и частей тела. Это же надо, так изящно описать то, в чем нет ничего привлекательного! Начало отрывка —

---

⁷ Синод. пер.: «...и запираться будут двери на улицу; когда замолкнет звук жернова, и будет вставать человек по крику петуха...» (12:4).

повеление помнить Создателя еще до того, как придут тяжелые дни. Как ужасно вступить в такой период жизни, не зная Бога. У молодого впереди многие годы, со всевозможными мошенническими рекламными компаниями мирских ценностей. А что впереди у старика? Стремительное увядание и смерть. Как жить с пониманием, что все лучшее уже позади, что порядком изношенное тело продолжает изнашиваться все быстрее и быстрее, постепенно превращаясь из проводника удовольствий в самую настоящую обузу (12:1)?!

Юность – время ярких красок и сильных ощущений. Восприятие мира обуславливается прекрасным зрением, слухом, обостренными ощущениями других органов чувств и усиливается целым роем надежд, порой, конечно же, беспочвенных. Общая благодать щедро делится благословениями. Образ Божий умеет наслаждаться творением, презирая Творца. Он может, открыв рот от восхищения, провожать заходящее солнце в океан, и при этом в голове не возникает ни одной мысли о том Художнике, кто организовал ему это буйство красок, отразив в них капельку Своего Величия. А если и родится такая робкая мыслишка, нечаянно вырвавшаяся из подземелья бунтарского сердца, то ее схватят и тут же казнят, чтобы не мешала наслаждаться бесплатной и ничейной красотой. За такую беспечность придется платить еще при жизни. Бог поругаем не бывает. Тот, кто не научится наслаждаться красотой Творца, рано или поздно потеряет возможность наслаждаться и красотой творения. И потому, молодой человек, помни своего Создателя и не вынуждай Его напоминать о Себе. Тебе не понравятся Его методы.

Тяжесть старческих дней передается образом померкшего света (солнца, луны, звезд). Ночью ли, днем ли, теперь свет скрыт за свинцовым покрывалом туч. Это время дождей, «новые тучи вслед за дождем» (12:2б). Как говорилось выше, ветреная юность – ужасно неподходящая пора для сева. Старость – это пора жатвы, и тоже весьма неподходящая. Трудности накатывают волна за волной, а хлипкая лодочка трещит по швам. Подорванное здоровье, немощь, очень ограниченные возможности, зависимость от доброты других – не лучшие условия, чтобы встречать невзгоды лицом к лицу. Эти проблемы Соломон уподобляет тучам, грозно надвигающимся из-за горизонта сплошной пеленой. Туча за тучей, дождь за дождем. Где же просвет? А если с молодости жизнью не управлял страх Божий, то старость еще горше. Уму непостижимо, сколько невзгод в старости могут принести, например, не воспитанные в Господе дети. Таковые зачастую становятся не опорой, а источником горестей. Дряхлый старик не нужен миру, ибо ему больше не на что покупать внимание окружающих. Нет больше ни молодости, ни красоты, ни силы, ни ума, ни здоровья (хорошо еще, если есть деньги, но, как правило, их тоже нет). Но если он не нужен еще и собственным детям, то где искать утешения?

³ *В тот день, когда задрожат стерегущие дом*
и согнутся мужи силы;
и перестанут молоть мелющие,
   потому что их немного осталось;
и помрачатся смотрящие в окно... (12:3)

Далее – описание старческой немощи. «Задрожат стерегущие дом». Уверенные, смелые движения рук (некогда готовых защищать) сменяются дрожью. «И согнутся мужи силы». Речь может идти о слабых, подгибающихся ногах. «И перестанут молоть мелющие, потому что их немного осталось». Хороший образ поредевших зубов. «И помрачатся смотрящие в окно» – образ ухудшающегося зрения. Кроме того, постоянная занятость сменяется малоподвижностью и сидением у окна. Разве вы не замечали печальных старческих силуэтов в оконных проемах? А их скорбные взгляды? Они выворачивают мне душу наизнанку. Пока способны, старики выползают на улицу и сидят неподвижно рядом с домом, разглядывая прохожих. Это все, что им остается. Но однажды они не смогут себе позволить и этой маленькой радости. И тогда окно их комнаты становится, в прямом смысле, окном в мир. Оно превращается в связующее звено между обществом, отвергшим старика, как отработанный материал, и маленьким мирком отверженного.

К своему стыду, я ловлю себя на том, что спешу скорее отвести глаза, встретившись взглядом с такими затворниками. Они пугают меня, являясь молчаливым приговором любой, самой красочной, веселой и разудалой молодости. Они – напоминание о том, что жизнь под солнцем *уродлива* и протекает по жестоким законам. Вот она, реальность! Вот он, итог! Боже, какой контраст! С одной стороны – розовощекий, вечно улыбающийся парой смешных сахарков, гладенький карапуз, глядя на которого прохожие расплываются в улыбке, сюсюкают и оборачиваются. А с другой – дряхлый, дурно пахнущий, сморщенный, еле двигающийся, никому не интересный старик с парой оставшихся зубов. Что это, если не злая ирония жизни под солнцем?

> [4] *...И запираться будут ворота на улицу*
> *с умолканием звука жернова,*
> *и будет вставать человек с щебетом птиц[8],*
> *и замолчат дщери пения... (12:4)*

«И запираться будут ворота на улицу». Возможно, речь идет о молчаливых старческих устах, открываемых, в основном, чтобы поесть (звук жернова). А возможно, имеется ввиду ухудшающийся слух. «И будет вставать человек с щебетом птиц». Далее, ранний подъем – одна из особенностей преклонного возраста. Старики нередко просыпаются с первым робким щебетом утренних птиц. «Замолчат дщери пения» – образ ослабевшего голоса. Действительно, красивые

---

[8] Синод. пер.: «…и запираться будут двери на улицу; когда замолкнет звук жернова, и будет вставать человек по крику петуха…» (12:4).

девушки-хохотушки, некогда распевавшие веселые песни напоказ, превратятся в старушек с дребезжащими голосами, увы, без благодарной аудитории.

5 *...И высоты будут им страшны,*
  и на дороге ужасы;
  и зацветет миндаль,
  и отяжелеет кузнечик,
  и рассыплется каперс.
  Ибо отходит человек в вечный дом свой,
  и готовы окружить его по улице плакальщицы... (12:5)

Любая возвышенность на пути стариков – серьезное препятствие. Они стараются избегать маршрутов, ведущих в гору. Ноги, некогда носившие их без устали взад и вперед, теперь едва двигаются медленной шаркающей походкой. И самая близкая дорога таит в себе опасности. Даже идя в ближайший магазин, они чувствуют себя, как водитель старого барахлящего автомобиля, молящийся всем богам, чтобы не встать на трассе с открытым капотом. Так и старики понимают, что тело может подвести в любую минуту, и потому выходят из дома с опаской. Они едва контролируют его слабые движения. Нет больше такого понятия, как легкая прогулка. Каждый шаг – это напряжение сил, концентрация и осторожность.

Цветение миндаля в этом стихе – вероятно, образ седины, потому что миндаль цветет пушистыми белыми цветами. Отяжелевший кузнечик, или постаревший кузнечик, больше не прыгает, а ползает. Параллель, думаю, понятна. С каперсом есть проблемы толкования. По разным источникам его использовали в качестве средства от ревматизма, как антисептик, усилитель аппетита и сексуального желания. И то, и другое, и третье и четвертое – весьма актуально для стариков. Одно очевидно, что в то время и в той культуре каперс как-то ассоциировался с возрастом. Возможно также, что речь идет о каком-то предрассудке, исчезнувшем после. В истории известны случаи, когда тому или иному растению приписывались не соответствующие ему свойства.

Вечный дом противопоставляется здесь дому временному, то есть земной жизни (12:5б). Это неизбежная участь всех сынов человеческих, каких бы успехов они ни достигли. Со смерти начинается этап существования, которому не будет конца. Было принято громко оплакивать умершего, и для этого даже нанимали специальных женщин-плакальщиц. Своими душераздирающими криками они должны были дать понять всем окружающим, что их постигла невосполнимая утрата. В каком-то смысле, как бы это ни звучало оскорбительно, из смерти делали полу-театрализованное представление, где главной целью было усилить трагедию кончины. Библейское мировоззрение не может оправдать подобного подхода, хотя смерть – это действительно трагедия. Однако где надежда, Соломон? Ее здесь нет. Есть обещание Суда, но, простите мой сарказм, это не очень тянет на утешающую истину. Скорее пугает! Да, для того, кто живет земным, так все и должно звучать – пугающе! Таковым нужна «Плохая весть». Она и только она нужна им до тех пор, пока они не впадут в состояние ужаса от грядущей перспективы отчета перед Судьей Вселенной. Для детей Божьих – другой подход. Вот он:

13 Не хочу же оставить вас, братия, в неведении об умерших, дабы вы не скорбели, как прочие, не имеющие надежды. 14 Ибо, если мы веруем, что Иисус умер и воскрес, то и умерших в Иисусе Бог приведет с Ним. (1 Фес. 4:13–14)

Вообще-то, с точки зрения логики, умершие в Господе должны денно и нощно оплакивать оставшихся на земле живущих, а не наоборот. В конце концов, кто из двух категорий навсегда избавляется от греха и скорбей?! Умершие! Я понимаю, что об этом легко рассуждать теоретически, ведь соприкосновение со смертью пугает до жути. И само расставание с любимыми приносит боль. Нужно прилагать гигантские усилия воли, не позволяя себе впасть в отчаяние, помня, что это *временное* расставание. Временное! Нас ждет встреча и непередаваемая радость. Но одно дело – надежда снова увидеться, расставаясь на вокзале. Другое дело – надежда увидеться, расставаясь на кладбище. Не нужно много веры, чтобы ожидать новых встреч с тем, кто машет вам на прощание из окна отъезжающего вагона. И нужна очень *живая вера в действии,* чтобы ожидать новой встречи с тем, кого кладут в гроб и закапывают.

6   *...Доколе не порвалась серебряная цепочка,*
    и не разорвалась золотая повязка,
    и не разбился кувшин у источника,
    и не обрушилось колесо над колодезем. (12:6)

Образы шестого стиха – просто красивые сравнения, описывающие *износ.* Любая цепочка когда-то порвется, если ее носить. И золотая чаша имеет свой срок годности. Работяга-кувшин рано или поздно превратится в бесполезные черепки. Колодезное колесо, чтобы набирать воду, однажды скрипнет в последний раз и развалится. Человеку определен последний день, час, минута и секунда. Чья-то судьба была легка и беззаботна, как жизнь золотых и серебряных украшений, а кто-то трудился всю жизнь в поте лица, как кувшин и колодезное колесо. И у тех, и у других есть свой предел, и тем, и другим придет конец.

7   *И возвратится прах в землю, чем он и был;*
    а дух возвратится к Богу, Который дал его. (12:7)

«Кто его знает, что будет после смерти»,– тягостно вздыхал уже знакомый вам пенсионер, сидя на скамейке около подъезда. И хотя он якобы обозначил проблему информационного характера, его поведение и ход размышлений ясно демонстрировали, что даже у последней черты он не собирается искать ответ на этот вопрос. Мало того, еще и игнорирует мои попытки осведомить его. Я был поражен. Мне хотелось сказать ему язвительно: «Милый дедуля, не оскорбит ли вас мое робкое предположение, что вы, как бы, уже одной ногой в гробу? На вашем месте, вместо того, чтобы философски бухтеть, я бы поднапрягся и чуть бодрее попробовал выяснить, *что же* там будет, пока не стало слишком поздно». Мои разговоры о Суде так и не напугали его, и он, кряхтя, лишь повторял, как заговоренный: «Кто его знает, кто его знает». Нет, дедушка не был агностиком и вряд ли догадывался о такой философской концепции. Ему просто было неимоверно лень посвящать свою угасающую мыслительную энергию духовным темам, ведь были и более важные и интересные темы: погода, здоровье, пенсия, «как хорошо было жить в Союзе», и «когда уже спустится сосед Петрович, чаво это его с утра не видно, не преставился ли часом».

Как вы понимаете, этот старик не одинок в своей опрометчивой умственной пассивности. Подавляющее большинство, на самом деле, не хочет знать ответа на этот вопрос (что будет после смерти?). А вдруг объяснение будет содержать в себе страшное слово «Бог». Это уже достаточная причина, чтобы не позволять себе об этом лишний раз думать. Но по-другому – никак! Нельзя касаться вопросов бытия и при этом оставлять Создателя за бортом рассуждений. Ответ такой: тело истлеет, а дух уйдет к Богу (12:7). Нет никакого небытия. Человек не перестанет существовать никогда. Вот в чем ужас! То, что достанется червям – это уже буду не я. Я прямехонько отправлюсь на разговор с Богом.

⁸ *Суета сует, сказал Екклесиаст,*
все – суета! (12:8)

Итак, на протяжении двенадцати глав Соломон рассуждает о смысле жизни. В самом начале он заранее выносит вердикт безбожному мировоззрению (1:2), открывая этим стихом скобки и сообщая читателям, о чем будет повествовать. Им же он и закрывает скобки в конце книги (12:8). *Все,* чему живущие земным люди отдают себя – бессмыслица и пустота. Это страшная истина, которую постигнут абсолютно все без исключения. Вопрос только в том, когда. Одни поймут это при жизни, наученные Истиной. Другие (и их большинство) вложат свою земную жизнь в провальную «экономику» мирских ценностей и осознают роковую ошибку, только когда предстанут полными банкротами перед Всемогущим.

Я даже не хочу лишний раз думать, каким будет ощущение сожаления от того, что каждый бесценный день был отдан на ловлю ветра. Жизнь, наполненная… ничем! Жизнь, прожитая… зря! Жизнь, отданная на собирание мусора. Научные знания, самые специфические навыки, всевозможные достижения искусства, спорта, культуры, близкие отношения и связи, дорогостоящее имущество, деньги, в конце концов,– все это не имеет никакого значения в преддверии вечности. Там, куда все придут, другие ценности. Человек, не знающий Бога, не может сделать ни одной инвестиции в вечность, ни единого вклада, которым мог бы воспользоваться после смерти. Сердце он отдаст своему «сокровищу», которое, во-первых, окажется драным золотистым фантиком от конфеты, а во-вторых, и этот фантик будет безжалостно у него отобран на выходе из жизни. Голый и грешный предстанет он перед Судьей.

[9] *Кроме того, что Екклесиаст был мудр, он учил еще народ знанию. Он слушал, исследовал, и составил много притчей.*

[10] *Старался Екклесиаст приискивать изящные изречения, и слова истины написанные верно[9]. (12:9–10)*

Автор книги Екклесиаст упорно не желает представляться. Как уже было сказано во Введении, в Приложении

---

[9] Синод. пер.: «…слова истины написаны им верно» (12:10).

вы можете найти статью, посвященную проблемам авторства. Избегая упоминания своего имени, Соломон, тем не менее, в конце, как и в начале, дает подсказки: уникальные биографические данные, характерные для него. Третья книга царств и Вторая книга Паралипоменон описывают нам сына Давида, угадываемого в этих стихах.

Мудрость – самая главная характеристика Соломона (3 Цар. 4:29–30). Он все испытывал и исследовал (3 Цар. 4:33). Он составил много притчей (3 Цар. 4:32). Все это он делал благодаря своей любви к мудрости и истине (12:10).

> [11] *Слова мудрых – как жезл для понукания и как вбитые гвозди, и составители их – от единого Пастыря[10].*
> [12] *А что сверх всего этого, сын мой, того берегись: составлять много книг – конца не будет, и много читать – утомительно для тела. (12:11–12)*

В этих стихах явное различие между любовью к божественной мудрости, проистекающей от Господа, и плотским стремлением к обширным знаниям. Чем они отличаются? Мы находим здесь два очень сильных сравнения.

Во-первых, божественная мудрость подобна жезлу пастуха, которым подгоняли скот. Это слово можно еще перевести как бич – специальное приспособление для понукания. Пастух гнал бичом животных в том направлении, в котором хотел. Не это ли делает истина Писания? Она направляет и возвращает наши строптивые сердца на путь жизни, с которого мы постоянно сбиваемся. Единый Пастырь пасет нас истиной Слова. Оно порой жалит и жжет, но это боль, которая нам нужна. Божественная мудрость не развлекает разум интересными идеями, новыми концепциями и красивыми сравнениями. Она захватывает и принуждает менять свою

---

[10] Синод. пер.: «Слова мудрых – как иглы и как вбитые гвозди, и составители их – от единого пастыря» (12:11).

жизнь, как жезл пастуха, не оставляющего овцам шанса самим решать, куда брести. Сила божественной мудрости подобна силе пастушьего жезла. Каждое соприкосновение с ним оставляет на нас след и имеет принуждающий характер. Божественная мудрость – это определенное *требование* Пастыря. Это выражение Его воли, а не приятное чтиво.

Во-вторых, еще одно сравнение – вбитые гвозди. Им Соломон хочет передать идею проникновения истины. Она не царапает, не щекочет, а входит, как гвоздь, и остается. Бах, и по самую шляпку! Бах, и попробуй вытащи! Это не разглагольствования Конфуция, которые ни к чему не обязывают. Это нравственный стержень, удар, боль, шок!

Все, что сверх божественного откровения, таит в себе опасность превратиться в погоню за ветром (12:12). Нужно различать мудрость, происходящую от единого Пастыря, и все остальные человеческие знания. Они легко могут затянуть в круговорот нескончаемой суеты, отвлекающей от главного. А мудрость Божья хватает за плечи и трясет, трясет, трясет, пока не оживит отмирающую совесть. Проснись человек, годы летят. Чему ты отдаешь свои силы, любовь, внимание, способности? Что есть твой смысл жизни? Проснись!

Как сладки гортани моей слова Твои!
Лучше меда устам моим.
Повелениями Твоими я вразумлен;
потому ненавижу всякий путь лжи.
Слово Твое – светильник ноге моей
и свет стезе моей.
(Пс. 118:103–105)

ГЛАВА 18

ЕККЛЕСИАСТ 12:13–14

¹³ *Вывод после всего услышанного такой¹:*
бойся Бога и заповеди Его соблюдай,
потому что в этом все для человека;
¹⁴ *ибо всякое дело Бог приведет на суд,*
и все тайное, хорошо ли оно, или худо. (12:13–14)

Давайте остановимся и оглянемся на прожитое до сего момента. Сколько сожалений, сколько греха и ошибок! Можем ли мы вернуться хоть на минуту назад и что-то изменить? Знаем, что нет. Что сделано, то сделано. Поймите, почему мы так поступали и, вероятно, будем поступать. Нам не хватает страха перед Тем, Кто будет ждать у входа в вечность. Мы недостаточно боимся Того единственного, Кого нужно бояться. Есть нечто другое, чего мы боимся больше: упустить возможности, претерпеть трудности, отдать кому-то свое время, деньги, силы, способности, и ничего не получить взамен, боимся плохого настроения, неудовлетворенного желания, боимся будущего, настоящего, прошлого. Мы боимся не найти своего места под солнцем, которое будет достаточно теплым, комфортным, престижным, интересным.

«У Бога есть чудесный план для твоей жизни». Эта фраза давным-давно запала мне в сердце на одной евангелизации. Уж очень она мне понравилась. Мое плотское воображение заработало в полную силу, рисуя мне картины «чудесного плана».

---

¹ Синод. пер.: «Выслушаем сущность всего…» (12:13).

Я даже не обращал внимания на то, что он весь относился к *райской жизни на земле*. Там не было *ничего,* что касалось бы изменений в моем характере. Ничегошеньки! Ужасно, но я не грезил о праведности и святости. Я думал совсем о другом: если Бог меня любит, значит даст мне все то, чего я хочу. А то, что Он меня любит, шло лейтмотивом всей евангелизации. И я молился: «Господи, помоги мне найти свое место на земле, самореализоваться, осуществить свои желания».

Царь Соломон, самый успешный человек с точки зрения мира, обращается к нам со страниц книги Екклесиаст. Из глубин минувших тысячелетий эхом несется его предостережение. Он хочет рассказать нам о том, ради Кого стоит жить. «Вывод после всего услышанного такой»: Бог и есть *смысл* жизни! Без Него она – абсурд, бессмыслица, пустота. Мало того, без Него наше существование – преступная растрата выделенных нам дней. Каждый день дарован, чтобы прожить его ради славы Сотворившего нас. *Его чудесный план для нас – это Он Сам!* Ничего не может быть чудеснее! Ничего из того, что мы способны себе нафанатазировать. Но мы, верующие, не ищем утерянного Бога так неистово, как ищем утерянный рай. Мы пытаемся обрести то, что обрести на земле невозможно, а значит тратим зря время и силы, сосредоточенно преследуя ветер.

Единственные усилия, результат которых перейдет в вечность – это усилия, приложенные во славу Бога, ради Господа. Все, что ради себя, останется на земле и сгорит. Нет ничего плохого в том, чтобы преуспевать в каких-то земных занятиях, но сначала ответьте себе честно на вопрос: «Зачем я хочу преуспевать?» Нет ничего плохого в том, чтобы завести семью и наслаждаться отношениями в ней, но сначала задайте тот же вопрос: «Почему я к этому так стремлюсь? Нет ничего плохого в стабильной, безопасной и предсказуемой жизни, но, опять-таки, спросите себя: «Зачем я столько сил прилагаю к ее достижению?» И если у вас не хватает мужества или искренности для ответа, я отвечу за вас. Возможно, во всем этом вы ищете *счастье* и никак не меньше! В этих благословениях самих по себе нет ничего плохого. Плохо, когда вы не представляете без них свою жизнь. В этом случае они превратились в идолов, ваших заменителей Христа.

Размышляя о счастье, мы мыслим тварными категориями. Если я попрошу моего старшего сына нарисовать машинку, то он будет пользоваться тем, что имеет: карандашами определенных цветов, бумагой и своим воображением, действующим на основании данных, поступивших ему в голову за три года его жизни. Он не сможет создать ничего кардинально нового, и он ограничен исходными материалами, имеющимся опытом и определенными желаниями. Если я попрошу его нарисовать карбюратор, он даже не поймет, о чем идет речь (кстати, и я тоже).

Так и человек не способен выдумать какую-то иную концепцию счастья, живя под солнцем. Счастье у всех стандартное, и оно из области творения. Во всем своем разнообразии *удовольствия, отношения, достижения, безопасность и стабильность* – вот строительный материал для земного счастья. А похоть очей, похоть плоти и гордость жизни – исчерпывающий набор распоясавшихся желаний, влекущих нас к нему. Под солнцем ничего другого просто нет!

Чтобы произошла «смысловая» революция, нужно столкнуться с Богом и Его Словом, войти в область духовного. Это все равно, что из клетки, в которой ты родился и жил, выйти на бесконечные просторы Вселенной. Меняются масштабы, ощущения, стремления. И тогда беркут начинает понимать, что курятник – не его дом. А навозная куча, где он копался в поисках еды, это… вонючая навозная куча. Крылья, о предназначении которых, он раньше не догадывался, начинают расправляться и ловить ветер. Небо, на которое он даже не смотрел, вдруг преображается и начинает звать. «Поднимайся сюда,– шепчет оно,– и оцени мою красоту. Испытай то, для чего ты был создан. Твоя среда обитания – это Я. Твой дом – это Я. Твоя радость – это Я. Твоя свобода – это Я. Посмотри на грязь, в которой ты возишься, и на краски вечернего неба. Ты можешь захотеть обратно в курятник, *только если ты курица по своей природе*».

Повторюсь: в понимании обывателя счастье – это удовлетворение всех своих желаний. Но он, бедный, даже не догадывается, что проблема *не в их осуществлении, а в самих желаниях.* Они – *неправильные,* и удовлетвори хоть все, они не ведут к счастью. Каждое из них, извращенное грехопадением – порождение всепоглощающей любви к себе. Каждое из них суть плачь об утерянном рае: потерянное бессмертие, безопасность, комфорт, изобилие, владычество. И нет среди них ни одного, оплакивающего утерянную святость. Соломон не отказывал себе ни в чем, но счастья так и не обрел. Ему не хватало самого главного – любви к Яхве, выражающейся в послушании (Иоан. 14:15). Он потерял ее где-то на пути ублажения своей плоти. Мудрец довел свою душу до бесчувствия, потакая всем ее желаниям, и, в итоге, скатился на путь нечестия. А куда еще мог скатиться человек, решивший ни в чем себе не отказывать (2:10)?!

Душа будет искать успокоения, для которого создана. Она, как слепой голодный щенок, будет тыкаться и присасываться ко всему, до чего сможет дотянуться. Но жалобное скуление будет сообщать о том, что молоко пока не найдено. Подобным образом, бомж, решивший выспаться на деревянной скамейке, ворочается в поиске удобной позы. Но то ноги свисают, то бока ломит, то рука затекла. Вне Бога покоя нет! Есть одно мучение. «Придите ко Мне, все труждающиеся и обремененные, и Я успокою вас (дам отдых)»,– говорит Христос (Матф. 11:28).

В некотором смысле счастье – это чистая совесть, это свобода от вины. Но речь не о мертвом морализме. Без живых искупительных отношений с Сыном Божьим нравственные притязания превращаются в законничество, замурованное в железобетон горделивой самодельной праведности. Истинная праведность неотделима от осознания своего ничтожества, в познании которого мы возрастаем по мере познания Господа. Тот, чья совесть выведена из состояния клинической смерти воскресением Мессии, осознает недостижимость Его стандартов и вопиет: «Бедный я человек! Кто избавит меня от этого тела смерти?!» (Рим. 7:24). Конечно,

Иисус! Боже мой, как мы нуждаемся в Нем, что до покаяния, что – после! Грязные лохмотья «добрых дел» нестерпимо смердят в свете благоухающей, белоснежной, сияющей святости Христа, вмененной нам по вере. Блаженны уставшие от своего морального уродства больше, чем от нажитых им проблем. В том-то и проблема, что мы *умеем* жить с чувством вины, терпеть его, накапливать, привыкать к нему, черстветь, грубеть, но лишь бы не терять той соски, которая заменяет радость поклонения. Мы не так боимся угрызений совести, как какого-нибудь неудовлетворенного плотского желания. Мы не так жаждем благочестия, как стабильной, безопасной, комфортной, изобильной, успешной жизни. Мы хотим просто *жить*, вместо того, чтобы хотеть жить *свято*.

Возвращаясь к мечтам, давайте признаемся себе, о чем они. «Бездомные» (арендующие), мечтают о своем жилье. А приобретя его, мечтают о расширении. Одинокие – о супруге. Женатые и замужние – о мире в семье или, не дай Бог, о другом супруге. Бездетные – о детях. Окруженные детьми – о покое и сне. Больные – о здоровье. Бедные (и не только) – о деньгах. Те, у кого нет машины, мечтают о ней. Те, у кого есть, мечтают о другой. Безработные – о работе. «Работные» – о повышении или о другой работе. Поступить, съездить, отдохнуть, приобрести, достигнуть, накопить и так далее, и тому подобное. Вот они, мечты образа Божьего!

Как сделать так, чтобы помышляя о проблемах в жизни, мы имели в виду свою гневливость, раздражительность, невоздержание, нечистоту, ссоры, зависть, ненависть и другие грехи, а не отсутствие денег, одиночество, плохую работу, проблемы в отношениях и прочее тому подобное? Как сделать так, чтобы соблюдение заповедей стало первостепенным стремлением души, более важным, чем защита своих интересов? Как сделать так, чтобы мы *мечтали* не о романтических отношениях, а о том, чтобы научиться любить тех, кого любить, кажется, невозможно? Как научиться плакать больше о своем нравственном убожестве, чем о нанесенной обиде?

Ответ простой и сложный одновременно. Страх Божий — вот что должно быть главным побудительным мотивом для действия и бездействия. Поселившись в сердце, он обуздывает его строптивый нрав, исцеляя врожденную слепоту и безумие (Матф. 23:17, 19). Он побуждает впитывать Божий характер, определяющий, что мы делаем, думаем, говорим, чувствуем. Тогда осознание постоянного присутствия Вездесущего становится главной фоновой темой каждой прожитой минуты. Тогда восприятие любой ситуации происходит в четком духовном контексте с первостепенным желанием угодить Главной Личности, которая всегда присутствует в разуме. Тогда Бог становится реальнее всего того, что видят глаза. Ведь Он — самая реальная реальность, не воспринимаемая большинством. «Сказал безумец в сердце своем: „Нет Бога“» (Пс. 13:1а).

Этот вид страха уводит нас от своих желаний к Его желаниям. «Твоя воля да будет» становится основополагающим жизненным принципом. Некоторые низменные стремления так никуда и не деваются до гробовой доски, но перестают иметь право решающего голоса. Происходит освобождение от их рабства. Раб греха становится рабом праведности (Рим. 6:18). Греховные зависимости исчезают и ослабевают, а зависимость от Бога растет. Совесть становится все более и более чувствительной. Возрастает ненависть к греху. «Страх Господень — ненавидеть зло; гордость и высокомерие и злой путь и коварные уста я ненавижу» (Прит. 8:13). Поэтому угождение Богу становится не только обязанностью, но и естественным стремлением, доставляющим радость. Бог сказал: «Будьте святы, потому что Я свят» (1 Пет. 1:16; Лев. 11:45; см. Матф. 5:48). Не сказано: будьте богаты, успешны, женаты, многодетны, умелы, умны, образованы. Все повеления, которые мы находим в Писании, касаются нашего духовно-нравственного состояния.

Смысл жизни оказывается прост: бойся Бога и тщательно исполняй Его требования. И все! Нет ничего важнее. *Качество жизни измеряется только послушанием.* Другого отвеса качества у Бога нет. Значит и у нас не должно быть. Образование, работа, служение, достижения, отношения, семья и прочее – это лишь сферы для проявления богоцентричного послушания. Можно сказать по-другому: это сферы для прославления Бога путем явления Его характера. Страх Божий производит эту концептуальную революцию.

Быть проводником Христовой любви – это сильная, глубокая, чистая радость, рядом с которой все удовольствия мира – это жалкая, мелкая, грязная лужа. Непонимание этой истины будет толкать нас на погоню за ветром. Ведь никто не станет тратить время и силы на то, что, по его мнению, не ведет к радости. Каждый шаг – это осознанное стремление к приятным переживаниям. Об этом мы читали у Паскаля. Это не значит, что теперь надо перестать учиться, ставить перед собой труднодостижимые цели, строить отношения, добиваться успехов, тратить время на земные дела и так далее. Это только значит, что ничего из перечисленного не должно заменить радости поклонения. Да, у нас полно земных благословений, но они должны знать свое место, сохраняя статус дополнительных, второстепенных. Лишившись их, мы не должны испытывать разочарования, кризиса, депрессии и ощущения потери смысла жизни. Да, нам могут не дать мороженого, но хлеб, утоляющий голод, у нас есть. Душевное насыщение невозможно без Творца. Именно Собой Он предопределил заполнить бездонную душу, отдающую гулким эхом вечности. Христос – хлеб жизни! Христос – единственная вода, навсегда утоляющая жажду бессмысленного существования (Иоан. 6:35).

Когда Соломон погнался за призраками земных услад, он не ставил научный опыт, он преследовал счастье. Имея его в Боге, он вряд ли зашел бы так далеко. Во всем том, чему он посвящал себя в тот или иной момент жизни, он надеялся обрести успокоение для души, но неизменно конечным итогом всех стараний был хорошо известный нам вывод: суета.

«Бойся Бога и заповеди Его соблюдай, ибо в этом все для человека» (12:13). Мы, в первую очередь, нравственные существа. Мораль, а не интеллект или тело со всеми его возможностя-

ми играет главную роль в нашей идентификации. Фраза «всякое дело» относится к поступкам, которые оцениваются в свете открытой воли Божьей (12:14). Соблюдение или несоблюдение заповедей – вот содержание «уголовных дел» на том суде.

И увидел я мертвых, малых и великих, стоящих пред Богом, и книги раскрыты были, и иная книга раскрыта, которая есть книга жизни; и судимы были мертвые по написанному в книгах, сообразно с делами своими. (Откр. 20:12)

...Ибо всякое дело Бог приведет на суд, и все тайное, хорошо ли оно, или худо. (12:14)

...Ибо придет Сын Человеческий во славе Отца Своего с Ангелами Своими и тогда воздаст каждому по делам его. (Матф. 16:26–27)

Мы уже говорили о том, что бесполезно рассуждать о смысле жизни, если не знать, чем она закончится. Она закончится Судом, как мы многократно читаем в Библии.

Не готовиться к этому кульминационному моменту истории человечества – настоящее безумие. «Какая польза человеку, если он приобретет весь мир, а душе своей повредит? Или какой выкуп даст человек за душу свою?» (Матф. 16:26). Екклесиаст не скрывает, что на том Суде ни у кого не будет шансов на оправдательный приговор (7:2; 9:30). По делам не оправдается никто (Рим. 3:20; Гал. 2:16). На что *вы* собираетесь уповать на том судебном заседании? Надеюсь, не на дела? Их не то чтобы недостаточно, на самом деле *ни одно из них* не тянет на полновесное *доброе* дело в свете Божьего стандарта святости. Даже в искупленном состоянии мы неспособны произвести что-либо, угодное Богу, сами по себе, отдельно от Христа. Каждый добрый поступок, который Он инициирует и производит через нас, мы пачкаем грязью личной выгоды ветхого человека, стремящегося урвать свое, даже совершая благое (Иоан. 15:5; Рим. 7:21).

Примечательно, что Соломон не показывает выхода, не делает ни одного прямого указания на грядущего Мессию, если не считать библейского образа Пастыря (12:11). Но там контекст – исходящая от Него божественная мудрость. Однако разве есть надежда без Христа?! Разве есть оправдание на том Суде без искупительной жертвы Сына Божия?! Наша надежда на невиновность родилась в смерти Агнца на Голгофе, за стенами Иерусалима две тысячи лет назад. Там драгоценный Иисус стал живым щитом на пути испепеляющей ярости Отца. Меня, мерзкую жабу, Он надежно скрыл в Своих объятиях, в то время как пламя Божьего гнева медленно убивало Его. В нестерпимой агонии, неподвластной осмыслению, расставался с жизнью Начальник жизни, чтобы спасти мою никчемную жизнь. Как Его жгло, Боже мой, как Его жгло, но Он не разжал рук и не выпустил меня, хотя в любой момент мог остановить эту добровольную пытку. Он так и умер, бережно прижав меня к Своей груди. Когда же Он испустил дух, огонь ярости тут же утих. Для меня не осталось ни искорки его страшной силы. И потому: «Невиновен!» – мой приговор! «Блажен, кому отпущены беззакония, и чьи грехи покрыты» (Пс. 31:1). Я прощен! Какое это счастье: быть прощенным! И потому Христос – мой смысл жизни!

[8] Да и все почитаю тщетою ради превосходства познания Христа Иисуса, Господа моего: для Него я от всего отказался, и все почитаю за сор, чтобы приобрести Христа [9] и найтись в Нем не со своею праведностью, которая от закона, но с тою, которая через веру во Христа, с праведностью от Бога по вере; [10] чтобы познать Его, и силу воскресения Его, и участие в страданиях Его, сообразуясь смерти Его, [11] чтобы достигнуть воскресения мертвых. (Флп. 3:8–11)

Иисус поверг смерть, наводившую ужас на Соломона. «Смерть! где твое жало? Ад! где твоя победа? <...> Благодарение Богу, даровавшему нам победу Господом нашим Иисусом Христом!» (1 Кор. 15:55, 57). Он воскрес на третий день, проторив дорогу на небеса для тех, кто при жизни под солнцем ухватились за Него, как за *единственную* надежду на спасение. Он Адвокат, Защитник, единый Посредник между Богом и человеком (1 Тим. 2:5). И Он дал нам книгу Екклесиаста, чтобы она стала мрачным фоном материалистической безнадежности для сияющего многогранного бриллианта спасения. Избрание, усыновление, искупление, возрождение, оправдание, освящение, примирение, прославление – все эти грани евангельского упования на вечную жизнь переливаются светом Божьей любви, пожертвовавшей для нас Своего Сына. Мы сами никогда бы не смогли разорвать порочный круг суеты. Для этого у нас не было ни сил, ни желания (Флп. 2:13). Вечное благодарение Богу, богатому милостью, спасшему нас, духовно мертвых, Своей благодатью (Еф. 2:4–6). Она искупила нас от бессмысленной жизни под солнцем, так ярко описанной сыном Давида. Нижеприведенный отрывок из 1 Петра идеально подходит для завершения книги Екклесиаста в духе новозаветного мировоззрения.

[14] Как послушные дети, не сообразуйтесь с прежними похотями, бывшими в неведении вашем, [15] но, по примеру призвавшего вас Святого, и сами будьте святы во всех поступках. [16] Ибо написано: «Будьте святы, потому что Я свят». [17] И если вы называете Отцом Того, Который нелицеприятно судит каждого по делам, то со страхом проводите время странствования вашего, [18] зная, что не тленным серебром или золотом искуплены вы от суетной жизни, преданной вам от отцов, [19] но драгоценною Кровию Христа, как непорочного и чистого Агнца, [20] предназначенного еще прежде создания мира, но явившегося в последние времена для вас, [21] уверовавших чрез Него в Бога, Который воскресил Его из мертвых и дал Ему славу, чтобы вы имели веру и упование на Бога. (1 Пет. 1:14–21)

А вы обрели смысл жизни в Иисусе или до сих пор ловите ветер?

Приложение

*Екклесиаст:
внутренние свидетельства
в пользу авторства Соломона*

В настоящее время можно заявить о существенном сдвиге в современной библеистике. В своем консервативном крыле она приобрела четкие черты апологетики, причем апологетики, в которой произошла полная смена оппонента. Это уже не защита веры за пределами Церкви. Внешние нападки на христианство в цивилизованном мире сродни комариному укусу. Настоящая атака на истину ведется теперь с кафедр христианских учебных заведений, церквей, а также со страниц богословской литературы. Вот где настоящая кровопролитная битва, битва в прямом смысле не на жизнь, а на смерть! Эта битва приобрела все признаки гражданской войны, когда «брат восстает на брата».

Сатана знает, что основа Церкви, основа самой веры Христовой – это Слово Божье. Главное – посеять сомнение в том, что говорит Создатель. Остальное человек сделает сам. Человек был создан, чтобы питаться, в первую очередь, Словом своего Творца (Матф. 4:4). Отказавшись жить по Его Слову, он умирает (Быт. 2:16–17). Значит, врагу нужно заставить его усомниться в истинности Божьих повелений. «Подлинно ли сказал Бог…» – несется эхом из глубины веков, из Эдемского сада, оттуда, где началось поражение человечества. И, подхваченное в век «Просвещения» так называемыми христианами, это сомнение впоследствии оформилось в многочисленные «научные» труды, цель которых одна: доказать всем, что Библии в том виде, в котором она есть, доверять нельзя.

СУТЬ ПРОБЛЕМЫ

Несмотря на то, что высшая критика принесла много хаоса и беспорядка в изучение книг Ветхого Завета, консервативные богословы удачно сопротивляются нашествию постмодернистской «академической честности». Пишутся книги, статьи, проповеди, отстаивающие авторитет, ясность, непогрешимость и безошибочность Слова Божьего. Все нападки на историчность, авторство, датировку, целостность и безошибочность тех или иных книг отбиваются без особого труда, ведь защищаться самым мощным в мире оружием – Божьим Словом – не трудно.

Есть, однако, книги Библии, которые более других пострадали от результатов исследований либеральных ученых. Одна из таких книг – Книга Екклесиаста. Доверию к этой книге нанесен реальный ущерб. Если измерять этот ущерб количеством консервативных богословов, разуверившихся в аутентичности книги, то Екклесиаст – в числе лидеров[1].

Данная работа ставит своей целью на основе внутренних свидетельств продемонстрировать, что автором Книги Екклесиаста является известный на весь мир царь Соломон.

АВТОРСТВО СОЛОМОНА: АРГУМЕНТЫ ЗА И ПРОТИВ

В числе наиболее популярных аргументов против авторства Соломона можно назвать следующие: (1) лингвистический аргумент: язык, на котором написана книга, якобы более соответствует еврейскому языку периода после вавилон-

---

[1] Archer G. L. A Survey of Old Testament Introduction. Chicago: Moody, 1994. P. 528.

ского пленения; (2) экзегетический аргумент: содержание, а именно некоторые стихи, якобы делают невозможным Соломоново авторство, (3) аргумент от молчания: отсутствие прямого упоминания имени автора.

Лингвистический аргумент

«Если книга Екклесиаста была написана Соломоном, то истории еврейского языка просто не существует»[2]. Эта фраза лютеранского богослова Делицша – едва ли не самая цитируемая, когда разговор заходит об авторстве Екклесиаста. Франц Делицш написал один из самых значительных трудов на данную тему, выбивший почву из-под ног многих христиан. Движущая сила сомнений в авторстве Соломона, с точки зрения Делицша,– это наличие в тексте так называемых арамеизмов, то есть слов арамейского происхождения. Это, по его мнению, относит книгу, несомненно, к послепленному периоду, ко времени Ездры и Неемии[3].

Самый радикальный взгляд на Книгу Екклесиаста в контексте языковых исследований состоит в том, что имеющийся еврейский текст – это, на самом деле, перевод с арамейского, то есть книга изначально была написана на арамейском[4]. Данная точка зрения здесь не будет даже рассматриваться, ибо получила достойный отпор в трудах Роберта Гордиса, хоть и отвергающего авторство Соломона[5]. В то же время, для многих исследователей очевидное арамейское влияние в тексте – достаточное основание, чтобы датировать

---

[2] Delitzsch F. Commentary on the Songs of Songs and Ecclesiastes. Grand Rapids, MI: Eerdmans, 1968. P. 90.

[3] Ibid. P. 197.

[4] Zimmermann F. The Aramaic Provenance of Qohelet. Цит. по: Longman T. The Book of Ecclesiastes. Grand Rapids, MI: Eerdmans, 1998. P. 12.

[5] Gordis R. The Original Language of Qoheleth. P. 67–84. Цит. по: Longman. The Book of Ecclesiastes. P. 12.

книгу III–IV вв. до н. э. Так полагают Питер Крэйги[6], Эдвард Янг[7], Дерек Киднер[8] и другие.

В связи с этим возникают три важных вопроса: (1) являются ли «арамеизмы» исключительно арамейскими словами, (2) каким было взаимодействие еврейского и арамейского языков в древности и (3) каковы вероятные причины арамеизмов в исследуемом тексте. Ответы на эти вопросы и проверяют надежность лингвистического аргумента против авторства Соломона.

Лингвистический контраргумент

Нет никаких весомых причин полагать, что наличие арамеизмов в тексте является достаточным основанием для более поздней датировки книги.

Археологическая поддержка

Предпосылка, что арамейские слова попали в еврейский язык, культуру и канонические тексты только после вавилонского пленения, не выдерживает проверки на прочность, как будет показано ниже. Но начать нужно с простого вопроса для размышления: с точки зрения элементарной логики, как можно исключить взаимное проникновение, когда речь идет о двух соседствующих и, к тому же, родственных языках?! Взаимопроникновение, несомненно, было, и этому есть археологическое подтверждение. Известна надпись Закира, царя Емафа[9] (ср. Ис. 37:13), датируемая 820 г. до н. э. Она свидетельствует об использовании еврейских слов в арамей-

---

[6] Craigie P. C. The Old Testament: Its Background, Growth and Content. Nashville, TN: Abingdon, 1991. P. 229.

[7] Young E. J. An Introduction of the Old Testament. Grand Rapids, MI: Eerdmans, 1952. P. 340.

[8] Kidner D. The Wisdom of Proverbs, Job and Ecclesiastes. Downers Grove, IL: InterVarsity, 1985. P. 105.

[9] Другое название – Имаф (2 Цар. 8:9).

ском языке[10]. Это же явление отражено в надписи царя Панаму (территория Сирии) начала VIII в. до н. э.[11] В обоих случаях мы имеем дело с так называемыми гебраизмами в арамейском языке. Интересно, как бы критики объяснили их возникновение?

Библейская поддержка

Здесь важно отметить, что такие послепленные книги Ветхого Завета, как Аггей, Захария и Малахия никак не свидетельствуют об арамейском языковом влиянии[12]. Это неожиданно, если предполагать, что вся письменность поствавилонского периода должна нести на себе лингвистические последствия изгнания.

Если отойти от фактора армейского влияния, то можно привести в пример книгу пророка Иезекииля. «Марк Рукер приходит к выводу, что у Иезекииля наблюдается множество грамматических и лексических черт, характерных для позднего периода»[13]. Важно отметить, что Иезекииль начал свое пророческое служение до разрушения храма. Откуда у него появились поздние формы библейского иврита? «Разумно было бы предположить, что они уже существовали в каком-то языковом слое иудеев до пленения»[14].

Ян Янг приходит к выводу, что «не только стандартный библейский иврит продолжал оставаться в ходу в послепленный период, но и лингвистические черты позднего библейского иврита уже существовали, по крайней мере, в поздний период иудейской монархии»[15]. Отсюда можно перейти

---

[10] Archer. A Survey of Old Testament Introduction. P. 143.

[11] Ibid.

[12] Ibid. P. 144–145.

[13] Rooker M. Biblical Hebrew in Transition: The Language of the Book of Ezekiel. JSOSup 90. Sheffield: JSOT, 1990. P. 181. Цит. по: Young I. Biblical Texts Cannot Be Dated Linguistically // Hebrew Studies. №46. 2005. P. 345.

[14] Ibid.

[15] Ibid. P. 347.

к языковым исследованиям, чтобы, как было сказано, получить некое представление о взаимодействии двух языков и возникновении арамеизмов в еврейском.

Лингвистическая поддержка

Во-первых, нужно заявить, что, по свидетельству многих исследователей, язык Книги Екклесиаста уникален и несравним ни с какой другой книгой Ветхого Завета. «Лингвистический анализ показывает, что Книга Екклесиаста не вписывается ни в один известный период развития еврейского языка»,– говорит Майкл Итон[16]. Такую же точку зрения отстаивает консервативный богослов Арчер[17] и другие.

Во-вторых, примечательно, что само развитие языка в ветхозаветную эру можно проследить только благодаря Священным Писаниям. Других письменных документов такой давности на еврейском языке, достаточных для выведения достоверных лингвистических принципов для того или иного временного периода, просто не существует.

Возвращаясь к арамеизмам, важно подчеркнуть, что большое число еврейских слов, которые классифицируются исследователями как арамеизмы, при более тщательном исследовании обнаруживают потенциал быть подлинно еврейскими или, скорее, быть заимствованными из финикийских[18], вавилонских или арабских диалектов[19]. Например, критики полагают, что еврейские существительные, оканчивающиеся на *-он,–* обязательно арамейского происхождения, так как сходные окончания *-ан* очень популярны в арамейском. Но истина в том, что такие же окончания нередки в ва-

---

[16] Eaton M. A. Ecclesiastes Introduction and Commentary. Downers Grove, IL: InterVarsity, 1983. P. 19.

[17] Archer. A Survey of Old Testament Introduction. P. 530.

[18] Ср.: Archer G. L. The Linguistic Evidence for the Date of "Ecclesiastes" // Journal of Evangelical Theological Society. № 12/3. Summer 1969. P. 167–181.

[19] Archer. A Survey of Old Testament Introduction. P. 145–147.

вилонских и арабских диалектах. Кроме того, достоверно известно, что окончания с *-н* существовали в *ханаанском* наречии до еврейского вторжения[20].

К сожалению, исследователи слишком торопятся, закрепляя за еврейскими словами статус арамеизмов[21]. В большинстве случаев эти «арамеизмы» встречаются в еврейских Писаниях на семь веков раньше, чем первое их упоминание в старинных арамейских документах[22]. Вообще, когда речь идет о родственных языках (семитских в данном случае), как вообще можно быть уверенным в том, кто, что, когда и у кого позаимствовал?! Большинство этих слов – родные как для арамейского, так и для еврейского[23]. Это общекоренные слова семитской группы языков.

Приведем наглядный пример, иллюстрирующий языковое родство. Русский и украинский языки – родственные, они принадлежат к группе славянских языков. Такое старорусское слово как «очи» для украинского языка является современным и употребляемым. В то время как русскоговорящие могут изредка использовать это слово в поэзии, возвышенной речи или речи, которой они стремятся намеренно придать архаичный окрас, украинцы пользуются этим словом в обыденных ситуациях. Предположим, что тысячу лет спустя какой-нибудь немецкий лингвист обнаружит стихотворение на русском языке, написанное в наши дни. В нем он обратит внимание на слово «очи», которое автор использовал просто для красоты. Обладая другими письменными источниками на русском языке этого же периода, он обнаружит, что ко времени написания стихотворения слово «очи» давно вышло из употребления в обыденной русской речи.

---

[20] Ibid. P. 145.

[21] Harrison R. K. Introduction to the Old Testament. Grand Rapids, MI: Eerdmans, 1974. P. 1078.

[22] Archer. A Survey of Old Testament Introduction. P. 146.

[23] Ibid. P. 147.

Однако украинские письменные документы покажут, что слово находится в активном употреблении в соседствующем государстве Украина. Как он объяснит этот феномен и как его назовет? По логике современных критиков, это будут «украинизмы». Возможно, он даже напишет докторскую диссертацию под названием «Украинизмы в русском языке XXI века». А в реальности как может этот иностранный ученый, живущий на тысячу лет позже исследуемого текста, знать что-либо наверняка о таких языковых нюансах?! Страшно подумать, какие теории могут родиться в его голове, чтобы объяснить наличие «украинского» слова в русском стихотворении XXI-го века. Вероятно, речь пойдет даже о неизвестном историкам завоевании России Украиной.

Таким образом, вполне логично предположить, что так называемые арамеизмы в еврейском языке – это не более чем общесемитские слова, которые могли быть в активном употреблении в арамейском и по желанию могли использоваться в иврите. Авторитетный гебраист, знающий около двадцати древних и современных языков, Уильям Бэррик на основе здравого смысла предлагает следующие варианты, объясняющие «арамеизмы»: (1) арамеизмы на самом деле могут быть еврейскими словами, просто менее употребляемыми, чем в арамейском; (2) арамеизмы могут быть лексическими или грамматическими формы, хорошо известными в арамейском, но прежде не распознанными в еврейском, (3) арамеизмы также могут быть результатом авторского замысла в контексте родства языков[24].

Можно также предположить, что Иудея, где жил Соломон, обладала собственным диалектом еврейского языка, на котором и была написана Книга Екклесиаста. Этот диалект на период написания книги мог уже обгонять в развитии остальные области Израиля и быть так называемым «законода-

---

[24] Barrick W. D. Ecclesiastes: The Philippians of the Old Testament. Ross-shire, Scotland: Christian Focus, 2011. P. 19–20.

телем языковой моды». Общеизвестно, что большие города управляют развитием языка всей страны, поскольку именно в них происходят наиболее интенсивные межкультурные контакты. В наше время благодаря разнообразнейшим средствам связи все языковые новшества распространяются мгновенно. Три тысячи лет назад на это могли уходить десятилетия. И какой другой город лучше всего подходит на роль инициатора языковых изменений, как не Соломонова столица – Иерусалим? В связи с этим вполне уместно предположить, что язык Книги Екклесиаста должен быть более интересен с точки зрения диалектологии, чем хронологии[25].

Есть еще одно свидетельство раннего происхождения текста Екклесиаста. Полное отсутствие «гласных букв» – так называемых *matres lectionis* – согласных букв, используемых для обозначения гласных звуков в консонантном письме. Считается, что они вошли в использование в конце VIII в. до н. э.[26]

Подводя итоги, заметим, что самые старые манускрипты еврейских Писаний, имеющиеся в наличии,– это кумранские свитки. Они показывают, что язык был непостоянным элементом в передаче библейского текста[27]. Вот что по этому поводу пишет Янг:

Исследователям языка еврейской Библии необходимо в своей работе серьезно отнестись к критике текста. Вполне законно предположить, что лингвистический профиль некоторых, многих, или всех книг масоретской Библии не определялся авторами этих книг, а придан им на какой-то стадии рукописной передачи. По крайней мере, индивидуальные лингвистические элементы были переданы с большой степенью свободы[28].

---

[25] Eaton. Ecclesiastes: Introduction and Commentary. P. 19.

[26] Kaiser W. C. Ecclesiastes: Total Life. Chicago: Moody, 1979. P. 28.

[27] Young. Biblical Texts Cannot Be Dated Linguistically. P. 349–350.

[28] Ibid. P. 350.

Отсюда вывод словами Майкла Итона: «Язык Книги Екклесиаста не предоставляет адекватного материала для датировки, а арамеизмы не могут свидетельствовать о более позднем написании»[29]. Ему вторит Тремпер Лонгман: «Мы не настолько хорошо знаем историю еврейского языка или других языков, повлиявших на него, чтобы использовать язык Екклесиаста как барометр для датировки книги»[30].

Экзегетический аргумент

Напомним, что суть его в том, что содержание, а именно некоторые стихи, опровергают авторство Соломона. К примеру, 1:1 (а также вся книга) не называет имени автора, что является для некоторых достаточным основанием, чтобы отказать великому царю в авторстве. Назовем это аргументом от молчания. Одни считают приемлемым объяснение, что некто преподносит свою мудрость как мудрость Соломона, поместив в текст легко узнаваемые уникальные биографические особенности мудрого царя. «Автор книги – некто, живший в послепленный период, кто поместил свое учение в уста Соломона с той целью, чтобы донести свое послание»[31]. Другие считают, что автор не желает выдать себя за Соломона, а соотносит себя с великим царем исключительно в целях литературного эффекта[32]. Тремпер Лонгман даже отнес книгу к жанру так называемой «царской вымышленной автобиографии», распространенной, по его мнению, в древней ближневосточной литературе[33]. И тех, и других объединяет уверенность в

---

[29] Eaton. Ecclesiastes: Introduction and Commentary. P. 18.

[30] Longman. The Book of Ecclesiastes. P. 15.

[31] Young. An Introduction to the Old Testament. P. 340.

[32] La Sor W. S., Hubbard D. A., Bush F. W. Old Testament Survey. Grand Rapids, MI: Eerdmans, 1982. P. 589.

[33] Longman T. Fictional Akkadian Autobiography. Winona Lake, IN: Eisenbrauns, 1991. P. 122–128. См.: Waltke B. K., Diewert D. Wisdom Litera-

том, что в определении авторства нет необходимости, ибо «мудрость этой книги возвышается над временем»[34].

Второй аргумент основан на Екклесиаста 1:12. Это аргумент из разряда синтаксических. «Я, Екклесиаст, *был* царем над Израилем в Иерусалиме» (курсив наш. – *Т. Р.*). Аргумент основан на грамматическом понимании глагола «был» (евр. הָיָה – «быть, существовать»). Он используется здесь в перфекте. Некоторые полагают, что аспектное значение этого перфектного глагола в данном случае подразумевает, что автор двенадцатого стиха на момент написания уже не был царем[35].

Третий аргумент связан с Екклесиаста 1:16. Это один из наиболее часто цитируемых стихов, якобы противоречащих авторству Соломона. «Говорил я с сердцем моим так: „Вот, я возвеличился и приобрел мудрости больше всех, которые были прежде меня над Иерусалимом“...». Логика здесь проста: Соломон не мог такое написать, ибо до него Иерусалимом правил только Давид. Значит, автор этого стиха должен был иметь перед собой хотя бы несколько царей-предшественников в династии царя Давида[36]. Упоминание языческих царей, правивших Иерусалимом до его завоевания царем Давидом, кажется им маловероятным[37].

Четвертый аргумент опирается на Екклесиаста 5:7–8. Этот отрывок учит о том, что коррупция в государстве насаждается и поддерживается сверху. Некоторым кажется абсурдным, что такие слова могли быть написаны первым лицом государства. Не мог же он писать против самого себя![38]

---

ture // The Face of Old Testament Studies / eds. D. W. Baker, B. T. Arnold. Grand Rapids, MI: Baker Academic, 1999. P. 316.

[34] Hill A. E., Walton J. H. A Survey of the Old Testament. Grand Rapids, MI: Zondervan, 1991. P. 294.

[35] Delitzsch. Commentary on the Songs of Songs and Ecclesiastes. P. 206. См. также: Longman. The Book of Ecclesiastes. P. 5.

[36] Hill, Walton. A Survey of the Old Testament. P. 293.

[37] Young. An Introduction to the Old Testament. P. 339.

[38] Longman. The Book of Ecclesiastes. P. 6.

Наконец, есть популярное мнение, что человек, который говорит о Екклесиасте в третьем лице в начале (1:1) и в конце книги (12:9–10),– редактор или составитель книги[39].

Экзегетический контраргумент

Тщательное толкование текста показывает, что ничто в содержании Книги Екклесиаста не входит в противоречие с авторством Соломона.

1) Отсутствие прямого упоминания автора. На наш взгляд, упоминание биографических фактов в сочетании с необыкновенно мудрыми размышлениями о жизни «под солнцем» (особенно в 1–2 главах) являются более убедительным аргументом в пользу авторства Соломона, чем прямое наименование автора. Для «псевдоэпиграфически настроенного» автора не составило бы проблемы представиться Соломоном в самом начале. Это гораздо легче, чем пытаться походить на Соломона, уча действительно божественной мудрости. Здесь же мы видим биографически оформленную богословско-философскую исповедь, которая не оставляет никаких сомнений касательно авторства не только у современников Екклесиаста, но и у потомков, отстоящих от него на тысячелетия. Упоминание имени было бы просто излишним, текст не нуждается в упоминании автора[40]. Кроме того, нам кажется возмутительным представление, что некто, не Соломон, создал каноническое, а значит богодухновенное произведение, при этом выдавая себя за великого царя. Как можно доверять такой книге, и зачем небесному Автору понадобился не Соломон, так отчаянно пытающийся быть на него похожим? В чем смысл этого псевдосоломонства?

---

[39] Мангано М. Книга Экклезиаста // Введение в Ветхий Завет / под ред. М. Мангано. М.: Духовная академия апостола Павла, 2007. C. 308.

[40] Unger M. F. Introductory Guide to the Old Testament. Grand Rapids, MI: Zondervan, 1951. P. 390.

2) Екклесиаст 1:12. Объяснение здесь простое. Перфектные глаголы в библейском иврите могут обозначать действие, которое началось в прошлом и эффект которого продолжается до настоящего момента[41]. Примеры такого использования перфекта нетрудно увидеть в Бытие 42:11, Исход 2:22 и др. Только в более позднем иврите перфектом стали обозначать события прошлого[42].

3) Екклесиаст 1:16. Для опровержения этого аргумента важно отметить, что Иерусалим был завоеван иудеями, а не построен. Иерусалим, скорее всего, был великим городом до того, как там воцарились иудейские вожди (а иначе, зачем Давиду было избирать его своей столицей?). Предыдущими известными нам царями были, например, Мелхиседек (Быт. 14:18), Адониседек (И. Нав. 10:1). Предположительно, великих царей в Иерусалиме было много, даже если их имена не сохранились в дошедших до нас письменных источниках. Нет никаких причин, по которым Екклесиаст должен был упомянуть только царей израильских. Ведь у Иерусалима была своя история царей. Екклесиаст говорит, что он «возвеличился и приобрел мудрости больше всех, которые были прежде [него] над Иерусалимом». Действительно, царствование Соломона – пик расцвета как для города, так и для страны. Ни до него, ни после не было такого величия на этой территории.

Но самая большая проблема этого аргумента в том, что после Соломона никто не правил Иерусалимом и при этом всей страной одновременно (1:12). Уже следующий после него царь, его сын Ровоам, разделил царство и правил только Иудеей. Нет никого во всей истории иудейских царей, кто подошел бы под описание автора Екклесиаста.

Стоит также обратить внимание на слова автора о том, что он возвеличился более всех царей, которые правили до

---

[41] *Kaiser. Ecclesiastes: Total Life. P. 27.*
[42] Ibid.

него. Значит, по логике вещей, он должен был превзойти и Соломона. Но таковых просто не было. Вся история Израиля после правления Соломона – это междоусобные войны, политический и экономический спад. Также неизвестен никто из последующих царей, кто мог бы составить конкуренцию Соломону в мудрости. Кто этот таинственный незнакомец, так много о себе возомнивший? И почему мы должны ему доверять, если он приписывает себе то, что далеко от действительности?

4) *Екклесиаст 5:7–8.* Нет никаких оснований полагать, что во время правления Соломона не было притеснений бедных и нарушения правосудия. Кроме того, достоверно известно, что вторая половина жизни Соломона характеризуется серьезным отступничеством (3 Цар. 11:1–8). Можно гарантировать, что это повлекло за собой нравственное разложение всего чиновничьего аппарата.

Важно заметить, что Книга Екклесиаста была написана царем, по всей видимости, на закате его жизни. Причем с первых глав видно, что он делится, скорее, своим *отрицательным* опытом, а не положительным. К отрицательному опыту царя Соломона может относиться и 5:7–8. Но даже если беспочвенно предположить, что во время правления Соломона правосудие торжествовало, и угнетение бедных не было, ничто не мешает ему как Божьему пророку учить о чем угодно, независимо от того, пережил ли он это на собственном опыте или нет. Самому мудрому человеку не знать ли такой довольно простой истины? Кроме того, в рассматриваемых стихах высказано наблюдение, которое применимо не только к Израилю, но и ко всему миру. Соломон, поддерживавший обширные дипломатические отношения со многими городами и государствами, находился в наилучшем положении для того, чтобы судить об угнетении бедных богатыми.

5) *Использование третьего лица в 1:1 и 12:9–10* объясняется крайне легко. В начале книги Соломон может употреб-

лять третье лицо просто потому, что это стандартный прием, который использовали почти все пророки. Многие из них начинали свои книги от третьего лица (Исаия, Иеремия, Осия, Иоиль, Амос и др.). Перед тем как перейти к употреблению личного местоимения и местоименных суффиксов первого лица, они представляли себя от третьего лица. Использование же третьего лица в окончании книги объясняется еще легче. Стихи 12:9–10 – это своеобразный краткий обзор уникальных биографических данных, которые еще больше облегчают его идентификацию. Хотя бы тот факт, что автор Екклесиаста составил много притч, моментально отождествляет его с Соломоном (3 Цар. 4:31–34). Поэтому 12:9–10 в третьем лице стилизованно закрывает скобки, открытые в 1:1. Затем автор подводит итог всей книги.

Вывод

Итак, на основании вышесказанного можно уверенно заявить, что лексический анализ Книги Екклесиаста нисколько не входит в противоречие с предполагаемым авторством Соломона. А экзегетический анализ делает его авторство просто неизбежным. Многочисленные ссылки в книге на те или иные факты из биографии Соломона, упомянутые в других канонических книгах Библии, не оставляют нам никаких других вариантов[43]. В связи с этим кажется весьма странным тот факт, что так много исследователей, проигнорировав автобиографическое содержание книги, не подходящее более ни к кому, кроме как к Соломону, построили свои концепции преимущественно на зыбких доводах лексического анализа. Затем, создав проблему авторства, они ударились в фантастические теории, жизнеспособность которых минимальна.

---

[43] Макдональд У. Библейские комментарии для христиан, Ветхий Завет. Bielefeld: Christliche Literatur-Verbreitung, 1992. C. 843.

Нужно обладать огромной долей уверенности в своих лингвистических способностях, чтобы решиться выводить столь категоричные суждения на основании стилистико-грамматических особенностей иностранного языка трехтысячелетней давности и при этом игнорировать сам текст. В то время как текст не говорит, а просто вопиет об авторстве Соломона.

Библиография

Adams J. E. Life under the Son: Counsel from the Book of Ecclesiastes. Woodruff, SC: Timeless Texts, 1999.

Archer G. L. A Survey of Old Testament Introduction. Chicago: Moody, 1994.

Archer G. L. The Linguistic Evidence for the Date of "Ecclesiastes" // Journal of Evangelical Theological Society. № 12/3. Summer 1969. P. 167–181.

Barrick W. D. Ecclesiastes: The Philippians of the Old Testament. Ross-shire, Scotland: Christian Focus, 2011.

Craigie P. C. The Old Testament: Its Background, Growth and Content. Nashville, TN: Abingdon, 1991.

Delitzsch F. Commentary on the Songs of Songs and Ecclesiastes. Grand Rapids, MI: Eerdmans, 1968.

Eaton M. A. Ecclesiastes Introduction and Commentary. Downers Grove, IL: InterVarsity, 1983.

Harrison R. K. Introduction to the Old Testament. Grand Rapids, MI: Eerdmans, 1974.

Hill A. E., Walton J. H. A Survey of the Old Testament. Grand Rapids, MI: Zondervan, 1991.

Kaiser W. C. Ecclesiastes: Total Life. Chicago: Moody, 1979.

Kidner D. The Wisdom of Proverbs, Job and Ecclesiastes. Downers Grove, IL: InterVarsity, 1985.

La Sor W. S., Hubbard D. A., Bush F. W. Old Testament Survey. Grand Rapids, MI: Eerdmans, 1982.

Longman T. The Book of Ecclesiastes. Grand Rapids, MI: Eerdmans, 1998.

Longman T. Fictional Akkadian Autobiography. Winona Lake, IN: Eisenbrauns, 1991.

Unger M. F. Introductory Guide to the Old Testament. Grand Rapids, MI: Zondervan, 1951.

Waltke B. K., Diewert D. Wisdom Literature // The Face of Old Testament Studies / eds. D. W. Baker, B. T. Arnold. Grand Rapids, MI: Baker Academic, 1999. P. 295–328.

Young E. J. An Introduction of the Old Testament. Grand Rapids, MI: Eerdmans, 1952.

Young I. Biblical Texts Cannot Be Dated Linguistically // Hebrew Studies. №46. 2005. P. 341–351.

Августин Аврелий. Исповедь. СПб.: Азбука-классика, 2008.

Библия: Новый перевод на русский язык. Минск: Международное библейское общество, 2007.

Булгаков М. Мастер и Маргарита. М.: ОЛМА-Пресс, 2004.

Келлер Т. Разум за Бога. М.: Эксмо, 2012.

Льюис К. С. Лев, колдунья и платяной шкаф. М.: Cascade, 2006.

Макдональд У. Библейские комментарии для христиан, Ветхий Завет. Bielefeld: Christliche Literatur-Verbreitung, 1992.

Мангано М. Книга Экклезиаста // Введение в Ветхий Завет / под ред. М. Мангано. М.: Духовная академия апостола Павла, 2007.

Паскаль Б. Мысли. М.: Изд-во имени Сабашниковых, 1995. С. 118–119.

Расулов Т. Поклонение во тьме: Размышления над Книгой Иова. СПб.: Библия для всех, 2010.

Система мер и весов // Большой библейский словарь / под. ред. У. Эллуэла и Ф. Камфорта. СПб.: Библия для всех, 2007. С. 1170–1173.

Толковая Библия: Ветхий Завет: в 5 т. / под ред. А. П. Лопухина. М.: Даръ, 2008.

Оглавление

Тимур Расулов
В погоне за ветром
Размышления над Книгой Екклесиаста

Религиозное издание

Корректор, верстка: Раугас А. А.